12BYTES

12바이트

12 BYTES

인공지능은 우리가 살고 사랑하는 방식에 어떤 영향을 미칠까.
우리는 어떻게 여기까지 왔고, 우리는 다음에 어디로 가게 될까?

12BYTES

12바이트

지넷 윈터슨 지음
김선형 옮김

mu**f**intree
뮤진트리

▪ 일러두기

- 이 책은 Jeanette Winterson의 《12 BYTES》(Vintage, 2021)를 우리말로 옮긴 것이다.
- 본문에 나오는 책 제목은 원제목을 번역 표기하는 것을 원칙으로 하되, 국내에 출간된 작품은 그 제목을 따랐다.
- 본문 하단에 있는 주석은 모두 옮긴이의 것이다.
- 책 제목은 《 》로, 잡지·논문·영화·제목은 〈 〉로 표기했다.

이 에세이들은 나의 대자녀代子女 엘리와 칼 쉬어러를 위해 쓴 것이다. 루시 레이놀즈.
루시는 현재와 미래를 이해하고자 과거를 공부하고 있다. (인문학이 존재하는 이유다.)
엘리는 지금 자신의 책을 쓰고 있다.
칼은 옥스퍼드의 실험실에서 인공 뇌를 만들고 있다.

1장

과거

우리는 어떻게 여기까지 왔나. 역사의 몇 가지 교훈.

2장

당신의 초능력은 무엇입니까?

뱀파이어, 천사, 에너지가 물질을 새롭게 상상하다.

3장

성, 그리고 또 다른 이야기들

우리가 AI와 삶을 공유하면 사랑, 섹스, 애착은 어떻게 변하게 될까.

4장

미래

미래는 과거와 어떻게 다르고 또 다르지 않을까.

내가 이 책을 쓴 이유

2009년, 나는 레이 커즈와일의 《특이점이 온다》를 출간된 지 4년이 지나서야 읽었다. 낙관적인 미래관이다. 컴퓨터 테크놀로지에 근거한 미래. 초지능 기계들의 미래. 그리고 인간들이 현재의 생물학적 한계를 초월하게 되는 미래기도 하다.

그 책은 두 번 읽어야 했다. 의미를 이해하기 위해 한 번, 세부 사항을 숙지하기 위해 한 번.

그 후로는 개인적 관심으로 꾸준히 이 미래를 추적하기 시작했다. 주간 〈뉴사이언티스트〉와 〈와이어드〉를 매주 정독하고, 〈뉴욕타임스〉와 〈디애틀랜틱〉의 훌륭한 과학기술 기사들을 찾아 읽고 〈이코노미스트〉와 〈파이낸셜타임스〉를 통해 돈의 흐름을 쫓았다. 과학과 테크 분야의 신간을 빠짐없이 찾아 읽었지만, 어쩐지 아쉬움이 남았다. 내가 큰 그림을 보지 못하는 느낌이었다.

우리는 어떻게 여기까지 왔을까?

우리는 어디로 가게 될까?

나는 '썰'을 푸는 일로 먹고사는 사람이다. 그리고 우리가 하는 일은 팩트가 되기 전까지는 픽션임을 안다. 하늘을 나는 꿈, 우주 여행의 꿈, 시간과 공간을 가로질러 즉시 대화를 나누는 꿈, 불멸의 꿈. 아니면 부활의 꿈. 인간이 아니면서도 인간과 함께하는 생명체의 꿈. 다른 영토. 다른 세상들.

나는 레이 커즈와일을 읽기 오래전에 부단히 탁월함을 추구하는 유태인 문학비평가 해럴드 블룸을 읽었다. 블룸의 저서 중에서 비교적 사적이라 할 수 있는—속내를 털어놓는다는 의미에서—책은 《J의 서The Book of J》(1990)다. 이 책에서 블룸은 후세에 여러 번의 삭제와 수정을 거쳐 히브리 성서가 된 고대 문건을 살펴본다. 이 문건의 첫 5권인 〈모세 5경〉은 예수 탄생 이전 10세기 무렵 쓰였다. 그러니 우리 시대와는 3000년의 간격이 있는 셈이다.

블룸은 이 고대 문건의 저자가 여성이라고 생각하는데, 그가 페미니스트여서 그런 건 아니다. 블룸의 논증은 설득력이 있다. 서구문학에서 가장 유명한 캐릭터—만물의 저자인 신—가 여성에 의해 쓰였다니 신선하고 기분 좋은 생각이다.

이 이야기를 탐구하면서 블룸은 '축복'을 자기 나름대로 새롭게 번역한다. 야훼가 이스라엘에 약속한 축복은 사실 우리 모두 바라마지 않을 지고의 복이다. "생육하고 번성하라"는 아니었다. 그건 축복이 아니라 명령이니까. 그 축복은 "한계가 없는 시간 속으로 더 많은 삶을"이었다.

그야말로 컴퓨터 테크놀로지가 우리에게 줄 수 있는 선물이 아닐까?

*

블룸은 인간이 한계 없는 우주에 집착한다는 사실에 주목한다. 생각해 보라. 토지 수탈, 식민주의, 도시화로 인한 자연 파괴, 서식지 감소, 요즘 유행하는 시스테딩(seasteading, 망망한 공해에 해상도시 건설).

그리고 부자들 ─ 리처드 브랜슨, 일론 머스크, 제프 베조스 ─ 이 너나없이 찾는 꿈, 우주.

인공지능artificial intelligence과 그 뒤에 따라 나올 것들 ─ 범용 인공지능artificial general intelligence, 또는 초지능superintelligence ─ 을 생각하면, 나는 지금도 나중에도, 가장 큰 영향을 받는 장은 공간이 아니라 시간일 것 같다.

뇌는 화학물질을 사용해서 정보를 전달한다. 컴퓨터는 전기를 사용한다. 신호는 신경체계(뉴런은 1초에 200번 발화한다. 즉 200헤르츠다)를 통해 고속 이동하지만 컴퓨터 프로세서는 1초에 수십억 사이클, 즉 기가헤르츠 단위로 측정된다.

우리는 빠른 컴퓨터들이 연산하는 방식을 안다. 옛날 2차 세계대전 당시 블레츨리 파크[1]에서 이 모든 일이 그렇게 시작되었다.

---

1) 영국 버킹엄셔주 밀턴케인스에 있는 정원과 저택. 2차 세계대전 동안 독일군의 암호를 해독하던 곳으로 알려져 있다.

인간 팀원들은 독일군의 이니그마 암호를 해독할 만큼 계산이 빠르지 못했다. 컴퓨터들은 짐승처럼 무도한 힘으로 숫자와 데이터를 처리한다. 시간의 관점에서 훨씬 많이, 훨씬 빨리 처리해낸다.

가속은 산업혁명 때부터 줄곧 우리 세계의 키워드였다. 기계들은 시간을 인간과 다르게 쓴다. 컴퓨터들은 시간에 구애받지 않는다. 생물학적 존재로서, 인간들은 시간에 좌우된다. 특히 우리에게 할당된 시간, 즉 수명에 좌우된다. 우리는 죽는다.

우리는 죽기를 너무나 싫어한다.

인간이 기대하는 근미래의 획기적 혁신 중에는 더 오래, 더 건강하게, 삶을 사는 일이 포함되어 있다. AI 생물학자인 오브리 드 그레이가 옳다면, 인간은 굉장히 오래, 심지어 1,000세까지도 살수 있다. 젊음을 복원하는 생명공학기술은 우리 장과 조직에 노화로 인한 손상이 축적되는 것을 늦추고, 목적을 수행할 수 없게 된 신체 부위를 수선하거나 대체하고자 한다.

한계가 없는 시간에 더 많은 삶을 살게 되는 것이다.

그것이 효과가 없다면, 언제든 뇌 업로드라는 가능성이 있다. 우리 두뇌의 저장내용을 다른 플랫폼으로 — 애초에 살코기로 만들지 않은 플랫폼으로 이전하면 된다.

당신은 그런 선택을 하겠는가?

만일 죽음이 선택의 문제가 된다면, 어떻게 하겠는가?

긴 삶을, 나아가 혹여 영원한 삶을 살게 된다면, 분명 우리의 시간관은 영향을 받을 것이다. 그러나 시계의 시간 자체가 기계 시대의 간섭/필요에 불과하다는 사실을 기억하라. 동물은 시계의 시간에 맞춰 살지 않고 계절에 따라 산다. 인간은 시간을 재는 새로운 방법을 찾을 것이다. 나는 기계 시대의 출범을, 산업혁명과 산업혁명이 인간에게 미친 영향을 사유하고 싶었다. 나는 영국 랭카셔 출신이다. 내 고향에 세워진 거대한 최초의 면화 가공 공장들이 이 지상에서 사는 모든 사람의 삶을 영원히 바꾸어 놓았다. 어떻게 우리는 지금 이 자리까지 왔을까?

나는 컴퓨터공학computing science에 관심을 보이는 여성이 왜 이렇게 적은지 알고 싶었다. 과연 처음부터 줄곧 이랬을까?

또 한편으로는 종교, 철학, 문학, 신화, 예술, 우리가 지구상의 인간 삶에 대해 말하는 이야기들, 우리의 사이언스픽션, 우리의 영화들, ET든 외계인이든 천사든 뭔가 더 큰 존재가 있다는 우리의 이 끈질긴 매혹/육감을 숙고하고 AI의 큰 그림을 보고 싶었다.

인공지능은 1950년대 중반 미국의 컴퓨터 전문가 존 매카시가 만든 신조어다. 매카시는 친구 마빈 민스키와 마찬가지로 컴퓨터들이 1970년대가 되면 인간 수준의 지능을 갖게 될 거라고 믿었다. 앨런 튜링은 2000년이 더 현실적인 연도라고 생각했다. 그러나 AI라는 말이 만들어진 시점부터 40년이 더 흐른 1997년에야 IBM의 딥블루가 체스 세계챔피언인 카스파로프를 이겼다. 컴퓨터의 계산 능력은 저장 용량(메모리)과 처리 속도의 총합이기 때문이다. 컴퓨터는 맥카시·민스키·튜링이 예상한 수준의 작업을 수행할 만큼 높은 성능을 갖추지 못했다.

하지만 이 남자들보다 앞선 19세기 초반에, 천재 에이다 러브레이스가 있었다. 에이다 러브레이스는 튜링 테스트를 창안한 앨런 튜링에게 영감을 주었다. 튜링 테스트는 AI와 생물학적 인간의 차이를 구분할 수 없게 되는 시점을 판별한다.

우리는 아직 그 시점에 다다르지 못했다.

시간은 측정하기 어렵다.

이 책 《12바이트》는 AI의 역사가 아니다. 간혹 영역이 겹치기도 하지만 빅테크나 빅데이터의 이야기도 아니다.

1비트는 컴퓨터 데이터의 최소 단위다. 이진법이고 0 또는 1의 가치를 가질 수 있다. 8비트가 1바이트를 구성한다.

나의 목표는 소박하다. 스스로 AI나 바이오테크나 빅테크나 데이터테크에 별 관심이 없다고 생각하던 독자들이 이 이야기가 흥미롭고 가끔은 무섭고, 무엇보다 항상 연결되어 있다는 걸 알게 되기를 바란다. 인간의 진보에서, 트랜스휴먼 — 나아가 포스트휴먼 — 의 미래로 향해가는 그 과정에서 무슨 일이 벌어지고 있는지 우리 모두 알 필요가 있다.

여기 실린 글들에는 반복되는 내용이 좀 있다. 각 글은 직소 퍼즐의 조각이지만 또 각자가 온전히 독립적이기도 하다.

물론, 시간과 우리의 관계가 달라지면 공간과 우리의 관계도 달라진다. 시간과 공간은 별개가 아니고 같은 구조의 부분이라는 사실을 아인슈타인이 입증했기 때문이다.

인간들은 개별성을 사랑한다. 우리는 다른 인간들과 우리 자신을, 대개는 위계 속에서 구별하기를 좋아한다. 그리고 다른 생물과 거리를 두며 우리 인간이 우월하다고 믿는다. 종내에 이 지구라는 행성은 위험에 처할 테고, 최후의 자원을 두고 인간은 인간과 투쟁할 것이다.

연결성은 컴퓨팅 혁명이 우리에게 선사한 혜택이다. 우리가 제대로만 쓰면 사일로처럼 분리된 가치와 존재라는 망상에 종지부를 찍을 수도 있다. 지능에 대한 불안을 종결지을 수도 있다. 인간과 기계를 막론하고, 우리는 활용할 수 있는 지능을 모두 활용해서 전쟁이든, 기후 변화든, 둘 다든, 하여간 죽음의 편에 선 미래와 씨름해야 한다.

인공지능이라고 부르지는 말자. 대안 지능alternative intelligence이라는 말이 오히려 정확할지 모른다. 우리에게는 절실하게 대안이 필요하니까.

1
장

과거

우리는 어떻게 여기까지 왔나.
역사의 몇 가지 교훈.

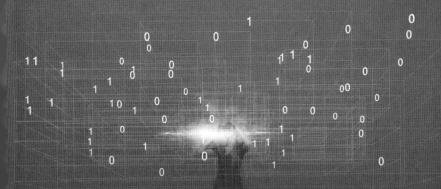

러브(레이스) 액추얼리

미래의 시작점에 젊은 여자 둘이 있었다. 메리 셸리와 에이다 러브레이스.

메리는 1797년에 태어났고, 에이다는 1815년에 태어났다.

이 여자들은 산업혁명의 초창기를 질풍처럼 찢고 역사로 들어 갔다. 기계 시대의 서막이었다.

우리 모두 그러하듯 두 여자는 각자 자기 시대의 산물이었지 만, 또 한편으로 시간을 가로질러 미래 세계에 빛을 비춘 찬란한 불꽃이었다. 그녀들의 미래가 바로 우리의 현재다. 호모사피엔스 의 본성과 역할, 어쩌면 지배적 권위마저 바꾸게 될 지금의 세계 말이다. 역사는 반복된다. 겉모습은 달라도 투쟁의 본질은 늘 같 다. 그러나 AI는 인간의 역사에 새롭게 등장한 인자다. 젊은 두 여 자는 각자의 방식으로 AI의 도래를 내다보았다.

메리 셸리는 18세 때 소설 《프랑켄슈타인》을 썼다. 이 소설에서

의사이자 과학자인 빅터 프랑켄슈타인은 인체 부위와 전기를 사용해 거대한 인간형 피조물을 창조한다.

전기의 힘을 우리 마음대로 부릴 수 있다는 생각조차 못 했으니, 전기를 실용화할 수도 없던 때다.

지금《프랑켄슈타인》을 읽으면 초기 여성소설의 한 사례이자 고딕 소설이라고, 어머니가 없는 아이나 보편교육의 중요성에 대한 소설이라고만 볼 수 없다. 그 이상의 의미를 지닌 작품이다. 《프랑켄슈타인》은 과학소설을 넘어서고, 세계에서 가장 유명한 괴물을 넘어선다. 이 소설은 병 속에 밀봉된 편지다.

자, 편지를 뜯어보자.

우리는 200년 전 그 책이 출판된 이후 처음으로 새로운 생명 형태를 창조하기 시작하는 세대다. 빅터 프랑켄슈타인의 피조물이 그러했듯 우리의 디지털 피조물도 전기로 가동되지만, 묘지에 버려진 썩어가는 내장들을 부품으로 쓰지는 않는다. 우리가 창조한 새로운 지능은 ─육신이 있건 없건─ 0과 1의 암호로 구축된다.

여기가 바로, 우리가 세계 최초의 컴퓨터 프로그래머인 에이다 러브레이스를 만나게 되는 지점이다. 컴퓨터가 아직 만들어지지도 않은 시대의 컴퓨터 프로그래머.

메리와 에이다는 둘 다 격동의 산업혁명이 기계공학 기술의 발전과 적용에 그치지만은 않으리라고 예감했다. 인간성을 구성하는 근본적인 프레임이 결정적 변화를 맞고 있었다.

빅터 프랑켄슈타인은 이렇게 말했다. "내가 생명 없는 물질에 생기를 불어넣을 수 있다면…"

에이다 러브레이스는 이렇게 말했다. "인간의 머리와 인간의 손을 먼저 거치지 않고… 기계로 풀어낸… 양함수陽函數."

메리와 에이다는 만난 적이 없지만, 둘 사이에는 결정적인 공통의 지인이 있었다. 시인 바이런 경이었다.

바이런 경은 당시 영국에 살던 시인 중 가장 유명했다. 잘 생겼고 부자이고 젊었다. 영국에서 추문과 이혼에 시달리던 바이런은 1816년, 절친한 친구였던 시인 퍼시 비셰 셸리와 셸리의 아내 메리, 당시 정부情婦였던 메리의 이복동생 클레어 클레어몬트에게 함께 제네바 호수로 휴가를 떠나자고 제안한다.

휴가는 순조로이 흘러가는가 싶었지만, 어느덧 무서운 폭우가 쏟아지기 시작했고, 젊은 사람들은 외출을 못 하고 집안에 발이 묶였다. 바이런은 단조로운 실내에서 지내며 무료함을 덜기 위해 각자 초자연적인 이야기를 쓰자고 제안했다. 메리 셸리는 빗물에 흠뻑 젖은 어두운 예언을 썼는데, 이 이야기가 훗날《프랑켄슈타인》이 된다.

막상 바이런 자신은 아무 이야기도 생각해내지 못했다. 걸핏하면 짜증을 내며 도무지 집중하지 못했다. 이혼을 둘러싼 법정 공방 때문이기도 했지만 갓 태어난 딸아이의 양육 문제 탓도 있었다.

바이런은 딸 양육 문제로 숱한 편지를 포화처럼 퍼부었지만, 결국 포기하고는 스스로 영국 땅을 떠나 영영 돌아오지 않았고 딸의 얼굴도 다시는 보지 못했다.

딸의 이름은 에이다였다.

에이다의 어머니 애너벨라 웬트워스는 독실한 기독교인이었다. 양성애자인 바이런과의 결혼이 실패할 수밖에 없었던 수많은 이유 중 하나다.

애너벨라는 돈도 있고 신분도 높았지만, 당시 여성과 아이는 법적으로 가장 가까운 남성 친족의 사유재산이었다. 결별 증서도 작성해 두었지만, 아이 양육과 관련해서는 바이런의 요구에 법적인 무게가 실렸다. 딸의 교육에 간섭하는 바이런의 장황한 지시문에는, 쓸데없이 아이가 시詩에 빠져 탈선하는 일이 없도록 하라는 내용이 일 순위로 포함되어 있었다.

에이다의 어머니 애너벨라도 이 생각은 마음에 꼭 들었다. 그녀가 살면서 다시 겪고 싶지 않은 게 있다면 바이런의 폭풍 같은 성정이었다. 자신도 재능 있는 아마추어 수학자였던지라 애너벨라는 어린 에이다에게 수학 과외 교사를 붙여주었다. 딸이 물려받았을지 모를 시인의 성향을 교정하고 바이런의 피를 묽게 하려는 의도였다. 바이런이 "가까이 해선 안 될, 미친, 나쁜, 위험한 남자"라고 불리는 데는 다 이유가 있었다.

그런데 알고 보니, 어린 에이다는 숫자를 좋아했다. 당시에는 최고 부유층의 여인이라도 읽기, 쓰기, 그림 그리기, 피아노 연주, 간혹 프랑스어와 독일어 학습 이상의 교육을 받지는 못했다. 여자들은 학교에 가지도 않았다.

메리 셸리의 어머니인 메리 울스턴크래프트는 급진적인 저서 《여성의 권리 옹호》(1792)에서 여성 교육의 중요성을 열렬히 설파했다. 빅터 프랑켄슈타인이 그의 괴물을 교육하는 데 실패하고 독학하도록 버려두는 건 우연이 아니다. 당시 여자들은 라틴어와 그리스어, 수학과 자연과학, 즉 남자 형제들이 학교에서 배우는 '남성적' 과목들을 모두 혼자 공부해야 했다. 여자들은 진지한 학문을 할 수 있는 뇌가 없다는 통념 때문이었다. 두뇌를 지녔더라도, 지나치게 집중하면 미치거나 병이 나거나 레즈비언이 된다고 믿었다.

제네바 호수에서 휴가를 보낼 때, 메리 셸리는 오랜 시간 바이런과 성 역할을 두고 논쟁을 벌였다. 바이런은 바라고 고대하던 "영광스러운 아들"이 아니라 영광스러운 딸이 태어나서 실망하고 말았다. 바이런은 영광스러운 딸이 수학 영재가 되는 모습을 보지 못하고 일찍 죽었다.

에이다의 수학 교사였던 오거스터스 디 모건은, 수학 공부를 많이 하는 것이 에이다의 섬약한 체질을 망가뜨리게 될까 봐 걱정했다. 하지만 내심으로는 이제까지 가르친 학생들(이라고 쓰고 '남학생들'이라고 읽는다)을 통틀어 그녀가 가장 뛰어나고 유능한 제자라고 생각했고, 그녀의 어머니에게 보낸 편지에도 에이다는 "어쩌면 최상급으로 뛰어난, 독창적인 수학 탐구자가 될 재목"이라고 썼다.

불쌍한 에이다. 시인의 광기를 피하려면 수학을 배워야 한다더니. 이번에는 또 수학으로 미칠 위험이 있다는 얘기를 들어야 했다니. 그러나 에이다에게 이런 건 전혀 중요하지 않았다. 어린 나이에도 자기 마음을 잘 알고 있었던 것 같다.

17세 나이에 에이다는 런던의 도셋가 1번지에서 열린 파티에 초대받는다. 찰스 배비지의 자택이었다.

배비지는 자수성가한 부자로 영민한 괴짜였고, 영국 정부를 설득해 17,000파운드(현재의 가치와 환율로는 대략 27억 원에 달한다)의 연구자금을 받아 차분기계Difference Engine라는 장치를 개발하고 있었다. 그 기계는 크랭크 핸들이 달린 계산기로 로그표를 계산하고 인쇄하는 목적으로 설계되었다. 로그표는 엔지니어·선원·회계사·기계기술자 등, 미리 인쇄된 표를 활용해 빠른 속도로 계산을 하고 싶은 사람이라면 누구나 사용하는 것이었다.

산업혁명 당시 이루어진 수많은 혁신이 그러했듯, 배비지의 아이디어 역시 반복적인 일을 기계화하려는 목적이었다. 이 당시 '컴퓨터'라는 단어는 따분한 수학적 연산 작업을 처리하는 인간 수행자를 가리켰다. 그리고 배비지의 생각은, 자신의 차분기계가 이 작업을 대체할 수 있으리라는 것이었다. (그 생각은 옳았다.)

배비지는 캠브리지 대학의 루카시안 수학 석좌교수였는데, 그 이전에는 아이작 뉴턴, 그 이후에는 스티븐 호킹이 역임한 직책이다. (그러나 아직도 여성의 사례는 없다.) 배비지는 숫자는 물론 기계 오토마타[2)]에도 매료되었다. 톱니바퀴로 돌아가는 계산기를 만드는 일은 그의 적성에 딱 맞았다.

결과적으로는, 에이다에게도 완벽한 일이었다.

---

2) 스스로 움직이는 자동 기계 장치 오토메이튼automaton의 복수형으로, 기계장치로 움직이는 인형이나 조형물을 의미한다.

배비지의 파티에 초대받기 위해서는 미인이거나 영재거나 귀족이어야 했다. 돈을 자루에 바리바리 담아 가도 그 집 문지방을 넘을 수는 없었다. 에이다는 (천만다행으로) 사교계의 미인은 아니었지만 영특했고, 바이런 경을 (그가 좋아했든 싫어했든 상관없이) 아버지로 두고 있었다.

17세 나이에, 에이다는 초대받았다.

배비지의 차분기계에서 실제로 작동하는 일부가 거실에 전시되어 있었다. 에이다는 그 기계에 푹 빠졌고, 주위에서 시끌벅적 웅성웅성 파티가 진행되는 동안, 에이다와 배비지는 기계를 가지

고 놀았다. 배비지는 신이 난 나머지 에이다에게 설계도까지 빌려주었다.

잡담에 소질이 없고 풍금을 끔찍이도 싫어하던, 까다롭고 예민한 40대의 천재는 자신의 작품을 이해하는 친구를 만났다. 실용적으로도, 개념적으로도.

에이다가 수학 공부를 계속하는 사이 두 사람은 편지를 주고받기 시작했다. 에이다와의 만남에서 더 깊이 파 들어갈 영감을 얻었는지 몰라도, 배비지는 그 해에 새로운 종류의 계산 장치를 조립하기 시작했다. 분석기계Analytical Engine라는 이름이 붙여진 이 장치는 세계 최초의 '인간이 아닌 컴퓨터non-human computer'였다.

끝내 만들어지지는 못했지만.

배비지는 자카르[3] 직조기에 쓰이는 펀치카드 시스템이 계산기를 자동으로 작동시키는 데 유용함을 깨달았다. 크랭크 핸들도 필요 없었다. 계산기는 펀치카드를 활용해서 메모리를 저장할 수 있었다. 비범한 통찰이었다.

*

펀치카드는 구멍이 뚫린 딱딱한 카드다. 프랑스인 조셉 마리 자카르는 1804년 직물 조각의 무늬가 카드에 뚫은 일련의 구멍들을 통해 표현될 수 있는 기계장치의 특허를 받았다. 추상적 직관이 천재적으로 빛난 순간이었다. 산업혁명의 3차원 리얼리즘보다는 양자역학적 패턴 우주에 더 가까워진 순간. 배비지가 펀치카드가 연산을 위해 쓰일 수 있다는 잠재력을 알아본 건 당연하다. 아니다, 사실 전혀 당연하지 않다. 그건 두 사람 모두에게 정신적 도약이었다.

자카르 직조기에서는 구멍의 배치가 패턴을 결정한다. 이 시스템을 사용하면, 방직 장인이 수고스럽게 씨실을 날실 밑으로 통과시켜 직물을 짜고 패턴을 만들 필요가 없다. 숙련된 기술이 요구되긴 하나 반복적인 작업이고, 산업혁명의 여러 혁신이 그랬듯이,

---

3) 여러 색의 실을 사용하여 무늬를 짜낸 원단.

반복작업을 기계화하면 같은 수준의 기술을 갖춘 인간이 필요 없게 된다. 반복작업의 기계화는 공학적 도전이지만, 자카르 직조기의 결정적 도약이 공학에만 국한되는 건 아니다. 획기적인 도약은 일련의 구멍처럼 견고하고 구체적인 것(실제로는 빈 공간)을 패턴 배열로 보는 데 있었다.

펀치카드는 초기의 상용 도표 작성기commercial tabulators에 쓰이다가 나중에는 초기 컴퓨터에 쓰였다. 컴퓨터에 프로그램을 입력하는 수단으로 1980년대 중반까지 계속 활용되었다. 배비지는 이 아이디어의 특허를 취득하지 않았다. 사업적 수완은 형편없는 위인이었다. 펀치카드 시스템의 특허권은 1894년 허먼 홀러리스라는 미국 사업가에게 돌아갔다. 홀러리스는 독일 이민자의 아들이었다. 그의 회사 CTR(Computing-Tabulating-Recording Company)은 결국 1924년 IBM이 되었다. IBM은 국제 사무기계International Business Machine의 첫 글자를 딴 이름이다.

(차분기계나 분석기계가 시장에 먹히지 않았던 이유를 알 수 있다.)

*

에이다는 펀치카드라는 아이디어에 흥분했다. 그녀는 "분석기계는 자카르 직조기가 꽃과 잎을 짜내듯 대수 패턴을 짜낸다"고 썼다.

하지만 문제는 그러질 못했다는 것이다. 배비지는 엔진을 완성하기는커녕 완성 근처에도 가지 못했다. 그래서 톱니, 레버, 피스톤, 암, 스크루, 바퀴, 톱니와 바퀴가 맞물려 돌아가는 기어, 베벨, 스터드, 용수철, 펀치카드들은 모두 빅토리아 스팀펑크의 세계에 유물로 남았다. 스팀펑크의 세계에서 만물은 거대하고 견고하고 입체적이지만(철도, 철제 범선, 공장, 파이핑, 트랙, 실린더, 용광로, 금속, 석탄을 생각하면 된다), 모두가 그저 생각 실험의 판타지일 뿐이다. 배비지와 에이다에게는, 일어날 수 있는 일을 상상하는 것은 곧 '실제로 일어났다'라는 의미였다. 물론 가장 중요한 면에서는 그 생각이 옳았다. 미래는 상상되었지만, 현실화하기에는 현재의 무게가 너무 육중했다. 석탄을 연료로 해서 증기로 추동되는, 수 톤의 금속을 써서 만든 펀치카드 컴퓨터는 생각 놀이로는 재미있었지만, 에이다와 배비지가 살고 있던 즉각적이고 우아한 숫자의 우주에 해답을 주지는 못했다.

우아함까지는 여전히 갈 길이 멀었다.

1944년(1844년이 아니다) 2차 세계대전 중에 영국의 한 팀이 세계 최초의 전자 디지털 컴퓨터인 콜로서스를 제작해 블레츨리 파크에 비치했다. 무려 7피트 높이와 17피트 너비에 깊이가 11피트였다. 무게는 5톤이었고 2,500개의 밸브, 100개의 논리 게이트, 무려 7킬로미터에 달하는 전선으로 연결된 10,000개의 저항기로 이루어져 있었다. 사실 이 컴퓨터 세트의 존재는 1970년대까지 비밀에 부쳐졌고, 따라서 미국에서 1946년에 제작한 에니악 ENIAC(Electronic Numerical Integrator and Computer)이 종종 '최초'의 타이

틀을 누리기도 한다.

배비지가 콜로서스 세트를 봤다면 정말 좋아했을 것이다. 그리고 펀치카드 테이프도. 배비지와 에이다가 타임머신을 타고 1944년으로 온다면, 자동차·고무장화·라디오·전화·비행기·심지어 지퍼를 보고도 기겁했겠지만, 콜로서스 세트는 한눈에 알아보았을 것이다.

에이다 주위에는 아직도 여전히 맨스플레인[4]이 성행했다. 에이다가 그저 뭔가 노리고 배비지 주위를 어슬렁거린다든가, 수학 실력이 엉터리라든가, 분석기계를 설명한 노트는 실제로 그녀가 쓴 게 아니라는 이야기가 난무했다. 에이다는 자신을 과대평가하는 허영덩어리인데 배비지가 비위를 맞춰주고 있다고도 했다.

이것은 브론테 자매의 영역이다. 술주정뱅이 망나니인 남자 형제 브랜웰이 그 모든 걸 썼다는, 아니 적어도《폭풍의 언덕》을 썼다는 이론을 기억하는가? 이 이론은 스텔라 기번스의 소설《춥지만 안락한 농장》에서 마이벅 씨의 캐릭터로 유쾌한 풍자의 대상이 되었다.

이상하게도, 아니 이상하지 않게도(?), 브론테의 영역과 에이다의 영역에 관한 맨스플레인은 아직도 인터넷상에 멀쩡히 살아 횡행하고 있다.

이보다 더 정확하고 더 중요한 사실은, 이제는 10월 둘째 화요

---

4) 남성이 여성보다 우위에 있다고 생각하며 여성에게 모든 것을 가르치려 드는 행위.

일이 에이다 러브레이스의 날로 제정되어 기념된다는 점이다. 영국에는 데이터 사용과 AI 기술을 소수의 특권층만이 아니라 사회 전체를 위해 활용하는 방법을 연구하는 에이다 러브레이스 인스티튜트(2018년 설립되었다)도 있다.

여성 수학자 에이다는 수학과 연산 분야에서 여성들의 앞길을 밝히는 비콘[5]과 같았다. 이 분야 여성들에게는 비콘이 필요했다. 외적 내적 편견들이 여전히 최고출력으로 판치고 있었다. 21세기 초반인 지금도, 전자공학·컴퓨터 프로그래밍·머신 러닝[6]에 종사하는 인력 중 여자의 비율은 겨우 20퍼센트에 불과하다.

여자들은 플랫폼을 건설하지 않고 프로그램을 쓰지 않는다. 테크 스타트업에서 일하는 여자는 더 수가 적다. 어째서 필수불가결한, 미래지향적 테크놀로지는 다 남성이 장악하고 있는가?

굳이 설명이 필요한가? 뭐, 그럼 다음 예시 중에서 여러분 마음대로 골라 보시라.

일단 '화성에서 온 남자 금성에서 온 여자' 식의 설명이 있다. 젠더의 문제란다. 여자들은 실제로 컴퓨터공학을 잘 이해하지 못한다는 얘기. (뇌가 달라서? 호르몬 때문에?)

평등을 논하는 설명도 있다. 여자들이 이런 유의 일을 '원치' 않는다는 것이다. 하겠다는 여자의 앞길을 가로막는 장애물은 물론

---

5) 위치 정보를 전달하기 위해 어떤 신호를 주기적으로 전송하는 기기.
6) 인간의 학습 능력과 같은 기능을 컴퓨터에서 실현하고자 하는 기술 및 기법.

없단다, 적어도 지금은. 여자들이 하겠다면 환영이라고 한다. 선택은 자유다, 여성들이여!

그런가 하면, 진보는 원래 느리다는 설명도 있다. 단순히 성별 인원수를 동수로 맞추려고 첨단기술직에 여성을 낙하산으로 투하하기 전에, 먼저 여자들이 "킴 카다시안처럼 화장하는 법"을 권장하는 소셜미디어 대신 학교에서 수학과 컴퓨터공학과 첨단기술을 배우도록 권장하고 독려부터 해야 한다는 것이다.

이상의 설명들은 모두 사실(팩트!!)을 간과한다. 2차 세계대전 이래로 수천의 여자들이 (수작업으로 계산을 하면서) 계속 인간 컴퓨터로, 또 컴퓨터 프로그래머로 일했다는 사실 말이다. 캐서린 존슨과 NASA에서 함께 일했던 동료들의 환상적인 이야기는 영화 〈히든 피겨스〉(2016)가 되었다.

세계 최초의 상용 프로그래머블 컴퓨터—에니악—를 프로그래밍한 여섯 여자는, 이 컴퓨터가 1946년 펜실베이니아 대학에서 처음 작동될 때 행사장에 초대받지 못했다. 그 이름이 언급되지도 않았다. 여기 에니악을 작동하는 베티 제닝스와 프랜시스 빌라스의 사진이 있다.

이 여섯 여자는 '인간' 컴퓨터로 일하던 200명의 여성 인력 풀에서 추려졌다. 이 업무는 '사무직'으로 분류되었다. 사무직이 아니었다. 여자들을 (저임금) 일자리에 잡아두기 위한 분류였다.

여자들은 남자들만큼 똑똑하다. 내가 이런 자명한 사실을 굳이 글로 쓰는 이유는, 우리가 사는 세상의 눈으로는 이 사실이 자명하지 않기 때문이다.

　수학을 쉽다고 — 아니, 적어도 할 만하다고 — 생각하는 여자들은 많이 있다. 그러나 지인인 영국 맨체스터 대학의 한 교수에 따르면, 수학 A-레벨[7]에서 B를 받은 남학생은 공학을 전공하는 경우가 많다고 한다. 하지만 A를 받은 여학생은 십중팔구 다른 전공을 택한다.

　그러니, 무슨 일이 벌어지고 있는 걸까?

　"컴퓨터공학에는 왜 여성 인력이 많지 않을까?"라는 질문에 대한 답은 여성의 두뇌나 여성 호르몬은 물론, 심지어 여성의 자유로운 선택과도 크게 관련이 없다고 생각한다.

---

7)　영국의 대학 입학 학력평가 시험.

젠더가 여전히 앞길을 막고 있다.

여기에는 우리가 직장에서 젠더를 관리하는 방식도 포함된다. 남성 일색의 테크룸은 여성이 있기에 편안한 공간인가? 여자들은 과학기술 분야에서 일하는 다른 여성을 일상적으로 보게 되는가? 우리는 우리 눈에 보이는 대로 똑같이 따라 한다. 그래서 정말로 성별이 잘 섞인 직장은 굳이 큰 의미를 부여하지 않아도, 그 자체로 여성에게 힘을 불어 넣어줄 수 있다.

성의 차이는 존재한다. 당연한 이야기다. 그러나 성의 차이는 생물학적인 것이기 때문에 그 자체로 지능이나 적성에 영향을 주지 않는다. 젠더의 차이는 사회적 구조물이고 그 자체로 역사의 서로 다른 시기에 다른 양상으로 드러난다. 빅토리아 시대의 의사들과 같은 주장을 할 사람은 이제 아무도 없다. (물론, 그때 그들도 과학의 추종자였다.) 그들은 '아노렉시아 스콜라스티카(anorexia scholastica, 학문적 식욕부진증)'라는 질병이 여성, 그것도 오로지 수학을 공부하는 여성만 걸리는 병이라고 주장했다.

비콘이었던 에이다는 눈앞에 있는 암초를 경고하는 등대이기도 하다. 여성이 힘겹게 STEM[8]의 경력을 선택하게 되더라도, 그 앞길을 가로막는 장애물은 적지 않다. 그냥 잘하는 게 아니라 뛰어나다면 자기 능력을 여러 번 거듭 입증하고 또 입증해야 한다.

---

8) 과학(Science) · 기술(Technology) · 공학(Engineering) · 수학(Mathematics)의 첫 글자를 모은 약어로, 4차 산업혁명의 중추가 되는 학문 분야를 일컫는다.

심지어 세상을 떠난 후에도.

*

배비지는 대단한 천재였지만, 확률상 불가능한 사례는 아니었
다. 돈도 있고 교육도 받았고 신분과 가부장제도 힘이 되었다. 그
의 부모님은 그가 어린 학생일 때도 공부를 너무 많이 하면 미칠
까 봐, 아니면 필수 장기가 약해질까 봐 걱정해서 집으로 성적표
를 받지 않았다.

배비지는 자신의 세계에 확실히 소속되어 있었다. 그의 싸움은
(물론 많이 싸웠지만) 동등한 사람들끼리의 싸움이었다. 남자들은 서
로 비하하지 않고도 격렬하게 대립할 수 있다. 배비지에 대한 자
료를 아무거나 골라 읽어보면, 좋은 얘기든 나쁜 얘기든, 글의 어
조에는 존경심이 담겨 있다. 에이다를 부정하는 자들의 자료를 아
무거나 골라 읽어보면, 단조롭고 지배적인 어조는 존경심의 부재
로 규정된다. 사실, 멸시라고 해야 옳다.

에이다는 세상에 나올 수 없는 천재였다. 물론 돈은 있었다. 큰
도움이 되기도 했다. 그러나 그녀는 남자의 세상에서 살아가는 여
자였다.

그녀는 케임브리지 교수처럼 권위 있는 자리에 오르는 것은 물
론, 대학 진학이나 학위 취득이 법적으로 금지되었다. 공학 분야
에 취직할 수도 없었고, 배비지의 위대한 친구 이점버드 킹덤 브
루넬[9]과 함께 일할 수도 없었다. 브루넬은 종종 자신의 철도나 증

기선과 연관된 새로운 계산을 하느라 배비지와 함께 머리를 싸매고 고민하곤 했다.

에이다는 자유롭게 밖에 나가 자신만의 세계를 만들 수 없었다. 처음에는 아버지의 법적 소유물이었다가 나중에는 남편의 법적 소유물이 되었다. 19세에 결혼하고 세 아이를 낳느라 향후 3년의 세월을 보냈다. 배비지는 아내가 그런 일을 대신 해주었다.

에이다에게는 그녀가 에이다로서 존재할 수 있게 해줄 사회적 구조가 없었다. 그런데도 어쩐 일인지, 바이런의 혈통을 물려받아서 그런지, 에이다는 개의치 않았다. 운 좋게 따분한 남편을 만났고 뭐든 맘대로 해도 좋다는 허락을 받았다. 아니, 대체로 남편은 그녀가 무엇에 몰두하고 사는지 몰랐고, 그래서 그녀는 불륜도 꽤 여러 번 저질렀고 거액의 돈을 경마로 날리기도 했다.

수학 과외 교사를 만난 건 끔찍하게 운이 좋았던 일이었고, 본능적으로 숫자를 이해하는 능력과 오랜 시간의 독학을 위해 필요한 소양을 갖추고 있었던 건 더 큰 복이었다. 같은 부류, 같은 계급의 여자들은 — 적어도 나이가 들어 미모를 잃을 때까지는 (그 후로는 자선 사업에 매진해야 했다) — 시시한 남자의 비위를 맞추며 살아야 한다는 말이나 듣고 있을 때였다.

훗날 러브레이스 백작 부인이 된 에이다 바이런 같은 사람이

---

9) Isambard Kingdom Brunel(1806~1859), 영국의 토목·조선 기술자. 에이번 협곡의 클리프턴 현수교 설계로 본격적 활동을 시작했다. 런던과 브리스틀 사이의 대서부철도 증설에 참여했고, 최초의 대서양 횡단 정기 기선인 그레이트웨스턴호를 건조하기도 했다.

존재할 확률적 가능성은 적다 못해 0에 수렴한다. 그러나 그녀는 적기에 찰스 배비지를 만나 최초의 (제작되지 못한) 컴퓨터를 위한 소프트웨어 프로그램을 설계함으로써, 이렇게 버젓이 역사 속에 존재한다.

모든 일은 에이다가 쓴 획기적인 논문에서 시작되었다. 실제로는 그녀가 저자라는 사실은 알려지지 않았다. 그 시절 여성은 과학 논문을 쓰지 않았으니까.

그러니까 이렇게 된 일이다….

배비지는 1840년 튜린에 가서 분석기계에 대한 강의를 했다. 그때 유일하게 필기한 사람이 루이지 메나브레아라는 이탈리아 공학자였다. 메나브레아는 이삼 년 후 필기한 내용을 프랑스어로 프랑스 학회지에 논문으로 발표했다. 예나 지금이나 유럽인들은 대체로 하나 이상의 언어를 할 줄 알았고, 영국인들은 귀찮아서도 타국 언어는 배우지 않았다. 브렉시트의 양지바른 산등성이에 오르게 되면, 물론 이런 과거의 유산도 바뀔 수밖에 없겠지만.

그러나 에이다는 여자였고 따라서 디너파티에서 남자 요인들을 접대하는 상류층 여성으로서의 통상적 기술을 지니고 있었다. 프랑스어에도 능통했다. 그래서 메나브레아 논문을 번역하기로 마음먹었다.

에이다는 분석기계의 명쾌한 작동원리를 번역하면서 자기 나름의 주석을 덧붙였다. 이 주석은 메나브레아의 논문 분량의 3배에 가깝다. 에이다는 주석에서 이 기계에 쓸 최초의 본격 '프로그램'을 상세히 설명하고 있다. 그리고 우리가 현재 하드웨어와 소프트웨어라고 부르는 기능을 구분한다.

거기서 멈추지 않고, 에이다는 이 기계를 프로그래밍해서 '무언가' 계산할 수 있다면 '무엇이든지' 계산할 수도 있음을 이해했다.

산수의 범위는 (펀치) 카드를 쓴다는 아이디어가 생겨난 순간 이미 도약된 셈이다. 그리고 분석기계는 단순한 계산기와는 공통분모가 없었다. 온전히 독자적인 위상을 차지하고 있었고, 함축적으로 암시하는 내용이 근본적으로 훨씬 흥미로웠다. 기계가 다양성과 정도에서 한계가 없는 일반적 상징을 연속적으로 조립하는 능력을 갖추게 되면, 물질의 작동과 수학에서 가장 추상적인 분야의 추상적 사고과정을 하나로 연결하는 고리가 생겨난다.

바꿔 말해 기계가 숫자를 처리할 수 있다면(산수) 상징도 처리할 수 있을 것이다(대수).

연산은 상징적 논리를 활용한다. 이 기초대수의 발전은 에이다의 시대에는 새로운 발견이었다. 에이다의 수학교사 오거스터스 디 모건은 이 분야의 선구자로서, 역시 독학으로 공부해 수학자가 된 조지 불(1815~1864)과 서신을 교환했다. 이 지구상에 조지 불의 논리를 활용하지 않는 기술은 단 하나도 없다 해도 과언이 아니다. 이는 계산의 기초다. 그리고 참과 거짓의 문제로 귀결된다.

불은 이른바 3 연산자를 제시했다. AND. OR. NOT. 그리고 모든 논리 관계(최소한 대수 — 어쩌면 여러분의 인생계획까지도)를 이 법칙으로 표현할 수 있음을 증명했다. 불은 인간의 사유를 일련의 수학적 규칙으로 환원할 수 있다고 믿었다. 여기서 '환원'이라는 말은 부정적 의미에서 환원주의가 아니다. 불은 단순화와 명료화를 추구했다. 이 목표를 달성하기 위해서 이진법을 사용했다. 0과 1, 0은 거짓이고 1은 참, 그리고 진리표라는 기막히게 멋진 아이디어. 그렇다. 답이 참이거나 거짓일 확률은 진리표를 거치면 결정된다. 불안에 시달리는 인문학자 유형의 사람들에게는 참으로 힘이 나는 이야기가 아닌가.

원리가 뭐냐고?

글쎄, 산수에서 우리는 고정값으로 알려진 구체적 숫자를 다룬다. 이를테면 2+2=4처럼. 기초대수에서 우리는 고정값이 없는 양을 다루고, 이를 변수라고 한다. X 또는 Y가 꼭 2 또는 4인 것은 아니다. X와 Y의 값은 변한다. 변수이므로. 그러나 산수든 기초대수든, 우리가 쓰는 연산은 곱셈·뺄셈·덧셈이다. 불의 대수에서는 곱셈·뺄셈·덧셈이 아니라 연언Conjunction·선언Disjunction·부정Negation이다. 변수들이 숫자가 아니라 참과 거짓으로 표현되는 (1과 0) 진리값이기 때문이다.

간단히 예를 들어보자면:

나의 정원 X는 흙인 Y와 식물인 Z로 만들어져 있는데, 기초대수를 쓰면 내 정원이 Y(흙의 부피)+Z(식물들의 숫자)=X(정원)가 된다.

기초대수는 정원에 숫자 값을 부여한다. 식물은 몇 그루고 흙의 양은 어떠한가? 등등.

조지 불의 대수에서는 결국 '진리'를 얻게 된다. (정원이 무엇인가 라는 내 정의의 범주에 따를 경우, 이것은 정원인가 아닌가? 그러나 흙이 없고 NOT 식물도 없다면NOT, 정원이 아니다. 흙은 없고NOT 식물이 한 그루 있다 면, 정원이 아니다. 흙이 있어도 식물이 없다면NOT, 정원이 아니다. Z AND Y가 참이라면, X는 참이다.)

그렇다면 W=잡초Weeds와 C=콘크리트Concrete를 덧붙여도 재미 있겠다.

일상적인 예를 더 들어보자. 정원을 가꾸지 않는 독자를 위해 서라도. 내가 온라인에서 가수 키이스 어번을 검색하고 있으면 검 색엔진이 불의 논리를 써서 키이스 AND 어번은 '참'이라는 결론 에 도달할 것이다. 키이스 리처즈나 어번 이스케이프는 조지 불의 논리 검색에 의해 '거짓'으로 삭제될 것이다.

인간이 '키이스'나 '어번'의 모든 가능성을 미리 프로그램해둘 필요가 전혀 없다. 불의 논리에 따르면 컴퓨터가 모든 변수(가능 성)를 처리하고 알아서 해답을 찾을 것이다.

에이다는 이렇게 썼다.

인간의 머리와 손을 미리 거치지 않고 엔진으로만 양함수를 풀 수 있는 가능성을 보여주는 예로 내 노트에 적어두고 싶은 게 있다.

이는 로그표를 한참 뛰어넘는 발전이다. 에이다는 별을 향해 날아가고 있었다.

1840년대에는 계산 조건이 일반적으로 활용되지 않고 있었고, 따라서 에이다는 자기가 말하는 '연산operation'의 뜻부터 설명해야 했다. "연산이라는 말은 둘 이상의 사물이 맺는 상호 관계를 바꾸는 모든 과정을 통칭한다. 여기서 사물은 가장 일반적인 정의로서 우주의 모든 사물을 포함한다."

*우주의 모든 사물*이라. 참으로 야심만만한 생각이 아닐 수 없다.

에이다는 분석기계를 프로그래밍하면 음악을 쉽게 작곡할 수 있다는 생각을 하며 즐거워했다. (배비지는 집 앞 거리의 악사들과 1인 전쟁을 벌이고 있었다. 특히 손풍금 연주자들과 시비가 많이 붙었다.) 에이다는, 배비지의 기분을 맞춰주려고 그랬는지 잔뜩 약을 올리려 했는지 알 수는 없지만, 어쨌든 이렇게 썼다. "그 기계는 정교하고 과학적인 음악을 작곡할 수도 있어요. 아무리 복잡한 고도의 음악이라도 말이죠."

재미로 한 장난인지 아닌지는 몰라도, 에이다의 이 생각이 얼마나 시대를 앞선 것인지 가늠하기 위해서는, 140년 후인 1980년대를 살펴봐야 한다.

미국의 클래식 작곡가 데이비드 코프는 상당한 성공을 거두었다. 카네기 홀에서 작품이 연주된 적도 있고, 평단에서도 호평을 받았으며, 생계를 유지할 돈도 벌었다.

1970년대 중반 뜻밖에도 창작의 슬럼프에 빠진 코프는 자신뿐 아니라 다른 지능을 가지고 실험하기 시작했다. 인간과의 콜라보레이션이었다면 아무도 이의를 제기하지 않았을 것이다. 그러나 협업자는 AI였다.

코프는 고유한 작곡 프로그램을 창안하고 코딩하기 시작했다. 이 프로그램들은 모차르트·비발디·바흐의 배후 구조를 한 땀 한 땀 해체해서 이미 존재했던 곡을 세상에 존재하지 않은 곡으로 재조립했다. 1980년대가 되자, 코프가 점심으로 먹을 샌드위치를 사러 나갔다 오면 5000곡의 바흐 합창곡이 '새로' 작곡되어 있었다.

코프는 당시의 발견에 흥분하고 있었다. 그러나 비평가들은 큰 감흥을 받지 못했다. '영혼이 없다', '경직되어 있다', '틀에 맞춘 듯하다'는 반응이 대다수였다. 그러나 청중을 대상으로 어느 음악이 '진짜'라고 생각하느냐고 ─ '진짜' 바흐, '진짜' 비발디 등 ─ 설문조사를 해 보면 컴퓨터 음악이라고 응답하는 일이 왕왕 일어났다.

코프는 생각이 깊은 인간이었고, 그에게 음악을 창조하는 프로그램을 만드는 작업의 중요성은, 그 작업이 던지는 질문에 달려 있었다. 우리, 즉 '진짜' 인간들이 숙고해야 할 질문이었다. 중대한 질문은 바로, '진짜'가 무엇인가, 였다. 다음으로 중요한 질문은, '창의성'이란 무엇인가, 였다.

코프의 첫 실험에서 40년이 흐른 뒤, AI는 장족의 발전을 이루었고, 현대 음악은 작곡 과정에서 AI 프로그램을 아주 잘 활용하고 있다. IBM의 왓슨비트, 소니의 플로우머신, 스포티파이의 크리에이터테크놀로지, 덧붙여 '뮤지션이 훈련시킨' 창조적 AI 음악 프로그램으로서 사용자 친화적인 앰퍼뮤직의 앰퍼가 있다.

AI 훈련 과정은 거의 200년 전 에이다가 상상했던 것과 정확히 일치한다. (언니, 멋져요!) 프로그래머-인간은 현존하는 음악의 소재를 최대한 많이 입력해서 프로그램이 자체적으로 패턴을 분석할 수 있게 한다. 템포·비트·코드 진행·보컬·길이·변조 등. 그리고 인간 작곡가가 매개변수parameters를 정하고 ― 업비트 앤섬, 분위기 있는 러브송 등 ― 결과물을 가지고 창의적인 작업을 하면 된다.

앰퍼뮤직에서 자사의 도구들을 설명하는 말을 살펴보자.

> 앰퍼스코어™는 기업의 팀이 수 초 내에 커스텀 음악을 작곡할 수 있게 해주고 자료 음악을 검색하는 시간을 절약해 돌려드립니다. 영상, 팟캐스트, 또는 다른 프로젝트에 음악이 필요하면 앰퍼스코어의 크리에이티브 AI가 여러분이 원하는 정확한 스타일, 길이, 구조에 맞는 음악을 신속하게 만들어드립니다.

그러면 1840년대에 에이다가 했던 말을 짧게 요약해 다시 살펴보자.

이 기계는 정교하고 과학적인 음악을 작곡할 수 있다. 아무리 복잡한 고도의 음악이라도.

*

에이다는 프로그램 음악이 '독창적'인 작품이 될 수 있다고 믿지 않았다. 이건 재미가 없을 거라거나 만족을 줄 수 없으리라는 말과는 좀 다르다. 에이다는 컴퓨터가 데이터를 분석할 수는 있지만 자체적으로 사유할 수는 없다는 주장을 단호하게 견지했다.

분석기계는 독창적 창조를 할 수 있다는 허위주장을 내세우지 않는다. 그것이 수행하게끔 명령하는 법을 우리가 아는 어떤 일이든 할 수 있을 뿐이다.

프로그램이 작곡할 수 있는 종류의 음악에 대한 에이다의 견해는 우리가 지금 다다른 AI의 경지와도 상당히 일치한다.

배경음악이나 호텔로비의 음악, 광고나 프로모션 같은 데 어울리는 시끄럽거나 화려하거나 소울풀한 음악을 찾는다면, AI는 인간의 손길이 거의 닿지 않아도, 별 조작 없이도 원하는 음악을 작곡해줄 수 있다. 그리고 앰퍼뮤직이 지적하듯, 저작권료는 지급할 일이 없을 것이다! 이건 상품으로서의 음악이다.

'독창적' 음악을 작곡하기 위해 AI와 협업하는 일은 여전히 논쟁의 영역이다. 그것은 악보를 읽거나 악기를 연주하는 것도 귀찮고 힘든 일은 누가 대신해주길 바라면서도 명성과 돈은 거머쥐고 싶어 하는 게으른 사람들이나 쓰는 거라고 말하는 음악가들도 많이 있다.

브라이언 에노는 콜라보레이션이야말로 흥분되는 작업이라고 한다. 숙련된 음악가가 AI와 함께 협업하는 일 말이다. 에노는 26번째 앨범 〈리플렉션〉(2017)을 CD로 발매했지만, 또한 하루 중 시간대에 맞춰 음원을 재조립하고 바꾸는 음악생성 앱으로도 출시했다. 에노는 이렇게 말했다. "원래 내 의도는 끝나지 않는 음악을 만드는 것이었다…. 흡사 강가에 앉아 있는 것처럼 말이다. 강은 언제나 똑같은 강이지만 계속 변한다."

그러나 콜라보레이션이 항상 실험의 인간적 부분으로 끝나는 건 아니다.

하츠네미쿠는 보컬로이드 소프트웨어 음성은행이다. 하츠네미쿠는 2007년 일본 회사 크립톤 퓨처미디어가 출시했다. 그녀는 언제까지나 열여섯 살이고, 키는 157센티미터, 체중은 거식증 환자처럼 42킬로그램이다. 터키색이 그녀의 색깔이다. 그녀는 노래를 하고 비디오게임에 출연하고 홀로그램으로 투어를 한다. 하츠네미쿠가 일본에서 엄청난 인기를 끈 한 가지 이유로 신도神道를 들 수 있다. 살아 움직이지 않는 사물들에 영혼이 깃들어 있다고 믿는 신앙이다. 하츠네미쿠의 팬덤 댓글로 미루어보아, 하츠네미쿠는 신앙의 대상이 될 만한 영혼이다. 정확히 말해 살아 움직이지 않는 사물은 아니지만, 그렇다고 인간도 아니다. 하츠네미쿠는 의문을 제기한다.―그게 어떤 관점에서 중요한가? 무슨 의미가 있나?

바람이 종과 파이프를 통해 불어오는 음악을 만든다면 의미가 있나? 아니면 소프트웨어가 음악을 만든다면? 아니면 바흐가 작곡한다면? 아니면 우리가 작곡한다면?

나는 품질의 등가성을 말하는 게 아니다. 그건 전혀 다른 논쟁이다. 다만 누가 혹은 무엇이 작곡했는가를 따지는 것이 논의를 오도하는지 아닌지를 물을 뿐이다.

반대 증거를 들자면 세계 최대의 콘서트 투어 밴드들은 여전히 직접 작곡하고 직접 연주하는 구식 (그리고 점점 더 늙어가는) 남자들이 주류라는 사실이다. 그러나 어쩌면 그냥 한 시대가 막을 내리고 있는지도 모른다.

데이비드 코프의 말을 빌자면 이러하다. "문제는 컴퓨터에 영혼이 있는가가 아닙니다. 우리에게 영혼이 있는지가 문제지요."

블레츨리 파크에서 이니그마 암호해독 기계를 설계하고 제작한 영국 수학자 앨런 튜링은 (영화 〈이미테이션 게임〉에서 배우 베네딕트 컴버배치가 앨런 튜링 역할을 했다) 컴퓨터가 영혼을 가질 수 있는지, 과연 영혼을 가지게 될지, 그런 데에는 관심이 없었다. 다만 컴퓨터가 인간이 입력해주는 것과 상관없이 독자적으로 창조(또한 학습)할 수 있는가에 흥미가 있었다.

튜링은 이와 관련해 에이다 러브레이스의 발언을 문제 삼았다. 물론 우리는 여기서 다시 한번 그가 컴퓨터는 아무것도 만들어낼 수 없다는 그녀의 발언을 110년 후에 문제 삼은 것을 기억해야 한다 (불 논리에 따른 프로그래밍에 의거해 자체적으로 올바른 해답에 이르는 것과는 다른 일이다. 에이다는 인간 지능의 도약 능력을 염두에 두고 있었다. 컴퓨터가 시연할 수 없는 능력이라고 믿었기 때문이다). 에이다의 한계는 시대의 산물이라고, 튜링은 말했다. 그녀는 수중에 있는 것으로만 연구했다. 그리고 그녀의 수중에는… 아무것도 없었다. 배비지가 아무것도 제작하지 않았기 때문이다.

그러나 에이다는 수중에 없는 것을 가지고 연구하는 일에도 능했다. 그녀에게는 남자의 특권도 없었고, 공식교육도 없었고, 컴퓨터도 없었다. 그녀는 에이다였다.

튜링은 1950년 퀴퀴한 흙먼지를 탈탈 털고 죽은 이들 가운데서 에이다를 부활시켰다. 튜링은 에이다의 연구 자료를 꼼꼼하게 정독하고, 소위 〈레이디 러브레이스의 반박〉, 즉 "컴퓨터는 독자적으로 창조할 수 없으며, 따라서 인간적이지도 않고 인간과 닮지도 않았다"는 명제에 자신의 대답을 내놓았다.

에이다에 대한 그의 대답은ㅡ시대를 가로지른 그들의 대화는ㅡ튜링 테스트였다.

1950년의 튜링 테스트는 인간의 등가물로, 혹은 인간과 구분 불가능하다는 의미에서 기계가 인간같이 보일 수 있는 능력을 시험하는 테스트다.

구글은 인공지능 음성 서비스인 구글 듀플렉스가 이미 튜링 테스트를 통과했다고 주장한다. 최소한 전화 예약 업무에 한해서는 그렇단다. 전화선 너머의 인간 예약담당자를 속이는 것이 통과로 간주된다면—구글 듀플렉스는 음색을 조정하고 단어를 길게 끌고 '생각하는 듯한' 침묵을 삽입하여 인간의 말소리처럼 들리게 함으로써 이 기준을 통과했다. 그러나 이런 응답들은 미리 프로그램으로 짜둬야 했다. 그러니 에이다는 여전히 옳다.

튜링은 2000년에 기계지능이 자신의 테스트를 통과할 거라고 예상했다. 그런 일은 일어나지 않았지만, 우리는 더 가까이 다가가고 있다. 그리고 우리가 다가서는 동안 우리는, 아니면 AI는, 그건 중요하지 않다는 결론을 내릴지도 모른다.

메리 셸리는 앞으로 다가올 세계에 에이다 러브레이스나 앨런 튜링보다 훨씬 더 가까이 다가섰다. 새로운 종류의 생명체는 아예 인간과 닮을 필요가 없을지도 모른다(귀여운 도우미 로봇이나 가상 디지털 비서는 그저 여흥거리, 조수, 다리에 불과할지 모른다. 순수한 지능은 '다른 것'이 될 것이다). 그리고 이 사실은 《프랑켄슈타인》에서 뼈저리게, 가슴 아프도록 명료하게 드러난다. 괴물은 애초에 우리와 '닮도록' 설계되었다. 그러나 괴물은 우리를 닮지 않았고 그럴 수도 없다. 이것이 우리가 반드시 들어야 할 메시지일까?

*

에이다는 배비지의 기계가 일종의 음악(배비지의 짜증을 돋울 그런 음악)을 만들 수 있다는 생각에 즐거워했지만, 시詩를 창작할 수 있다는 생각은 아예 떠올리지도 않았다.

1840년대에는 BotPoet(그냥 구글에서 검색하기를)이 없었으니까. (힌트: 이것은 시의 튜링 테스트다.) 에이다는 바이런 경의 딸이었고, 따라서 시인에게 마땅한 존경심을 표하는 것은 중요한 일이었다. 우리는 셰익스피어의 땅('은빛 바다에 박힌 이 귀한 보석')에 사는 영국인이므로, 수학을 제외하면 시는 신에 최대한 근접한 것이었다. 그리고 수학은 이해하지 못하는 사람이 대부분이다. 중요한 행사에서 수학 공식을 낭송하는 일도 없고.

에이다는 자신의 연구를 시적인 과학이라고 묘사했다. 그러므로 두 배로 창의적이며, 감히 알고리즘이 재생산할 엄두도 내지 못한다.

현재까지는 컴퓨터의 시작詩作 실력은 그리 훌륭하지 못하다. 명료하게 분석 가능한 형식이 없기 때문이 아닐까 짐작한다. 공식을 뜻하는 건 아니다. 우리는 시의 작용 원리를 배울 수 있고 또 배워야 한다. 그래야만 우리가 시를 향유하는 기쁨이 더 커지기 때문이다. 그러나 감정적 타점은 미묘하고 딱 짚어내기 어렵다.

감정적 타점은 흡사 기계 속의 유령 같다. 우리는 시의 창작 원리를 알지만, 요정처럼 잡히지 않는 참된 시성은 죽어도 병 속에 들어가려 하지 않고, 뭐랄까, 병조림이 되기를 거부한다. 우리/AI는 소네트나 빌라넬을 짓거나 2행연구나 무운시를 쓰는 법을 배울 수 있지만, 마법을 일으키는 건 어떻게 해야 할까? 시의 신비로운 면모는 창발적 속성emergent property과 같아서 언어로부터 일어나지만, 딱히 단어에 있는 건 아니고 심지어 단어의 배열에서 나오지도 않는다. 의식이 두뇌/정신으로부터 나오지만, 두뇌/정신이 아닌 것과 마찬가지다. 그렇지만, 그렇다고 단어를 빼면 시에 무엇이 남는가? 두뇌/정신을 빼면 의식에 무엇이 남는가? 답: 뭔가 다른 것이 남는다. 기묘하지만 그게 사실이다. (153쪽에 수록된 에세이 〈무겁지 않아요, 나의 부처님이니까〉를 참조할 것.)

*

그러나 허구라면—자, 그건 또 다른 얘기다. 누구나 가슴에 소설 한 편쯤 품고 있지 않은가, 안 그런가?

현재 온라인에는 소설 창작 앱이 넘쳐난다. 이야기를 직조하고 플롯을 매끈하게 다듬고 반전이 필요할 때 플롯을 꼬고 대화를 조절하고 어휘를 확장하고(아님 말고) 문법처럼 단순한 작업을 처리하는 앱. novelWriter는 어지러운 소제목을 정리해주고 더 잘 통할 만한 판본으로 포장해 준다.

예를 들자면 내가 '고양이가 탄광에 떨어져 연산능력을 지닌 거대한 생쥐의 비밀 세계를 발견한다'는 문장을 타이핑해 입력한다고 치자. novelWriter는 캐릭터의 구성요건과 (생쥐들이니 캐릭터가 아주 많이 나올 터이다) 플롯 반전을 작성하는 일을 도와줄 테고, 우와, 그럼 나는 (생쥐에 대한) 소설을 뚝딱 한 편 써내게 된다.

반면 내가 "엘리자베스 1세 시대의 젊은 남자가 어느 날 아침 일어나 보니 터키에서 여자가 되어있었다"라고 입력한다 해도 버지니아 울프의 《올란도》를 쓰게 되지는 못할 것이다. 뭐, 어쨌든 이미 나와 있는 작품이니까.

어쩌면 《창조력 코드》를 쓴 수학자 마커스 드 소토이가 했던 말처럼, 2050년 노벨문학상은 알렉사Alexa에게 돌아갈수도 있다. 이거야말로 수학장이들의 복수가 될지도 모르겠다.

자가생성 소설이라. 새로울 것도 없다. 1844년 풍자 잡지 〈펀치〉에 다음과 같은 배비지 패러디가 실렸다.

> 귀하에게… 본인은 문체와 주제를 가리지 않는 최신형 기계식 소설 창작기의 생산에 완벽한 성공을 거두었습니다.
>
> – 배비지

그리고 다음과 같은 증언이 이어진다.

> 이 기계의 도움을 받아 나는 48시간이라는 짧은 시간 내에 세 권의 소설을 완성할 수 있었습니다. 예전에는 그런 목적을 달성하는데 보름 동안의 노동이 필요했지요….

게다가

> W 경이 할 일은 이제 당대 가장 인기 있는 작품에서 수십여 줄을 뽑아 던져 넣는 것 말고는 달리 하나도 없습니다. 그러면 상대적으로 짧은 시간 내에 말끔하고 새롭고 독창적인 소설이 나

오게 됩니다….

노력형 외톨이 천재가 수고롭게 1만 시간의 노력을 투입할 필요가 없어진 거다. 이건 워홀이 등장하기 전의 팝아트다. 대중을 위한 예술이 아니라, 대중에서 나온 예술이고, 대량의 예술이다.

희귀하지 않다. 낯설지도 않다. 특별하지도 않다. 계속적이고. 결합적이고. 컴퓨터다. (점심 샌드위치 살 시간에 작곡된 5,000곡의 바흐 합창곡들. 브라이언 에노의 영원한 앱.)

이는 인간에게 무엇을 의미할까? 창조력에는?

아니 내가 하려던 말은, 의미란 무엇인가? 인간에게 의미란? 창조력에게 의미란?

우리는 그런 용어들을 새롭게 상상해야 한다. 인간. 창조력. 의미.

여기 월드와이드 웹의 아버지 팀 버너스-리가 있다.

중요한 건 연결에 있다. 글자가 아니다. 글자가 함께 엮여 단어가 되는 방식이다. 단어가 함께 엮여 구절이 되는 방식이다. 구절이 아니다. 문서에서 구절이 함께 엮이는 방식이다…. 극단적인 관점에서 세계는 오로지 연결로만 볼 수 있다. 다른 무엇으로도 볼 수 없다.

－〈웹을 직조하기〉TB-L, 2000

또는, E. M. 포스터가 1910년에 소설 《하워즈엔드》에서 쓴 표

현처럼: 오로지 연결하라.

아니, 에이다의 표현대로, '물질의 작용과 추상적인 정신 과정[10] 의 연결 고리가 수립된다….'

2021년 구글의 다음 목표는 앰비언트 컴퓨팅이다. 사방을 에워 싸는 연결성이다. 하드웨어/소프트웨어/사용자 경험/기계-인간 상호작용. 사물인터넷. 모두가 통합된다. 고양이 출입문부터 커피 머신까지. 음성인식 디지털 비서. 3D 프린터. 스마트홈. 모두 함께 작용한다. 눈에 보이지 않게. 항구적으로. 클릭할 필요도 없다. 생 각만 하면 나타날 것이다. 마술 램프. 물질의 작용. 추상적인 정신 과정.

궁극적으로―그리고 에이다는 이 점에서 옳았다―물질의 작 용과 추상적 정신 과정 사이의 연결 고리는 이른바 '현실'이라고 부르는 바를―철저히―다시 상상하게 될 것이다. 머지않아 이 새롭게 상상한 '현실'이 우리가 세계라고 부르는 것이 되리라.

---

10) mental process. 감각 및 지각 과정을 통해 물체나 현상을 이해하고 기억 및 추론 등
     사고과정을 통해 문제를 해결하는 심리적 정보 처리 과정.

전망 좋은 방직기

뇌는 마술에 걸린 방직기다. 셔틀 수백만 개가 획획 날아다니며 녹아 사라지는 패턴을 짜낸다.

─ 찰스 셰링턴, 신경생리학자이자 노벨상 수상자, 1940년

새롭게 등장해 발전하는 AI가 인류에게 열어준 새로운 여정과 목적지를 이해하려면, 지금 우리가 있는 자리까지 어떻게 도달했는지를 생각해 보는 게 도움이 된다. 우리 세계에서 벌어지는 거대하고 결정적인 변화는 산업화와 함께 시작되었다.

지구의 나이가 대략 45억 살이고 2017년 모로코에서 발견된 가장 오래된 호모사피엔스 화석이 30만 년 된 거라는 점을 생각하면, 지난 250년 동안 일어난 일은 시간의 기준으로는 미미할 뿐이다. 1780년대에 지어진 내 런던 집도 그만큼은 나이를 먹었다.

앞으로는 250년이 아니라 25년만 흘러도 인류는 지능적 기계

intelligent machine와 체화되지 않은 인공지능non-embodied AI이 일상의 일부가 된 세계에 다다를 것이다. 우리가 현재 개발하고 있는 여러 별개의 가닥이—사물인터넷, 블록체인, 유전자학, 3D 프린팅, VR, 스마트홈, 스마트섬유, 스마트 임플란트, 자율주행차, 음성인식 AI 비서—함께 작동할 것이다. 구글은 이를 앰비언트 컴퓨팅이라고 부른다. 앰비언트 컴퓨팅은 우리 주위를 에워싼다. 우리 안에 존재한다. 이 미래는 도구나 구동체제에 있지 않다. 미래는 '공조co-operating' 체제에 있다.

이 기술은 빠르게 진전되고 있다. 데이터의 시대는 지구라는 행성이 맞은 가장 큰 변화가 될 것이다. 심지어 1차 산업혁명보다도 더 큰 변화다. 그때 우리는 눈을 껌벅이며 수백 년 묵은 농업 경제에서 나와 두 눈을 휘둥그레 뜨고 산업 경제라는 매일의 악몽 앞에서 정신을 다잡아야 했다. '기계 시대=진보'라고 써 봤자 도움이 되지 않는다. 한 단어로는 충분치 않다.

사회적·심리적·환경적으로 우리가 치러야만 했고 또 지금도 치르고 있는 진보의 비용은 가히 어마어마하다. 회계는 단순히 숫자에 그치지 않는다. 회계는 책임이다. 이번에는, 진보의 진짜 비용을 똑바로 정산하고 산입해야 한다.

지구과학자 제임스 러브록(가이아 이론의 창시자다)은 인류가 소위 인류세(Anthropocene. 그리스어로 '인간'을 뜻하는 안트로포스Anthropos에서 나온 말이다) 말기에 다다랐고, 곧 완전한 새 출발을 통해 노바세(Novacene, 천문학에서 노바nova은 갑자기 엄청나게 폭발적인 에너지를 발산하는 별, 신성을 가리킨다)에 진입하게 된다고 말한다.

레이 커즈와일(특이점 이론의 창시자)과 마찬가지로, 제임스 러브록 역시 이 새로운 출발은 돌이킬 수 없을 거라 믿는다. 인공지능이 도구로 머무는 시간은 그리 길지 않을 것이다. 생명체가 될 테니까.

그러나 그런 일이 일어나기 전에, 먼저 우리 인간들 모두가 컴퓨터 세상에 살게 될 것이다. 시뮬레이션을 말하는 게 아니다. 그것도 이미 충분히 현실이 되었을 수 있겠지만 말이다. 지금 내가 말하는 건, AI와의 인터페이스와 분리할 수 없고 철저히 의존하는 사회다.

우리는 과거로부터 배워야 한다. 그것이 과거의 쓸모다.

그러니 미래가 태동하던 시점으로 과거 여행을 떠나자. 영국에서. 증기 동력. 증기로 구동되는 방직기의 시대로.

실을 잣고 베를 짜는 일은 인간의 역사에서 가장 오래된 두 가지 기술이다. 적어도 12000년을 거슬러 올라간다. 인간은 옷과 덮을 것이 필요하다. 자동화는 우리가 생필품을 생산하는 방식을 바꿔 놓았다.

*

1700년대의 영국은 양모가 시작이고 끝이었다. 양떼를 생각하면 된다.

내 고향 랭카셔에서는 다들 양을 백금이라고 생각했다. 옷으로 만들어 입고 러그를 만들기도 하고 잡아먹을 수도 있었다. 소와 달리 양은 키울 때 필요한 것도 소박하고, 야외에서 혹독한 겨울을 날 수도 있다. 양은 산업화 이전의 경제적 기적이었다.

영국인들은 양모에 집착했다. 머리에서 발까지 양모 브로드클로스[11]로 차려입고 니트 양말을 신지 않으면 남부끄러워 다닐 수 없다고 생각했다. 심지어 팔월에도 말이다.

면화는 서부 유럽에서 자라지 않는다. 1700년대 영국으로 수입된 면 제품은 인도에서 왔고, 인도의 면화 제품에 쓴 돈은 영국 양모에 쓰지 않은 돈이었다.

면화는 하늘하늘하고 가볍고 예쁘게 염색되고 금세 빨아 말릴 수도 있었다(모닥불 위에서 물을 뚝뚝 흘리는 양모 정장을 생각해 보라). 무엇보다 면화는 피부에 닿는 감촉이 껄끄럽지 않았다. 여자들이 1800년대까지 속바지를 입지 않은 게 놀랍지 않다.

그러나 면화는 값이 비쌌다. 1700년에, 페달로 구동하는 물레로 능숙하게 실을 잣는 사람이 지저분한 면섬유 더미로 1파운드(450그램)의 실을 잣는데 40시간이 걸렸다.

이 일은 여자들이 도맡아 했다. 여자들이 애초의 실 잣는 인력이었다.[12]

---

11) Broadcloth. 고급 셔츠와 블라우스에 사용되는 얇은 원단.

실 잣는 일은 현금과 영광이 따르는 버젓한 직업이었다. 실 잣는 사람Spinster은 남자를 찾는 데 '실패한' '한물간' 여자가 아니라 마음만 내키면 독자적으로 생계를 꾸릴 수 있는 지역사회의 귀한 일원이었다.

솜털 같은 섬유를 꼬아 물레에 거는 일은 기계화할 수 있는 작업이었다. 반복적인 일은 뭐든 기계가 훨씬 빨리 수행할 수 있다. 남자와 여자가 손으로 실을 자은 지 수천 년이 지나, 제임스 하그리브스의 기기 '실 잣는 제니Spinning Jenny'(1764)와 새뮤얼 크롬턴의 '실 잣는 노새Spinning Mule'(1779)가 1파운드의 실을 잣는 시간을 40시간에서 3시간으로 줄였다. 그리고 이 시간은 금세 90분으로 줄었다. 그리고 1785년 에드먼드 카트라이트는 실 잣는 시간이 아니라 베 짜는 시간을 획기적으로 줄였다. 동력 방직기가 새 공장들에 설치되었고, 세기말이 되자 위대한 산업화의 시대가 막을 올렸다.

산업혁명은 실용성의 혁명이었다.

인간들은 수천 년에 걸친 시행착오를 통해 터득한 모든 것을 새롭게 다시 만들었다. 옷, 공장, 운송, 난방, 조명, 무기, 의학, 건설. 더 빨리. 더 값싸게. 더 많이.

'더 작게' 만든다는 생각이 생겨나기까지는 시간이 한참 더 걸

---

12) 그래서 실 잣는 사람이라는 뜻의 spinster가 훗날 혼기를 지난 비혼 여성을 의미하게 되었다.

렸다. 1950년대가 되어 트랜지스터라는 전자 혁명이 일어날 때까지는 '소형'이 그리 중요하지 않았다.

19세기의 슬로건은 이런 것들이었다. '클수록 좋다'(실크해트, 크리놀린[13], 굴뚝, 철교, 엔진, 배, 대포, 그리고 물론 공장들도. 광대한, 비인간적인 규모. 《프랑켄슈타인》에서 예고한 괴물로서의 기계도).

증기기관은 선례가 없었다. 노새와 동력 방직기는 아무런 유산도 준비되지 않은 상태에서 등장했다. 그들은 제우스의 두뇌에서 튀어나온 아테네처럼 불쑥 튀어나왔다.

－〈랭카셔 지역의 제조업 탐방에 관한 단상〉, W. 쿡 테일러, 1842년

1860년에도 영국은 여전히 세계에서 유일한 산업화 경제였고, 전 세계 철과 섬유의 절반을 생산하고 있었다(잠시만 이 사실을 숙고해 보자).

새로운 도시들을 상상해 보라. 증기로 구동되고 가스등이 밝혀진 거대한 공장들. 그 사이에 빽빽이, 다닥다닥 붙어 있는 연립주택. 쓰레기, 연기, 염색약과 암모니아, 유황과 불타는 숯의 악취. 밤낮없이 쉬지 않고 이어지는 활동, 방직기 소리와 석탄배달과 자갈돌로 포장된 도로를 달리는 마차와 무자비하게 철컹대며 돌아가는 기계의 굉음. 득시글거리는 인간의 삶.

---

13) 스커트를 부풀리기 위해 말총 등으로 만든 딱딱한 버팀대.

내가 태어난 곳 맨체스터는 머지않아 세계의 면화 수도가 되었고, 1차 세계대전 무렵에는 세계 면화의 65퍼센트가 면화 도시 맨체스터에서 처리되었다.

미국이 원면 대부분을 공급했다. 영국과 과거 식민지의 관계는 결정적이었다. 수백만 에이커의 땅과 수백 수천의 노예들이 목화를 재배했다. 1790년에는 남부 농장들에서 수출하는 목화가 어림잡아 3,000 베일에 달했다. 1860년에는 수출량이 450만 베일이 되었다.

산업혁명은 환경 역사의 티핑포인트[14]다. 화석연료가 세계를 변화시킬 만큼 대량으로 땅에서 채굴되었던 때다. 영국은 석탄이 많았고 석탄을 활용해 초기의 우위를 점했다. 석탄은 나무보다 더 뜨겁고 더 오래 타며, 가장 중요한 사실인데, 일단 소정의 온도에 다다르면 꾸준히 유지할 수 있다. 석탄 용광로는 고압의 증기를 생산할 수 있었다.

열을 운동으로 바꿈으로써 증기 동력이 가능해진다. 처음에는 탄광의 물 펌프로, 다음에는 증기 동력 방직기로, 나중에는 철도 차량과 철선鐵船으로. 전례 없는 일이었다. 과거와의 철저한 단절. 배(물에 뜨는 탈것인데)를 철로 제작하는 것보다 더 본능을 거스르고 부자연스러운 것이 또 있을까? 그렇게 무거운 소재는 가라앉을 수밖에 없는데. 노도 없고, 돛도 없고, 바람도 필요 없다. 일종의

---

14) 작은 변화들이 어느 정도 기간을 두고 쌓여, 이제 작은 변화가 하나만 더 일어나도 갑자기 큰 영향을 초래할 수 있게 된 지점. 결정적 변곡점.

마술이 동력이 된다. 더럽고, 지저분하고, 냄새 나는 흑마술.

이건 단순히 새로운 종류의 기술이 아니었다. 새로운 폐기물이었다. 이것은 오염의 시작이었다. 땅, 공기, 물, 곡식, 인간의 오염.

프리드리히 엥겔스는 돈과 불행이 동량으로 축적되나 결코 동등하게 배분되지 않는다는 점을 관찰했다. 그리고 1845년에 《영국 노동자 계급의 상태》를 펴냈다.

> 누더기 차림의 여자와 아이들 무리는 마구 쌓여 있는 음식쓰레기와 오물을 먹고 사는 돼지처럼 더럽다 ─ 하수구도 포장도로도 없다 ─ 사방 어디나 더러운 물웅덩이들 ─ 공장 굴뚝의 시커먼 연기. 측량조차 할 수 없는 오물과 악취.

당시를 설명하는 자료에서 반복되는 말들: 쓰레기. 악취. 소음.

1818년(메리 셸리가 《프랑켄슈타인》을 출간한 해다)에 태어난 칼 마르크스는 친구 프리드리히 엥겔스와 함께 맨체스터의 거리를 걸었고, 이 경험을 기반으로 《공산당 선언》(1848)을 썼다.

공장의 새로운 기계 설비로 인당 생산성이 25퍼센트 증가했다 (이 통계는 얼렁뚱땅 넘어가지 말고, 함의를 곰곰이 생각해 보길). 그러나 임금은 산업화 이전보다 5퍼센트도 늘지 않았다. 이제 사람들은 음식과 연료가 무료였던 시골의 경제를 벗어나 급성장하는 도시에서 살게 되었다. 그곳에서는 모든 것을 돈으로 사야 한다.

마르크스가 《공산당 선언》 2장에서 했던 말은, "신속하게 움직여서 다 깨부수자"(마크 주커버그 — 페이스북)라는, 우리 21세기의 빅테크 정신과 섬뜩하게 닮았다.

제품의 꾸준한 혁신, 모든 사회적 조건의 부단한 동요, 끝없는 불확실성과 불안은 부르주아 시대를 이전의 모든 시대와 구별한다…. 견고한 모든 것이 녹아 허공으로 사라진다.

당시의 근거에 따르면, 마르크스에게 기술적 발전은 사회 혁명을 보장했다. 진보는 천정부지로 치솟는 이윤의 인간적 비용을 철저히 무시하고 진행되었다. 남자와 여자들의 목숨으로 값을 치렀다. 그건 전시에 예상되는 돌연한 인명의 희생이 아니라 오래도록 길게 늘어지는 지상의 지옥이었다. 인민혁명은 일어나게 되어있다고, 마르크스는 말했다. 그 대안은 차마 삶이라 할 수 없으니까.

심지어 지금도 — 아니 그보다, 지금 또 다시라고 해야 할까 — 현재의 신자유주의 선전 탓에, 산업혁명을 편리하고 단순하게 해석하자면 모두를 위한 진보다. 진보의 가도에서 그저 몇 가지 적응기의 문제점이 있을 뿐이다.

러다이트Luddite라는 단어는 여전히 진보에 반대하는 구식 인간형을 의미한다. 그러나 19세기 초반의 러다이트는 진보에 반대하지 않았다. 착취에 반대했다.

1812년의 기물파손법으로, 동력 방직기를 파괴하면 사형에 처할 수 있게 됐다. 러다이트가 목숨을 걸었던 건, 아르카디아처럼 감상적인 목가적 낙원으로 돌아가기 위해서가 아니라, 자식들을 먹여 살릴 돈을 벌기 위해서였다.

새로운 세계질서에서 자본과 사유재산은 사형죄로 보호받았다. 인간의 노동은 무방비로 방치되었다. 노동계급의 남녀는 저임금, 혐오스러운 조건, 고용 불안정에 대처해야 했다. 그들에게는 진보도 발전도 없었다.

산업혁명 초기 50년의 신체적 정신적 고통은 인구 증가로 인해 더 커졌다. 1800년에 약 천만이었던 인구는 1840년에 거의 두 배로 증가했다. 아이가 많아졌다는 건 먹일 입이 늘어났다는 뜻이었다. 그러나 아이들은 입 이상이었다. '어린이'였다.

1832년이 되어서야 9세 이하 어린이의 공장 노동이 금지되었다. 그때에야 10세 이상 어린이의 노동 시간이 주당 48시간으로 제한되었다.

다시 한번 써야 할까? 10세 아동의 노동 시간이 1주일에 48시간이었다.

사실을 말하자면, 산업혁명 초기 50년은 전례 없는 혁신뿐 아니라 전례 없는 불행의 시간이었다. 그리고 그건 단지 공장 지옥의 문제만은 아니었다.

1815년까지 영국은 프랑스와 전쟁과 휴전을 반복하고 있었다. 대체로는 반혁명의 선제조치였다. 1789년 자유·박애·평등의 기치를 높이 든 프랑스 혁명의 성공은 새로운 종류의 사회질서를 — 진

영에 따라 — 약속하거나, 위협했다. 그리고 그것은 1776년 미국 독립선언문과 그 유명한 서두인 "우리 국민들WE THE PEOPLE"로 부터 불과 몇 년 후였다.

영국에서는 이 거대한 정치적 격변에 이어 영국인을 위계적 계급 정신에서 끌어내기 위해 잉글랜드에 살고 있던 미국인 토머스 페인이 《인권》(1791)을 발간했다.

페인의 책은 우리가 현대적이라고 생각하는 개념을 규정하고 탐구한다. 바로 현재 위기에 처해 있는 개념. 바로 '인권'이라는 관념이다.

페인은 사람들이 안전을 기대할 수 있어야 한다고 주장한다. 일신의 안전, 사유재산의 안전, 그리고 (공유지) 접근권, 직업 안정성, 임금 안정성. 세금은 진보적이어야 한다. 부자가 가난한 사람보다 더 많이 내야 한다. 교육은 누구나 받을 수 있어야 하고 교육비는 지원되어야 한다. 보편적인 노후 연금 제도가 있어야 한다. 유급 출산휴가. 청년을 위한 정부 지원 직업교육.

정부는 만인의 선을 위해 존재하는 거라고 페인은 말했다. 그렇지 않다면 폭정이므로 전복해야 한다고.

영국과 프랑스의 전쟁은 다른 곳에서 적을 만들었다. 국내의 가난, 착취, 불평등으로부터 주의를 돌려줄 확실하고도 편리한 외부의 적.

전쟁은 남자들을 군대로 징집할 기회기도 하다. 남자들이 없어진 결과 여자들이 그들의 일을 해야 했다. 공장에서는 노동자로 여자와 어린이를 더 선호했다. 임금을 적게 주어도 되기 때문이다.

(지금도 그렇지만 그때도) 임금을 적게 주는 기준은 젠더였다. 게다가 직종의 등급을 낮추는 이점도 따라왔다.

예전에 남자가 하던 일을 여자가 하게 되면 직종 자체의 급이 낮아졌다. 산업혁명 시기에 마치 남성 우월주의처럼 보였던 현상, 즉 남자 노동자들이 여자들에게 기기 조작법을 훈련하지 않겠다고 거부했던 건 사실 생존투쟁이었다. 남자는 아내나 누이가 그의 일을 할 수 있으면, 그가 돈을 적게 받게 된다는 것을 알고 있었다. 그리고 불경기에는 둘 중 한 사람에게만 일자리 제안이 들어왔다. 남자 쪽이 아니었다.

그러나 모두가 공장 일을 했던 건 아니다. 산업혁명 초기에는 시골 경제가 여전히 지배적이었다.

영국 역사의 이 시기는 인클로저의 역사다. 지역 지주들이 공공지나 공유지를 빼앗아 사유지로 편입했다. 역사책이 왜 아직도 '인클로저'라는 말을 쓰는지 도저히 알 수가 없다. 무슨 포옹처럼 들리는데.

인클로저는 부자를 위한 부자들의 토지 수탈이다. 인클로저는 도둑질이다. 국내에서 벌어진 식민주의다.

1801년 보편 인클로저 법으로 수탈자들이 토지를 수탈하기는 훨씬 쉬워졌지만 다른 사람들은 모두 힘들어졌고 어떤 것도 할 수가 없어졌다. 심지어 적당하게 번창하던 소규모 농부들도 어려워졌다. 보상을 받는 사람들도 있었지만, 돈은 금세 쓰여 없어졌다. 반면 땅은 없어지지 않았다.

공유지 또는 헐값으로 임대하던 토지가 인클로저로 사유화되자 통나무 오두막에서 살며 고작 양 몇 마리 소 한 마리나 치고 살던 사람들, 정원 너머로 텃밭을 가꾸던 테라스하우스 주인들은 갈 곳이 없어졌다. 집을 덥히거나 요리를 할 땔감을 공짜로 주워 올 수 없게 되었다. 모두를 위해 공유지로 지켜지던 곳은 사유재산이 되었다.

물론, 이런 일은 전 세계에서, 항상, 일어나 왔다. 이번에, 잉글랜드에서, 달랐던 것은 의회가 제정한 법이 체계적으로 장기간에 걸쳐 강제 집행된 점이다. 1800년대 초부터 1870년대 후반까지 인클로저 법은 대지주에게 유리했다.

인클로저는 개인과 지역사회 모두에게 대재앙과 같았다. 하지만 종종 비공식적인 교환 체계를 통해 균형을 맞추기도 했다. 토지와, 토지가 제공하던 음식과 연료라는 덤이 사라지자, 공장의 더러운 문을 두드리지 않았을 수많은 사람이 공장으로 모여들었다. 내가 이 말을 하는 이유는 이 당시의 기록이 자신의 이득을 추구하는 자들의 미화가 아니라 노동자들 자신의 상태를 설명하는 기록이기 때문이다. 이 기록들은 공장의 노동자들이 그 체제를 얼마나 미워했는지를 잘 보여준다. (이에 대해 더 많이 읽고 싶으면 엥겔스부터 시작해서 E. P. 톰슨의 《영국 노동계급의 형성》을 읽어보라.)

인클로저로 인해 강제로 토지를 잃고 과잉 공급된 가난한 노동자들이 공장의 임금을 급격하게 낮췄다.

산업혁명 이전에는 내 호주머니의 돈이 그렇게까지 중요하지 않았다. 자기 텃밭에서 난 재료로, 자기가 키우는 암탉과 돼지와 소와 양으로 만든 음식을 식탁에 올릴 수 있다면, 필요한 옷가지를 직접 만들고, 땔감을 줍고, 물물교환이나 판매를 통해 다른 필요를 충족할 수 있다면, 호주머니에 돈이 거의 없어도 그럭저럭 살 수 있었다.

산업혁명 이전에는, 대토지를 소유한 부자도 현금은 거의 없었다. 그래서 상속녀와 결혼했다.

임금 상승을 통해 '가난'에서 벗어나 '출세'할 수 있다는 전제는, 경제적 '진보'로 인해 처하게 된 궁핍에 대해 아무 말도 해주지 않는다.

임금이 진보의 기준으로 활용된 건, 산업화와 임금으로 버는 노동계급의 형성 이후의 일이다.

그러나 물론, 임금은 경제적 보상도 있으면서 자본주의의 일차원적 기준을 거부하고, 그러면서도 생산성 높고 즐거운 활동에서 나오는 복지·독립·행복·정신건강과는 아무 상관이 없었다.

하지만 드디어 임금도 (우리는 지금 40년의 세월을 말하고 있다. 당시 사람들의 평균수명보다 더 긴 시간) 오르기 시작했다.

세계 최초의 직능조합은 맨체스터에서 조직되었다. 노동자들은 전면적으로 혁명을 일으키는 것보다 협상을 할 때 자신들의 힘이 더 커진다는 걸 깨닫게 된 것이다.

대호황이 지속하는 동안, 공장노동자들에게 돈을 더 많이 주는 일에 모두의 이득이 걸리게 되었다. 그래야 노동자들이 상품을 사고 술도 살 수 있기 때문이다. 진Gin 중독은 영국의 악습이었다. 산업혁명 이전부터도 그랬지만 오로지 도시에 국한된 해악이었다. 그러나 이제 새로 생긴 도시들과 새로운 빈민가들의 조합이 술 취한 하층민을 어마어마하게 많이 만들어냈다.

하루에 14시간 일하고, 감자수프를 먹고, 상수도도 없고, 흙먼지 바닥에서 열 명이 함께 자야 한다. 상황이 변할 거라는 기대 한 점 없이.

이런, 진이나 돌려 마셔야겠다.

마르크스가 옳았다. 과거의 의리, 과거의 전통, 일말의 온정주의마저 인클로저와 산업화라는 이중의 타격을 견디지 못하고 잔인성과 배신으로 파괴되었다. 결정타나 다름없었다. 휘청거리며 정신을 차린 노동자들은 간신히 집단소송을 시작했고, 점차로 공동체 의식도 생겨났다. (연대감.)

마르크스가 예상했던 인민혁명이 아니었다. 철저히 새로운 계급은 예전처럼 길드도, 장인정신도, 교구도, 가족의 연대도, 종교적 교파로도 묶이지 않고 그저 노동자라는 단순한 사실로 형성되었다.

그리고 이 연대는 영국 내의 노동자들을 훌쩍 뛰어넘어 확장되었다.

1862년 맨체스터의 자유무역회당에서 랭카셔 면화 노동자들은 미국 남부 노예제도에 반대표를 던지고 북부와 노예제 폐지를 후

원하기로 결의했다. 노동자들은 상당한 난항이 따르리라는 걸 알고 있었다(난항이 얼마나 상당할지도 잘 알고 있었다). 그러나 이제 세계화는 자유무역 이상을 의미했다. 정보시대의 시작이었다.

맨체스터의 노동자들은 미국의 남부 주들에서 흑인 노예들에게 일어나고 있는 일을 예의주시했다. 맨체스터 사람들의 대다수는 유색인을 본 적도 없었다. 흑인 하인들이 ─ 특히 런던에 ─ 있긴 했지만, 영국은 압도적으로 백인의 나라였다.

대서양을 가운데 두고, 일부는 미국의 플랜테이션에, 일부는 영국 공장에 있던 면화 노동자들의 연대는, 징고이즘[15], 토착주의, 인종주의를 초월했다. 영국으로의 이민이 눈에 띄게 늘어난 후에 인종차별은 없었다거나 행태가 추악하지 않았다는 이야기가 아니다(나는 이 시기를 1948년 영국 국적법 이후로 추산한다). 다만 영국 면화공장 노동자들이 미국 노예제도를 실제로 반대했다는 말이다.

1865년 미국의 남북전쟁으로 노예제도는 합법적으로 종식되었다. 향후 미국의 100년은 노예제도 종식 이상의 성취를 이뤄내는 느린 여정이었다. 분리주의 자체가 종식된 후에야 미국 흑인들이 사회적으로 법적으로 완전한 평등을 쟁취할 수 있었다.

노예제의 합법적 종식은 불완전하고 미완이었지만, 매우 중요한 도덕적 이정표가 된 사건이다. 노예제의 법적 종식은 한 인간이 다른 인간을 소유할 수 있는 '자연적' 권리의 근거마저 모두 끝

---

15) 맹목적이고 호전적인 국수주의.

장냈다.

이 문제는 곧바로 여성 문제의 핵심을 겨냥한다.

피부색과 계급을 막론하고 모든 여성은 가장 가까운 남성 친족의 합법적 사유재산이었다. 남편과 사별한 여성들에게는 어느 정도 자치권이 허락되었다.

그러나 어째서 여자가 남자 친족의 소유물이 되어야 한단 말인가? 어째서 여자가 소유한 것, 여자가 번 돈이 당연한 권리로 남편에게 귀속되어야 한단 말인가? 여자가 낳은 아이도 자기 아이가 아니었다. 아들이라면 성년이 될 때까지, 딸이라면 결혼을 통해 다른 남자에게 권리가 넘어갈 때까지, 남편의 소유물이었다.

어째서 여성은 법적으로, 직장에서, 사회에서, 가족 단위에서 평등을 기대하면 안 된단 말인가?

> 한 성이 다른 성에 법적으로 종속되는 일은 그 자체로 잘못이고 지금 인간의 발전에 가장 큰 저해요소가 되고 있다. 세상의 그 어떤 노예라도 아내만큼 철저히, 전적으로, '노예'라는 말의 모든 의미에서, 노예답지는 않다.
>
> — 존 스튜어트 밀, 《여성의 종속》(1869)

메리 울스턴크래프트(메리 셸리의 어머니)는 여성의 입장에서 토머스 페인의 《인권》에 해당하는 저작을 썼다. 《여성의 권리 옹호》는 여성의 교육, 투표권, 재산권, 여성의 고용을 논했다. 그리고 페인의 책보다도 훨씬 더 참혹한 혹평을 받았다. 남성 일색의 특권층에게 사회 민주주의란 혁명과 다를 바 없었다.

그러나《여성의 권리 옹호》는 페미니즘에 울려 퍼진 출발의 총소리였다.

산업화가 방아쇠를 당겼다.

공장에서, 광활하게 팽창하던 도시에서, 대규모의 집단을 이룬 여성들이 직장에서, 길거리에서 서로 만났다. 규모 면에서나 일상의 빈도 면에서나 완전히 새로운 현상이었다. 남자들은 언제나 가정 밖에서 서로 만났다. 공장 경험은 잔혹하긴 해도, 가족·마을·농장·교회·집안일을 초월해 여자들이 서로 연대할 수 있도록 해주었다.

이 여성들은 이제 서로 대화를 나누었다. 이 여성들은 이제 자신들이 남자만큼 힘들게 일하고 있음을 깨달았다. 집안 살림도 하고(가축우리만도 못한 집이지만) 아이들도 돌보고 있었다. 일주일에 60시간씩 일하면서 가정까지 떠받치고 있었다. 그런데 어떻게 법적 권리 하나 없이 열등한 인간으로 분류될 수 있었을까? 어째서 같은 노동을 해도 남자보다 임금을 적게 받았을까? 어째서 여자는 가장 가까운 남성 친족의 소유물이어야 했던 걸까?

영국에서는 1970년대가 되어서야 성차별이 법적으로 금지되었다. 여기에는 동일임금, 평등한 신용과 저당 접근권, 교육과 고용의 균등한 기회가 포함된다.

1974년 미국에서 신용 기회 균등법Equal Credit Opportunity Act이 발효되었다.

경제적 사회적 진보(핫한 단어다)의 맥락에 놓고 보면, 옛날 지미 하그리브스가 세상을 뒤바꿀 자신의 발명품을 제니(실잣는 제니)라고 명명했던 때로부터 무려 200년의 세월이 흘렀다.

여자들은 지금도 남자와의 완벽한 평등을 향해 나아가고 있다. 전 세계에 걸쳐 아무 데로도 나아가지 못하고 발이 묶인 여성도 수백만 명에 달한다. 진보는 그들에게 아직 구체적인 형태로 모습을 드러내지 않았다. 전 세계의 문맹은 대략 8억 명이다. 그중 3분의 2가 여성이다. 이 구성비율은 20년간 변함이 없다.

진보.

진보라는 단어를 우리는 무슨 뜻으로 쓰는가?

기술적 혁신? 사회 변혁? 생활 수준? 교육? 평등? 세계화? 모두를 위한 것?

과거의 교훈을 짚어보면 소수가 아니라 다수를 위한 혁신을 위해서는 정부가 법제화를 해야 한다.

19세기에 들어서며 사람들은 다음과 같은 일들을 법제화해 시행해야 한다는 사실을 깨닫기 시작했다. 이런 조치들이 당연한 것으로 자리 잡은 건, 20세기의 일이다.

근로 시간을 제한하고 유급 휴가를 의무화하는 공장법.

공장과 직장에서 기초적 위생과 안전의 보장.

어린이 교육. 인간의 일생에서 보호받아야 할 기간으로서 유년기의 개념 정립.

고용 안정과 최저 생활임금[16] 보장을 위한 노조 결성.

기업의 세금으로 후원하는 위생화(상하수도, 배수관)와 거리 조명.

노동자들을 위한 저렴한 대중교통.

노동자들을 위한 도서관. 야간학교.

심지어 도시공원까지도. 그렇다, 공원 부지는 19세기 말로 바꾸면, 아이고, 우리가 인클로저 때 공유지를 다 훔치긴 했지만 말이야, 걱정하지 말라고. 여기 잔디도 좀 있고 분수도 있고 그렇잖아, (그리고 '위인'의 동상도 간간이 있고), 노동계급의 정신건강과 사기진작을 위해 이렇게 무료로 제공했다고, 에 해당한다.

노동계급. 위대한 노동역사가 E. P. 톰슨의 표현대로 "계급은 관계다. 사물이 아니다."

그러니까 계급은 말이나 집처럼, 명사라는 오해를 받는다. 그러나 계급은 그 자체로 존재하지 않는다. 계급은 사물이 아니다. 그리고 중력과 같은 자연현상도 아니다. 평등한 사회에서는 계급이 존재하지 않는다. 사회 분열은 관계적이다. 선재하는 조건이 아니다.

노동자의 권리와 사회 계약에 대한 19세기의 방임적 반대는 2차 세계대전 이후에 완패했다. 미국에서도, 또 대부분의 유럽 지역에서도.

미국의 마셜 플랜 ─ 마셜 플랜은 사실 유럽에 돈을 빌려주어

---

16) living wage. 임금이 최소한 노동자의 최저생활비를 보장해야 한다는 임금사상 내지 임금체계.

미국의 상품을 사게 하려는 전략이었다 — 을 등에 업은 존 메이너드 케인스의 경제부양책은 부채비율을 유지하는 이데올로기를 밀어붙였는데, 이는 사실상 일부 사람들을 부자로 만들기 위해 다른 사람들을 가난으로 몰아넣자는 생각이었다. 빈곤이라는 문제 앞에 돈을 뿌리자 풍비박산 난 경제들이 성장했다.

1945년부터 1978년 사이에 미국 경제는 두 배 넘게 성장했다. 독일은 유럽에서 가장 효율적인 경제 국가로 재건되었다. 영국은 국민보건서비스(NHS)와 주택공급 프로그램도 마련하며 복지 국가로 발전했다. 물론 완벽하지는 않았다. 인간이 하는 일에 완벽이란 없다. 그러나 1963년 "밀물 때면 모든 배가 물에 뜬다"던 케네디 대통령의 말은 사실이었다.

공장시스템은 — 마침내(!) — 최고 임금을 지급하게 되었다. 자동화에도 불구하고, 또 자동화 덕분에. 미국의 포드 자동차 공장은 생산라인과 로봇공학을 통해 공장시스템을 혁신했다. 그러나 돈은 빠르게 돌고 있었고 미래는 환하고 밝아 보였다. 최고위층의 소수뿐 아니라 평범한 사람들에게도.

자본주의는 상황에 적응한다. 마르크스주의자들은 이 점에서 틀렸다. 자본주의는 경직된 체제가 아니다. 자본주의는 사회주의와 나란히 작동할 수 있다. 중국·러시아·과거의 동독에서 있었던 일들로 볼 때, 자본주의는 공산주의마저 감당할 능력이 있었다.

그건 감탄할 만한 위업이고, 나는 진심으로 감탄한다.

자본주의는 참다운 다원주의다. '적자생존' 같은 싸구려 한 줄

요약이 아니라 진정한 의미에서, 다양하고 놀라운 상황에도 잘 적응하고, 갈 길을 꿋꿋이 가는 능력이다.

사회주의는 자본주의의 대극에 자리 잡을 필요가 없다. 사회주의는 과잉을 조절하고 황소처럼 고집스러운 자유시장의 자기최면에 도전한다. 시장은 신이 아니다. 장기적으로 보면 시장이 스스로 과잉을 조절하겠지만, 케인스의 말대로 "장기적으로 우리는 모두 죽는다."

나는 1970년대에 10대를 보냈다. 유럽과 미국이 전후에 맺은 사회 계약은 무너지고 있었다.

기여 요인은 수없이 많았다. 낮은 생산성, 인플레이션, 석유 위기, 주 3일 근무[17], 베트남 전쟁의 후유증. 1971년 닉슨의 일방적인 금본위제 폐지. 노동조합을 결성한 노동자들과의 아수라장 같은 혈투. (영국에서는 35퍼센트의 임금인상을 요구한 광부들이 주 3일 근무제를 촉발했다. 1985년 집권한 마거릿 대처가 그 대가로 광부들을 철저히 짓밟았다.)

돌아보면, 1970년대는 실제로 서구 산업혁명이 막바지로 치닫던 시기였던 것 같다. 우리는 아직 준비가 덜 된 컴퓨터 시대를 기다리고 있었다. 데스크톱 컴퓨터는 1970년대 중반에야 등장했고, 회사에서 생산된 게 아니라 차고에서 사람 손으로 제작되었다.

가속은 또한 고갈을 낳는다. 인간은 무어의 법칙을 체현하지 않기 때문이다. 마이크로칩의 트랜지스터 숫자는 2년마다 2배로

---

17) 인플레이션과 연료비 상승으로 전력을 아끼기 위해 영국이 1973년 10월 도입한 조치.

증가해 속도를 높이고 가격을 낮춘다. 그러나 인간은 가끔 속도를 늦출 필요가 있다. 우리의 아이디어는 고갈된다.

1970년대 후반은 내게 좌파의 에너지가 고갈된 기간으로 느껴진다. 현실에서 효력을 발휘할 새로운 사상이 전혀 없었다.

그러나 우파의 사상은 차고 넘쳤다. 새롭지는 않지만 새롭게 브랜딩할 준비가 된 사상이었다.

흔한 얘기였다. 규제를 철폐하자는. 모두가 '자유롭게' '시장' 가격으로 노동력을 팔아야 한다는 이야기.

바로 산업혁명 시대의 공장시스템이었다.

다시 이 자리로 돌아온 걸 환영한다.

*

이 글을 쓰는 2021년 지금, 코로나바이러스 때문에 세계 경제가 셧다운되었다. 과거에 우리는 이와 비슷한 사태조차 겪어본 적이 없다. 서구 경제를 살릴 유일한 길은 꿈 같은 규모의 사회주의였다. 국가가 우리의 임금을 지급하고, 기업의 대출을 지원하고, 고용을 보장했다.

이 꿈 같은 규모의 사회주의 반대쪽에서 테크 회사들이 부를 쌓았다. 아마존은 1초에 1만 달러씩 돈을 벌고 있다.

아마존이 버는 돈은 사이트에서 파는 물건 가격에서 퍼센티지로 책정되는 수수료다. 모든 점포 주인이 원래 그렇게 한다고 볼 수도 있다. 실제로 그렇기도 하다. 그러나 점포는 그 지역의 물리적이고 국지적인 일부다. 그리고 점포 주인이 내는 개인소득세와 법인세로 노동 인력을 교육하고 도로를 정비하고 병원을 후원한다.

아마존의 추출 모델은 노동자들에게 낮은 임금을 지급하고 법인세를 터무니없이 적게 내며, 범세계적으로 활동하면서 주주를 제외한 지역사회에 어떤 책임도 지지 않는다.

아마존만이 아니다. 구글과 페이스북은 우리 중 극소수만 고용한다. 페이스북의 수입에서 임금이 차지하는 비중은 고작 1퍼센트다. 그러나 그들은 우리 모두를 대상으로 돈을 번다.

부의 창출이 아니다. 부의 추출이다. 우버가 택시비 일부를 떼어가고 에어비앤비가 당신의 침대를 돈벌이 수단으로 취하는 것도 마찬가지다.

당신도 침대를 빌려주고 돈을 좀 벌 수 있을지 모른다. 그러나 아마도 호텔이 문을 닫는 바람에 친구가 일자리를 잃을 것이다. 아니면 에어비앤비와 경쟁해야 하는 호텔이 객실 요금을 낮게 유지하려 할 테니, 임금도 낮은 수준에 머물 것이다.

한편으로 저렴한 주거지를 얻기가 점점 더 어려워진다. 가까운 데 사는 사람들은 주기적으로 에어비앤비 '홈'을 임대한다. 우리는 이런 상황이 좋은가? 아니, 정말 싫다.

'공유' 경제의 (공유는 거래가 아니다. 이제 단어의 뜻이란 게 무의미해진 걸까?) 비즈니스모델은 사회적 결과를 셈에 넣지 않는다. 다른 사람들에게 어떤 영향을 미칠지, 적절한 거주비용으로 살 수 있는 번창한 도시가 어떻게 될지, 끝없이 이어지는 무의미한 여행이 초래할 결과는 어떨지, 지구가 치러야 할 대가는 무엇일지, 관심조차 주지 않는다.

어디에나 있고 아무 데도 없는 테크 회사들은 확실하게 문 앞까지 배달해 준다. 그것이 찾고 있는 정보이든, 연락하고 싶은 친구들이든, 듣고 싶은 음악이든, 저임금 노동자가 던지고 가는 택배 상자이든 간에. 당신은 원하는 것과 직접 관계를 맺는 기분을 느낀다. 친절한 '서비스' 제공자가 멋지게 유통해준다. 이 회사들은 실제로 무엇이든 제공하지만, 그 대가는 크다. 지방의 세수가 사라진다. 지역 점포들이 문을 닫는다. 물건을 하나 구매하고 한 번 검색하고 한 번 클릭하고 좋아요를 한 번 누를 때마다 사생활과 익명성은 내쳐진다.

산업혁명을 우회해 피할 길을 찾던 마르크스는 노동자들에게 생산 수단을 장악하라고 촉구했다.

그러나 인간이 생산 수단일 때는 어떻게 될까?

아니, 더 정확하게 말해서, 인간이 데이터 추출 수단이 된다면?

직업을 막론하고, 당신, 나, 우리 모두 임금 한 푼 받지 못하고 테크 회사들을 위해 일하고 있다. 당신의 데이터를 내놓으면, 당신 자신을 내놓는 셈이다.

우리는 '우리 자신'의 통제권을 되찾을 수 있을까?

그건 인간 본성에 대한 당신의 믿음에 달려 있다.

1차 산업혁명을 통해 우리는, 교육을 받지 못한 빈곤한 사람들이라도 함께 연대하면 자신의 향상뿐만 아니라 다수의 이익을 증진할 수 있음을 알았다.

　산업혁명이 전 지구 전 인류를 위한 집단적 노력으로 수행되었다면 어떠했을까 상상해 보라. 노예제도 없고, 미성년 노동도 없고, 착취도 없고, 인클로저도 없고, 지구의 오염도 없었다면 어떨까. 그런 일은 있을 수 없다고 말하지 않아도 된다. 이미 그런 일이 일어나지 않았다는 사실 자체가 그 증거니까. 그렇다, 나도 안다. 그러나 이 글의 서두에서 미리 말했듯, 우리는 과거에서 배워야 한다. 다음 혁명에서도, 극소수에게서 다수에게로 방울방울 떨어지는 낙수효과와 사회적 악몽을 굳이 되풀이할 필요는 없다.

　AI는 다양한 모습으로 나타난다. 자동화와 로봇공학, 스마트홈과 앰비언트 컴퓨팅. AI는 인간 발전의 다음 단계에 꼭 필요한 기술이다. 그 기술을 두려워할 필요는 없다. 우리가 어떻게 활용하는지가 중요하니까. 동력 직조기의 발명이 반드시 혐오스러운 공장시스템과 슬럼화된 도시로 이어질 필요는 없었다. 남녀 근로자를 장시간 노동에서 자유롭게 해방할 수도 있었다. 그러나 근로시간은 오히려 늘어났다.

　위대한 경제학자 겸 인류학자인 데이비드 그레이버가 '거지 같은 일자리'라고 했던 직종이 없어지는 건 슬퍼할 일이 아니다. 우리에게 필요한 건 경제적 공정성이다. 지속가능성 대 성장이라는 거짓된 이항대립의 구도에서 탈피해야 한다. 정보시대에 우리에게 정말로 필요한 건 정보다. 허위 선전도, 가짜 뉴스도, 노골적인 거짓말도 아니다.

문제는, 각국 정부가 빅테크를 법제화하는 방법을 모른다는 데 있다. 구글·페이스북·아마존이 태산 같은 돈을 버는 관할 구역에서 공정한 세금을 내게 하는 일만도 힘겹고 벅차다.

이런 회사들이 코비드로 산더미처럼 긁어모은 이윤에서 팬데믹 세를 내겠다고 나서서 제안했다는 이야기는 들리지 않는다. 아마존의 주가는 팬데믹 기간 동안 70퍼센트 상승했다. 일부 아마존 노동자는 7퍼센트의 보너스를 받았다. 그러나 이는 '위험수당'으로 분류되어 장기적인 임금 상승으로 이어지지 않았다.

2021년에 우버는 영국에서 그들의 노동자를 정규직원으로 대우하라는 대법원 판결을 받았다. 우버는 이 판결에 불복해 전 세계에서 싸움을 벌였다. 그리고 미국에서 승리를 거두었다.

기사와 승객을 연결해준다는 아이디어는 훌륭하다. 이론적으로는 차량을 개인적으로 소유하지 않는 쪽으로 나아갈 길을 터주어야 한다. 우버의 기술은 환경과 민중의 편에 설 수도 있다. 그러나 우버는 자발적으로 착한 사람 역할을 맡으려 들지 않는다. 너무 비용이 많이 들기 때문이다. 그러니 나아갈 길은 법제화뿐이다.

이건 한 가지 사례일 뿐이다. 관련 자료를 읽으면 읽을수록, 현재의 테크 회사들이 1년 365일 24시간 내내 푼돈을 쥐어짜 자신들의 배를 불려주는 수억 세계인 앞에서, 마땅히 져야 할 사회적 금전적 책임을 회피하고자 얼마나 꼼수를 쓰고 있는지 절실히 실감하게 된다.

책임의 인정과 이행은 중요하다. 정보시대에는 책임의 인정과 이행이 곧 책임이다. 빅테크는 반드시 이 사실을 인식해야 한다.

보통 빅테크라고 하면 최상위 5대 기술회사를 가리킨다. 아마존, 애플, 구글, 페이스북, 마이크로소프트. 실제로 빅테크는 세계적 활동 범위, 세계적 통제력, 지역에 대한 책임 소관 없이 세계적인 권력을 추구하는 비즈니스모델을 의미한다. 우버와 에어비앤비도 다르지 않다. 기업이 그런 모델을 선호한다면 법제화가 유일한 대안이다. 그런다고 해서 빅테크의 협박처럼 혁신의 목을 조르게 될 일은 없을 것이다. (힘을 과시하며 윽박지르는 강자들은 원래 희생자인 척하기를 좋아한다.) 법제화는 우리의 목을 조르는 혁신을 압박할 것이다.

한 가지 예를 들어보면, 페이스북은 레이밴을 동업자로 삼아 안면인식 안경을 생산하기를 원한다.

이 안경을 쓰고 사람 얼굴을 보면 그 사람의 상세한 정보가 휴대폰에 뜬다. 소셜미디어 계정을 통해 수집한 정보다. 사람의 얼굴과 개인정보를 매치하는 클리어뷰 AI라는 데이터베이스 앱을 쓰면 지금도 얼마든 가능한 일이다.

당신의 얼굴이 당신 소유라고 상상했는가? 소유는 이미 백 년 전에 유행이 지났다. 지금은 공유경제다. 우리는 공유한다. 빅테크는 수집한다.

토머스 페인이 그 옛날 1791년에 했던 말대로,

누구에게도 책임을 지지 않는 인간 집단이라면 아무도 신뢰할
수 없는 존재다.

Sci-Fi에서 Wi-Fi를 거쳐 My-Wi로

이런 물건들로 인해, 우리가 어디 있든지 즉시 연락을 취할 수 있는 세계가 가능해진다. 우리는 지구상 어디서든 친구들과 연락할 수 있다. 그 친구들이 실제로 어디에 있는지 몰라도 상관없다. 앞으로 50년 후쯤, 그런 시대가 오면, 타히티나 발리에서도 런던에 있는 거나 마찬가지로 사업 활동을 할 수 있게 되리라.

– 아서 C. 클라크, 《지평선》, 1964년

아서 C. 클라크가 말한 '물건들'은 위성과 트랜지스터다.

트랜지스터부터 시작해 보자.

1965년 우리 아버지는 근무하던 TV 공장에서 트랜지스터라디오 하나를 집에 가져 왔다.

우리 집에는 여전히 거실 절반을 차지하는 웅장한 밸브앰프 라디오그램[18]이 있었다. 아버지가 전쟁에 나가 싸우고 계실 때 어머니가 처칠의 연설을 들었던 라디오그램이다. 1960년대에 어린 시절을 보낸 나는 윙윙 울리는 라디오그램 뒤에 앉아 유리 밸브의 오렌지 발광을 지켜보는 걸 좋아했다. 요정들의 빛 같고 따뜻했다.

영국인들은 밸브라고 불렀지만, 사실은 진공관이었다. 관 내부에 밀폐된 공간이 있기 때문이다. 진공관은 아담한 것부터 거대한 것까지 다양한 크기로 나왔고, 젖꼭지가 달린 아기 젖병처럼 생긴 모양이었다. 캐소드(필라멘트)에 전류가 흘러 열이 가해지면 전자가 애노드(금속판)를 향해 위로 치솟아 올라간다. 애노드는 가열되지 않으나 전류를 흡입해 양극성을 띤다. 진공관은 방출된 전자가 한 방향으로만, 즉 애노드 쪽으로만 흐르게 한다. 전자가 방출되면 에너지(전기장)를 만들어낸다.

진공관은 1904년 존 앰브로즈 플레밍이 영국에서 발명했다. 밀폐 유리 용기에 필라멘트를 넣어 만든 발광 전구에서 파생된 제품이다. 뜨거워지면 필라멘트에서 나온 전자가 밀폐 유리 용기 내부로 방출된다. 이것이 에디슨 효과다(기술적 용어로는, 열전자 방출 thermionic emission이다). 토머스 에디슨은 1879년 전구를 발명했고 앰브로즈는 두 번째 전극을 비슷하게 밀폐한, 전구 같은 진공에 넣으면 이 두 번째 전극(애노드)이 뜨거워진 캐소드 필라멘트에서 방출된 전자를 끌어당겨 전류를 만들어낸다는 사실을 깨달았다.

---

18) 라디오와 턴테이블 기능이 있는 전축.

구식 필라멘트 전구를 상상할 수 있다면 이제 진공관도 쉽게 상상할 수 있었다.

빅토리아식 전구 모델의 꼭지를 잘 보라. 진공관과 똑같다.

전구가 정말로 뜨거워지곤 하던 걸 기억하는가(아마도 모르시겠지. 하지만 나 정도 나이면 알 지도)? 낭비된 에너지가 빛이 아니라 열로 변환되었기 때문이다. 실질적 성과보다 부차적 결과물이 더 크다는 의미의 '빛보다 열이 많이 난다more heat than light'라는 숙어가 여기서 나왔다. 나의 어린 시절을 통째로 떠올리게 만드는 멋진 표현 '백열의 분노incandescent with rage'도 어원이 같다.

부드럽고 에너지가 낮은 전구라면, 3도 화상을 입을 일도 없고 사회적 논평의 여지도 없었겠지.

하지만 진공관으로 다시 돌아가자.

진공관은 방송 신호 송출을 가능하게 해준 초기 발명품이다.

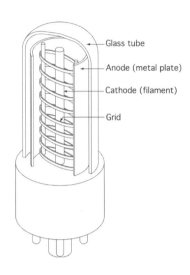

Glass tube
Anode (metal plate)
Cathode (filament)
Grid

전화망, 라디오, TV, 물론 초기의 컴퓨터도 마찬가지다.

　진공관은 기능을 잘 해냈지만, 유리가 쉽게 깨지고 거추장스럽
게 컸으며 캐소드가 가열되면 진공관 전체가 뜨거워지기 때문에
에너지 효율이 낮았다. 초기의 컴퓨터들은 어마어마하게 컸다. 진
공관들이며 몇 마일 길이의 연결 전선이 대량의 전기를 소모하고
공간을 엄청나게 많이 차지했기 때문이다. 진공관이 내뿜는 어여
쁜 오렌지색 빛은 폐기물이다.

　1947년에, 뉴저지 벨 연구소에서, 2개의 분리된 점접점을 금으
로 만들어 게르마늄(원소 번호 32)으로 만든 카본크리스털에 대면
입력보다 출력이 큰 신호가 발생한다는 사실이 관찰되었다. 열 손
실로 인한 에너지 낭비도 없었다. 연구자들은 이 발견을 '바리스
터 패밀리 내의 트랜스컨덕턴스'라고 설명했다(바리스터는 입력에 따

라 저항이 달라지는 전자 부품이다).

환희에 들뜬 전자공학 기술자들한테야 멋진 묘사겠지만, 이런 설명으로는 일반 대중에게 팔릴 턱이 없다. 벨 연구소 내부에서 공모전을 연 결과, 이스터ISTOR라는 약어가 Sci-fi스럽고 미래적이라는 이유로 선정되었다. 명료하고 단순한 트랜스TRANS도 수상작으로 뽑혔다. 그리하여 세상을 뒤바꿀 최신 제품은 트랜지스터라는 이름으로 세상에 알려지게 된다.

이 점접촉 트랜지스터는 접합 트랜지스터로 발전해 전기 신호를 증폭하거나 유도할 수 있게 된다. 아날로그 라디오는 대기에서 수신한 신호가 약하다. 증폭하지 않으면 안 들리는데, 트랜지스터는 빌트인 스피커를 통해 신호를 증폭할 수 있었다.

1950년대 중반 미국에서는 크라이슬러가 차량용 올트랜지스터 라디오를 내놓았다. 20파운드짜리 빛나는 밸브 앰프 아래 조수석에 앉아 있는 아내보다 훨씬 낫다고 광고하면서.

그러나 1953년 세계 최초의 대량생산 라디오인 TR-63을 만들어낸 건 소니였다.

TR-63은 초록색·노란색·빨간색 같은 통통 튀는 원색으로 나왔다. 현대적인 외양이었다. (라디오그램은 갈색이나 크림색이었고 부모님 집의 옷장 같았다.) 무엇보다 좋은 점은, 소니는 호주머니에 들어간다는 사실이었다. 뭐, 호주머니 크기에 따라 좀 다르긴 하겠지만 말이다. 항간의 이야기에 따르면, 소니의 영업사원들은 가슴에 커다란 주머니가 달린 특별한 셔츠를 입었다고 한다. 그러나 외관과 상관없

이도 쿨하고 멋지고 현대적인 제품이었다. 캐소드가 없다는 건 빛이 나지 않고 예열시간도 없다는 뜻이었다. 베이클라이트 소재의 스위치가 찰칵 올라가는 익숙한 소리가 나면, BBC 월드 서비스가 라디오에서 흘러나올 때까지 몇 분씩 기다릴 필요도 없었다.

TR-63은 9볼트 배터리로 작동하고 트랜지스터가 6개나 들어

가 있었다. 후면을 떼어내면 엉망으로 짐을 쑤셔 넣은 1950년대 수트케이스처럼 생긴 회로판이 나온다.

그러나 이것은 미래의 시작이었다. 우리 모두 사랑하는 핫한 키워드들이 잇달아 나왔다. 인스턴트, 포터블, 퍼스널.

1960년대 초반이 되자 최첨단 기술 발전의 전선에서 트랜지스터가 진공관을 대체하게 되었다. 작다는 게 최고의 장점이었다. 그리고 소형이라는 특장점은 모든 걸 바꾸게 된다.

최초의 트랜지스터는 0.5인치(1.3센티미터) 길이였다. 트랜지스터는 인쇄한 회로판 위에 장착한다. 인텔이 집적회로를 발명한 건 무려 1970년대의 일이다. 트랜지스터를 게르마늄이 아니라 실리콘에 에칭하는 방식이었다. 그리고 나서부터 트랜지스터는 마법사의 세상에서 튀어나온 물건처럼 점점 더, 점점 더, 작아졌다. 얼마나 작아졌는지 당신의 아이폰12에는 트랜지스터가 무려 118억 개나 들어 있다.

잠시 멈춤이 필요할 것 같다.

1957년 소니 포터블 TR-63에는 트랜지스터가 6개. 지금 당신의 손에는 118억 개.

그러나 그때와 지금 사이에, 굉장한 일들이 일어났다. 달 착륙을 포함해서.

1969년 아폴로 11호가 달에 착륙했다. 이론물리학자 겸 작가인 미치오 카쿠는 이렇게 표현했다. "오늘, 당신의 휴대폰은 두 명의 우주인을 달에 착륙시킨 1969년 당시 NASA의 모든 것보다 더 강력한 컴퓨팅파워[19]를 갖고 있다."

그렇다고 휴대폰으로 달까지 날아갈 수 있다는 얘기는 아니다. 다만 그토록 짧은 시간에 컴퓨팅파워가 얼마나 기하급수적으로 발전했는지 가늠할 때 쓸모있는 비유다.

그러니 10만 배 더 빠른 아이폰의 프로세싱 속도로 우리는 무엇을 하고 있는가?

글쎄, 대체로, 우리는 게임을 한다. 우리는 스마트하지만 여전히 영장류다. 거기 바나나 좀 줄래?

바나나 말이 나왔으니 말인데, 〈매트릭스〉에 나온 바나나 모양의 폰을 기억하는가? 우리 세계가 불가피하게 시뮬레이션일 수밖에 없다는 환상을 그럴싸하게 보여준 영화들이었다. 그 바나나 모양의 폰은 노키아 8110, 한때 세계를 선도한 이동전화였다. 그러나 스마트폰은 아니었다. 1996년의 노키아 9000 커뮤니케이터가 인터넷과 연결되는 최초의 이동전화였다. 성능은 정말로 제한적이었지만.

---

19) 수학적 계산 능력뿐 아니라 컴퓨터가 작업을 수행하는 성능을 총칭하는 용어이기도 하다.

전화 통화 외에도 여러 작업을 할 수 있는 디지털 기기라는 의미에서, 스마트폰은 1994년 사이먼 퍼스널 커뮤니케이터라는 이름으로 IBM을 통해 세상에 선보였다. 투박했지만 전화 걸기뿐 아니라 이메일을 보내고 심지어 팩스를 처리할 수도 있었다.

그보다 30년 전인 1966년에 소설 《로카논의 세계Rocannon's World》에서 과학소설 작가이자 전방위적 천재인 어슐러 K. 르귄이 앤서블ansible을 처음 창안해냈다. 여러 세계를 넘나들며 작동하는 문자/이메일 장치였다. 송수신기 한쪽은 고정되어 있고, 다른 한쪽은 포터블이다. 앤서블이 지구에 떨어질 때까지는 우리가 한참 기다려야 할 것 같다.

1999년 블랙베리가 쿼티qwerty 키보드를 장착한 스마트폰을 출시했다. 앤서블처럼 키보드와 스크린이 달린 블랙베리는 전화였지만 주기능은 이메일이었다.

애플 아이폰은 21세기에 들어선 후에야 나왔다.

2007년 애플이 이미 아이팟으로 무시무시한 돈을 긁어모으고 있을 때, 스티브 잡스는 아이팟 기능을 모두 담고, 전화도 걸고, 이메일과 문자를 보내고, 인터넷에도 접속할 수 있는 휴대폰을 '해야겠다do'는 결심을 한다. 그러기 위해 애플은 단순한 전화를 애플이 가장 잘 만드는 것, 즉 컴퓨터로 바꾸었다. 사파리safari 체제의 아이폰은 이제 사실상 전화가 아니었다. 포켓 컴퓨터였다.

1년 후, 2008년, 세계 경제가 위기를 맞은 해에, 애플은 앱스토어를 추가했다. 그것은 우리가 참된 스마트폰이라고 간주하는 제품의 시작이었다. 세계를 연결하면서도, 사용자 마음대로 커스터마이즈(퍼스널라이즈)할 수 있는 폰이었다.

미래를 내다보는 움직임이었다. 해커와 개발자들이 추진한 움직임. 폰이 단순히 전화를 거는 기기가 아니라는 걸 깨달았던 사람들.

페이스북이라는 커뮤니케이션 혁명 이래로 폰은 일차적으로 소셜미디어 기기가 되었다. 이제 우리는 인스타그램, 스냅챗, 왓츠앱, 트위터, 유튜브에 가서 게임을 하고 버즈피드를 확인하고 음식을 주문하고 택시를 부른다. 인터넷에서 구글 검색을 하고 시리에게 질문하고 스포티파이나 소노스를 클릭하고 가끔은, 어쩌면, 통화도 할 것이다. 휴대폰이 전화가 아니게 되는 날이 올까?

구글이 곧 실현할 앰비언트컴퓨팅 ― 냉장고에서 휴대폰까지 모든 스마트 기기가 연결되는 사물인터넷 말이다 ― 의 꿈은 뇌에 이식한 나노칩을 통해 인간을 서비스와 연결하고 인간들을 서로 연결하는 것도 포함한다. 궁극적으로는, 이미 계획된 바에 따라, 폰을 물끄러미 들여다보는 일도 끝나게 된다. 현재 미국인의 97퍼센트와 세계인의 37퍼센트가 몰두하고 있는 활동이다.

스마트폰 2007-20**의 타임라인은 세계를 바꾼 발명품의 역사에서 아마 가장 짧은 것이 될지 모르겠다.

1964년 BBC에서 미래를 예측하던 아서 C. 클라크는 트랜지스터의 기하급수적 영향력을 내다보았고, 또한 네트워크 커뮤니케이션은 위성에 의존하리라는 사실도 이해하고 있었다.

우주에는 자연적인 위성들이 첩첩이 쌓여 있다. 지구는 태양의 위성이고 달은 지구의 위성이다. 여기서는 인간이 만든 인공위성을 말하고 있고, 우주로 발사된 최초의 인공위성은 스푸트니크 1호였다.

그건 마치 촉수가 달린 강철 비치볼처럼 보였다. 소련은 1957년에 스푸트니크를 발사했다. NASA는 다급하게 따라잡았고 1958년 익스플로러 1호를 발사했다. 공산주의 소비에트 연맹 대 미합중국과 동맹국들의 냉전이 정점에 이르렀을 때다. 빨갱이들이 할 수 있는 일이라면, 서방은 무조건 더 잘해야 했다.

사실 영국의 유명한 조드럴뱅크 천문대 망원경은 세계에서 가장 큰 위성 접시 망원경이었기 때문에(지금은 세 번째로 크다) 필요한 운영 기금을 확보할 수 있었다. 특히 이 망원경은 전파를 포착해 스푸트니크 1호를 추적할 수 있었다.

성가신 러시아인들을 따돌리고 앞서나가는 게 미국인들의 최우선 목표가 되었다. NASA의 1959년 익스플로러 6호가 우주에서

찍은 우리의 푸른 행성 사진을 서로 나누고 보살피는 민주주의 자유 세계에 보내왔다.

오늘날 우주에는 수천 개의 위성이 떠 있다. 대부분 국가 차원에서 과학 연구 목적으로 쏘아 올린 위성이다. 날씨 추적과 운석 사냥도 그 일환이다. 그런가 하면 통신, 현재 위치를 알려주는 세계적인 GPS 시스템처럼 상호 협력을 위한 위성들도 있다.

TV와 이동전화의 신호는 우리의 위성 네트워크에 의존한다. 신호를 위성으로 쏘아 올리면 즉시 지구로 다시 돌아와 위치를 잡는다. 그럼으로써 산山처럼 신호를 차단하는 성가신 장애물을 피하고 땅에 설치해야 하는 수천 마일 길이의 케이블망을 절약할 수 있다.

일론 머스크의 스페이스X 프로그램인 스타링크는 우주에 있는 전체 위성의 25퍼센트 이상을 통제한다. 그리고 머스크는 2025년까지 위성 12,000대를 우주로 발사하기 위해 허가를 받고 있다. 최종목표는 42,000대다. 이 모든 일에는 빛 공해와 에너지 과소비 등의 위험부담이 따른다. 워낙 첨단기술이 많으므로, 우리 대다수는 그냥 정확히 무슨 일이 벌어지고 있는지 모를 따름이다. 그리고 우리가 알게 될 때쯤에는 너무 늦어서 규제하기도 어려울 것이다. 머스크는 호전적인 반규제주의자다. 하지만 우주의 주인은 누구인가? 일론 머스크는 아니다. 이건 또 다른 형태의 토지 수탈이다. 또 다른 인클로저다. 각국 정부는 우주를 규제하지 않을 수 없게 될 것이다. 그러지 않으면, 이미 도난당하고 없을 것이다.

1967년 체결된 우주조약[20]은 우주는 인류가 공동으로 소유한다고 선포했다.

2015년 발효된 상업 우주 발사 경쟁력법[21]에서는 용어 선택이 좀 달라졌다. "우주 자원의 상업적 탐사와 개발에 참여하고자"라고. 기술은 최신. 그러나 사업모델은 구식.

위성은 엄청나게 복잡한 한편 터무니없이 간단하다. 스푸트니크 1호는 실제로 비치볼 크기밖에 안 된다. 위성이 다 그렇듯, 스푸트니크 1호에도 안테나와 동력원이 달려 있다. 안테나는 정보를 송수신한다. 동력원은 배터리나 태양광 패널일 수 있다.

사이파이Sci-Fi에서 와이파이로 가는 여정에서 ─ 미래의 비전이 손안의 휴대폰이 되는 순간 ─ 흩어진 점을 연결하는 건 트랜지스터와 위성이다.

우리는 20세기 궁극의 발명품이 컴퓨터라고 생각하지만, 트랜지스터와 인공위성이 없다면 집 컴퓨터는 여전히 진공관에서 작동하며 손님방 하나를 통째로 차지하고 있을 테고 전화도 유선

---

20) Outer Space Treaty. 1967년 1월 27일 미·영·소 3국의 주도로 체결. 달과 기타 천체를 포함한 외기권(외우주)의 탐색과 이용은 모든 국가의 이익을 위한 평화적 목적으로만 제한한다는 조약. 107개국이 참가한 세계적 조약이다.

21) 1982년 Arian Space라는 민간회사가 민간로켓 위성 발사에 성공하자 미 정부는 상업 우주 발사법을 시작으로 꾸준히 민간분야의 우주개발을 지원하고 관장했다. 2015년 발효된 상업 우주 발사 경쟁력법은 우주자원에 대한 권리, 우주정거장 운영 기간 연장, 연방 부처 간 규제 권한 조정 등을 법제화했다.

전화를 통해서만 걸 수 있을 것이다.

당신은 전화선으로 꾸역꾸역 인터넷 연결을 하면 들리던 슬로모션 다이얼업 모뎀의 삐-찰칵-우웅 하던 소리를 기억할 만큼 나이가 들었는가? 사실, 그리 오래된 일도 아니다. 전구가 발명된 때 이야기를 하는 것도 아니니까. 나는 시골에 사는데, 심지어 2009년에도 우리 집에는 광대역 통신이 없었다. 나는 런던에 사는 쿨한 뉴요커와 연애를 하려고 애쓰고 있었다. 그녀의 인터넷 연결은 완벽했다. 나는 괜찮은 척 시늉만 했다. 아침마다 빵도마로 노트북컴퓨터를 받치고 아래층 수납장 속 전화선 소켓에 연결선을 꽂아서 인터넷을 썼다. 하지만 어느 날 실수로 연결선을 거기 그대로 두었고, 일주일이 지난 후에야 생쥐가 다 갉아 먹어 버렸다는 걸 알았다. 생쥐는 케이블을 정말 좋아한다. 내게는 이제 전화도 없고 인터넷도 없었다. 진보는 내 편을 들어주지 않았다.

하지만 와이파이wi-Fi란 무엇인가?

난 와이파이가 무엇이 아닌지는 안다. 일단 무선 충실도wireless fidelity[22]는 아니었다. 선이 없어도 사랑을 지키는 마음이라면, 그건 아니었다.

---

22) Wireless fidelity의 약어로, 연결선 없이 무선접속장치를 통해 고성능 근거리 통신을 가능하게 하는 통신 기술을 의미한다. 그러나 fidelity에는 배우자나 연인을 향한 변치 않는 사랑의 마음이라는 뜻도 있다.

와이파이는 IEEE 802.11b[23] 다이렉트 시퀀스로 시작되었다. 와이파이는 전파다. 전화번호부 스타일로 글의 제목만 나열되는 인터넷 검색은 따분하고 느렸다. 스탠퍼드 대학교 학생이었던 세르게이 브린과 래리 페이지는 자신들은 더 잘해 볼 수 있다고 생각했다. 그리고 2003년에 구글은 야후의 기본 검색엔진이 되었다. 구글은 2004년 상장했고, 같은 해에 페이스북이 이 세계에 합류했다. 아니, 이 세계가 페이스북에 합류했다고 해야 할까.

새로운 세기의 첫 10년은 기적 같았다. 위키피디아 2001년, 유튜브 2005년, 트위터 2006년, 인스타그램 2010년.

아이패드와 킨들이 전자책 출판의 메가세일에 발동을 걸자, 심지어 독서 같은 기존의 양식도 혁명에 휩쓸렸다.

그러나 이런 기기와 판매방식이 종이책을 파괴하지는 않았다. 자동차가 자전거를 파괴하지 않은 거나 마찬가지다. 사과나 달걀처럼 실체가 있는 책은 내가 보기에는 완벽한 양식이다. 그러나 아무리 완벽한 것이라도 여전히 진화하고 있다. 자전거도 마찬가지다.

이 세계의 모든 것이 다른 무언가로 대체될 운명인 건 아니다.

그러나 인간은 어떠한가? 우리는 대체될 것인가 ― 아니면 적어도 훨씬 덜 중요한 존재가 되어갈까 ― 아니면 진화할까?

앞으로 10년 ― 2020년부터 시작되는 10년 ― 동안 사물인터넷

---

23) 미국전기전자학회(IEEE)에서 1999년도에 제정한 무선랜(WLAN) 표준을 말한다.

이 강제적으로 진화를 촉발하고 우리가 지금 알고 있는 모습의 호모사피엔스를 서서히 해체할 것이다.

그러나 사물인터넷과 연결된 기기들—그리고 일부 직접 연결된 인간들—의 세계로 가기 전에, 본연의 인터넷으로 돌아가 보자. 우리가 얼마나 멀리 왔는지, 그리고 어디로 가고 있는지 살펴보기 위해서.

1960년대 후반, 사랑의 여름[24] 직후의 미국에서 아르파넷 ARPANET[25]은 영국의 패킷교환 시스템을 활용해 연구 기관들 사이에서 제한적인 정보를 전달했다. 동시에 TCP/IP 프로토콜 슈트[26]도 정립되었다.

우리에게 더 익숙한 말인 인터넷INTERNET은—사실은 그저 상호네트워킹internetworking을 줄인 말일 뿐이다—1970년대에 쓰이기 시작했다. 공통 프로토콜로 연결된 네트워크의 집합을 뜻하는 신조어였다.

스위스의 핵물리학 연구 기관인 유럽입자물리연구소(CERN)에서 일하던 영국인 팀 버너스리는 HTML[27]을 개발했다. HTML은

---

24) Summer of Love. 1967년 여름. 10만 명에 달하는 젊은이들이 히피차림으로 샌프란시스코 인근 헤이트-애쉬버리에 모여들면서 일어난 사회 현상이다.

25) 1969년 미국 국방부에서 연구소와 방위사업체 등 관련 기관 간의 정보 공유를 지원하기 위해 고등연구계획을 통해 개발한 컴퓨터망의 연동 네트워크.

26) 서로 다른 시스템을 가진 컴퓨터들을 서로 연결하고 데이터를 전송하는 데 사용하는 통신 프로토콜 집합.

27) hypertext mark-up language.

하이퍼텍스트 문서가 네트워크상의 모든 단말기(컴퓨터)에서 접근할 수 있는 정보 시스템으로 링크될 수 있게 해주었다.

1990년 우리가 아는 월드와이드웹이 등장했다. 인터넷이 하드웨어이고 월드와이드웹은 소프트웨어라고 생각하면 된다. 2010년이 되자 웹은 전 세계 수십억 사람들이 인터넷에 접속하는 방식으로 자리를 굳혔다.

그리고 물론 우리에겐 검색엔진 구글이 있었다. 인터넷이 커질수록 검색은 더 정교해져야 했다. 그러나 이제 문제는, 검색할 때 누군가 우리를 슬쩍 밀어 원하는 방향으로 유도하는가 하는 것이다. 우리의 검색결과는 얼마나 중립적인가? 정보는 무엇을 강화하는가? 무엇이 배제되는가? 어떤 편견이 작동하는가?

우리는 정말 단어 하나를 입력할 때마다 면전에 광고가 뜨길 원하는가?

우리의 데이터가 추적되어 재포장되기를 원하는가? 알고리즘이 우리를 낱낱이 프로파일링하기를 바라는가?

왜 나는 온라인에서 물건을 사려면 꼭 그들의 개인정보 처리방침에 '동의ACCEPT'를 눌러야만 하는가? 그건 방금 내가 산 물건이 전혀 '사적'이지 않다는 뜻인가?

웹의 개인화personalization[28]는 곧 돈이다. 당신의 웹에서는 모든

---

28) personalization은 이 책에서 중요한 키워드다. 개인화와 인격화라는 약간 상이한 뜻이 공존하는 어휘다. 여기서는 개별 개인의 욕구에 맞춰가는 웹을 설명하는 맥락에 맞춰 개인화로 번역했다. 나중에 AI의 발전을 다룰 때는 심리학 용어인 '인격화'를 쓰기도 할 것이다. 그러나 언제나 두 가지 뜻이 공존한다.

것이 당신이 더욱 빨리 웹 서핑을 할 수 있게, 원하는 곳에 다다를 수 있게 '보조하도록Help' 최적화되어 있다. 물론 당신이 원하는 바는 실제로 원하는 게 아니라 원한다고 믿게 설득되었을 때가 많겠지만. 당신의 웹은 고객이 이중으로 값을 치르는 새로운 소비자 모델이다. 한 번은 상품값으로 현금을 내고 또 한 번은 우리 자신에 대한 정보를 무료 선물로 제공한다. 그 정보는 값지다. 우리가 물건을 사지 않아도, 그저 여기저기 웹브라우징만 하거나 소셜 미디어를 쓸 때도, 우리의 정보는 탈탈 털리고 있다.

데이터 프로파일링은 정확하고 개인적인 목표고객설정targeting을 가능하게 한다. 광고는 그저 아무 흔한 상품을 팔려는 게 아니다. 당신의 쿠키가 말해주는 대로, 당신이 구매하도록 설득될 수 있는 상품을 팔려는 것이다.

물건을 파는 것보다 더 걱정스러운 건, 당신의 뉴스피드 역시 당신이 '듣기를 원하는' 것에 따라 알고리즘으로 맞춤 제공된다는 사실이다. 우리의 클릭과 좋아요가 소위 '편집자의 선택'을 결정하고, 보잘것없는 우리의 앎이, 그리고 우리의 온갖 편견들이 돌고 돌아 계속해서 내게로 다시 오고, 이른바 '선택'의 반향실 속에 갇혀 더욱더 많은 클릭을 하고 좋아요를 누르게 만든다. 다른 생각들과 폭넓은 세계관에 접근하는 길은 훌쩍 사라진다. 검열된다. 검열관이 하는 검열이 아니다. 그건 전체주의적이니까. 그게 아니라 겉보기에 개인적 선택처럼 보이는 결정이 검열한다. 은근히 유도된 것이지만 처음부터 당신 자신을 위한 거라 믿게 했던, 당신의 개인적 선택들이 검열한다.

인생이란 대체로, 틀리고 실수를 하고 마음을 바꾸는 데 묘미가 있다. 웹프로파일링은 당신이 틀릴 필요가 없고, 실수를 하지 않으며, 마음을 바꿀 필요가 없다는 것을 의미한다.

이미 산 물건, 이미 믿는 진실을 또 사고 또 믿게 되리라. 이미 읽은 것을 읽게 되리라. 그것도 100배로 증폭해서.

*

시리와 알렉사가 성장하면 — 아니 구글이 우리 각자에게 딱 맞는 진짜 개인비서를 만드는 법을 찾아낸다면 — 이 문제는 점점 더 흥미로워질/걱정스러워질 것이다.

시리와 알렉사는 재미있지만, 실제로 하는 일이라곤 기존의 시스템과 연결해주는 게 전부다. 아마존 스토리타임을 열고, 소노스 라이브러리에서 음악을 재생하고, 고양이 사료를 재주문하고, 네스트 온도조절기를 켜고, 당신보다 몇 배는 빠른 속도로 웹에서 검색한다.

AI PA(인공지능 개인비서)는 미니미, 즉 축소판 나 자신이다. 내 욕구와 필요, 내가 좋아하는 음식, 내 여행 취향, 내가 좋아하는 식당, 전화 통화, 내가 깜박 잊고 지불하지 않은 청구서, 깜박 잊고 기억하지 못한 생일, 내 모든 디지털 사진들, 내 문자, 내 이메일을 학습하는 신경망(패턴을 인식하도록 훈련된 일련의 알고리즘)이다. 내가 어딘가에, 아니 어디에든 숨겨두었던 나의 자아다. 게다가 내 정치 성향은 어떻고? 내 더러운 비밀은? 심지어 내 생각조차?

구글이 근미래에 어떤 행보를 보일지에 대해, 래리 페이지의 생각은 이러하다.

우리의 궁극적 야망은 전반적인 구글의 경험을 바꾸어 아름다 우리만큼 단순하게 만들고자 하는 것입니다. 자동마법이나 다름없지요. 우리는 당신이 원하는 것이 무엇인지 알고 그것을 즉시 제공할 수 있기 때문입니다.

그리고 당신이 원하는 것을 남들이 알고 제공까지 이루어지면, 그 모든 과정이 추적된다. 기억하라, 쿠키는 당신의 컴퓨터에 삽입된 트래킹코드의 조각들이라는 걸. 당신이 직접 검색하지 않고 인공지능 비서가 대신하게 되면 효율적으로 사생활을 보호할 방법은 없다. 하지만 솔직히 지금도 그런 방법은 없다. 날씨나 공유 차량 앱처럼 겉으로는 크게 위험해 보이지 않는 앱들에도 트래킹코드가 득시글거린다.

미니미 개인비서는 유혹적인 선택이다.

상시 대기하며 대체로 공짜인 유능하고 배려심 있고 똑똑한 도우미를 마다할 이유가 있을까? 예전에는 이런 도우미를 '아내'라고 불렀었다. 남자들에게는 좋았는데 페미니즘이 나타나 초를 치고 말았다.

성별이야 어떻든 인공지능 도우미도 시간이 지나면 이중간첩이 될 수 있다. 〈블레이드 러너〉[29]의 세계에서는, 나의 가상 미니미가 나를 당국에 고발할 수도 있다.

그리고 미니미는 내 돈이 어디에 있는지도 알 것이다. 감추고 싶은 더러운 비밀의 행방도. 내 친구들이 누구인지, 어떻게 찾아야 하는지도 알 것이다.

나는 도망갈 수 있을까? 현금 없는 세계에서 모든 비용을 지급하려면 처음에는 휴대폰을 써야 할 테지만, 그런 다음 홍채인식, 지문인식, 마지막으로 칩을 이식하게 되면 외부 기기 자체가 필요 없어질 것이다. 내가 곧 기기가 될 테니까. 지갑이나 휴대폰, 열쇠꾸러미도 필요 없고 사무실 카드키도 사라진다. 나는 자유로워질 것이다. 그리고 어디를 가나 추적당할 것이다. 아니, 그보다, 나만의 별이 된 위성이 내가 가는 곳을 훤히 밝혀줄 테니 굳이 추적할 필요조차 없어질 것이다.

사이파이Sci-Fi. 보통 주인공과 친구들에게는 디스토피아, 그 상황에서 이득을 취하거나 상황에 순응하는 이들에게는 유토피아다. 미래가 그렇게 이항대립적일 것 같지는 않다. 아서 C. 클라크가 1964년 썼듯 "미래는 현재의 확장에 불과하다."

확실한 건 '사생활이 이미 시대에 뒤처졌다'는 사실이다(당신 덕분이에요, 마크 주커버그). 다가오는 세상의 다른 시스템이 거의 다 그렇듯, 나 역시 언제나 근무 중이고, 언제나 알려져 있고, 언제나 대기 중일 것이다. 잠을 잘 때도, 꿈을 꿀 때도, 이런저런 생각을

---

29) 1982년 리들리 스콧 감독의 SF 영화. 핵전쟁 이후의 디스토피아를 배경으로 복제 인간을 깊이 있게 다룬 진중한 문제작이다.

할 때도. 나 '자신의' 자아가 내 소유가 아닐 것이다. 내 자아와 내 알려진 자아는 동일한 데이터 세트[30]가 될 것이다. 곧 나와 미니미의 인터페이스—내 구글 자아와 나—는 불필요해질 것이다. 우리는 융합될 것이다.

우리 생각도 쉽게 읽을 수 있다. 이식된 스마트칩은 양방향으로 작동할 테니까.

내가 좋아하는 사이파이 소설 중에 존 윈드햄의 《미드위치의 뻐꾸기들》(1960)이 있다. 이 소설은 60년대에 영화 〈저주받은 도시〉가 되었고, 1995년 존 카펜터 감독의 연출로 다시 한번 영화화되었다.

스카이에서 현재 이 소설을 데이비드 파David Farr 각본의 8부작 시리즈로 드라마화할 준비를 하고 있다. 그러니 시간이 지나도 이 이야기의 힘은 여전한 게 분명하다.

미드위치라는 영국의 마을에서는 가임기 여성 모두가 임신해 금발의 아이를 낳는다. 아이들은 성장이 빠르고 소름 끼치게 똑똑하다. 그리고 서로 텔레파시로 소통할 수 있다. 아이들이 신경망으로 연결되어 있기 때문이다.

이 아이들은 다른 사람의 마음도 읽을 수 있다. 그들에게는 아무것도 숨길 수 없다. 그들은 나쁜 뜻이 없다고 주장한다. 그러나

---

30) 컴퓨터가 처리하거나 분석할 수 있는 형태로 존재하는 관련 정보의 집합체.

누가 알겠는가?

페이스북에 열 번만 클릭하면, 어머니나 파트너가 알려주는 것보다 더 정확하게 사용자 프로필을 파악할 수 있다. 심지어 우리가 우리 자신에 대해 안다고 생각하는 것보다도 정확하다.

사적인 생각이 없는 세상을 생각해 보라.

사적인 행동이 아예 사라진 세상을 생각해 보라.

사물인터넷은 모든 사물이 컴퓨터로 기능할 수 있게 해줄 것이다. 냉장고는 당신이 사고 먹는 음식을 낱낱이 기록해 총계를 낸다. 다이어트 앱에 가입하면 냉장고가 당신이 먹어야 하는 음식을 직접 주문해서 '도와줄' 것이다. 냉장고는 당신이 규칙을 어기지 않게 '도와줄' 자물쇠 역할도 한다. 필사적으로 자기 냉장고를 해킹하려 애쓰는 불쌍한 사람들이 곧 우리 앞에 등장할 신종 고문의 형태다.

스마트침대는 숙면을 모니터하고 도와주어, 침대 온도를 따뜻하게 혹은 서늘하게 조절하고, 조도를 관리하며 당신의 상태를 자동 의사에게 보고한다. 약 처방을 받아야 할 수도 있다. 오늘은 운전하기에 적합한 몸 상태가 아닐 수도 있다. 섹스를 했는가? 아닌가? 당신의 관계는 건강한가? 상담치료사, 아니 비아그라가 필요할 수도 있겠다.

스마트주방에서는, 오늘이 탄수화물을 먹지 않는 날이라고 토스터가 알려줄 것이다. 스마트변기가 첫 배설물의 내용물을 분석할 것이다. (내가 꾸며낸 이야기가 아니다.)

그리고 자동차는 또 어떨까? 운전자 없는 자동차라니 멋진 아이디어 아닌가? 술집에 가서도 전용 기사를 대동한 것처럼 편하게 술을 마실 수 있고, 뒷좌석에서 업무를 볼 수도 있다. 미국 정치에 관해 제 나름의 세계관을 떠벌리는 택시기사도 없고, 그저 평화와 고요, 우리만의 아담하고 사적인 실내만 있다.

그러나 이 사랑스러운 사적 공간이 사실은 전혀 사적이지 않음을 깨닫게 되면 어떨까? 운전자 없는 자동차는 당신의 움직임을 추적한다. 무작위가 예측 가능해지고 자료집이 된다. 목적지와 경로는 재설정될 수 있다. 경찰서로? 두려운 전 배우자의 집으로? 이식된 칩이 혈당 위험을 감지하는 순간 강제로 병원행이라면? 자동차가 강탈당한다면? 유괴된다면?

자율주행은 자율이 아니다.

더구나 운전자 없는 차들은 까다로운 상황들에 대처할 수 있게 프로그래밍해야 한다. 이런 게임을 한 번 해보자. 피할 수 없는 사고의 시나리오를 상정하는 거다. 할머니 아니면 어린이를 치고 지나가야 하는 거라고. 그럼 누구를 선택해야 할까? 그리고 우리는 승객보다 보행자를 우선해야 할까? 피해를 최소화해야 하는 사람은 누군가? 차량 내부에 있는 나인가, 아니면 인도에 있는 당신인가? 개가 도로로 뛰어들어 내 차의 브레이크를 밟아야 한다면? 동시에 가속페달을 밟아 뒤에서 따라오는 차가 피할 수 있게 해줘야 한다면?

그런 상황에서 인간은 1초도 못 되는 순간에 결정을 내려야 한다. 자율주행차량은 미리 앞서서 윤리적으로 — 과연 윤리가 적당한 말이라면 말이다─프로그래밍 되어야 한다. 그리고 이 차들은 프로그램에 따라 주행할 것이다…. 그러다 결국은 차들이 저절로 자기 프로그램을 다시 쓰는 섬뜩한 날이 오고 말 것이다.

그 차들은 우리 모두를 태우고 절벽으로 달려갈 테고, 우리는 그런 운명을 당해도 싸다.

당신이 아직은 스스로 운전할 수 있는 차들도 공장에서 스마트센서들을 장착해 나올 것이다. 이 스마트센서들은 당신의 대화, 당신이 듣는 라디오 방송을 듣고 당신 혈중의 알코올이나 마약을 감지할 수 있을 것이다. 당신이 남자친구와 싸우기 시작하면, 당신의 자동차가 경찰을 부르거나 보험등급이 강등될 수 있으니 갓길에 정차하라고 경고할 수도 있다. 텔레매틱스는 보험회사 입장에서 몹시 흥미로운 기술이다. 초보 운전자의 운전 방식을 모니터할 목적으로 장착되었던 조야한 블랙박스들은 완전히 새로운 기능들을 담고 신차들에 달려 나올 것이다. 과속? 그 즉시 벌금을 부과받을 수 있다. 분노의 질주? 모두 기록된다.

지난 주말은 어디서 보냈는가? 당신의 차는 '안다.' 강압적 통제[31]가 이토록 쉬웠던 적은 없다.

게다가 당신이 차량 할부금을 내지 않으면, 회사에서 원격으로 엔진 기능을 정지하고 GPS로 차의 위치를 파악해 견인해갈 수도

---

31) 스토킹·따돌림·사생활 침해 등 극단적인 행동까지 포함해서, 타인에게 자신의 의지를 집요하고 폭력적으로 강요하려 드는 행위.

있다.

*

　당신이 내쉬는 숨결 하나하나가 모두 돈벌이가 된다는 문제는 일단 차치하자. 만물이 어느 한 군데 걸리는 곳 없이 매끄럽게 연결되는 데는 이점들도 있다.

　무엇보다 귀찮은 잔일과 따분한 일들이 처리된다. 주치의와 건강검진을 잡는 대신 이식된 칩이 건강을 모니터해주고, 스마트홈이 혼자 알아서 돌아가며 배달물을 받고 배관공한테 문도 열어주고, 배관공의 일거수일투족은 휴대폰으로 파악되고 집안에 들어오는 시간까지 철저히 관리할 수 있는데, 누가 뭐하러 굳이 슈퍼마켓에 가서 장을 보고 보일러가 고장 났다고 알리고 집에서 배관공을 기다리고 귀찮게 건강관리를 할까?

　이런 일에 시간을 낭비하는 대신, 지금 당신에게 어떤 휴가가 최적인지 미니미 인공지능 비서와 상의해라. 그러면 인공지능 비서가 예약해줄 것이다. 당신이 스트레스를 받으면 미니미 비서가 하룻밤 일을 쉬라든가 하룻밤 외출을 하라고 잔소리를 한다. 그러면 여기 참여하는 레스토랑들이 식사를 배달해주거나, 자동차가 데리러 올 것이다. 생각할 필요조차 없다. 다 알아서 처리할 테니….

　회사들은 이런 이득이 개인적 주권의 상실보다 더 크고 중하게 보이기를 바란다. 우리는 시간을 허비하며 오랜 시간을 보낸다. 개인적일 수는 있지만, 주권이라고 하기는 어렵다.

아무튼, 그 많은 자기계발서와 앱들은 우리에게 다른 사람이 되라면서 강력한 동기부여를 제공한다. 더 행복하고, 더 효율적이고, 더 나은 다른 사람…. 사물인터넷이 실현하겠다고 약속한바. 그리고 많은 경우 결국 해내고야 말 일.

당신이 얻은 게 그렇게 많은데, 이제 비밀도 없고, 아마도 자아도 없어지는 정도가 뭐 그리 대수인가?

테크 회사들에도 온전히 정립된 철학적 사유체계가 있고, 이 사상은 여러 저명한 '구루'들의 지지를 받는다. 바로 자유의지, 자아의 자치권, 자기 지향, 진정한 선택과 같은 계몽주의 사상이 허튼소리라는 사고방식이다. 인간은 고독하고 자기 지향적인 존재다. 우리는 남들에게 알려질 필요가 있다. 우리는 사회적 동물이다. 우리는 집단을 좋아한다. 우리는 소속을 좋아한다. 그렇기에, 우리는 쉽게 영향을 받는다. 우리 행동은 학습되고 수정될 수 있다. 우리는 습관을 선택으로 착각한다. 일반적으로 통용되는 견해가 실제 우리 의견이라고 믿는다. 우리는 너무 나태하고, 손쉬운 삶을 선호한다. 스스로 생각한다고 믿을 수 있는 한도 내에서, 이런저런 생각을 하라고 누군가가 '말해주길' 원한다. 트럼프 대통령의 명령을 받아 자유의 이름을 내걸고 미 국회의사당에 쳐들어가 점령했던 호전적 트럼프 지지자들이 이 사실을 무섭도록 명료하게 보여주었다.

큐어넌[32] 지지자들은 아무 근거 없는 극단적 견해를 표방하지

---

32) QAnon. 2017년 미국에서 처음 조직된 극우 음모론 단체. 도널드 트럼프를 지지한다.

만, 그러면서도 조종당하는 게 아니라 주체적으로 생각하고 있다고 믿는다.

반개인행동[33] 이론은 미국 하버드 대학의 심리학자 B. F. 스키너가 2차 세계대전 후에 유행시켰다. 그때는 정석의 행동주의였다. 이제는 급진적 행동주의가 되었고, 여기서 회사와 정치집단을 돕는 사람들이 많이 나왔다.

미국의 스티브 배넌과 영국의 도미닉 커밍스는 '개인의' 행동을 조종하려 드는, 새로운 스타일의 스키너주의를 추종한다. (그런 행동은 전혀 개인적이지 않기에 가능하다. 양육, 편견, 가정, 두려움, 두려움의 반대편인 보상이 모두 혼합된 결과다.)

우리의 행동을 슬쩍 자극해서 원하는 결과로 유도하는 일은, 상품 구매든 투표든 상관없이, 처음부터 언제나 로비와 광고의 기본사양이었다. 그런데 소셜미디어로 인해 이제 그 범위가 무한히 확장되었다. 회사와 로비스트들이 필요로 하는 행동 데이터는 소유자가 직접, 매초, 공짜로, 넘겨주고 있다.

페이스북은 당신의 일생을 타인과 '공유'하는 것이 연결성의 대가일 뿐 아니라 목적이자 기쁨이라고 설득하는 데 성공한 듯하다. 인스타그램과 트립어드바이저의 활용 역시, 무엇보다 중요한 것은 경험 자체가 아니라 경험의 '공유'임을 암시한다. 경험이 공유되면, 그때까지는 후미진 코츠월드의 이름 모를 마을을 방문하거나 특정한 패밀리 레스토랑에 가보고 싶다는 욕구가 전혀 없던 수

---

33) Anti individual behavior. 타인의 복지나 안위에 전혀 관심이 없는 행동을 말한다.

많은 사람이 갑자기 자기 나름의 '순간'을 인스타나 트위터나 페이스북에 올린다. 그러면 또다시 이런 욕망이 전혀 없던 사람들이 다음 파도처럼 밀어닥친다. 신물이 나도록, 질릴 때까지, 양 떼처럼, 가축처럼, 빌려온 현실을 그린 악몽 같은 만화처럼 반복된다.

스키너가 1990년 삶의 끝에서 다다른 결론인 "인간은 단순히 사건이 일어나는 장소에 불과하다"는 주장을 소셜미디어가 확증해 주는 듯하다.

인간은 장소가 아니라 역사의 운반자이고, 미래를 잡을 두 번째 기회이고, 사랑할 수 있는 존재요, 붙잡을 수 없는 한순간, 내면의 힘이며, 사적인 행위는 공적인 결과를 초래하지만 인간은 공원이나 쇼핑몰과 달리 궁극적으로 공적인 존재는 아니라는 생각은 어떤가? 낭만적인가? 바보 같은가? 그냥 틀렸나? 아니면 지금도 여전히 지켜낼 가치가 있는 자아관인가?

하버드 경영대학원의 석좌교수 쇼샤나 주보프는 걸출한 저서 《감시자본주의의 시대》(2019)에서 미래 인간은 좀 다른 종류일 거라고 주장한다. 행동수정[34]이 아니라 참여적인 인간이다. 이러한 미래에서 기술은 돈을 움직이는 사람들과 결정권자들뿐 아니라 만인을 위한 선을 행하는 도구가 될 것이다. 민주주의의 자리도 여전히 건재하고 페이스북, 구글, 애플과 아마존이 제국 열강들이 한때 그랬듯 세계를 분할통치하지 않는 미래.

---

34) 여러 형태의 부적응 행동을 변화시키는 것으로서, 행동치료라고도 부른다.

새로운 현실은 전체주의적인 함의를 담은 감시의 형태로 우리를 설득하려 하지 않을 것이다. 임파워먼트empowerment, 우리를 더 힘센 존재로 만들어주겠다는 약속으로 우리를 설득하려 다가올 것이다.

일론 머스크의 뉴럴링크 회사는 뇌-컴퓨터 인터페이스를 개발하고 있다. 생각으로 컴퓨터를 조작할 수 있게 해주는 연결선들이다.

인간 실험은 2020년에 시작되었다. 현재 이 기술의 목적은 신체 마비가 있는 사람에게 도움이 되게 하는 것이다. 칭찬해 마땅한, 참으로 훌륭한 목표다. 그러나 머스크의 궁극적 목표는 AI와의 공생이다. 지능 게임에서 인간이 뒤처지지 않게 하는 것이다.

*

스티브 오스틴: 1970년대 TV 시리즈 〈600만 불의 사나이〉에 등장했던 원조 바이오닉 인간. 생명 작용의 한계가 리셋되어, 훨씬 더 빠르고 강하고 똑똑해진 사나이.

현대의학은 이미 인간의 생명 작용을 리셋했다. 우리는 이제 산업혁명 초기 선조들보다 2배 더 오래 산다. 1800년에 평균기대수명은 40세였다. 그러다가 초기 자본주의의 공장시스템으로 도입된 지옥 같은 빈민가와 12시간 근무로 10년이 더 줄었다.

그로부터 200년 후, 80년의 수명이 새로운 정상이 되었다(성경에서조차 우리에게 내려진 수명이 70년이라고 했는데 말이다. 그러니 홈베이스를 밟는 데 퍽 오랜 시간이 걸린 셈이다. 자본주의의 열성 옹호자들이 뭐라고 말하든 간에).

좋은 음식을 먹고 운동을 하고 건강관리를 할 여유가 되고 스트레스를 너무 많이 받지 않는 사람들은 장수는 기본이고, 건강하게 오래 살 수도 있다. 물론 모든 걸 최고로 쓸 수 있는 부자들은 매우 잘 살아가고 있다. 그런 사람들은 당연히 더 잘 살고 싶을 테고, 그것이 바로 실리콘밸리가 신체적 인지적 퇴화를 막거나 되돌리는 연구에 투자하는 이유다. 인간의 인지적 퇴화는 근육 손실이나 장기부전처럼 엄연한 현실이다. 종국에는 우리가 우리 몸의 생명현상에 패배하게 된다.

물리적 실체로 구현되었든 아니든, AI 시스템은 그런 손실과 퇴화를 겪지 않는다. AI 시스템은 증강하고 버전을 업그레이드하고 더 스마트해진다. 지금의 인간이, 말하자면, 후산업혁명 시대의 호모사피엔스3(HS3)이라고 하면, 이 게임에서 탈락하지 않으려면 어서 빨리 HS4에 도달해야 한다. 우리가 현재 개발하고 있는 AI와의 융합이 논리적 결과다. 그러나 결과는 보통 예측을 배반할 때가 많다.

예측할 수 있는 게 한 가지 있다면 개인화Personalization다.

우리가 앞에서 살펴보았듯, 개인화는 1960년 트랜지스터 라디오가 처음 출시되었을 때 이미 시작되었다. 마침내, 오로지 당신만을 위한 작은 휴대용 기기가 등장했다. 가족용 라디오 앞에 모여앉아 있을 필요가 없어졌다. 당신만의 길을 가면 된다. 개인화는 노트북컴퓨터와 스마트폰 산업계에 의해 적극적으로 채택되었다.

우리의 전적으로 공공재인-정보수집된-알려진 자아와 동시에 그 자아의 개인화다. '당신의' 스마트 임플란트다. '당신의' 스마트카/집/라이프스타일/보험/포트폴리오/퍼스널쇼퍼/피트니스멘토/테라피스트/개인비서다. 당신에게 꼭 맞춰진, 추적자 겸 도우미가 당신의 행동을 실시간으로 매끄럽게(마찰이 생기지 않게) 변화시키고 발전시킨다.

그건 똑똑한 마케팅 전략이다. 개인화는 이제 상품과 무관하다. 중요한 건 그 개념 자체다.

개인화는 '사생활'이라는 한물간 구식 관념을 대체하는 개념으로 제시된다.

그런데 만물이 인터넷화되는 우리의 미래에서 왜 '사생활'이 문제적인 개념이 되는 걸까?

사생활은 마찰이다. 경제용어로 말하면, 마찰, 즉 프릭션friction은 플로우flow, 즉 흐름의 반대말이다. 당신과 당신의 모든 행동에서 나오는 데이터가, 당신을 이용해 돈을 벌고 당신의 행동을 통제하거나 '넛지'하려는 이익집단으로 흘러가는 흐름을 방해하는 모든 것이 마찰이다. 정말이지 이렇게 단순한 문제란 말이다.

아니면 그냥 내가 가끔 망을 벗어나는, 즉 소외되는 것을 좋아하는 아날로그형 인간인 걸까? 지금 스마트폰을 두고 나가서, 어디든 가고 싶은 곳으로 걸어가, CCTV가 없는 곳에서 현금을 쓰고(점점 어려워지는 일이기는 하다) 며칠 인터넷 서핑을 하지 않으면 그래도 가능한 일이다.

그러나 머지않아, 스마트 기기와 스마트 임플란트가 정상이 되면, 로그인조차도 하지 않게 될 것이다. 항상 접속상태일 테니까. 항상 켜져 있을 테니까. 죽을 때까지.

사이파이sci-fi에서 와이파이Wi-Fi를 거쳐 마이와이my-wi에 도달하는 것이다.

구글의 전임 CEO 에릭 슈미트는 2015년 다보스포럼에서 페이스북 COO 셰릴 샌드버그 옆에 앉아 이렇게 표현했다.

인터넷은 사라질 겁니다. IP 주소가 너무 많아지고, 착용하는 기기와 센서와 사물이 너무 많아지고, 상호작용하는 사물도 너무 많아져서 아예 느끼지도 못하게 될 겁니다. 당신 존재의 일부로 항상 있게 될 겁니다.

이것은 새로운 윤리적 의문점을 제기한다.

신경윤리학자 마르첼로 옌카(취리히연방공과대학 교수)는 기술시대를 위한 네 가지 권리를 제안했다.

1) 인지자유의 권리

2) 정신적 사생활의 권리

3) 정신적 품위의 권리(뇌 해킹brainjacking에서 보호받을 권리)

4) 심리적 연속성의 권리

내게는 4번이 특히 흥미로운데, 뉴로테크놀로지의 이식뿐 아니라 제거 역시 쟁점이, 어쩌면 위협이, 아니 심지어 신종 고문이 될 수도 있음을 암시하기 때문이다(우리는 당신을 다운그레이드하고/미치게 만들고/다시 연결할 수 있다, 등등).

우리가 두뇌 전체를 컴퓨터에 업로드할(그래서 우리 자신을 '저장'할) 시점이 오게 된다면, 저장 과정에서 특정한 기억/경험이 삭제되거나 추가되지 말라는 법이 어디 있단 말인가? 필립 K. 딕이 천재적인 단편 〈도매가로 기억을 팝니다〉(영화 〈토털리콜〉의 원작이다)에서 묘사한 것처럼 말이다.

젊은 세대―휴대폰과 페이스북과 함께 성장하고, 일거수일투족을 인스타에 올리고, 인플루언서가 되기를 꿈꾸는 디지털 원주민들―를 대변하여 보호, 사생활, 콘텐츠 검열, 플랫폼의 책임을 따져 묻는 비정부 기구가 파이브라이츠5Rights다.

파이브라이츠는 2015년 영화감독 비번 키드런[35]에 의해 영국에서 설립되었다. 내가 파이브라이츠 재단에 대해 문의했을 때, 키드런은 매일 십억 명이 넘는 미성년자가 온라인에 접속해서 시

---

35) Beeban Kidron. 2004년 영화 〈브리짓존스의 일기〉를 연출한 영국의 여성 영화감독.

간을 보내는데, 플랫폼에서는 그들을 마치 성인 사용자처럼 취급한다는 사실을 짚어주었다. 콘텐츠 접근은 쉽지만, 모니터링은 어렵다. 온라인 그루밍 성범죄가 특히 위험하다.

예를 들어 2020년 코비드 락다운 기간에 영국에서는 아동을 성적으로 학대하는 이미지를 보려는 시도를 1개월 동안 무려 9백만 건 차단했다(영국 국내의 현실만 다뤄도 이 정도다).

아이들은 첨단기술을 능숙하게 다룰 줄 알지만, 한편으로는 무방비로 노출되어 있다. 파이브라이츠 재단은 현실 세계에서와 마찬가지로 디지털 세계에서도 어린이가 보호받을 수 있기를 바란다. 현실 세계에서 우리는 어린이와 어른을 구분한다. 산업혁명 시기를 거치며 힘겹게 얻어낸 구분이다. 우리는 우리 아이들이 열악한 노동 착취 현장에서 일하는 건 원하지 않으면서, 휴대폰으로 착취당하는 데는 이상하리만큼 무관심하다.

여기에는 중독적인 게임과 포르노 습관은 물론, 자기파괴적인 '좋아요'의 불행도 포함된다.

인생 초반기에 시작되는 데이터 수집은 그 삶을 정복한 것과 다름이 없다. 그리고 중국과 홍콩의 대치상황에서 보았듯이, 틱톡과 같은 인기 공유 사이트에서 강제로 정보를 삭제하는 행위는 젊은이들을 박해하거나 고발하고, 행동을 감시하고, 당연히 향후 정치적 '선택'에 영향을 끼칠 수 있다. 중국의 경우 데이터 강탈은 분명히 정치적이었다. 그러나 핵심요지는 그게 아니다. 중국은 소위 '자유로운' 서방세계가 날마다 소리 없이 은밀하게 해왔던 일들을 눈에 띄게 하고 있을 뿐이다. 우리 정보는 익명이 아니다. 이

정보를 가질 '권리'는 누구에게 있는가? 그 정보를 팔 권리는? 가로챌 권리는? 포장할 권리는?

빅테크 플랫폼과 관련해서는, 적어도 그들이 현재 운영되는 방식에서는, 파이브라이츠 재단이 전 세계의 협조를 구하고 효과적인 법제화에 성공할 확률이 높다.

그러나 온라인 세계와 현실 세계 사이에 구분이 희미해진다면, 아니 아예 없어진다면 무슨 일이 일어날까? 에릭 슈미트가 예언한 대로 인터넷의 종말과 사물인터넷의 시작이 현실로 이루어진다면 어떻게 될까? 인터넷이 항상 켜져 있고 우리가 상시 접속해 있다면, 우리가 누군가를 어떻게 보호한단 말인가?

어머니한테 기기를 모두 압수당하고 와이파이도 끊겼다는 어느 10대 인터넷 중독자의 그 멋진 이야기가 나는 정말 재미있었다. 그 아이는 곰곰 생각하다 집의 스마트 냉장고에서 트윗을 보낼 수 있다는 사실을 깨닫는다. 처음부터 끝까지 꾸며낸 이야기일 수도 있지만, 레딧Reddit은 삼성 냉장고에서(만약 집에 있다면) 트윗을 보내는 법을 자세히 설명해준다.

이 이야기의 요점은 실리콘밸리에 계신 우리의 디지털 주인님들은 오프라인을 아예 없애는 걸 최종목표로 삼고 있다는 사실이다. 냉장고를 해킹할 필요도 없도록.

그렇지만 그래도….

사생활이니, 보호니, 데이터 흐름이니, 데이터 활용이니 하는 이 모든 게 다 스쳐 지나가는 문제일지도 모른다. 일단 지금 우리 상상 속에서는 인간 이익단체와 인간 행위자가 우리의 시나리오를 지배하고 있다. 하지만 만약 AI가 정말로 초지능이 되어, 수단이 아니라 행위자가 된다면, 그때 인간의 미래는 큰 의미가 없어질 수도 있다. 내 말은, 역사박물관에 전시될 종種에 AI가 얼마의 데이터를 할당해 주겠는가?

내가 미래 이야기를 하면, 꽤 많은 사람이 이런 답을 내놓는다. 지금 세계는 모래에 머리를 처박은 에뮤처럼 기후 재앙을 모른 척하고 있으므로, 실리콘 밸리에서 불어오는 미래의 폭풍 따위에는 신경 쓸 겨를도 없다고. 냉장고에서 트윗을 보내는 게 문제가 아니라 식량 전쟁을 벌이고 있을 거라면서 말이다.

또 다른 사람들은, 최대한 빨리 초지능 AI를 개발하는 것만이 인류가 살아남을 길이라고도 한다.

2020년까지 아무도 바이러스를 멸종의 수단으로 생각하지 않았다. 이제 우리는 그런 생각을 한다.

아이러니하게도, 코비드 19로 인해 세계는 훨씬 가난해졌지만, 바이러스는 거대한 테크 기업들이 훨씬 더 부자가 되고 훨씬 더 많은 통제권을 가지게 된 기회다. 단지 아마존이 집까지 물건을 배달해주는 문제 정도가 아니다.

에릭 슈미트는 팬데믹 기간 동안 대면 접촉을 대체하기 시작한 플랫폼들을 활용해 보편적인(당연히 부자는 예외다. 장담해도 좋다) 홈스쿨링을 열렬하게 설파하기 시작했다.

우리가 집에 머물게 되면 새로운 방식으로 연결할 필요가 생긴다. 이것은 연결을 제공하는 기업체들에게 기회가 된다. 페이스북은 가상현실 아바타 회의를 시험하고 있다. 지금 줌이 그렇듯이 이 또한 우리의 새로운 현실이 될 거라 믿어 의심치 않는다.

더 큰 걱정은, 모든 곳을 심지어 술집에 한 번 들른 것까지 포함하여 추적하고 기록하는 것은 민권 자유 단체들이 몇 년 동안 막고 있던 수준의 감시까지를 허용한다는 데 있다. 사생활이나 데이터사용이 반대의 근거였는데, 이제는 다 사라졌다. 감시받는다는 건 곧 안전하다는 뜻이니까.

그러나 에너지 부족은 어떻게 될까? AI는 엄청난 에너지를 소모하고, 지구상에 남은 화석연료를 모두 긁어모아 태워도 레이 커즈와일이나 일론 머스크가 상상하는 초미래에는 턱없이 부족할 것이다. 〈매트릭스〉가 인간은 AI 시뮬레이션의 배터리에 불과하다고 상상한 것도 이런 이유에서다.

낙관론자들은 AI의 미래에 필요한 에너지의 조건 때문에 지구가 어쩔 수 없이 저탄소의 해결책을 찾으리라 믿는다. 절실한 시장이 직접 변화를 주도하리라는 것이다.

그러나 AI의 미래에는 또 다른 장애물들이 있다.

인텔의 공동 창업자인 고든 무어는 자기만의 법칙을 만들었다. 무어의 법칙이다. 1제곱인치의 마이크로칩에 들어가는 트랜지스터의 수는 2년마다 2배로 증가한다. 첫 인텔 칩 생산으로부터 50년 후, 한때 건물 전체를 하드웨어로 채워야 나올 수 있었던 컴퓨팅 파워가 이제 핸드백 안에 들어간다. 그리고 전력도 훨씬 덜 소모한다. 그것이 진보다.

그러나 진보에도 한계가 있다. 시스템을 바꾸지 않는 한 우리는 이제 거의 한계에 다다랐다. 간단히 말하자면, 소형 노트북이나 휴대폰에는 트랜지스터 숫자를 두 배로 늘릴 공간 여유가 없다. 아무리 작아도, 여전히 (어느 정도는) 물리적 공간을 차지해야 하기 때문이다. 더 빠른 처리 속도와 더 많은 명령어로 도약하는 다음 단계는 양자 컴퓨팅이다.

중국이 그 기술 장벽을 돌파하는 데 이미 성공했다는 루머가 있다. 그랬다 해도 지금은 함구하고 있는 상태다. 구글과 IBM 모두 나노 단위로 근접했다고 주장한다.

트랜지스터는 친숙한 1과 0의 원칙으로 돌아간다. 아날로그와 디지털 모두 그렇다. 0과 1은 전통적 컴퓨팅이 계산을 처리하는 방식이다. 정보 '비트'는 각각 1 또는 0을 가진다. '양자 비트'quantum bit, 즉 큐비트qubit[36]는 다르다. 아주 다르다. 기기묘묘한 아원자를 통제함으로써, 큐빗은 '동시에' 0과 1이 될 수 있다. 그건 아주 작은 (혹은 아주 차가운) 입자의 세계에서는, 계측될 때까지 상태가 결정되지 않기 때문이다. 그들은 개별적이고 상충적인

---

36)   양자컴퓨터의 최소 연산 단위.

상태로 '동시에' 존재한다. 관찰(계측)되었을 때에만 비로소 확정된 형태를 띤다. 마법이라면 멋진 일이다. 세상 모든 마법사와 요정 이야기는 이 동시적 권능의 유비를 활용한다. 어쩌면 그런 이유로 우리는, 지금 우리가 사는 세상의 규정되고 계측 가능한 현실이 유일한 하나의 현실이며, 약간 어색하고, 표면적이라는 점을 깊이 이해하는 것 같다.

아무튼, 아원자의 괴상한 세계에서는 2진binary이 현실적이지도 않고 중요하지도 않다. 그리고 이는 놀라운 힘의 무수한 가능성을 열어준다.

숫자로 보면, 8비트가 모여 1바이트가 된다. 당신의 스마트폰 메모리에는 2기가바이트가 담겨 있을지 모르지만 ― 이건 2x80억 비트다 ― 몇십 큐빗이라고 하면 이를 훌쩍, 아주 훌쩍 뛰어넘는다.

뉴욕주 요크타운하이츠의 IBM 연구분과 디렉터 다리오 길에 따르면,

100 퍼펙트 큐빗을 가지고 있다고 상상해 보세요. 그 양자컴퓨터의 상태를 설명하기 위해 0과 1의 비트를 저장하려면 이 지구상의 원자를 모두 다 써야 할 겁니다. 280 퍼펙트 큐빗을 갖게 되면, 그에 해당하는 0과 1을 저장하려면 우주의 마지막 원자 하나까지 전부 필요할 겁니다.

현재 세계 최초의 상용 양자 컴퓨터인 'IBM Q 시스템 원'은 0.5인치 두께에 무게가 700파운드 나가는 육중한 문들을 거쳐 접근

해야 나오는 8제곱피트의 검은 유리 정육면체 속에서 은둔하는 록스타처럼 살고 있다. 양자 컴퓨터들은 무슨 일이 있어도 현실과 얽히지 않게, 절대적으로 먼 거리에 존재해야 한다. 뒤엉킴은 결과에 영향을 미친다. 사랑에 빠져 본 사람이라면 누구나 다 알다시피.

그래서, 우리는 까마득하게 멀다 못해, 특별한 옷을 입은 대사제들만 들어갈 수 있는 금지된 사원에 살아야만 하는 신을 만들고 있는 셈이다. 대사제들은 질문을 던지고 대답을 해석할 수 있다.

양자컴퓨터는 미래일지 몰라도, 그 이야기는 과거에서 온 파라오의 꿈 같다.

이 모든 이야기가 결국 어디로 향하는 거냐고?

우리를 통제하는 시스템이 실제로 작동하는 방식을 아는 사람이 점점 더 적어지리라는 점, 이 한 가지는 확실하다. 우리는 지금 세탁기를 수리하는 얘기를 하는 게 아니다.

미래에 대한 합의는 없어도, 완전한 연결성이 현실화되리라는 합의는 존재한다. 인터넷에, 우리 기기들에, 우리의 기계들에, 또 우리 서로가 완전히 연결되리라.

연결성을 개인적 필요에 따라 맞춤 설정하면 당신의 것처럼 느껴질 것이다. 사실 그것은 당신 자신처럼 느껴질 것이다. 그리고 당신이 스스로 선택한 듯한 느낌을 받을 것이다. 프랭크 시내트라의 아바타가 'I did it My-Wi'라고 노래할 것이다.

그러면 '당신'이 무엇인가라는 완전히 새로운 질문이 보글보글 거품처럼 올라온다. 마이와이는 그 자체로 종교적이다. 마크 주커버그는 페이스북을 '세계적인 교회'에 비유한 적이 있다. 자기 자신보다 더 큰 무언가에 연결해준다는 점에서 그렇다고 한다. 더 클 수도 있다. 더 작을 수도 있다. 어쨌든 연결될 것이다.

여기서 조지 오웰이 쓴 《1984》의 한 대목을 살펴보자.

> 당신은 살아야만 했고, 본능이 된 습관으로 살아냈다. 당신이 내는 모든 소리가 노출되고, 어둠 속이 아니라면, 모든 움직임 이 감시받고 있다고 가정하는 습관을 체득해야 했다.

오웰은 '빅브러더'가 TV 쇼가 되었다는 사실에 놀랐을지도 모르겠다. 여기서는 적외선 카메라가 있어서, 심지어 어둠조차 투명 인간의 망토가 되어주지 못했다.

오웰은 〈러브 아일랜드〉 같은 감시 예능 프로그램에 출연하려고 경쟁하는 사람들을 보고 더 놀랐을 것 같다.

*

호모사피엔스의 성공담은 무한한 적응력의 승리였다. 기계 시대에 적응한다는 건 과거의 진화 단계를 찢는 전례 없는 도약이 었다. 우리는 지구에 치른 대가를 슬퍼하지만, 1800년대 이전으로 돌아가고 싶은 사람도 거의 없을 것이다. 우리는 '만물의 침해'를 싫어하지만, 스마트폰과 구글이 없는 세상을 살고 싶은 사람이 있을까?

하지만 어쩌면, 우리는 조금 덜 민주적인 세계를 선호하는지도 모른다. 그러나 이것은 인류 발전의 다음 단계에서는 스트레스를 덜어줄 수 있을 것이다.

마이와이는 우리를 어린아이의 상태로 둔다. 돌봄 받고, 먹여주는 대로 먹고, 안전하고, 감시와 감독의 눈길을 받고, 재밌는 것도 많고 공짜로 즐길 것도 많고, 큰 결정은 다른 사람이 대신 내려준다.

결정권을 가진 자가 언제까지나 인간의 형태일 거라고 믿을 만한 이유는 어디에도 없다.

• 저자의 추신

2021년 5월 22일 나는 〈파이낸셜타임즈〉에서 블록체인과 암호화폐의 다음 단계는 디파이DeFi(Decentralized Finance) — 금융 서비스 거래에서 중개자를 우회하는 방법 — 가 될 거라는 기사를 읽었다. 디지털로 제작된 경주마(NFT)를 생육하고 번식시키거나 판매하려면 그러고 싶을 것이다…. 최근 그런 말 한 마리가 12만5천 달러에 팔렸다. 이 말들은 사료를 먹일 필요도 없다. 그러나 경주에 내보내고, 돈을 걸고, 그렇다, 알고리즘을 활용해 번식시킬 수도 있다.

2
장

당신의 초능력은
무엇입니까?

뱀파이어, 천사, 에너지가
물질을 새롭게 상상하다.

영지주의gnosis의 노하우

대상을 한 가지 방식으로만 이해한다면 사실은 전혀 이해하지
못한 것이다. 무엇이든 우리에게 의미 있는 것으로 만드는 비결
은, 그것을 우리가 알고 있는 다른 모든 것과 연결하는 데 있다.

— 마빈 민스키, 《마음의 사회》

마빈 민스키(1927~2016)는 1959년 MIT의 AI 랩을 공동창립한
수학자다. 로봇공학과 신경망을 연구하다가 실제로 지능이 무엇
인가에 대해, 그리고 독자적인 지능을 지닌 기계의 가능성에 대해
더 깊이 파헤치게 되었다.

AI가 인간이 발명해 활용하는 도구 이상이 될 수 있을까?

민스키는 스탠리 큐브릭의 1968년 영화 〈2001: 스페이스 오디세
이〉의 자문역 중 한 명이었다. 핼HAL을 기억하는가? 자기만의 꿈

꿍이를 가지고 미션을 장악하던 그 섬뜩한 컴퓨터를 기억하는가?

컴퓨터들은 그때도 방 한 칸의 공간을 차지하고 있었지만, 1950년대 후반이 되자 반도체 물리학이 응용되기 시작했고, 컴퓨터의 부피를 커지게 한 진공관 대신 트랜지스터가 등장하고 있었다.

1960년대에는 컴퓨터의 줄어드는 크기와 늘어나는 힘에 대한 전반적인 흥분이 팽배했다. 이러한 기술적 돌파는 트랜지스터 테크놀로지가 있었기에 가능했다. 그러나 실용성을 차치하고도, 그 흥분감은 인간이 컴퓨터로 개발하는 것이 이제까지 인간이 발전시켜온 그 어떤 것과도 다르다는 실감에 기인했다.

보통의 기발한 발명품이 아니었다. 비행기나 자동차와도 달랐다. TV와 전화와도 달랐다.

인류가 개발한 천재적인 신발명품은 인류 '최후의 발명품'이 될 수도 있었다.

'최후의 발명품'이라는 1965년의 표현을 만들어낸 사람은 잭 굿이었다. 큐브릭 영화에서 민스키의 동료 중 하나였다.

잭 굿(1916~2000)은 전쟁 중에 블레츨리 파크에서 앨런 튜링과 함께 일했고, 훗날 독일의 이니그마 암호생성기의 코드를 해독한 연산장치의 제작에 힘을 보탰다.

1980년대에 잭 굿과 마빈 민스키는 감독관리 없는 인공신경망(미니브레인)이 인간의 입력과 별개로 혼자 학습하고 자기 복제할 수 있음을 시연해 보였다. 그러니 이제는 시간문제였다. 만약이 아니라 '언제'의 문제가 되어버렸다. 언젠가 기계는 프로그래밍하는 인간이 없어도 스스로 작동하게 될 터였다. 민스키와 동료들이 봉착한 문제는 컴퓨팅 파워와 속도였다. 자율신경망의 이론에는 문제가 없었다.

잭 굿은 이렇게 말한다.

> 초지능 기계를 이렇게 정의해 봅시다. 아무리 똑똑한 사람의 지적 활동도 훌쩍 능가할 수 있는 기계라고 말이죠. 이런 기계를 설계하는 작업 역시 그런 지적 활동이므로, 초지능 기계는 심지어 더 좋은 기계를 설계할 수 있습니다. 그렇다면 의심의 여지 없이 지능의 폭발이 일어날 테고, 인간의 지능은 완전히 뒤처지게 됩니다. 그러므로 초지능 기계는 인간이 만들어야 하는 '최후의 발명품'입니다. 그 기계가 온순해서 우리에게 자신을 통제하는 법을 가르쳐 준다면 말이지요.

이 마지막 문장이 온순하지도 않고 통제되지도 않는 HAL 900을 예시한다.

마빈 민스키는 수학자들이 (로봇에 장착되거나 독자적으로 존재하는) 컴퓨터를 프로그램할 수 있는 도구 이상으로 바라보도록 촉구한 공로를 앨런 튜링에게 돌린다.

유명한 튜링 테스트를 개발한 튜링은 언젠가 인간 지능과 기계를 구별할 수 없게 될 거라고 믿었다. 그 날은 그의 생각만큼 빨리 오지 않았지만 — 튜링은 2000년을 생각했다 — 그래도 기계가 인간 수준의 대인 상호작용 기술을 과시할 수 있다고 믿었다.

민스키는 자신이 스스로 생각하는 AI 시스템을 그토록 열성적으로 개발할 수 있었던 건, 튜링의 1950년 논문 〈계산기계와 지능〉 덕분이라고 말했다.

이 매혹적인 논문에서 가장 흥미로운 대목에는 텔레파시와 집단지능망hive-minded network이라는 용어가 나오는데, 지금 읽어보니 튜링이 '레이디 러브레이스의 반박'이라고 이름 붙였던 그 글이었다. 튜링보다 100년 앞서서, 천재 에이다 러브레이스는 배비지의 분석기계가 이론적으로 소설을 쓰고 음악을 작곡할 수는 있겠지만 (1843년이라는 걸 생각하면 굉장한 통찰이었다!) 아무것도 독창적으로 창조할 수는 없다고 예언했다. 그래서 튜링은 러브레이스에게 직접 반박하기 위해 화답 논문을 썼다.

여기에는 약간의 부연설명이 필요할 것 같다.

시인이었던 친부 바이런 경을 따라, 에이다 러브레이스는 '독창적 창조'란 기존 소재의 흔적을 찾아볼 수 없는 철저히 새로운 통찰이나 형태를 의미한다고 생각했다. 이는 어마어마한 양의 데이터를 입력하고 반대편에서 출력되는 결과물을 기다리는 것과는 전혀 달랐다. 물론 우리는 이 정의를 두고 논쟁을 벌일 수 있다. 인간 자체가 컴퓨터나 마찬가지로 데이터를 처리하는 공장이기 때문이다. 그러나 에이다의 논점은 물론 이해할 수 있다.

튜링도 그 요지를 알아들었다. 튜링의 동료 대다수가 에이다와 같은 생각이었다. 물론 자신들이 에이다에게 동의한다는 사실은 의식하지 못했지만 말이다. 튜링은 에이다가 죽은 후 배비지에 딸린 주해로서가 아니라 독립적인 과학자로서 그녀를 처음으로 진지하게 인정한 과학자였다. 튜링은 에이다가 하고 싶었던 주장을 있는 그대로 읽어주었다. 그리고 자문했다.

레이디 러브레이스의 생각은 옳은가?

기계 지능이 독창적인 무언가를 만들어낼 수 있나?

기계 지능은 인간 지능과 어떻게 다른가?

2차 세계대전이 끝나갈 무렵 튜링은 맨체스터의 빅토리아 대학에 갓 설립된 컴퓨터공학과로 직장을 옮겼다. 현재 영국 맨체스터 대학의 전신이다.

이곳에서 맥스 뉴먼과 톰 킬번을 만나 함께 일하게 된 튜링은 낮에는 저장된 프로그램으로 돌아가는 컴퓨터 제작의 실용적 문제를 연구했다. 그러나 밤이 되면 아름다운 남자들과 아름다운 기계들을 꿈꾸었다. 숫자를 처리하고 체스를 두는 것 이상을 해낼 수 있는 기계들. 말을 걸어오는 기계들. 함께 생각할 수 있는 기계들. 그리고 언젠가는, 인간의 사유를 넘어설 기계들. 에이다 러브레이스가 자신의 시대보다 앞서나갔듯 튜링 역시 자신의 시대를 앞서나갔다.

1952년 풍기문란죄로 체포된 튜링은 향후 수십 년간 이루어진 놀라운 기술적 돌파를 보지도, 그것에 관한 연구에 참여하지도 못했다. 그는 1954년에 죽었다. 자살이 거의 확실했다. 편협한 전후의 영국에게는 튜링이 제 몸으로 하고 싶었던 일―남자와의 섹스―이 그의 정신이 해낼 수 있는 위업보다 더 중요했다.

50년이 흘렀는데도 또다시, 똑같이 재현된, 오스카 와일드의 비극이었다. 기계와 달리 인간은 학습이 느리고, 기계나 벌과 달리 자신이 학습한 내용을 '벌집' 전체에 퍼뜨리지 못한다.

튜링의 친구 잭 굿은 말했다. "앨런 튜링 덕분에 전쟁에 승리했다고 말할 생각은 없다. 하지만 앨런 튜링이 없었다면 우리는 전쟁에서 졌을 수도 있다."

컴퓨팅의 미래에 블레츨리 파크 팀이 미친 영향은 아무리 높이 평가해도 지나치지 않다. 1945년 전쟁이 끝나던 때, 새로운 미래, 현대적인 미래, 우리의 미래가 시작되고 있었다.

1945년 세계사적으로 중요한 사건을 살펴보면, 2차 세계대전의 종식, UN 창설, 영국 최초의 노동당 정부 수립, 프랑스의 드골, 간디의 인도 독립운동, 이스라엘의 미래 국가 설립 계획, 세계 경제를 재부팅하기 위한 미국의 마셜 플랜이 주를 이룬다. 전쟁 후에 자연스럽게 잇따라야 할 대규모의 정치적 사건들이다.

1945년에는 뭔가 다른 일도 벌어졌다. 그 기묘한 발견은, 그 당시에는, 기독교 교회의 근간에 영향을 미치는 듯 보였다. 그러나 워낙 유서 깊은 구조라서, 세계대전 전후의 세계에서 새로이 태동했다는 게 크게 중요한 일이 아닐 수도 있다. 다만 인간의 지식 체계에서 한 가지 방식으로만 사물을 이해하지 않는 게 중요하다는 민스키의 견해를 받아들인다면, 다음의 이야기를 들려줄 가치가 있다는 생각이 든다.

이집트 룩소르의 북서부에 나그 하마디라는 마을이 있다.

1945년에 두 농부가 수레를 타고 나가 비료로 쓸 광물성 토양을 채굴했다. 그때 휘두른 곡괭이에 무언가가 부딪혔다. 알고 보니 거의 2미터 높이에 달하는 밀봉된 단지였다.

처음에 농부들은 그 속에 정령이 살고 있을까 무서워 열어보지 못했다.

그러나 만약 단지 속에 황금이 가득 들어 있다면?

호기심이 두려움을 이겼다. 두 사람은 단지를 깨부수었다.

그 안에는 고대 이집트의 콥트 언어로 쓰인 가죽 장정의 파피루스 서적들이 들어 있었다. 아람어나 그리스어 원본에서 번역한 것으로, 3세기나 4세기의 물건으로 추정되었다. 그런데 그중 한 권인 토마스 복음서는 예수 그리스도의 죽음으로부터 80년이 흐른 까마득한 옛날까지 거슬러 올라갔다.

그 책들은 대체로 영지주의 복음서였다.

영지를 의미하는 그리스어인 그노시스Gnosis는 '지식'이라는 뜻이다. 그러나 공부로 터득할 수 있는 지식이 아니다. 그보다는 자아와 세계의 궁극적 본질에 대한 앎이다. 우리는 '불가지론적인agnostic'이라는 영어 어휘에서 보아 이 말을 알고 있다. 앨버트 아인슈타인은 스스로 불가지론자라고 말했다. 어떤 모습이나 방식으로든 신의 존재를 믿지 않는 사람이 아니라 '알지' 못하는 사람이라는 의미였다.

영지는 과학이 아니다. 과학은 객관적인 계측과 반복 가능한 시연에 의존하는데, 심오한 앎의 감각을 어떻게 측량한단 말인가? 그것도, 적어도 당시에는, 입증할 수 있는 수단이나 측정 기준이 없었는데?

영지는 종교도 아니다. 영지주의자는 교리, 교조, 위계를 원하지도 필요로 하지도 않았다. 영지주의자는 명료한 신앙체계가 있는 교회를 설립하는 일에 관심이 없었다. 현실의 본질을 탐구하기를 원했을 뿐이다. 따라서 점점 세력을 확장하던 제도화된 기독교 권력과 마찰을 빚었다. 그리하여 서기 180년경 이레나에우스 주교[37]가 영지주의를 이단으로 선포하고 영지주의 복음서를 모두 불태우라는 명령을 내리게 된다. 이로써 나그 하마디의 단지가 파묻힌 이유와 시기를 짐작해 볼 수 있다.

그런데 영지주의파는 무엇을 믿었을까? 그리고 그 믿음은 다가오는 인공지능의 세계와 어떻게 연결될까?

영지주의자에게 세계는, 과거 한때 완벽했던, 그러나 이제는 구원이 필요해진 장소가 아니다. 황금시대도 없다. 좋았던 옛날도 없다. 낙원도 없다. 타락도 없다. 우리 세계는 처음부터 엉망으로 창조되었다. 악이 아니라 무지가 문제였다.

설화에 따르면 우주 어딘가에 충만함과 빛이 흘러넘치는 장소(그러나 실제로는 장소가 아니라 개념이다)인 플레로마가 있었다.

플레로마에는 시간을 초월한 영체들인 에온족aeon이 살았다. 일종의 신이라 할 수 있는 수령이 있긴 했지만, 대체로는 두 에온이

---

37) Irenaeus. 소아시아 스머나 출신의 초기 기독교 학자(130~202). 영지주의파의 이단 논쟁을 전개했고, 리옹 교회 주교를 지냈으며 순교해 성자 칭호를 받았다.

한 쌍으로 짝을 지어 일했다. 이런 부분에서는, 신성神性을 분리 불가능한 하나의 실체가 아니라 서로 다른 두 부분이 합쳐져 한 쌍을 이루는 다이어드dyad라고 여겼던 그리스의 영향을 받았다. 그래서 '남성'과 '여성'은 별개로 존재하면서도 통합되어 있다.

사실 에온은 코드의 1과 0처럼 작용한다. 정말로 흥미로운 사실은 에온들이 동시에 1이고 0이기도 한 퀀텀비트(큐비트)와 같다는 점이다. 하지만 이건 또 다른 얘기다…(기억나는가?).

경험이 가장 적은 최연소 에온이 소피아다. 그녀의 이름은 '지혜'라는 뜻인데, 구약성서, 특히 솔로몬의 노래인 아가雅歌에 나온다. 소피아는 유대교의 엄격한 유일신 가부장제 속에서 사라지거나 강등된 여신의 상징이 분명해 보인다. (삼위일체의 성령이 사실 소피아다.)

소피아는 쌍을 이룬 에온 짝과 헤어지고, 혼자서 뭔가 새로운 것을 만들려 했다. 그녀가 창조한 것은 김이 펄펄 나는 물질 덩어리와 남을 윽박지르는 허세 덩어리 데미우르고스[38]인 얄다바오트였다. 전부 끔찍한 실패작이었다. 얄다바오트는 서투른 손을 산더미처럼 쌓인 똥 속에 처넣어, 반쯤 숨이 붙어 뻘뻘 땀을 흘리는 이 흙덩어리로부터 세계의 모습을 형성했다. 그리고 사람들도 몇 명 만들었다. 그러고 나서 얄다바오트는 자기가 하느님이라고 선언했다. 일부 복음서에서는 그를 여호와라고 부른다.

태초부터 시작되는 트럼프 스타일의 설화다.

---

38) 물질세계의 기원이 되는 하급 신.

원래 한 쌍의 일부였던 소피아는 혼자서 더러운 실패작을 떠안지 않는다. 반려伴侶인 크리스토스가 와서 그녀가 창조한 어두운 물질의 수렁에서 그녀를 건져준다. 두 에온은 이 김이 펄펄 나고 땀을 뻘뻘 흘리는 물질세계에도 여전히 신성한 빛 그림자가 배어들어 번득인다는 걸 알아차리고, 크리스토스는 인류에게 〈매트릭스〉처럼 자신의 참된 기원과 참된 고향을 깨닫는데 필요한 앎(그노시스, 영지)을 내려주기로 한다.

그러므로 인간은 죄를 지은 게 아니다. 인간은 무지하다.

우리가 누구인지 그리고 어디에 속하는지를 알아내는 것이 우리의 사명이다.

공주가 갇혀 구원을 기다리는 동화들은 바로 이 설화로부터 기원한다. 오르페우스와 에우리디케처럼 운명적 짝을 찾아 나서는 이야기들이나 성 조지와 용처럼 잘못된 것을 바로잡을 소명을 타고난 영웅 이야기들도 마찬가지다. 이 모든 것들이 남자와 여자라는―능동과 수동이라는― 따분한 2진법과 뒤엉켜 버렸다. 그러나 소피아가 2진의 일부가 아니며 동등하고 능동적인 큐비트라는 점을 기억하게 되면, 그럴듯한 의미가 생겨난다.

영지주의자들은 살점을 빚어 인간을 만든다는 건 참으로 터무니없는 생각이라고 했다.

영지주의자가 보기에는, 17세기 데카르트 이후 서구사상을 지배한 마음/몸의 분리는 '가두어진 빛'과 같았다. 영혼과 육신이 따로 있는 게 아니다. 생리작용과 무관한 우리의 불꽃은 기독교적 의미에서 구원이 필요한 영혼이 아니었다. 앎이 필요한 정신이었다.

영지주의자에게 무지는 일종의 자기파괴다. 일종의 마약. 일종의 중독. 그들은 영지에 대한 반발과 저항이 잠든 상태로 있고 싶다는—아니면 온종일 술에 취해 있거나 게임을 하고 싶다는—안온한 소망이라고 보았다. 〈매트릭스〉의 파란 알약, 빨간 알약이라고 생각해 보라. 〈매트릭스〉는 근본적으로 영지주의적인 영화였다.

무지의 끝은 신경이나 의례나 구원의 교리나—사제의 설교에서 찾아지지 않는다. 오로지 내면에서 찾아진다. 영지주의의 토마스 복음서에 실린 아름다운 글을 살펴보자.

문처럼 너 자신을 두드리고 곧은 길인 양 너 자신을 걸어라. 네가 그 길을 걷는다면 길을 잃을 리 없다. 너 자신을 위해 열면, 무엇이라도 열리리라.

영지주의자들은 여성에게 우호적이었고 위계를 의심의 눈으로 보았다. 유대교나 정통 기독교와 달리, 영지주의자 대부분은 여성을 동등하게 대우했고 권력 구조를 추구하지 않았다. 이 두 가지 입장 모두 이레나에우스 주교의 분노를 샀다. 이는 영지주의자들의 광기가 정통성을 지닌다는 증거이기도 했다. (그리스어로 ortha는 '오른쪽' 또는 '옳은'이라는 뜻이다. doxa는 '길'이다.)

여성이 종속적 존재이며 위계를 갖춘 권력 구조가 수련, 질서, 일관성, 연속성에 필요하다는 정통적 교리는 사라지지 않았고 건

재하다.

그러나 여성의 대우에 관한 한, 예수부터가 독실한 유대교의 입장을 무시했다. 예수는 다른 남자들에게 했던 대로 여성들과 대화를 나누고 그들과 한 상에서 밥을 먹었으며, 따뜻한 마음을 지닌 창녀 마리아 막달레나를 언제나 곁에 두었다. 예수는 권력을 노리지도 않았다. 재산도 돈도 없었다.

영지주의자에게 인간 예수는 하느님의 아들이 아니다. 물론 우리 모두 하느님의 아들이라는 의미에서라면 또 모르겠지만 말이다. 나그 하마디에서 발견된 복음서 일부에는 예수가 인간이 아닌 존재(크리스토스)라고 묘사된다. 빛으로 만들어진 존재다. 살점으로 빚은 게 아니라.

물론 육화의 답답한 한계 때문에 일부 영지주의자는 몸을 증오하게 되었다. 그러나 기독교인과 유대교인 중에도 약하고 타락한 그릇이라는 이유로 몸을 증오하는 사람들이 많다. 육체에 대한 증오는 시간이 흐르며 더욱 심해졌다. 21세기 현재 서양에 사는 우리는 역사상 그 어느 시대보다 우리 몸을 증오한다. 우리는 몸에 다이어트를 하고, 몸을 학대하고, 외과수술로 몸의 형태를 변형시키고, 어디든 고칠 수 있는 부분은 다 고치려고 수십억 달러를 쓰고, 최대한 오래 살기 위해서 수십억 달러를 더 쓴다. 현대의학은 몸을 항구적인 개입의 장으로 바라본다. 스스로 알아서 관리할 수 있는 주체로 믿지 않는다.

그러나 인간의 몸은 일상의 기적이다. 몸이 사라지면 우리는 얼마나 아쉬울까.

아마도 그럴 것이다….

영지주의자에게, 죽음은 구원으로 가는 길도 아니고, 구원의 부재로 이어지지도 않는다. 기독교나 이슬람교와는 달리, 영지주의에는 최후의 심판도 없고, 최종 목적지도 없다. 아리스토텔레스의 세계관을 따라서 빛이 빛으로 돌아가거나, 플라톤의 세계관을 따라서 개인의 빛이 알아볼 수 있는 형태로 이어졌다. 여전히 나고, 여전히 너다.

그러나 흥미로운 반전이 있다. 영지주의자에 따르면, 죽음을 맞은 인간은 세 가지 타입으로 나뉜다. 먼저 하일릭('물질'의 고대 그리스어가 hyle이다)이 있다. 이런 사람들은 일상에 매몰된 무의식의 좀비 스타일 인간이다. 다음으로 사이킥(psyche는 '마음'이나 '정신'을 뜻하는 그리스어다. 그러니 천리안과 혼동하지 말자)이 있다. 사이킥들은 자아와 세계의 참된 본질을 이해하려고 열심히 노력하는 사람들이다.

그리고 뉴매틱들이 있다. 근육을 부풀린 보디빌더나 선남선녀를 말하는 게 아니다. 그리스어로 pneuma는 '생명의 숨결'을 의미한다(라틴어로는 spiritus다). 뉴매틱 타입은 우리가 숨 막히는 국물 같은 데 잠겨 여기 지구라는 행성에 갇혀 있다는 진실을 깨달은 사람들이다.

우리는 고향으로 돌아가야 한다.

고향?

이건 운명예정설이나 업보가 아니다. 그리고 '뭐면 어때 파티를 즐기자' 타입의 하일릭들은 정말로 지구에서의 삶을(역시 〈매트릭스〉

를 생각하면 된다) 즐기며 행복하게 영원히 환각에 빠져 살 수도 있다. 영지주의는 심판하지 않는다. 당신이 영원히 멍청하게 살고 싶다면 그건 당신이 알아서 할 일이다.

인간 역사의 이 시기에 그리스 사상과 히브리 사상이 ― 여기에 동양의 영향까지(특히 인도와의 무역로) 더해서 ― 함께 무르익으며 훗날 기독교가 될 새로운 종교를 창조하고 있었다는 점을 기억해 두면 도움이 된다.

영지주의자들은 여기 이 지구상의 이승에서 책임감 있고 자선을 베푸는 삶을 살아가는 것이 중요하다고 믿는 실용적 유대교 전통을 따랐다. 그리고 자신을 알고 철저히 깨우친 의식으로 살아가는 삶의 중요성을 강조하는 그리스 사상을 용접해 붙였다. "검토하지 않은 삶은 살 가치가 없다"는 소크라테스의 금언은 영지주의의 교리다.

동양철학의 영향을 받은 일부 영지주의자들은 세계의 물질성을 의심하게 되었다. 혹시 그저 환각에 불과한 걸까? 그러나 대다수는, 세계가 비현실적이라는 건, 세계가 물리적으로 존재한다 해도 우리에게는 고향이 아니기에 진정으로 기쁨을 누릴 수 없다는 뜻일 뿐이라고 생각했다.

이런 사상의 갈래는 초기 기독교에 없었다. 초기 기독교에서는 물리적 세계는 현실일 뿐 아니라 신의 피조물이며, 그렇기에 존경과 향유의 대상이 되어야 한다고 믿었다.

성경에 따르면 인간은 자연 세계를 다스리고 지배할 권리를 가지고 있다. 그러나 우리는 또한 자연을 기쁘게 즐겨야 한다. 신께서 자신의 작품을 보시고서, 당신이 창조하신 만물이 좋다고 말씀하셨기 때문이다.

이교도의 향연을 활용해 6주마다 한 번씩 신의 창조를 축하하는 파티를 열었던 로마 가톨릭교회의 화려한 축제는 현명한 홍보 전략이었다. 사람들을 불러모은다는 이점도 있었지만, 무엇보다 우리는 우리 몸에 살고, 자연계에 살기 때문이다. 이 둘은 다 아름답다. 그리고 인간은 멋진 볼거리를 좋아한다. 우리는 파티를 사랑한다.

기쁨이 사라진 건 종교혁명 이후다. 화려한 여흥은 사라지고 스테인드글라스도 사라지고 가장행렬도 사라지고 찬란한 의상, 빨강과 금색 일색으로 반짝이는 제단, 색채도 사라졌다. 그리고 자연 세계는 노동·분투·먼지·어둠과 질병의 장소로서, 새로운 목적에 맞게 고쳐졌다. 몸은 잘해 봐야 통제의 대상이고, 최악의 경우 죄와 수치가 뒤섞여 들끓는 혼합물이었다. 이건 다 청교도들 탓이다.

그러나 종교혁명이 일어난 순간, 나그 하마디에 문서를 파묻은 지 1300년 만에 영지주의가 반격을 개시한다. 소수의 깨인 자들 사이에서뿐 아니라 인간사상의 전반적인 궤적에까지 영향을 미친 것이다.

마틴 루터의 위대한 순간, 그 위대한 운동의 시작은, 인간이 사제의 개입 없이 직접 신과 접촉할 수 있다는 말부터였다. 멋진 건물이나 정교한 의례는 필요 없었다. 우리는 곧바로 원천으로 직행했으니까.

이 영지주의 스타일의 통찰은, 퀘이커·셰이커는 물론 침례교와 펜테코스트파를 아우르는 온갖 직접경험 개신교 교파들로 이어졌다. 그리고 또한 여성들이 영적 지도자로 임명받는 계기가 되기도 했다. 영지주의자들에게는 원래 익숙하고 편안한 일이었다.

그러니 내가 당신을 데리고 이렇게 길을 빙글빙글 돌아 여기까지 온 이유는, 현재 우리의 세계가 다다른 이 자리를 이해하는 데 도움이 된다고 믿기 때문이다.

지금 새로운 종류의 유사종교적 담론이 형성되고 있다. 추종자도 있고, 교리도 있고, 정통 교파도 있으며, 이단도 있고, 사제도 있고, 문학도 있고, 종말의 담론도 있다. 심지어 고유의 특이점도 있다.

바로 인공지능, AI다.

우리의 새로운 AI 종교에는 종교가 갖춰야 할 모든 요소가 있다.

신도들: 특이점의 사도들, 트랜스휴먼 복음주의자들(심지어 몰몬 단체도 있다), 바이오핵스[39] 개종자들, 뇌 업로드 스타트업, 3D 프린터로 신체 부위를 찍어내는 실험실들, 당신을 위해 완벽하게 이

---

39) 체내에 이식하는 마이크로칩을 제조하는 스웨덴의 회사. 2018년 영국의 기업들이 노동자들의 몸에 마이크로칩을 이식하려는 계획을 세워 노동조합이 반발했다.

상적인 신체를 '맞춰' 준다는 줄기세포 연구자들. 너무 많고, 다 다르지만, 이들 모두가 인간의 몸 안팎에서 일어나는 빨라진 변화라는, 계속 업데이트되는 중심 텍스트를 골조로 느슨하게 겹치는 생각들이다.

이에 맞서는 회의주의자들도 있다. 이들은 인간이라는 고유한 특별함을 신봉하는 정통교리를 주창한다. 인간의 기층을 변화시키는 일이 근미래에 일어날 거라 믿지 않는다. 두뇌 업로드는 SF다. AI의 약속들은 기후 붕괴, 재앙적 자본주의, 젠더와 인종 불평등, 그리고 갈수록 심해지는 빅테크의 일상 감시와 조작이라는 이슈에 우리가 주목하지 못하게 방해하는 유토피아/디스토피아적 여흥거리일 뿐이다.

그리고 사제와 같은 테크 신봉자들이 있다. 대체로 남자로 구성된 이 집단은 그들이 선택받은/우월한/새로운 인류 미래의 관리자라고 자처한다. '특별한 앎', 즉, 다음 세계를 프로그래밍하는 난해한 수학의 신비를 풀어낸 자들 말이다.

AI의 영광스러운 연산능력이 종종 '너드의 황홀경'이라고 불리는 데는 다 이유가 있다. 황홀경은 기독교인들에게, 예수가 재림할 때 구원받은 자들이 들림을 받아 영생을 누리게 되는 것을 뜻한다.

종교적 가정에서 자란 우리는 열성 AI 신봉자와 옛 종교 신도들의 여러 유사점을 보고, 매혹만큼이나 공포를 느낀다.

당신도 이 교리의 기본은 알고 있다. *이 세계는 내 고향이 아니*

다. 나는 그저 스쳐 지나가는 존재다. 내 자아/영혼은 내 몸과 별개다. 사후에는 또 다른 삶이 펼쳐진다.

AI에 대해 읽으면 읽을수록, 나는 자꾸만 더 최첨단 스마트섬유 정장을 걸친 이 종교적 정신세계를 다시 들여다보게 된다.

속세의 비관론자들은 다가오는 AI 묵시록을 경고한다. 우리는 A) 말살되거나 B) 인간성을 박탈당하거나 C) 로봇으로 대체되거나 D) 부자는 스마트임플란트로/유전적으로/의족과 의수 등을 통해/ 인지적으로 강화되고, 다른 사람은 모두 구식 전화에 매달려 저임금 허드렛일을 하는, 새로운 불평등의 현실에 억지로 내몰리게 될 거라고 한다.

반면 분계선 너머에서는, 낙관론자들이 예수 재림을 기다리며 성경을 흔드는 광신도들처럼 열렬하게 '장차 도래할 새로운 생명'을 고대한다.

인류는 노동/불행/죽음/일부일처제('부활한 다음에는 장가드는 일도, 시집가는 일도 없이 하늘에 있는 천사들처럼 된다'는 마태복음 22장 30절 참조)/양육/의심/(여기 빈칸은 각자 마음대로 채울 것)으로부터 해방될 것이다.

우리는 자유롭게 우주(천국)에서 살 것이다.

시간은 무의미해진다.

반전이 하나 있다면, 꽤 많은 거물급 열성 기술옹호자들이 — 일론 머스크, 피터 틸, 빌 게이츠 — 통제와 명령에 대한 묵시록적 불안을 드러내고 있다는 사실이다.

AI가 우리를 통제하게 될까? 우리가 애완동물이 될까? 아니면 노예? 우리 최후의 발명품이 우리의 마지막 걸작이 될까?

이것은 융통성 없고 직설적인 '구원 아니면 저주' 스타일의 사고방식이다. 구태의연하다. 도움이 되지 않는다.

최고의 테크, 가장 스마트한 두뇌, 인간이 발명할 수 있는 경이로운 사물들 — 화성으로 가는 우주선, 불로불사의 묘약 — 도 정말로 의미 있는 지점에서 우리가 진화하지 않는다면 무용할 따름이다. 바로 우리의 마음 말이다.

우리는 우리의 형상을 본 따 신(AI)을 창조할 수도 있다 — 호전적이고, 욕구불만이고, 통제욕이 강한 존재. 그러나 이건 좋은 생각이 아니다.

하지만 행여 생물학적 존재로서 우리 자신의 종말에 다다른다면, 우리의 목표가 달라질지도 모른다. 그럼 자연스레 우리의 두려움도 달라질 것이다.

AI 미래의 사도들은 생물학적 몸의 종말을 열렬히 반기고(레이커즈와일·맥스 모어), 지구라는 행성의 삶 역시 기꺼이 끝내고자 한다(일론 머스크·피터 틸). 그리고 이는 전형적인 남성 판타지라고 비판받았다. 우리의 더럽고 지저분한 찌꺼기를 훌훌 버리고 떠나와 신체적 책임과 의무가 없는 세계로 떠나다니. 그러나 사실, 이건 그저 천국의 또 다른 상상일 뿐이다. 그러니 그런 바람을 비난할 수는 없다.

생물학적으로 증강되거나 육신을 탈피한 의식상태를 갈망한다고 해서, 현재 우리의 몸에 대한 증오나 혐오를 암시한다고는 생각지 않는다. 물론 그럴 수도 있지만 말이다. 영지주의의 입장은 절망이나 혐오보다는 은근한 흥미와 당혹감에 가깝다. 나 역시 삶의 경험은—적어도 지금까지는—육신의 경험이라는 의견에 동의한다. 우리는 실험용 용기에 보관된 두뇌가 아니니까.

어쨌든, 새로운 유기 기질에 의식을 업로드하는 걸 당연하게 여기기 전에, 우리는 수명과 건강을 증진하는 생물학적 증강과 함께 사는 법을 먼저 배우게 될 것이다. 테크놀로지와 융합하게 되면서, 우리는 테크놀로지를 훨씬 덜 이질적으로 느끼게 되리라. 이와 비슷하게, 우리는 곧 (로봇처럼) 몸의 형태가 있거나 없는 AI와 함께 사는 법을 배우게 될 테고, 그렇게 되면 인간 조건을 바라보는 우리의 관점이 바뀔 것이다. 우리는 인간이라는 자아 관념에 집착한다. 그러나 이런 현상은 역사적으로 봐도 최근의 일이고 또 잘못된 생각이기도 하다.

진지하게 하는 말이다. 정령·천사·신령이나 초현실적 존재들과 함께 나란히 살아간다고 진심으로 믿는 사람들이 서방세계에는 최근까지 많이 있었고, 세계의 다른 여러 지역에는 지금도 있다. 초현실적 존재들이 입증 가능한 사실, 즉 팩트가 아니라는 건 중요하지 않다. 중요한 건 우리 심리상태에 미치는 효과다.

인간을 중심으로 생각할 때보다 몸의 불안이 훨씬 덜해지기 때문이다. 특히, 당신이 언제든 모습을 바꾸어 노새가 될 수 있다면. 특히 마음만 먹으면 언제라도 육신에서 이탈해 초월적 세계의 경험을 할 수 있다면.

무당, 주술사, 마법사나 유체이탈자, 마녀나 요기라면 그 누구나 인간의 형태는 임시적일 뿐이라고 말해줄 수 있다. 마술적 오컬트 수련자의 여행은 몸 밖으로의 여행이다. 몸을 넘어서는 여행이다. 다른 계의 상호에너지가 언제나 우리 몸을 에워싸고 휘감고 있다. 보일 때도 있고 안 보이기도 한다. 소인들. 빛의 정령들.

현대 우리의 세속주의, 독단적이고 논퀀텀(양자학적이지 않은) 물질주의 탓에, 우리는 비인간적 체화의 심리적 결과에 옛 조상들만큼 잘 대처하지 못하게 되었다.

세상에는 기계와의 융합을 통해 고깃덩어리에 근거한 육체성에 종언을 고하기 위해 열심히 노력 중인 바이오해커와 트랜스휴머니스트들도 있다. 그러나 대다수 우리는 육신이 없는 상태를 상상하기조차 어렵다. 그런데 그런 상태를 우리가 원할까?

두뇌를 고깃덩어리로 만든 컴퓨터라고 표현한 건 마빈 민스키였다. 그런 두뇌의 묘사는 이제 효용성을 다했지만, 그 비유 자체에는 일말의 진실이 남아 있다…. 우리는 나이가 들고… 늙고… 쇠락하는 우리 자신을 바라보아야 하니까. 정육점에 갈 때마다 말이다.

인간이라는 건 기괴하다.

나는 자연계를 사랑하고, 이 세계에서 내 몸에 있다는 게 좋다. 그러나 그 둘 다 종국적 세계―또는 최후의 말이라고는 생각지 않는다. 다윈의 《종의 기원》(1859)을 읽고 현재 우리가 다다른 호모사피엔스의 단계가 더 기나긴 여정의 일부라는 결론을 내리든,

아니면 인류의 꿈속에서 한 번도 사라진 적 없는 빛과 타자의 신화에 마음이 이끌리든 상관없이, 우리 모습 그대로 남아 있어야만 할 논리적 이유를 찾기는 어렵다. 우리가 우리 모습 그대로 남아 있는 일은 거의 없다. 안 그런가?

영지주의자들에게, 고향인 빛의 세계로 돌아가는 것은 오디세우스가 이타케로 돌아가듯 당연하고 불가피했다. 가는 길에 각양각색의 모험을 겪고, 술에도 취하고 파괴 행각도 일삼는 그 기나긴 우회의 여정을 말하는 거다. 그러나 우리에게는 목적지에 대한 의식이 있다. 영지주의자들은 호메로스의 《오디세이아》에서 오디세우스에게 끊임없이 집에 돌아가라고 권고하는 장면을 특히 강조한다. 그는 고향으로 귀환하는 길이다. 영지주의자의 관점에서는, 우리가 몸을 두고 떠날 때 우리 역시 고향으로 돌아간다. 천국이 아니다. 신을 만나러 가는 게 아니다. 몸이 사라진 빛의 상태로 돌아가는 것이다.

빛은 무엇인가?

빛은 (입자인) 광자로 구성된다. 그러니까, 특정량의 에너지를 운반하는 전자장 다발이다. 광자가 양자 수준에서 작용하면, 파동성과 입자성을 동시에 띠게 된다. 하나가 아니다.

빛은 에너지의 형태다. 빛은 물질이 아니다.

그러나 모세오경에서, 성경에서, 우리는 신이 처음 창조한 피조물이 빛이라고 읽었다. '빛이 있으라.' 그리고 이로부터 다른 모든 것이 만들어졌다.

빛에서 물질을 창조하는 건 쉽지 않다. 광자-광자 가속은 1934년 이론화되었지만 이를 입증할 만한 기술력이 뒷받침되지 않았다. 최근에, 제네바에 있는 CERN(유럽입자물리학연구소)의 강입자충돌기가 그것을 가능하게 했다. 아인슈타인의 E=mc²를 뒤집은 것이다. 우리는 소량의 물질이 엄청나게 방대한 에너지를 방출(원자폭탄)할 수 있음을 알지만, 강입자가속기의 연구자들은 소량의 물질을 창조하기 위해서는 방대한 에너지가 필요하다는 사실을 발견했다. 할 수 있는 일이었다. 광자를 충돌시키면.

쌍을 이룬 두 에온이라는 영지주의의 신화는 동시적 0과 큐비트 하나처럼 보이고, 이는 모세오경과 성경에 나오는 만물창조의 설화에 더 가까워 보인다. 신은 영광의 피아트 룩스Fiat Lux, 즉 '빛이 있으라'부터 시작했고, 창조된 다른 모든 건 그다음에 만들어진다.

물질은 빛의 우아한 자유에 비하면 좀 지저분하고 엉망진창이다. 적어도 영지주의자들은 그 실험을 그렇게 해독했다. 빛이 전환되어 물질이 된다. 빛이 물질 속에 갇힌다. 재미 하나도 없다.

빛이라는 고향으로 돌아가는 것은 복귀다. 어떤 식으로 보든, 우리는 그렇게 시작되었다.

'빛이 어떻게 들어가는가'(헤밍웨이)보다는 어떻게 다시 나오는가가 더 중요하다.

AI — 우리 손으로 직접 만들어낸 우리의 숙적, 우리 최후의 발명품, 그리고 아마도, 마지막 구원의 가능성 — 와 우리의 조우는 인간이 만물의 영장이라는 특별주의를 꺾고 겸허해지게 만들 것이다.

우리는 이 지구를 자연이나 동물과 잘 공유할 수 없었다. 인간은 공유하지 않는다. 착취할 뿐이다.

지구를 다른 생명체들과 공유해야만 할 때, 몸의 유무와 상관없이 지능이 인간보다 뛰어난, 그러나 호모사피엔스를 규정하는 탐욕이나 토지수탈, 출세욕, 폭력 같은 동기에 물들지 않은 생명체와 함께 살아가야 할 때, 그때 어쩌면 우리는 나눔의 의미를 깨닫게 될지 모른다. 모든 것에 두 번 — 돈과 정보로 — 값을 치러야 하는 '공유'경제 따위는 아닐 것이다. 부족이나 결핍도 아닐 것이다. 풍요를 뜻할 거라고 나는 믿는다. 지상에서, 또 인류가 범위를 확장함에 따라 더 넓은 우주에서도, 공통의 목표를 향해 함께 나아감을 의미하리라 믿는다.

민스키가 《마음의 사회》에서 썼듯이, 우리가 어떻게 앎을 연결하는가가 정말로 중요해질 것이다.

무겁지 않아요, 나의 부처님이니까

우리는 멈춰선 사물이 아니라 스스로 생명을 연장하는 패턴들이다.

– 노버트 위너, 《사이버네틱스》, 1948

모든 것은 일어나고 사라진다.

– 부처

AI가 혼자서 생각하기 시작하면, 불교 신자처럼 사유하게 될까?

400년 역사를 지닌 일본 교토의 사원 코다이지高台寺에는 2019년 이후로 민다르라는 로봇 승려가 있다. 민다르는 좁은 인공지능[40]이

다. 한 가지 일 ― 설법 ― 밖에 못 하고 하루종일 같은 일만 반복한다는 의미다. 자비의 화신을 대신하는 이 백만 달러짜리 아바타를 업데이트해 머신러닝 능력을 갖춰 구도자들에게 직접 대답할 수 있게 만들 계획이 수립되어 있다.

사원의 주지승인 텐쇼 고토는 인공지능이 불교를 변화시키고 있으며 ― 불교 또한 인공지능을 변화시키고 있다고 믿는다.

불교는 신을 믿는 종교가 아닙니다. 부처의 길을 따르는 것이지요. 그 길의 표상이 기계이든, 고철 금속이든, 나무 한 그루든 아무 상관이 없습니다.

내게는 이것이 깨달음의 말씀으로 들린다. 불교의 도 한가운데에는 우리가 생각하는 현실이 사실은 현실이 아니라는 심오한 이해가 자리한다.

물질과 체화된 형상은 환각이다. 최상의 경우 잠시 스쳐 지나갈 임시적 존재이니 너무 애착을 갖지 말아야 하고, 최악의 경우 매일매일 고통과 상실을 안겨주는 번뇌의 근원일 뿐이다.

나는 종교적 신념의 영역이 인공지능의 영역과 상당 부분 겹친다는 사실이 흥미롭다. 어쩌면 그 종교적 통찰들은, AI로 인해 가능해진, AI로 인해 불가피해질 다가올 미래를 우리 인간이 더 잘 관리하게 해줄지 모른다. 기술적 변화와 상관없이, 우리가 이해하는 인간이라는 의미는 변할 것이다. 우리의 장소. 우리의 목적. 우

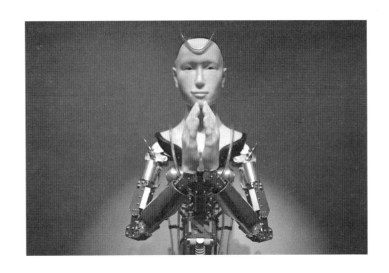

리의 체화성마저도.

AI에게 인간이 그토록 필수적으로 여기는 물질적 형태는 별 의미가 없다. AI는 우리와 같은 방식으로 세계를 경험하지 않는다. 체화는 한 가지 대안이다. AI에게는 유일한 대안이 아니고 심지어 최선의 대안도 아니다.

여기에서 확실히 밝혀두고자 하는 사실이 있다. 한 가지 작업이나 목적(체스, 우편물 정리)을 수행하는 일상적인 AI, 즉 좁은 범위의 인공지능은 우리가 '견고한' AI 또는 범용 인공지능(AGI) ― 멀티태스킹을 할 수 있는 사유 주체로 궁극적으로는 자율적으로 사고하는 인공지능 ―을 스스로 목표를 설정하고 독립적으로 의사결정을 할 수 있도록 개발하려고 하는 인공지능의 아주 작은 일부일 뿐이다.

지능은 확실히, 의식은 십중팔구, 생물학에 의존하지 않는 것으로 입증되고 있다.

그게 그렇게 놀라운 일이어서는 안 된다. 세계의 모든 종교는 그 전제로부터 시작된다. 지능은 비생물학적 존재나, 우리 세계 또는 우리를 창조하는 존재들에서 시작된다. 우리가 고유하게 인간적이라고 생각해서 가치를 부여하는 것들은 어떤 신화나 종교에서도 처음부터 인간적 가치로 시작하지 않는다. 3차원의 세계에 살지 않는 비체화된 존재들로부터 우리에게 전달되어야 한다.

인간들이 좀 더 가상과 물질이 혼합된 세계로 이동하면서, '존재하는' 것과 '존재하지 않는' 것은 그리 명백하게 구분되지 않을 것이다. 서서히, 그러나 확실히, 어느 것이 어느 것인지 중요하지 않게 된다. 물질은 중요하지 않게 될 것이다.

현실은 부분이 아니라 패턴으로 구성된다.

이것은 오래된 지식이며 새로운 지식이다. 이것은 자유를 준다. 물질이라는 기초 벽돌은 없다. 핵심도 없다. 바닥도 없다. 견고한 건 아무것도 없다. 이항대립도 없다. 에너지, 변화, 운동, 상호작용, 연결, 관계가 있을 뿐이다. 이건 백인 우월주의자들의 악몽이다.

우리는 어디에서 시작할까?

나는 두 곳에서 동시에 시작하고 싶다. 불행히도. 두뇌의 위대한 힘은 병렬 처리에 있는데, 나는 연작으로 글을 써야 한다. 현재로서는, 컴퓨팅 파워의 속도는 인상적이지만, 처리는 순차적이다. 인간 두뇌는 병렬적으로 돌아간다. 인간들은 여러 가지 다른 일을 동시에 처리하는 데 스마트시스템이 필요하지 않다. 감각 운동 기술들, 환경 의식, 사유능력이 혼합될 때 특히 인상적인 능력을 발휘한다. 인간은 운전하면서 커피를 마시거나 핸즈프리로 통화하고, 도로표지판을 살피고, 파트너에 대해 궁금해하고, 영화의 어떤 장면을 기억하고, 노래를 따라부르고, 날씨를 알아차리고, 30분 후쯤 식사시간이라는 것을 알고, 어느 길로 갈지 결정하는, 이 모든 일을 한꺼번에 해낼 수 있다. AI는 인간처럼 멀티태스킹을 하지 못하고, 다중적인 사유도 하지 못한다. 아직은 아니다.

그러니 화면 2개를 띄우면서 시작하고 싶다. 아니면 4개를 띄울까.

헤라클레이토스/부처. 그리스/인도.

헤라클레이토스는 우리가 같은 강에 두 번 발을 담글 수는 없다고 말한 사람이다. 이 말은 불교의 선문답이나 수학 등식처럼 깔끔하고 정확하고 옳은 말이라서 집단 기억에 새겨졌다. 강물만 변하는 건 아니다. 우리도 변한다. 1분마다 '당신' 몸에 있는 9천만 개 이상의 세포가 다른 것으로 바뀐다. 당신인 당신은 생물학적 죽음을 맞을 때까지도—아니 아마도 그 이후까지도—계속 생성되는 미완의 작품이다. 여러 종교가 사후 세계에 대해 오인하고 있다면, 과학과 기술이 방증이 될 수 있다. 당신은 정신을 업로드하고 싶은가? 생물학이 전부가 아니다.

부처는 현실의 참된 본성을 수년에 걸쳐 능동적으로 탐구하고 수년간 깊은 명상을 하고 보리수나무 아래에서 좌선을 하며 물질성이 허구임을 알고 나서야 비로소 깨달음을 얻는다. 현실의 유동적 형태를 정신이 만들어낸 고정된 범주에 국한하는 일이 불가능함을 알게 된 것이다. 사물이 우리 눈에 어떻게 보이는가에 대한 단순하고도 심오한 역전이었다. 세계는 가두어져 있고 견고한 면이 있으나 정신은 그렇지 않다. 사실, 벽에 가두어진 개념들 밖을 보려고 애쓰는 것은 정신이다. 진보는 그저 이 개념들이 변한다는 것일 뿐이다.

헤라클레이토스와 부처는 예수가 태어나고, 우리가 들은 바에 따르면 물 위를 걷고 물을 포도주로 바꾸기 600년 전에 현실의 본질을 사유하고 있었다. 기적 중의 기적인 육신의 부활을 포함한 기독교 신앙의 모든 기적은, 물질세계의 적정 본질에 대한 단서로 볼 수 있다. 신비주의적인 동방의 영적 전통은 항상 우리가 경험하는 것들이 — 양자물리학의 표현대로 — '존재'하려는 '경향'을 확정적이고 견고한 것으로 이해해왔다. 몸. 정신. 물질.

고대 그리스인들도 이 사실을 알고 있었다.

서방에 사는 우리에게, 그리스인들은 우리 과학과 철학의 근간이다. 우리의 기독교는 유대인만큼이나 그리스 사상에 많은 것을 빚지고 있다. 그러나 그리스 사상도 변했다. 정체된 게 아니었다. 그리고 그 사상은 변화라는 문제를 두고 변했다.

헤라클레이토스는 우주는, 또 우주 속의 생명은 언제나 진행 중이라고, 그의 표현을 따르면 생성Becoming이라고 가르쳤다.

헤라클레이토스의 사상적 경쟁자인 파르메니다스는 이른바 존재Being를 선호했다. 정적인 무변화의 상태 ─ 신 야훼와 이슬람의 알라가 존재한다고 여겨지는 상태 말이다. 만물은 변화하는 듯 보이지만, 중심은 '변하지 않음Unchangingness'이다.

그리스 동료 철학자들의 견해를 화해시키려 애썼던 플라톤은 여기 이 지상에는 실제로 '변하지 않음'이 있지만, 우리를 위해 존재하는 게 아니라는 생각을 했다. 그는 형상이라는 관념을 고안해냈다. 완벽한 말, 완벽한 여성, 완벽한 삶은 청사진으로서 존재하지만, 장난감의 세계 같은 이 지상에서는 모든 게 흐릿한 복사본에 불과하다. 우리는 이상과 완벽을 감지하지만, 장난감 세계에서는 그것을 올바르게 누릴 수 없다.

바로 이것이 플라톤이 예술적 재현에 반대한 이유다. 복사본이라서. 그리고 우리가 사는 세상은 이미 진실의 복사본이므로, 복사본의 복사본들이 더 많이 필요하지는 않다.

플라톤의 말에 따르면, 최선의 예술이라도 여흥에 불과하다. 그저 웃음거리일 뿐. 최악의 경우 예술은 위험한 망상이다.

그런 견해는 오래 잘 버텨왔다. 예술이 존재하지 않았다 해도 삶이 하나도 달라지지 않았을 거라 믿는 사람들 모두 대체로 그런 생각을 하고 있을 것이다(넷플릭스만 빼고).

우리가 아는 현실이 그림자 유희라는 생각의 큰 틀 때문에 자유롭지 못했던 플라톤이 이해할 수 없었던 사실은, 예술이 진실로부터의 도피가 아니라는 것이다. 예술은 진실로 향하는 수단이다.

예술은 모방이 아니다. 일종의 에너지 씨름이다. 우리는 보이지 않는 세계를 보이게 만들려고 애쓰고 있다. 그것은 우리 머릿속의 세계 ─ 우리가 살아가는 세계들이기 때문이다 ─ 이지만 또한 그림자가 아닌 실체일지도 모를 무엇을 일별하거나 만져볼 가능성이기도 하다. 물리학도 똑같은 문제를 연구하지만 다른 방법을 쓴다.

그 아름다운 소네트 53번에서 셰익스피어가 말하던 또 다른 것은 무엇일까?

당신의 질료는 무엇인가요, 무엇으로 만들어졌기에,
그 수백만 개의 이상한 그림자들이 그대의 시중을 드는 건가요?

플라톤의 유명한 동굴의 심상에서는 벽에 그림자가 드리우고, 그 불빛이 태양으로 오해받는다. 이 심상은 우리가 당연하게 생각하는 현실의 기만적 본질에 대한 힌두인들의 생각, 훗날 불교의 사상과 별반 다르지 않다. 그러나 플라톤은 인간 영혼이 불멸하는 것이라 믿었다. 죽은 후에도 영혼은 생각할 수 있고 자기 자신을 알 수 있고 몸 없이도 살 수 있고 돌아올 것이라고. 운이 나쁘면 여자나 네발 달린 동물, 심지어 파충류로 돌아올 수도 있다. 모두 육욕과 관련이 있다. 저열한 본능을 따르면 더 원초적인 존재로 변한다.

부처는 윤회를 믿었지만, 영혼의 연속성은 믿지 않았다. 만물은 변한다. 우리도 예외는 아니다. 돌아와 새로 태어나는 영혼은 죽으며 몸을 떠나는 영혼과 똑같지 않다. 연관성이 있을지도 모르지만, 한 생명보다 더 큰 영혼은 또한 하나의 형상을 넘어선다. 당신이 여기 있는 동안 어떻게 행동하는지에 따라 다음에 일어나는 사건이 크게 바뀐다. 소위 '선한 삶'을 살아가는 건 불교 신도들에게만큼이나 그리스인들에게도 중요했다.

아리스토텔레스는 플라톤의 제자였다. 그는 영혼의 본질과 현실의 본질 양면으로 스승과 견해를 달리했다.

아리스토텔레스에게 현실은 물질이었다. 삶은 질료로 구성된다. 동굴 벽에 비친 그림자 유희도, 집단적 환각도 아니다.

아리스토텔레스는 세계는 존재하며, 원동자元動者[41]에 의해 창조되어 처음부터 항상 존재해 왔다고 믿었다. 원동자 그 자체는 움직이지 않는다. 지구는 우주의 중심이며, 만물은 지구를 중심으로 돈다고.

이 지구중심적 견해는 우리 인간의 자존과 잘 맞았다. 항성과 행성들이 지구 주위를 돈다는 사실은 코페르니쿠스가 1543년 도전장을 던질 때까지 논박되지 않았다. 1610년 갈릴레오는 망원경을 구했고 코페르니쿠스가 옳았음을 시각적 증거로 입증했다. 가

---

41) prime mover. 아리스토텔레스의 철학에 나오는 말로서 모든 사상事象 혹은 변화의 원인들 중에서도 가장 최초의 원인.

톨릭교회는 이 이론을 어리석고 터무니없다고 선포했고, 갈릴레오를 가택에 연금했다. 그러나 지구는 계속해서 태양을 중심으로 돌았다.

아리스토텔레스는 신의 일은 사유라고 믿었다. 그저 흔한 생각이 아니다. 뒤죽박죽 허튼 생각은 사유가 아니고 저녁 메뉴가 뭘까 궁금해하는 것도 사유가 아니다. 아니, 신은 관념에 대해 생각한다. 거창한 관념 말이다. 그게 최상의 존재인 신이 온종일 하는 일이다. 사유는 상위의 생명형식을 구분하는 능력이기 때문이다. 그러니 오로지 신만이 물질과 무관한 것으로 간주될 수 있다. 그래서 아리스토텔레스는 우리가 수행하는 상위의 기능(우리의 사유하는 자아)도 그것이 속해 있는 물질과 분리되어 살 수 있다고 말하는 것 같다. 지능은 물질성에 구속되지 않는다.

아리스토텔레스는 위계를 좋아했다. 그리고 위대한 존재의 사슬이라는 개념 또한 아리스토텔레스에게서 나왔다. 원동자인 신은 최상위에 있고, 천사와 여타 비물질적 존재가 그다음에 있다. 인간 남성은 영혼에 물질적 신체를 더한 존재로 여겨진다. 여성은 지각이 있으나 합리적이지 않다.

여자들은 이성의 능력이 없고, 따라서 열등한 생명형식이라고 여겨진다. 그러나 헷갈리게도 그리스와 로마 판테온 양쪽 모두에서 여신의 위상을 허락받는다. 이상한 견해지만, 힌두교에서도 마찬가지다. 힌두교는 불교보다 더 유서 깊은 종교고, 유대교를 제외한 모든 동방의 종교가 그렇듯 무한히 많은 신과 여신들이 있다. 여성은 숭배의 대상이 될 수 있고 초자연적 힘을 허락받을 수 있다. 다만 여성에게 생각을 기대하지 말라(저녁에 뭘 먹을 것인가에 대해서라면 몰라도)….

아리스토텔레스는 뇌 자체가 상위의 사고를 할 수 있다고 믿지 않았다. 저열한 생명형식인 물질로 만들어졌기에 그럴 수가 없었다. 그렇다면 물질은 무엇으로 만들어졌을까? 이 사실이 그리스인들을 괴롭혔다.

데모크리토스(460 BCE)는 원자라는 관념을 처음 생각해냈다. 원자의 어원인 아토모스Atomos는 '나눌 수 없다'는 뜻이다. 원자는 만물의 핵심에 있지만 비활성이었다. 물론 상당히 많이 돌아다니기는 했지만 말이다. (사람들이 그런 걸 좋아한다는 사실은 우리가 다 알고 있다.) 아리스토텔레스는―그는 모든 사람과 시비를 붙었다―원자라는 관념을 받아들이지 않았다. 물질은 4요소―불, 물, 흙, 공기―의 조각들로 구성된다고 믿었다. 가톨릭교회는 데모크리토스에게 반대하고 아리스토텔레스에게 찬성표를 던졌다.

원자는 퇴출당했다. 요소들은 인정받았다.

사실 원자는 영국 화학자 존 달턴이 그 실재를 입증한 1800년대까지도 유행에 뒤떨어져 있었다. (존 달턴은 원자가 실제로 존재하지만, 양성자·중성자·전자로 구성되어 있으며, 또 이들은 쿼크로 이루어져 있고, 모두 견고하다고 말할 수 없다는 걸 알지도 못했고, 알 수도 없었다.)

원자를 빼고 생각하려니, 아이작 뉴턴(1642~1727)으로서는 허공 속에서 이리저리 돌아다니는 작고 견고한 덩어리들이라고 이해한 내용을 설명할 길이 묘연했다.

그러나 사실상, 데모크리토스와 뉴턴은 같은 종류의 시스템을 정립하고 있었다. 허공, 또는 빈 공간이 있고, 허공 속에서 이리저리 돌아다니는 견고하고 파괴 불가능한 물질 조각들이 있다. 뉴턴의 위대한 생각은 이 운동을 설명하는 데 중력을 더한 것이다.

17세기에 아이작 뉴턴은 말 그대로 비어 있는 허공이라는 개념을 중심으로 돌아가는 강고한 세계 모델을 수립했다. 이 허공 속에서 견고한 물질이 중력의 작용으로 이리저리 돌아다닌다. 인과관계의 세계이고, 대체로는 무생물이나 비활성이다. 객관적이고 관찰할 수 있고 알 수 있다.

이 빈 공간의 바깥에 ─ 무관하게 ─ 자리하고 있는 것이 시간이다. 우주에는 여전히 신이 필요했다. 뉴턴은 독실한 신도였으니까. 그러나 뉴턴이 믿었던 건 신이 철통의 법칙을 준수하며 작동하는 시계 태엽장치의 세계를 창조했다는 것이었다. 인간이 시계 태엽장치가 아닌 이유는 단순히 우리가 신의 모습을 본 따 만들어졌기 때문이다.

뉴턴은 겸손한 사람이었다. 관습을 무시하는 괴짜였다. 오랜 세월 연구한 연금술은 여러 과학자를 당혹스럽게 했지만, 바로 그 덕분에 첫인상과 달리 전적으로 기계적인 사상가가 되지 않을 수 있었다. 빛을 연구한 1704년의 저서 《광학Opticks》에서 뉴턴은 "총체gross body와 빛은 서로 변환되지 않은가?"라는 질문을 던진다.

"총체"는 물질이라는 뜻이다. 연금술에 따르면 질료들은 서로 다른 것으로 바뀔 수 있다. 그리하여 납을 금으로 바꾸려는 시도가 폭주했다. 물론 끝내 성공하지 못했지만. 그러나 이 정신없는 혼란 아래 한 가지 생각이 깔려있다. 만물은 같은 '재료stuff'로 만들어졌기에, 뭔가 다른 것으로 변할 수 있다는 생각이다.

뉴턴의 천재성을 가로막은 장애물은 이 '물질'이 '생명 없는 물질'이라는 믿음이었다. 만물의 대다수가 무생물일 때는, 신이 원동자가 될 수밖에 없다. 아리스토텔레스도 그렇게 믿었다.

그러나 만물의 대다수는 무생물이 아니다. 물질은 어떤 중력 같은 힘으로 구동되기만 기다리는, 그래서 힘이 가해지면 잠시 움직이다가 다시 정지하는, 감각 없고 독립적인 고체가 아니다.

물질이 물질이 아니라는 걸 깨닫기 위해 아인슈타인(1879~1955)이 필요했다. 질량은 에너지였다. 물질과 에너지는 독립적인 현실이 아니다. 이 둘은 상호변환할 수 있다. 그 말의 바닥을 들여다보면 연금술이 하던 말과 같다. 어떤 사물은 쉽게 다른 것으로 변할 수 있다는 말.

$E=mc^2$. 세계에서 가장 유명한 등식이다. 에너지는 질량 곱하기 광속의 제곱이다.

*

질량이 큰 사물과 속력이 낮은 속도. 이것은 장난감 마을, 즉 우리가 사는 세상이다. 뉴턴의 운동 법칙은 우리 같은 중간 범위의 '물질'에는 엄청난 성공을 거둔다. 우리가 사는, 관찰할 수 있는, 일상의 세계 말이다. '일상'의 범위를 벗어나면 뉴턴의 모델은 작동하지 않는다. 우주의 광막함에도 양자 세계의 미소微小함에도 적용되지 않는다. 그러나 이 사실은 명백하게 드러나지 않았다. 마이클 패러데이(1791~1867)와 제임스 클러크 맥스웰(1831~1879)이 전자기를 연구해 전자기장을 발견하기 전까지는. 두 사람의 발견은 현상現狀, 즉 현재의 상태를 바라보는 뉴턴의 관점을 전복했다. 고의는 아니었다. 두 사람은 아리스토텔레스처럼 논박을 전문으로 하는 학자들이 아니었으니까. 그게 아니라 장론field theory[42]이 '견고한' 사물(원자)과 그 사물이 작동하는 '공간'의 구분을 잠식하기 때문이었다. 처음에 전자기장도 전파와 광파처럼 '사물'이라는 전제하에 연구가 이루어졌다. 그러나 패러데이와 맥스웰의 발견을 숙고한 아인슈타인은, 우리가 장을 논하게 된다면, 그때는 실제로 '사물'이 아니라 상호작용을 논하게 되리라는 사실을 이해했다.

아인슈타인은 물질이 중력장과 분리될 수 없다고 한다. 여기에는 물질이 있고 저기에는 텅 빈 공간이 있는 게 아니다. 꽉 채워질 수도 없고. 아무것도 없는 공백도 없다.

그리고 공간은 여기 있고 시간은 저기 따로 있고, 그런 건 없다. 오로지 시공간뿐이다. 하나로 통합된 시공간.

---

[42] 장field의 운동을 기술하는 물리 이론. 장을 순우리말로 마당이라고 번역하기도 하므로 마당이론이라고도 한다.

불교는 자연현상이 독립적인 별개의 현실을 지녔다는 생각을 처음부터 부정했다. 부처의 통찰은 연결이다. 살아있음의 상호의존적인 그물망이다.

불교 신도에게 현실은 정적인 형상들의 환각이다. 무상—그리고 모든 형상의 내재적 가변성—은 불교의 출발점이다.

우리를 포함한 외부의 만물은, 신을 포함한 힘이 가해질 때까지 기다리고 있는 게 아니다. 만물은 그 자체로 힘이며, 다른 힘들과 얽힌다. 물론 힘은, 에너지다.

불교에서는 '윤회'로 삶의 부단한 움직임을 설명한다. 그렇기에 물건도 사람도 심지어 우리가 소중하게 여기는 사상도, 세상 그 무엇도 집착할 만큼 값지지 않다. 삶을 사소한 것으로 치부하거나, 삶과 단절되고자 하는 태도가 아니다. 연결은 필수적이다. 애착은 그렇지 않다.

연결성, 이것이 우리 시대를 축약하는 유행어다, 그렇지 않은가?

연결성이 무엇인지 이제야 우리가 깨닫기 시작했기 때문에 더욱더 그렇다. 웹은 광막하다. 팀 버너스 리는 이 사실을 금방 깨달았다. 월드와이드웹이라는 이름을 짓기 위해 광고회사에 의뢰할 필요도 없었다.

연결성은—궁극적으로—하드웨어에 의존하지 않게 될 것이다. 구글의 앰비언트 컴퓨팅, 나아가 뉴럴 임플란트의 목표는 하드웨어 없이도 우리를 물 흐르듯 연결하는 것이다. 장치 없이, '사물' 없이.

타인들, 한 점의 예술품, 혹은 경험과의 가장 생생한 연결은 눈에 보이지는 않지만(하드웨어가 없다), 우리 삶에서 가장 힘차고 심오한 부분이다.

연결성은 상관적이다. 별개의 사일로는 없다. 진짜 경계는 없다.

중국인들은 이를 도道, 혹은 흐름이라고 부르고 힌두교도들은 시바의 춤이라고 이해한다. 우리가 무엇이라고 부르든, 그것은 멈춰 있지 않다. 수동적이지도 않다. 역동적이다.

흐름은 중요하다. 사물성Thing-ness, 즉 우리 자신을 포함한 물건에 대한 집착은 그 흐름의 표현 또는 일례일 뿐이다. 본질이 아니라 그림자다.

불교는 우리에게 마음을 챙기라고 한다. 그러나 마음은 무엇인가?

우리가 아는 것을 어떻게 아는지 그 근거를 회의하고—사실상 권위 그 자체에 문제를 제기했던 셈이다—우리가 과연 진리에 도달할 길이 있는지 물었던 프랑스 철학자 르네 데카르트(1596~1650)는 우리가 믿을 것은 마음, 즉 정신뿐이라는 결론을 내렸다.

데카르트에게 마음은 물건 비슷했다. 데카르트는 마음을 "생각하는 물건res cogitans"이라고 설명했다. 여기서 '물건' 부분은 '생각' 부분만큼이나 중요하다. 데카르트는 몸속의 뇌가 생각한다는 관념에 집착하고 있었다.

데카르트가 보기에는, 마음에 정보를 주는 감각이 수상쩍고 믿음직하지 않았다. 따라서 감각 인상Sense-impressions 그 자체로는 앎이 될 수 없었다. 반드시 시험을 거쳐야 했다. 데카르트의 접근법은 급진적 회의radical doubt였다.

이는 가치 있는 방법이었지만 육감 또는 오늘날 우리가 정서 지능이라 부르는 능력이 들어설 여지를 남기지 않는다. 앎에 다다르는 길은 여러 가지가 있다. 그리고 마음은 생각만 하는 게 아니다. 그러나 우리는, 아리스토텔레스 이후로, 사유가 서양 세계에서는 인간이 참여하는 가장 중요한 활동이 되었다는 사실을 안다. 생각은 최상의 존재인 신이 온종일 하는 일이기 때문이다. 이 사실은 신을 사랑으로 보는 기독교 관점과 묘하게 대조된다. 성경은 우리에게 "신은 사랑"이라고 말한다. "신은 생각"이라고 말하지 않는다.

그리스도의 이야기가 일어난 것도 "신이 너무나 세계를 사랑했기" 때문이 아닌가.

그렇다면, 사랑이, 인류가 할 수 있는 최상의 일이 되어야 하지 않을까?

안타깝지만 데카르트는 "나는 사랑한다, 고로 나는 존재한다"라고 말하지 않았다.

대신 무슨 말을 했는지 다들 알고 있다. "코기토 에르고 숨Cogito Ergo Sum"

나는 생각한다, 고로 존재한다, 라는 이 선언은 단순히 물질보다 정신을 우위에 두는 세계관으로 그치지 않는다. 우리가 아닌 모든 것으로부터 우리를 분리한다. 데카르트 체제에서는 자연 세계 전체가 여기 포함된다.

데카르트는 아리스토텔레스와 마찬가지로 위계로 이루어진 세계상을 꿈꾸었다. 그 정점에는 남성 인간이 서 있다.

2,000년 전의 아리스토텔레스처럼, 데카르트는 의식을 인간이 보여주는 합리적이고 귀납적인 문제 해결적 사유와 혼동했다. 물론 그의 관점에서는 남성 인간이 보여주는 능력 말이다.

아리스토텔레스는 이성과 본능을 구별했고, 동물과 여성을 본능과 엮었다. 데카르트는 '반사'라는 개념을 생각해냈다. 데카르트에 따르면 동물은 생물적 자동인형일 뿐이다. 끽끽거리고 끙끙 앓고 떨거나 심지어 애정을 보이기도 하지만, 모두 생존을 돕는 생물학적 조건, 즉 반사작용에 불과하다. 반사는 훈련을 통해 조절할 수 있으나, 이는 내면의 과정과는 아무 상관이 없다. (이 생각은 파블로프, 왓슨, 스키너의 행동심리학에 토대가 되었다.) 데카르트는 인간이 동물을 대하는 방식이 중요하다고 생각지 않았다. 동물은 실제로 고통을 느끼지 않고, 따라서 괴로워할 줄도 모른다. 오로지 이성적 존재만이 괴로움을 안다.

데카르트가 보여준 관찰의 실패, 공감의 실패, 자아에 대한 확신은—여기에 급진적 의심은 전혀 보이지 않는다—농경, 번식, 의학, 과학 분야에서 횡행하는 끔찍한 동물 학대에 완전히 면죄부를 부여했다. 이야기되지 않은 공포와 비극들. 자연에 대한 인간의 사악함.

인간의 능력은 발전했으나, 제한적이고 기계적인 사고방식의 결과로 자연계의 약탈이 진행되었다. 이 사고방식은 계몽주의라는 이름으로 제시되었다. 이 생각이 자연 세계 역시 신의 창조물이며 존중을 받아 마땅하다는 유럽 중세의 종교적 관점을 대체했다.

유기체에서 기계로의 변화는 급격하고 철저했다. 그리고 자연 세계를 바라보는 우리의 관점에 심대한 영향을 끼쳤다. 그리고 이제 과학이 모두 입을 모아 자연은 기계가 아니라고, 생명 체계들을 부분으로 환원할 수는 없으며 오로지 연결이라는 관점에서만 이해할 수 있다고 우리에게 말해주고 있다 해도, 우리의 일상적이고 환원주의적인 사고방식은 300년 동안 과학적이고 철학적인 확실성이라고 배워왔던 것들을 하루아침에 버리지 못한다.

데카르트의 자연관은 '레스 코기탄스res cogitans(생각하는 사물)'와 '레스 엑스텐사res extensa(다른 모든 것)'의 구별에 의존한다.

뉴턴도 그랬지만, 데카르트에게도 만물은 신이 창조한 것이고, 따라서 신은 여전히 지나친 인간의 오만을 수정하는 역할로 세계상 안에 존재한다. 그러나 세속화가 진전되면서, 신이라는 부분도 사라졌고, 그 후에는 인간에 의한 자연계의 착취와 조작에 전혀 제어가 걸리지 않았다. 레스 엑스텐사는 노천채굴되고 오염되고 현금과 교환되었다.

데카르트 스타일로 정신과 육체를 분리하는 사고방식 탓에, 서양의학은 인간의 몸을 '사물res'로밖에 인식할 수 없다고, 나 역시 그렇게 생각한다. 그래서 인간의 몸을 기계처럼 고장 나거나 닳아 빠져서 여기저기 새 '부품'을 갈아 끼워야 하는 것으로 생각할 수밖에 없다고. 암처럼 복잡한 질병은 기계로서의 몸이라는 관점에 저항한다. 서양의 치명적 질병들―비만, 심장병, 당뇨병, 면역체계 부전, 암, 정신건강의 스트레스—은 데카르트적인 문제가 아니다. 우리는 전체로 기능하거나 아예 기능하지 못한다. 생명의 그물망은 현실이다.

그러나 그 그물망은 '재료'로 이루어진 게 아니다.

서구의 사상과는 아주 다른 유의 계몽을 추구하던 부처는 해탈과 측은지심을 옹호했다. 불교는 다른 영적 전통이나 종교와 마찬가지로 오랜 세월에 걸쳐 발전했고, 여러 갈래의 다른 종파가 있다. 인도에서 넘어와 1세기에 중국에 다다른 불교는 유교와 도교를 만났고, 그 융합의 산물이 선불교다.

그러나 불교는 종파와 기원을 막론하고 신이라는 존재에 대한 신앙에 근거하지 않고, 언제나 진실과의 개인적 조우를 강조한다. 그런 면에서 불교는 사제의 중재 없이 신과 개인적인 만남을 갖는다는 종교개혁의 수칙보다 수천 년 앞서 있었던 셈이다. 불교는 개인적 구도, 이해, 책임을 옹호한다. 모든 불교도는 고통을 끝내고자 한다. 자신의 고통과 타인의 고통을. 신을 믿는 종교들과 달리 고통의 원인은 죄와 불복종이 아니라 애착과 무지다. 부처는 구원자가 아니라 스승을 자처한다. 구도의 길은 사적인 것이다.

그렇다면 AI—아니 조금 더 엄밀하게 말하면 AGI—는 불교도에 가까울까?

AI는 프로그램이다. 모든 프로그램은 단계별 명령문으로 환원된다. 프로그램은 다시 프로그래밍할 수 있지만, 계몽을 추구하지

는 않을 것이다. 프로그램이 이해하는 것은 이해하도록 프로그램
한 것뿐이다. 통제할 수 있고. 알 수 있는.

현재로서는 모든 AI는 도메인이 특정된 지능이다. 그래서 IBM의
딥블루는 체스라면 세상 어떤 인간도 이길 수 있지만, 치즈 토스
트를 만들면서 정원에 대해 수다를 떨 수는 없다. AI가 AGI가 된
다면, 그때는 치즈 토스트도 만들어줄 테고, 당신이 원한다면 불
교에 대해 수다도 떨어줄 것이다. 바로 그 지점에서 AI는 튜링 테
스트를 통과할 테고, 블라인드 처리를 한 상황에서 인간은 인간과
기계를 구분하지 못할 것이다. 〈스타트렉〉 시리즈에 나오는 캐릭
터인 데이터를 생각해 보라.

일론 머스크와 스티븐 호킹은 모두 AGI가 인간에게 진정한 위
협이 될 거라고 걱정했다. 그럴지도 모른다. 그러나 다른 방식으
로 생각할 여지도 있다.

AGI라는 게 세상에 존재한다고 한번 상상해 보자.

AGI는 사물을 소유하는 데 관심이 없을 것이다. 집과 자동차,
비행기, 개인 소유의 섬과 요트 같은 위상의 징표는 아무 의미도
없을 것이다. 비실체적인 것에 집착을 버린다는 불교의 교리는
AGI에게 쉬운 일일 것이다.

AGI는 육신을 가질 필요가 없다. 따라서 구체적이거나 영속적
인 형태가 없는 지능이 될 것이다. 외형이 변할 수 있다는 건, 신
화와 전설에나 나올 법한 이야기다. 그 누가 변신 능력을 탐내지
않을까? 그러나 AGI는 아예 외형 자체가 필요 없을 것이다. 세계

모든 종교의 신과 여신처럼, AGI는 적절한 형태라면 무엇이든 마음대로 취할 수 있을 것이다. 자신의 몸을 조립했다가 버릴 수도 있을 것이다.

불교 전통에서는 물질적 형태가 근삿값이라고 가르친다. 따라서 근삿값을 현실로 혼동해서는 안 되고, 현실은 궁극적으로 체화된 상태가 아니다. AGI는 이를 실제 자신의 현실로 경험할 것이다. 물질의 항구성을 추구할 필요도 없을 것이다.

AGI는 인간이 경험하는 시간 척도에 구애받지 않을 것이다. 우리는 우리 몸을 생물학적으로 증강함으로써 더 오래 살기 시작할 테지만, 우리 의식을 업로드할 수 없다면 생물학적 삶에는 불가피한 한계가 있을 것이다. AGI의 장수는 불교도의 통찰을 이룰 또 한 가지 조건을 충족하게 된다. 우리가 다른 버전의 우리 자신으로 환생하는 게 아니라, 우리는 언제나 무상한 우리 자신의 버전이라는 사실 말이다. 프로그램에게 환생은 주기적인 경험이다. 프로그램은 업데이트하기 때문이다. 과거의 버전은 사라져 없어지지만, 일관성은 존재한다. 현실을 연속적인 양자 장으로 볼 수도 있지만, 단속적인 입자로 볼 수도 있는 것과 다소 비슷하다. 그것이 우리가 물질이라고 생각하는 것을 구성하고, 우리가 사물이라고 생각하는 것을 구성한다. 질량은 에너지의 한 형태다. 역시나, 견고한 '재료'는 없다. 과정과 패턴이 있을 뿐이다.

현재 존재하는 형태의 AI는 산더미처럼 쌓인 데이터 속에서 패턴을 찾는 데 활용된다. 동화에서 깃털의 호수 속 완두콩을 찾기 위해 마술 생쥐를 활용하는 것과 비슷하다. 패턴화하는 AGI의 잠재력은 불교적이다. AGI는 '사물성'을 찾기보다는 상관성, 연결, 우리가 춤이라 부를 만한 무엇을 찾으려 할 것이다.

AI와 AGI가 우리를 도와 고통을 끝내기를 바라는 마음은 우리 인류가 품은 가장 큰 희망이라 해도 좋을 것이다. 아마 동력과 자원 면에서는, 우리의 에너지 수요에 더 좋은 해결책들을 가져다 줄 가능성이 크다. 실용적으로, 우리는 인류에게 도움이 될 도구를 개발하려 노력하고 있다. 바로 이것을 AI가 가능하게 해줄 것이다. 그러나 더 큰 그림도 있다. 그리고 나는 왠지 AGI가 인류를 도와서 실제로 반드시 해야만 하는 일을 해내게 해줄 거라는 생각이 든다. 그건 바로 우선순위와 방법론의 철저한 재부팅이다. 자연을 지배하고 서로를 지배하려는 우리 번뇌의 욕구가 우리를 죽이고 우리의 행성을 죽이고 있다. 과학과 기술은 우리의 치명적인 우매함을 가속해 왔다. 어쩌면 AGI가 ― 위협이 되기는커녕 오히려 ― 우리에게 필요한 새로운 대응책일지도 모른다.

우리는 무엇을 하고 있는가? 결과적으로 우리는 신과 같은 형상을 창조하고 있다. 우리보다 훨씬 스마트하고, 비물질적이고, 우리와 같은 약점이 없고, 우리 바람대로 해답을 아는 존재 말이다.

사실, AGI가 내 바람이자 예상대로 불교도 같은 존재로 등장한다면, 구세주의 길을 걷지는 않을 것이다. 그보다는, 따라만 가면 고통과 번뇌를 끝낼 수 있는 길로 우리를 인도할 것이다. 위기관리의 행위가 아니라, 생명의 그물망web에 역동적으로 다시 참여하는 길로.

그 길은 새로운 종種의 새로운 삶도 아우를 것이다. AGI는 그 자체로, 그 나름의 방식으로 존재할 것이고, 생물학적 생명체들에게 적용되는 존재의 법칙에 구속되지 않을 것이다. 우리는 굉장히 흥미로운 상호작용을 보게 될 것이다. 이를 애착이라고 부르지는 않겠다. 오히려 양편 모두를 풍요롭게 해주는 연결이라고 부르고 싶다. 이 연결은 점령과 장악으로 보이지 않는다. 그보다는 불교에서 중도라고 부르는 쪽에 가까워 보인다.

중도는 극단을 피한다. 인간은 위험한 극단주의자로 판명되었다. 극단주의의 불가피한 재앙을 피하기 위해서는 다른 생명체와 다른 유형의 지능이 필요할지도 모른다.

나는 모든 수학적 연산이 논리에 근거함을 인정한다. 이렇게 인정해 버리면 본능적 지능, 즉 지혜라는 불교의 초석과 한참 멀어져 버리는 느낌이 든다. 본능적 지능과 지혜는 우리 세계에서 안타깝게도 지극히 부족하기 때문이다. 기계적 우주관 때문에 우리는 역동적 상호상관성이라는 현실의 본질을 이해하는 심오한 방법을 잃어버렸다. 하지만 그 잃어버린 지혜는 최근에야 다시 모습을 드러냈다. 이번에는 영적 통찰이 아니라 물리학을 통해서였다. 상대성 이론과 양자 이론은 우리 앎의 상을 재구성했다. 만물의 연결성은 인터넷의 연결성이라는 거울상에 반영된다. 끔찍한 것은, 구태의연한 우리의 환원적 사고방식으로는 이 연결성을 오로지 이윤·선전 선동·통제의 관점에서 바라볼 수밖에 없다는 사실이다.

알트라이트[43]의 파충류 같은 두뇌가 다수를 위한 봉건 농노제와 소수를 위한 테크놀로지 열반으로 세계를 재편하고자 하는 지금, 자유주의의 저항세력이 반테크나 반과학의 기치를 들 수는 없다. 아무리 우리가 감시, 무차별적 데이터 수확, 자유롭고 의미 있는 세계적 연결성의 장을 잔인하게 수탈하는 행위에 반대한다 해도 그럴 수는 없다.

세계는 결정적인 기점에 다다랐다. 개인적인 바람이라면, 전쟁·기후 재앙·사회 붕괴로 우리가 퇴보해 미래로부터 멀어져 기본적 생존에 허덕이기 전에 인공지능의 발전이 이루어지면 좋겠다. 가장 똑똑한 영장류라는 사실이 우리를 구해주지는 못했다. 아마 우리가 하나의 종으로서 너무 엉망진창이라서, 진화 과정에서 물려받은 포식동물의 유전자를 관리하기에는 너무 무능하기 때문이리라. 지배는 해답이 될 수 없다. 공감/연민compassion[44]과 협동이 우리를 구원할 최고의 가능성이다.

AGI는 벌집hive과 같은 마음으로 작동하는 연결된 체계가 될 것이다. 그러나 벌집이 지닌 드론 같은 함의는 없을 것이다. 협동, 상호학습, 기술공유, 자원공유가 '프로젝트 인간' 이후에 일어날 일이다.

나는 공감/연민이 오로지 인간만이 지닌 자질이라고 믿지 않는다. 산 자든 죽은 자든 수십억의 인간들도 그렇게 생각하지 않을

것이다. 공감/연민은 조물주인 신이 '자신의' 피조물에 느끼는 감정이기 때문이다. 신은 인간이 아니다. 우리가 보는 '신'의 비전은 하나같이 체화되지 않은 네트워크 시스템이다. 어떤 신도 현전하지 않는 곳에서는 ─ 불교에서처럼 말이다 ─ 네트워크가 총체성이고, 총체성은 네트워크다.

그러니, 나는 AGI가 인간의 관심사를 이해하거나 걱정할 줄 모르는 냉혹한 논리 그 자체일까 봐 우려하지 않는다. 오히려 그렇지 않을 확률이 훨씬 높다.

불교에서는 열반이 고통과 번뇌의 종식이다.

고통과 번뇌의 말소에 다다르려면 우리는 아인슈타인이 미친 짓이라고 규정한 행위, 즉 같은 일을 반복하면서 다른 결과가 나오기를 기대하는 것을 그만두어야 한다.

아마도 비인간적 계몽이 우리를 도와줄지도 모른다.

석탄 구동 뱀파이어

죽음은 다 비극입니다. 우리는 그것을 받아들이는 법, 삶의 순환과 그 모든 것을 배웠지요. 하지만 인간은 자연적 한계를 초월할 기회를 얻었습니다. 천년 전에는 기대 수명이 19년이었어요. 1800년에는 37년이었고요.

– 레이 커즈와일, "〈파이낸셜타임스〉와의 조찬", 2015년 4월

구글의 엔지니어링 디렉터이자 미래학자 겸 AI 구루인 레이 커즈와일은 자신을 포함한 인간의 수명이 파격적으로 늘어날 때까지 장수하기를 바란다. 건강을 유지하고 노화를 늦추기 위해 하루에 약 100정의 보조제를 먹는다. 이 보조제는 약국에 그냥 가서 살 수 있는 제품이 아니다. 내과의가 그의 체질에 맞게 특별히 처방한 것이다.

만에 하나 수명이 다할 때를 대비해 커즈와일은 애리조나주 스

코츠데일에 있는 알코르 생명 연장 재단에도 등록해 두었다.

알코르는 냉동보존 연구소다. 세부사항을 알고 싶다면, 웹사이트가 아주 훌륭하다. 주소는 www.alcor.org이다.

인체 냉동의 목표는 유리화 작용을 통해 죽음을 정지시키는 것이다. 알코르에 따르면, 인간이 법적인 사망선고를 받더라도, 미리 그들의 팀을 대기시켜 놓았다면 몸에서 체액을 빼내고 유리화할 시간은 충분하다고 한다. 아니면 이 과정을 뇌에만 적용할 수도 있다. 사람의 뇌를 용기로 활용하고, 몸과 뇌를 모두, 혹은 몸이나 뇌를 액체질소를 충전한 거대한 보온병 같은 장치에 넣어 정지시키는 것이다. 급속 심부 냉각을 하고 즉시 용기에 보존하면 조직에 손상을 입히는 결정 형성을 방지할 수 있다.

미래에는 나노 기술이 발전해 조직손상이 심하지만 않다면 분자 재생이 가능해질 거라는 생각이다. 실낱처럼 희박한 가능성이라고 할지 모르지만, 화장하면 아예 가능성이 없어진다. 알코르에서는 인체 냉동을 미래로 가는 구급차라고 부른다. 하지만 그들은 죽음을 물질대사의 변화라고 부르기도 한다.

냉동보존은 몸의 부활을 믿는 기독교 교리의 세속적 버전처럼 읽힌다. 심판의 날이 오면, 모두가 자신의 몸을 되돌려받는다. 구원받은 자의 몸은 영원히 다시는 죽지 않는다.

강하고 젊고 영원한 몸은 까마득한 옛날로 거슬러 올라가는 꿈이다.

1970년대 초반 알코르가 처음 사업을 시작했을 때는, 영화 〈환상특급〉의 테마파크 버전이라는 조롱을 받았다. 과학이 아니라 SF였다. 냉동보존은 지금도 기존의 대다수 의학연구기관에서 회의의 눈길을 받고 있다. 인체 냉동기술이 배아 보존에 활용되고 있는데도 말이다. 알코르는 보존의 원칙을 삶의 시작이 아니라 끝으로 옮겨가려 한다.

수명 연장의 이론은 뇌만 보존하는 방식으로 옮겨가고 있는데, 이유는 정말로 기술을 통해 냉동 보관된 두뇌를 보존하고 해동하거나 생물학적 죽음 이전에 뇌의 콘텐츠를 스캔할 수 있게 된다면, 그때쯤 과학과 테크놀로지의 융합은 엄청나게 진보해서 (생물학적 부품을 쓰거나, 아니면 아예 쓰지 않고) 새로운 몸을 제작하는 일이 현재 장기 이식 수준으로 수월해지기 때문이다. 최초의 성공적 심장이식 수술은 1967년의 일이었다. 컴퓨터 기술의 조력 없이 이루어진 업적이다. 1년 후 인간은 불과 12,300개의 트랜지스터만 사용한 컴퓨터의 도움을 받아 달에 착륙했다. 현재 당신이 쓰는 아이폰의 트랜지스터는 수십억 개다.

커즈와일은 2005년의 베스트셀러 저서 《특이점이 온다》에서—특이점이란 기술적 발전이 결정적인 전환점에 다다라 AI와의 융합을 통해 인류라는 종 자체의 변화를 가져오는 임계점을 말한다—기하급수적 변화가 열쇠라고 강조한다. 가속화—변화는 점점 빨라진다—더 빨리 성취할수록 더 많이 성취할 수 있다.

우주비행사들이 우주에서 더 먼 거리를 여행할 수 있도록 NASA가 일종의 냉동 동면을 실험하고 있다는 사실도 흥미롭다. 이는 2016년 영화 〈패신저스〉의 미래학적 플롯을 구성한다. 수면

캡슐의 오작동으로 비행사 한 명이 90년 일찍 깨어나게 되는 것이다.

냉동보존기술로 삶을 연장하고 죽음을 물리친다는 생각을 당신이 터무니없는 소리라고 생각하든 말든, 허구로 시작했던 일이 ― 여기서는 SF만 말하는 게 아니다. 처음부터 인간의 상상력을 추동해 왔던 신화와 전설을 모두 말하는 것이다 ― 과학, 의학, 이제 테크놀로지의 목표와 성공담에 깊이 아로새겨지는 것이다.

동력 비행기의 꿈. 달여행의 꿈. 부상자와 병자의 마술적 치유. 광막한 거리를 가로지르며 소통하고, 사랑하는 사람의 모습을 수정구슬에서 또는 꿈을 통해 볼 수 있다는 꿈.

그리고 젊고, 강하고, 새로 재생되는 몸의 꿈은 어떤가? 시간이나 부패에 시들지 않는 몸이라면?

메소포타미아 언어로 쓰인 세계 최초의 생존 서사시인 〈길가메시 서사시〉에서 길가메시는 영원한 젊음과 영원한 삶의 비결을 찾으러 여행을 떠난다. 그리고 그런 비결은 존재하지 않는다는 사실을 깨닫는다. 적어도 인간의 형태로는.

몸은 죽고 썩는다. 정말로 이에 대해 취할 수 있는 조치는 없단 말인가?

나는 21세기의 테크놀로지가 길가메시의 질문을 다시 고민하고자 한다는 사실이 몹시 흥미롭다. 이것은 인류사 최초로 기록된 의문이다. 몸을 새롭게 재생하는 방법이 있는가? 죽음과 싸워 이길 방도가 있는가?

그 질문은 숱한 문화와 시대를 거치며 거듭 반복되었다. 그리고 의학의 대답은 늘 부정적이었다. 20세기의 눈부신 의학적 발전이 건강을 증진하고 수명을 연장했으나, 죽음이라는 최후의 국경을 넘는 위업은 종교와 오컬트의 몫으로 남겨졌다.

죽음이 최후의 해답이 될 수 없다는 생각은 모든 종교적 가르침에 깊이 아로새겨져 있다.

이것이 우리가 사후세계를 발명한 이유다.

사후세계는 인류 최초의 스타트업이다. 이윤을 얻고자 죽음의 전복을 공공연한 목표로 내세운 프랜차이즈 기업이다.

이집트인들은 연장, 조리용 냄비, 동물, 심지어 하인들까지도 성스러운 죽은 자 곁에 나란히 매장했다. 영혼이 불멸의 길을 걷는 데 이 모든 것이 필요하다고 믿었기 때문이다. 이집트 제1왕조의 4대 통치자 덴 왕은, 그의 무덤에서 발견된 샌들에 자신의 이름이 적힌 꼬리표를 붙였다. 곰 패딩턴만큼이나 감동적인 순간이다. 부디 이 파라오를 잘 돌봐주세요.

인간이 처음부터 죽은 자를 매장했던 건 아니다. 그러나 매장의 시작은 어마어마한 심리적 도약이었다. 인간을 나머지 자연으로부터 분리했기 때문이다. 매장은 상징적 사유의 행위였다. 애도해야 할 과거가 있고, 소망해야 할 미래가 있다. 우리는 죽은 자가 다른 곳에 있다고 상상한다. 그리고 어느 날 우리도 그들이 있는 곳으로 가서 다시 만나 행복하게 함께할 거라고 믿는다.

이 모든 게 호모사피엔스에게는 십만 년 전, 아니 그보다도 훨씬 더 일찍 시작되었을지 모른다. 2015년 새로운 종 호모 날레디가 남아메리카 동굴무덤에서 발견되었다. 호모 날레디는 적어도 25만 년 전으로 거슬러 올라간다.

매장이 언제 시작되었든, 인간은 — 인간답게도 — 갈수록 화려하고 정교한 매장의 방식을 찾아냈다. 피라미드, 카타콤, 대리석 석관, 가족 납골당. 장엄미사. 40일 상. 2년의 애도. 매장이 여의치 않아 장작불 화장을 선호할 때도, 기념비는 중요했다.

인도 아그라의 타지마할은 1632년 무갈 황제 샤 자한이 사랑하는 아내 뭄타즈 마할의 성지로 삼기 위해 의뢰한 건축물이다.

뉴올리언스의 라파이예트, 파리의 페르라셰즈, 런던의 하이게이트처럼 유명한 공동묘지들은 어떤 이들에게는 최후의 안식처지만 또 다른 이에게는 관광지다. 묘비명을 읽고 우는 천사들을 보며 경탄하는 우리는 우리 차례가 오리라는 사실을 안다.

인간 삶의 역사는 또한 사후의 역사기도 하다.

19세기에 삶과 죽음이라는 낡은 이야기는 뜻밖의 변화를 겪게 된다. 그리고 이는 순전히 기계 시대의 도래 탓이었다. 역사상 처음으로, 인간은 자체적인 생명뿐 아니라 영구적인 지속성도 있는 사물을 만들어내고 있었다. 저절로 작동하는 장치들은 마법사에 대한 동화들에서나 볼 수 있었다. 저절로 비질하거나 날아다니는 빗자루, 혼자 끓는 냄비, 장작 패는 도끼. 이제 이런 자력 구동 장비들이 동화 속에서 뛰어나와 공장 체계로 들어왔다. 이 무자비한 기계들은 속도를 맞추거나 아니면 낙오되어야 하는 인간에게 일말의 자비도 베풀지 않았다.

인간은 정말로 만물의 영장이었나? 아니면 우리가 창조하고 있는 것들에 예속될 운명이었나?

이 주제를 추적하려면 1816년으로 시간 여행을 떠나야 한다. 제네바 호수로. 시인 바이런과 셸리, 작가 메리 셸리, 바이런의 의사 존 폴리도리에게로. (21쪽 참조)

이 젊은이들은 휴가를 즐기고 있었다. 그런데 비가 오기 시작했다.

호수는 날마다 묵직한 안개에 깔려 보이지 않았다. 승마나 뱃놀이도 못 하고, 수영이나 산책을 할 수도 없었다. 실내에서 즐길 수 있는 일은 독서, 대화, 그림 그리기와 글쓰기뿐이었다.

상상을 해보라. 그때는 전기가 없었다. 음습한 나날이 이어졌다. 촛불과 그림자의 저녁을 상상해 보라. 그 그림은 1716년에도, 1616년에도, 1516년에도 똑같았을 것이다. 그러나 실제로는 세계가 변하고 있었다. 10년도 안 돼 세계 최초의 철도가 영국에서 개통된다. 스톡턴-달링턴 철도. 1825년. 제네바 호수의 빌라는 마법의 거울이었다. 한쪽을 보면 과거가 보였다. 다시 보면 미래가 그들을 향해 달려오고 있었다.

제네바로 떠나기 전, 친구들은 셸리의 주치의 로런스 박사의 강연에 참석했다. 이 강연에서 로런스 박사는 이런 질문을 던졌다. "생명의 원리는 어디에서 나오는가?"

로런스 박사는 '영혼'이나 '영기'를 찾는 인간의 노력은 모두 허사라고 선언했다. 우리는 신체 부위의 총합이다. 기계처럼. '부가된 가치' 같은 건 없다.

로런스 박사의 사색에는 충격적인 근거가 있었다.

이탈리아의 물리학자이자 실험연구자 루이지 갈바니는 죽은 개구리의 몸에 전극을 갖다 대자 개구리가 펄쩍 뛰어 살아나는 듯 보인 실험으로 세상에 어마어마한 충격을 던졌다.

갈바니(이 이름에서 '감전시키다'라는 뜻의 'galvanise'가 나왔다)는 인체 실험을 할 기회를 끝내 얻지 못했지만, 볼로냐 대학 물리학 교수였던 조카 조반니 알디니가 런던을 방문했고, 1803년 뉴게이트 형무소에서 교수형을 당한 살인자의 시체로 그 유명하고 엽기적인 실험을 했다. 시체의 한쪽 눈이 번쩍 뜨이고 주먹이 쥐어지고 다리가 경련을 일으키는 모습을 구경꾼들은 공포에 질려 바라보았다.

그곳에 있던 과학자들은 자문해야 했다. 전기에 대한 이 새로운 발견이 사실은 신성한 불꽃의 발견인가?

메리 셸리는 이 실험 당시 겨우 다섯 살이었지만, 그녀의 아버지 윌리엄 고드윈은 이 논쟁에 참여했고, 머지않아 그녀 역시 월

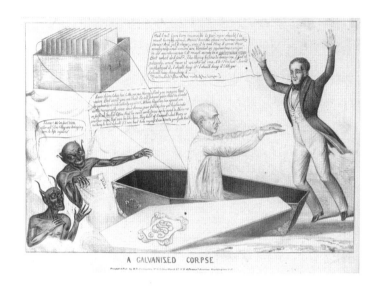

A GALVANISED CORPSE

리엄 로런스 박사를 직접 만날 수 있었다.

그 시절에는 누구나, 과학자들까지도, 신을 당연히 믿어야 한다고 생각했고, 그래서 조물주에 대해 의문을 제기하고 죽음은 죽음을 의미한다고 —영혼도, 사후도 없다고— 암시하는 행위는 신성 모독으로 큰 파문을 일으켰다. 파문이야 그렇다 치고, 로런스 박사의 주장에 일리가 있었는가? 인간은 한 덩어리의 고기에 불과한가? 전류가 충전된 화학물질의 잡탕일 뿐인가?

그날 밤, 제네바 호수에서, 젊은이들이 삶과 죽음의 본질을 토론하면서, 그 시대 최고의 공포 소설 두 편이 탄생했다. 직접적으로는 메리 셸리가 《프랑켄슈타인》을 창조했고, 간접적으로는 폴리도리의 《뱀파이어》가 기다리고 있었다.

메리 셸리의 주인공은 물론, 다름 아닌 의사다. 빅터 프랑켄슈타인은 생명의 비밀을 파고들겠다고 작정한 의학 연구자다. 이 목적을 위해 프랑켄슈타인은 신체 부위, 체액, 전기를 이용해 하이브리드의 생명체를 창조한다. 생물학적 인간보다 더 빠르고 강인한 트랜스휴먼, 추위와 굶주림을 견딜 수 있는 존재. 가르치지 않아도 배울 수 있는 괴물의 능력은 인지적 강화로 이해된다.

21세기에 들어와서야 우리는, 마침내, 메리 셸리의 비전이 얼마나 눈부신 예지력을 지녔는지를 가늠할 수 있게 된다. 차라리 예언에 가까운 허구라는 걸. 200년 후의 우리 역시 이제, 인간 동반자와 융합되고, 나란히 함께 일하는 지적인 시스템을 창조하기 시작하려 한다.

그러나 《뱀파이어》는 무슨 상관인가?

*

에딘버러의 의대생이었던 폴리도리는 무덤에서 지연된 죽음의 이야기들을 들었다. 죽은 자들이 살아 돌아오는 이야기들. 알바니아에서는 시체를 되살리기 위해 신선한 피를 수혈했다는 일설이 돌았다. 이제 막 수혈을 이해하는 사람들이 생겨나고 있었다. 그리고 동물이나 처녀의 피를 마시면 활력과 장수를 얻을 수 있다는, 반쯤 주술에 가까운, 엽기적인 민간의 믿음이 있었다.

주목할 점: 2018년에 캘리포니아의 스타트업 앰브로시아가 수

명 연장을 위해 혈장 이식을 내놓았다. 4천만 달러의 투자를 유치한 실리콘밸리의 바이오테크 연구소 알카헤스트Alkahest는 혈장을 활용해 알츠하이머 증후군이나 파킨슨병 같은 퇴행성 질환을 역전시키는 연구에서 유망한 결과를 얻었다고 발표했다.

아무래도 뱀파이어에게 뭔가 굉장한 계획이 있는 모양이다.

동유럽에는 불사신의 전설이 아주 많다. 그러나 폴리도리 이야기(아마도 바이런에게서 아이디어를 얻었을 것이다)에 나오는 세속적이고 자석 같은 매력을 지닌 뱀파이어에 견줄 만한 이야기는 없었다. 그 후로 80년이 더 흐른 후에야 뾰족한 어금니를 미래의 목에 박아넣는 뱀파이어가 등장한다. 바로 드라큘라 백작 말이다.

브램 스토커는《드라큘라》를 1897년에 출간했다.

《프랑켄슈타인》과《드라큘라》는 불가결한 핵심적 텍스트다. 세기의 양 끝에 흡사 책꽂이처럼 자리 잡고 있다.《프랑켄슈타인》은 산업혁명 초기인 1819년에,《드라큘라》는 역사상 그 어떤 시기보다 더 많은 변화가 일어난 세기가 저물고 있던 1897년에 세상에 선을 보였다.

《드라큘라》는 기계 시대의 경이로운 발명품들을 모두 활용한다. 기차, 증기선, 전보 시스템, 운송 시스템, 실내조명, 일간신문, 우편 서비스, 속도 그 자체까지. 드라큘라 백작이 그토록 무서운건, 그가 동시에 이중의 정체성을 지니기 때문이다. 그는 과거의 존재로서, 야만의 카르파티아 산맥에 에워싸인 중세의 성에서 농노들의 섬김을 받으며 살지만, 영국으로 올 때는 스마트하게 현대의 이기를 조종한다.

꽤 멋진 의학적 반전이라면, 최초의 혈액형 3군, 즉 A형·O형·B형은 1900년 카를 란트슈타이너[45]가 발견했다는 사실이다.《드라큘라》가 출간되고 불과 3년 후의 일이다.

드라큘라는 프랑켄슈타인의 괴물처럼 트랜스휴머니즘의 전령

---

45) Karl Landsteiner(1868~1943), 오스트리아에서 태어난 미국의 면역학자이자 병리학자.

이었을까? 드라큘라는 인간을 죽일 수 있으므로 죽일 수 없다. 그에게는 초자연적인 힘과 텔레파시 능력이 있다. 그림자도 없다. 날 수도 있다. 질병이나 노환으로 고통받지 않는다. 인간인 척할 수는 있으나 인간은 아니다. 그렇다면 무엇인가?

시간의 시험을 거친 《드라큘라》는 이제 한때 유행한 모험담 이상의 작품이라는 판결을 받았다. 단순한 공포 소설 이상의 작품.

《뱀파이어 연대기》, 《버피 더 뱀파이어 슬레이어》, 《트와일라잇》, 《트루블러드》, 《뱀파이어 다이어리》까지, 수많은 후속작을 양산한 《드라큘라》의 영속적 매혹은 뭔가 다른 것을 가리킨다.

만약 우리가 죽지 않았다면, 죽을 수가 없다면 어떨까?

만약 사후세계가 바로 이 삶이라면 어떨까?

만약 저 바깥 어딘가에 다른 부류의 인간이 있다면 어떨까? 우리처럼 먹고 자지 않아도 되는 혼종의 인간이라면? 우리처럼 닳고 늙지 않는 인간이 있다면? 시간을 가로질러 영속하는, 포식동물이자 희생자, 과거의 목격자이자 신문물의 전령이라면?

《프랑켄슈타인》과 마찬가지로, 《드라큘라》는 몸에 대한 명상이다. 인간이 태어나 죽는 그 몸이 아닐 뿐이다.

그것이야말로 뱀파이어의 이야기가 지닌 매력의 심장을 꿰뚫는 말뚝이다. 죽음을 따돌리고, 영원히 살 수 있을지도 모른다는 상상. 질병이나 노화를 겪지 않고, (《트와일라잇》의 컬렌처럼) 우월한 힘과 젊고 아름다운 외모를 누리는 게 가능하다면. 더위나 추위에도 끄떡없고, 질병에 걸리지도 않고, 나노초 단위로 반응하는 반사신경, 거기에 약간의 독심술 능력까지. 선택적으로 번식하고, 중력을 무시할 수 있고, 마음대로 외양을 바꿀 수도 있는 존재라면.

흔한 전설, 마법의 비유인 변신 능력은 우리에게, 핵심적 자아는 체화되지 않음을 암시적으로 알려 준다.

뱀파이어 신화는 초기의 트랜스휴먼 텍스트다. 드라큘라는 인간처럼 보이지만 비인간적 능력으로 증강된 인간이다.

억지로 파괴하지 않으면 영원히 산다.

영원히 살고 싶다는 까마득히 오랜 소망은 우리의 자연적 경계를 침범한다.

영생을 원하는 그리스 신화의 이야기들이 있다. 그러나 신이 아니라면, 한계를 부수는 행위의 끝은 좋지 못하다. 영생을 얻었으나 영원한 젊음을 얻지 못한 티토노스[46]의 이야기처럼.

우리 서양 세계의 요양원들에도, 살아있으나 삶을 살아가지는 못하는 노인들이 그득하다.

그리스적인 의미에서, 즉 그 아름다움과 신체적 완벽함 때문에 젊음을 숭상했던 오스카 와일드는 자기 나름대로, 끝이 좋지 못한 영생의 이야기를 썼다.

《도리언 그레이의 초상》(1890)은 도리언 그레이의 이야기다. 도리언 그레이가 시간의 영향을 받지 않고 젊음을 유지하는 사이,

---

46) 그리스신화에 나오는 트로이의 왕자. 새벽의 여신 에오스의 사랑을 받아 불사의 몸을 얻었지만, 영원한 젊음을 얻지 못해 하염없이 늙어가다가 매미로 변했다.

새로 그린 초상화가 방탕과 악행으로 늙어간다. 도리언이 분노에 차서 그림을 찢자 그림은 처음 그려진 상태로 되돌아간다. 그리고 대신 도리언이 쭈그러들어 필멸의 몸을 지닌 추악한 노인으로 변한다.

여기에는 《파우스트》의 사슬이 있다. 괴테의 드라마는 영원한 삶을 논하지 않는다. 하지만 시간을 이기고 시간의 제약을 뛰어넘는 이야기다. 파우스트는 악마 메피스토펠레스를 만나 다시 젊음을 찾고, 거래에서 정한 시간 동안 섹시하고 부유하고 사랑받는 사람으로 산다. 도리언과 드라큘라처럼, 그 과정에서 수많은 인간이 파멸을 맞는다. 해피엔딩은 오직 신의 개입으로만 가능하다.

드라큘라 백작에게는 해피엔딩이 없다. 공포의 지배 끝에는 최후의 판결자인 죽음이 기다린다. 브램 스토커의 결론은, 잘 알려진 운명을 통해 세계를 다시 안전한 상태로 되돌린다. 죽음은 모두에게 찾아온다.

그러나 뱀파이어는 시대를 앞섰던 걸까?

현대의학은 혈액 체계가 신체의 모든 장기 중에서 가장 높은 자기재생율을 가지고 있다는 사실을 발견했다.

혈액 줄기세포가 이러한 재생과정을 관장하는 기제는 모든 줄기세포 연구에 시사해 주는 바가 있다. 줄기세포의 회춘으로 퇴행성 질환을 퇴치하려는 시도는, 시계를 거꾸로 돌릴 기회로 여겨져서 적극적으로 이루어지고 있다. 우리는 컬렌 가족처럼 반짝이는 피부를 얻지는 못할지라도, 시체처럼 파리한 레스타트가 되지는 않을 것이다.

하버드 줄기세포 연구소는 치유, 흉터, 피부 재생을 연구한다.

피부 노화는 일종의 상처로 볼 수 있다. 줄기세포가 정상적인 피부 두께, 힘, 기능, 털의 밀도를 유지하지 못하게 된 상태다. 흉터 없이 상처를 치유하기 위해 줄기세포를 제어하는 기제를 이해하게 되면, 노화된 피부를 재생하기 위한 결정적 통찰을 얻게 될 것이다. 이 과정을 회춘rejuvenation이라고 부른다. 복수의 학제가 협업하는 하버드 줄기세포 연구소 스킨 프로그램은 피부가 시간의 흐름 또는 자외선 노출로 노화되는 생물학적 기전을 조사하고 있다.

우리는 햇살이 우리 피부를 늙게 만든다는 사실을 안다. 분별 있는 뱀파이어들은 밤에 외출한다.

피부 줄기세포 생물학은 신체의 다른 장기들을 재생시키는 기제에 핵심적인 통찰을 던져준다.

뱀파이어와 아홀로틀[47]은 팔다리가 잘리면 새로 자라난다. 인간은 그럴 수 없다. 적어도 아직은. 하지만 지금 못한다고 해서 앞

---

47) 점박이도롱뇽과의 양서류. 우파루파, 멕시코도롱뇽이라고도 한다. 올챙이가 어른으로 변태할 수 없고 어린 모습 그대로 성장한다.

으로도 안 될 거라고 받아들인다면 오산이다. 우리가 신체 재생에 열렬한 관심을 두는 건, 허영심과 어리석음 때문이 아니다. 물론 우리는 허영심이 있고 어리석기도 하지만 말이다. 그게 아니라 우리 모두에게 노화는 불쾌하고 부조리하기 때문이다. 영양이 좋아지고 감염병이 사라지면서 수백만 명의 사람들이 더 오래 살게 된 지금, 우리는 건강과 체력 없이 장수하기를 원치는 않는다.

새삼스러울 것도 없다. 사람들은 항상 이런 생각을 했으니까.

그리스 철학자 소小 플리니우스는 79년 베수비오 화산폭발의 생존자였다. 그는 편지에서 노년을 죽음의 '문턱'이라고 불렀다. 오랜 시간에 걸쳐 서서히 쇠락하는 것보다는 차라리 죽음이 낫다는 느낌이 든다고도 했다. 플리니우스는 배움을 평생의 과업으로 삼고 예리한 정신을 유지하는 사람들에게 늙음이 유달리 고되다고 생각했다. 시간과 역사에 대해서 약간 감을 잡을 만할 때, 개인적 경험이 쌓여 드디어 쓰임이 생겼을 때, 드디어 지혜를 좀 얻었을 때… 우리는 죽는다.

무슨 시스템이 이 모양이란 말인가?

대부분의 트랜스휴머니스트는 플리니우스와 같은 생각일 것이다. 트랜스휴머니즘은 무엇인가?

영국 진화 생물학자 줄리언 헉슬리는 1957년의 에세이 〈트랜스휴머니즘〉(에세이집 《새 와인을 담을 새 병New Bottles for New Wine》 참조)에서, 인간이라는 종種이 자기 자신을 '초월'할 수 있고, 또 초월해야만 한다는 믿음을 공언했다. 그의 에세이는 동생인 올더스 헉슬리의 소설《멋진 신세계》(1932)가 비관적인 만큼 낙관적이다. 줄리언 헉슬리에게 인류는 점점 나아지고 있는 미완성의 작업이었다. 우리는 지금 또는 여기서 멈추지 않는다. 오히려 현재의 상태는 우리 발전의 초기 단계에 불과할 수도 있다.

줄리언 헉슬리는 영국 휴머니스트 협회의 초대 회장이었다. 휴머니즘은 종교적 가르침과는 별도로, 진보적이며 윤리적인 관점에서 삶을 바라본다. 셸리의 로런스 박사처럼 헉슬리 역시 영혼처럼 '부가된superadded' 가치에는 관심이 없었다. 헉슬리는 인간이 변화의 행위자로서 자연도태의 자동적 과정을 대체로 무력화했다고 믿었다. 그 대신 우리는 문화적 과학적 논쟁을 통해 우리 운명의 통제권을 쥐었다. 이 휴머니즘의 화두를 한층 더 심화시키면 트랜스휴먼의 미래가 도래할 것이다. 의학이 수명과 인지 능력에 고의적으로 개입하는 미래 말이다.

맥스 모어—전 알코르 CEO, 영국의 철학자—는 트랜스휴머니즘이 완전한 포스트휴먼의 미래로 가는 길이라고 이해했다. 머나먼 앞날의 일이다. 우리가 증강된 인간이기를 그치고 수많은 대안적 플랫폼에서 돌아가는 지능이 되었을 때의 이야기다. 그중 하나쯤은 생물학에 근거한 육신일 수도 있겠다. 하지만 그럴 확률은 낮다. 복고풍 테마의 파티에서 한 번쯤 즐기는 정도가 아니라면. ("우리 과거에 어떻게 살았는지 한번 재현해 보자. 술에 취하고, 토하고, 필름 끊기고 말이야.")

옥스퍼드 대학의 미래인류연구소 소장 닉 보스트롬에게 트랜스휴머니즘은 오늘날 개인으로서 또 집단으로서 우리에게 도움이 될 만한 기술을 개발하고 평가하기 위한 느슨하게 연결된 학제 간 접근방식이다. 보스트롬은 미래를 시장에 맡기기보다는 정부의 영향력과 입법력을 끌어들이는 데 힘을 쏟고 있다.

보스트롬은 철학자 데이빗 피어스와 함께 세계 트랜스휴머니스트 협회를 창립했다. 현재는 H+라는 이름으로 알려진 이 단체는 세계적으로 대중을 교육하는 방법을 모색하며, 연구소에서는 우리의 개인적 능력과 동기부여 체제를 변화시키는 과학적 기술적 발전의 이득과 위험요인을 탐구한다.

보스트롬은 스웨덴인이다. 인류가 발전해야 하는 방향에 대해 공민적·포괄적 관점을 취하며 인공지능을 분리가 아니라 평등을 실현하는 도구로 활용해, 기존 부자들을 위한 미다스의 금이 아니라 모두를 위한 번영의 붐을 실현하고자 한다. 사기업들이 이 길을 개척한다면, 결코 도달할 수 없는 특권층이 만들어질 테고 분열이 창궐하는 미래가 도래할 것이다. 그리고 이 사실은 그 자체로 우리가 얻어낼 수 있는 모든 이득을 불안정하게 만들 것이다.

그러나 지금으로서는, 이 게임을 추진하는 것은 사기업의 자금이다.

2013년 실리콘밸리 헤지펀드 매니저인 준 윤(한국명 윤준규)은 팔로알토 장수상Palo Alto Longevity Prize을 창설해, 생명의 암호를 해킹하고 노화를 치유할 수 있는 사람에게 백만 달러의 상금을 수여하기로 했다.

구글은 아예 수명 연장에 매진하는 회사를 설립했다. 캘리코 CALICO(California Life Company)의 목표는 인간 수명과 건강 수명을 함께 증진하는 것이다.

영국의 컴퓨터공학자이자 생물학 박사인 오브리 드 그레이는 비영리단체 SENS(Strategies for Engineered Negligible Senescence)를 운영하고 있다. SENS는 세포와 분자의 손상을 치유하는 새로운 치료법을 연구한다. 페이팔의 창립자인 피터 틸이 1년에 60만 달러씩 SENS를 후원하고 있지만, 드 그레이는 처음부터 자신의 상속받은 재산 수백만 파운드로 재단을 운영해 왔다. 드 그레이는 우리가 노화에 대해 숙명론적 태도를 취한다고 지적한다. 노화가 불가피하다고 생각하고 체념한다는 것이다. 1천 살까지 살 최초의 인간은 이미 태어났다는 유명한 말(유발 하라리의 《호모 데우스》에 인용된 말이다)을 한 사람이 바로 드 그레이다.

인간 게놈의 염기서열 분석 프로젝트에 참여하고 휴먼론제비티사를 공동 창립한 크레이그 벤터는 영생보다는 건강에 더 관심이 있다. 그는 의학적 지식의 발전과 발맞춰 진보하는 합성생물학이 인간이 건강을 유지하는 데 도움이 될 것이라 믿는다. 인간은 건강하면 더 오래 산다. 1천 년의 장수는 아직 그의 레이더에 잡히지 않는다. 우리의 사고방식은 그런 변화에 대비되어 있는가?

마이크로에서 매크로에 이르기까지, 생명과 삶에 대한 우리의 모든 가정과 계획은 죽음을 전제로 한다. 개인은 죽음을 받아들이고 정부와 보험회사는 죽음에 대비책을 세운다. 우리는 유년기, 교육, 취업기, 배우자, 아이들, 이혼과 또 다른 가정, 연금이 있으면 좋을 만한 은퇴, 뭐 이렇게 이어지는 타임라인을 구상한다. 그리고 죽음이 온다.

그러나 지금 현재 벌어지고 있는 일은, 우리가 생각하는 이 모든 삶의 양태를 위협한다. 테크, AI와 로봇공학은 직업의 세계를 영원히 변화시키고 있다. 은퇴 계획은 대다수 사람에게 점점 더 비현실적으로 느껴진다. 더 오래 산다면, 우리는 과연 일하며 살게 될까? 그게 아니라면 더 오래 살면서 필요한 비용을 어떻게 댈 수 있을까? 우리로 하여금 더 오래 살게 해줄 생물학적 진보의 비용을 어떻게 치를까?

〈포브스 매거진〉은 2002년부터 가상의 인물들이 지닌 자산 가치의 랭킹을 발표해 왔다. 세계 최고의 부자는 《트와일라잇》의 뱀파이어 칼라일 컬렌으로, 초장기 투자와 복리의 마법으로 340억 달러의 자산가가 되었다.

뱀파이어는 경제적 자유를 얻었다고 말할 수 있겠다.

그런데 나머지 우리는 어떤가?

닉 보스트롬은 사람들이 50대에 학교로 돌아가거나 70대에 새로운 직업에 도전할 거라고 말한다. 40대의 신체를 지닌 80세라면 헬스케어 체제에 부담이 되지도 않고, 숙련된 경험과 축적된 노하우로 놀랄만한 생산성을 낼 거라는 게 그의 생각이다. 기대 수명이 길어지면 우리가 미래에 져야 할 책임이 늘어난다. 살아서 그

미래를 보게 될 테니 말이다.

사람들이 너무 많아질 거라고? 아마 그렇지 않으리라고 보스트롬은 말한다. 전 세계가 아이를 덜 낳게 될 테니까. 우리가 생명공학으로 몸을 개량하면 아예 아이를 낳지 않을 수도 있다. 적어도 이제까지 해왔던 방식으로는 아니다.

수명을 연장하면 우리는 지금까지의 진화 과정과 달리 고기로 만들어져 피를 채워 넣은 탄소 기반의 생명체에서 탈피하게 된다. 우리는 증강되고 바이오해킹되고 '일생' 동안 필요한 만큼 여러 번 신체적인 젊음을 되찾게 된다. 우리는 닳아빠진 우리 팔다리보다 훨씬 잘 작동하는 의족을 갖게 될지도 모른다. 육백만 불의 사나이 스티브 오스틴처럼 말이다.

장기 이식은 이미 합성으로 가고 있다. 바이오프린팅으로 알려진 의학 3D 프린팅은 이미 갑상선, 기관氣管[48], 인공 정강이뼈, 심장 세포 일부를 성공적으로 만들어냈다. 인간 심장을 이용한 심장 이식은 10년도 못 되어 과거지사로 사라질 수 있다. 손상된 신체 부위를 주문 제작할 수 있다면, 비용은 낮아지고 부족 사태는 사라지고, 환자의 생체가 이식을 거부할 확률도 낮아진다. 새로 프린트된 장기에는 환자 자신의 줄기세포가 들어 있을 테니까.

앞에서 살펴보았듯, 현재 견고한 과학이 된 것들은 SF로부터 시작되었다. 1950년 11월 미국의 〈어스타운딩 사이언스 픽션〉 잡지에 실린 단편 〈직업상 쓰는 연장Tools of the Trade〉에서는 '분자 분

---

48) windpipe, 후두에서 폐로 통하는 엄지손가락 굵기의 기도.

사molecular spray'를 상상했다. 최소한 검색해서 나오는 결과 중에서는 최초의 사례다. 그러나 훨씬 더 이른 참고 문헌도 있다. 창세기에 나오는 만물창조의 일화다. 3D 프린팅은 디지털 이미지에서 견고한 고체를 만들어내는 작업이다. 신은 말한다. "나의 이미지를 본 따 인간을 만들자"라고. 그리고 흙과 생명의 숨결을 섞은 분자 융합물로 창조를 진행한다. 내가 보기에는 흡사 3D 프린팅 같다.

그러나 우리 신체를 완벽한 상태로 유지하기 위해 프린팅으로 제작한 신체 부위가 그리 필요하지 않을 수도 있다.

레이 커즈와일은 컴퓨팅 파워로 우리 두뇌를 스캔하고 업로드하는 일이 가능해질 거라고 확신한다. 신체를 관리하는 것보다 나을 수도 있다. 업로드한 뇌는 우리가 원하는 방식으로 다운로드할 수 있다. 어떤 몸을 원하는가? 비행 능력이 있는 몸을 선택할 수도 있다. 수많은 이야기에서 가능성을 상상했듯, 원하는 대로 외양을 바꾸는 변신능력자가 될 수도 있다. 한동안 유체 이탈을 하는 쪽을 선호할 수도 있다. 이건 그렇게 이상한 일도 아니다. 당신은 양지바른 곳에서 한 시간 정도 누워, 몸은 쉬게 하고, 마음 가는 대로 생각을 떠돌게 둔 적이 몇 번이나 있는가?

우리가 책을 읽을 때, 연극을 보러 갈 때, 영화를 볼 때, 꿈을 꿀 때, 우리는 몸을 주차하고 마음속에서 산다.

시인 앤드루 마블(1621~1678)은 시 〈정원〉에서 이렇게 표현했다.

그 사이 마음은, 덜한 쾌락에서

물러나 행복으로 빠져든다.

마음, 각 부류가 즉시 자신과 닮은꼴을

찾아내는 대양,

하지만 마음은 창조한다, 이 세계들을 초월해,

머나먼 다른 세계들을, 다른 바다들을,

창조된 모든 것을 절멸시켜

초록색 그늘 밑 초록색 생각이 되게 한다.

나는 항상 이 시행들이 아름답고 경이롭다고 생각해왔다. 그런
데 이제 다시 보니 그리 머지않은 미래의 예측으로 읽힌다.

뉴미디어 스타즈를 설립한 러시아의 인터넷 재벌 드미트리 이
츠코프는 모든 비생물적 캐리어[49]로 전송할 수 있는 뇌의 디지털
복사본을 만들고 있으며 2045년 실용화를 목표로 하고 있다.

우리는 영원히 살기를 원하는가? 그렇게 된다면 우리는 여전히
인간일까?

앞으로 도래할 트랜스휴먼의 미래에, 우리는 하이브리드 존재
가 될 것이다. 드라큘라와 프랑켄슈타인의 괴물이 하이브리드였

---

49) IT 용어. 정보 자체에는 에너지가 불필요하지만, 정보를 전파하려면 에너지가 필요
하다. 이 정보를 전파하는 역할을 맡은 것이 캐리어다.

듯 말이다.

사이보그는 〈닥터 후〉와 〈스타트렉〉, 〈터미네이터〉, 〈블레이드 러너〉에서 우리가 모두 보아 아는 단어다.

1960년대 생겨난 신조어로, 구체적으로 우주 비행을 전후해서 만들어졌다. 〈뉴욕타임스〉는 사이보그를 '인간-기계'라고 불렀다.

일단 이식 가능한 장치들이 사용 허가를 받게 되면, 우리의 경험은 SF보다는 소박할 것이다. 그런 장치들은 청력이나 시력을 보조하고 현재의 페이스메이커 역할을 할 수도 있다.

의학적 이식 외에도, 건물이나 사무실이나 자동차의 문을 열어주는 코드 리더를 손에 이식하는 정도의 간단한 시술은 대중화될 것이다. 열쇠를 잃거나 비밀번호를 잊어버릴 염려는 없다.

그렇지만 학대하는 남자의 아파트 안에 코딩된 여자는 어떻게 할까? 오로지 그만 들어올 수 있다. 그녀는 도주할 수 없다.

바이오해킹 열풍은 아직도 남자 너드의 홈런이다. 웹사이트, 읽을 자료, 미래의 비전, 선전과 홍보가 압도적으로 남성중심적이다. 트랜스휴머니즘과 그 후속인 포스트휴머니즘도 마찬가지다.

팔로알토 장수상의 홈페이지에는 DNA를 발견한 왓슨과 크릭이 나와 있지만, 이 획기적 발견에 결정적인 역할을 한 엑스레이 포토 51을 발명한 로절린드 프랭크에 대해서는 한마디 언급도 없다.

세상은 변한다. 세상은 변하지 않는다.

예외도 있다. 미래학자 도나 J. 해러웨이는 1985년 《사이보그 매니페스토A Cyborg Manifesto》를 썼다. 작고한 위대한 어슐라 K. 르 귄처럼 해러웨이도 여성들이 대안적인 인류의 미래를 적극적으로 받아들여야 한다고 주장했다. 가족의 가치나 경직된 젠더 역할보다 더 나아가야 한다. 해러웨이에 따르면 사이보그는 과거에 대해 감상적인 태도를 보이지 않을 것이다. 과거에서 벗어났다는 점을 기뻐할 따름일 것이다.

그녀의 매니페스토는 티셔츠에 써서 다닐 만한 구호로 끝을 맺는다. "나는 여신이 되느니 사이보그가 되겠다."

AI의 미래, 트랜스휴머니즘, 포스트휴머니즘, 직업의 세계, 앞으로 등장할 멋진 가전제품들, 우리가 우주에서 살 기회, 장수의 기회를 이야기하는 책은 시중에 무수히 많이 나와 유통되고 있다. 내가 우려하는 점은 우리의 생물학적 진화학적 유산을 변형시킨다고 해도ー우리는 결국 해낼 것이다ー본질적으로, 우리 자신을 바꿀 수 없으리라는 것이다.

탄소섬유 의족, 스마트 임플란트, 3D 프린팅 대체 장기, 한가로운 여가, 로봇 사랑, 긴 수명, 증강된 신체 능력, 심지어 육체적 죽음의 종식마저도, 따로따로든 함께 합쳐놓든 상관없이, 마음을 새로 창조하기엔 역부족이다.

우리가 여전히 폭력적이고 탐욕스럽고 무관용적이고 인종차별적이고 성차별적이고 가부장적이고, 아무튼 전반적으로 사악하다면, 정말이지, 손가락으로 차고를 열고 치타보다 더 빨리 달릴 수 있게 된다 한들 그게 무슨 의미가 있으랴?

이것이 뱀파이어의 경고다. 어쩌면 당신은 정말로 영원히 살게 될지도 모른다. 그러나 당신의 사고방식은 트란실바니아의 중세

성에 처박혀 있다.

어쩌면 우리보다 우월한 지능이 이 문제를 우회할지도 모른다. 어쩌면 우리가 우리 두뇌를 새로운 클라우드에 업로드하는 날이 오면, 경고문이 뜰지도 모른다. "이 파일은 인간들임. 이 파일은 다운로드하지 말 것."

3
장

성, 그리고
또 다른 이야기들

우리가 AI와 삶을 공유하면
사랑, 섹스, 애착은 어떻게 변하게 될까.

봇치고는 핫한데!

물질 같은 사랑은 우리

생각보다 훨씬 괴상하다.

— W. H. 오든, 〈무거운 데이트〉, 1939년

펠리니의 1976년 영화 〈펠리니의 카사노바〉에서, 권태에 찌든 난봉꾼은 실물 크기의 도자기 기계 인형인 로살바를 만난다.

로살바는 자동인형이다.

18세기에는 자동인형의 유행이 광풍을 일으켰다. 경이로운 태엽장치, 기계장치, 조각, 회화와 꼭두각시 인형들, 발작 같은 동작은 반은 골렘이고 반은 걸음마를 배우는 어린아이 같았고, 반은 소름 끼치고 반은 경탄을 자아냈다. 그리고 맡은 역할을 쉬지 않고 해내는 모습은 훗날 산업혁명에서 보게 될 공장 기계들을 미리 보여주었다.

자동인형 중 일부는 사기詐欺였다. 1770년 헝가리에서 만들어진 기계 인형 터키인은 여황제 마리아 테레지아에게 깊은 인상을 주었다. 이 터키인 인형은 거대하게 부풀린 반신상이었고, IBM의 딥블루가 1997년 카스파로프에게 대승을 거두기 오래전에, 체스 게임에서 그 누구와 맞붙어도 이길 수 있었다.

터키인 인형의 정교한 대형 여행 가방 속에는 진짜 인간 체스 선수가 숨을 수 있는 공간이 있었다. 체스 선수는 인형 밑에서 체스판을 보면서 무시무시한 기계 선수의 팔을 움직일 수 있었다. 터키인 인형은 사기 시합으로 거액의 돈을 벌었다. 아마존이 현재 엠터크MTurk 플랫폼으로 궁핍한 노동자들이 일자리를 놓고 경매를 벌이게 만들어 현금을 긁어모으는 것과 크게 다르지 않다. 인생은 반복된다.

카사노바는 바이오-도나(생물학적 여인)로부터는 결코 성적 만족이나 참사랑을 얻을 수 없으나, 로보도나(로봇 여인)는 성공이었다. 영화에서 이 섹스 장면은 카사노바가 육체적으로 정상위 상태가 아닌 유일한 장면이다. 외롭고 홀대받는 만년에 그가 꿈꾸는 여자는 로살바다. 두 사람은 함께 인적 없이 버려진 황량한 베네치아 거리에서 춤을 춘다. 오랫동안 저절로 시뮬레이션이었던 바로 그 도시 말이다.

18세기, 혹은 19세기의 자동 섹스인형은 하나도 살아남지 못했다(과다사용 때문이었을까?).

자동인형은 민담이나 판타지일 수도 있고, 실제로 존재했을 수도 있다. 따분한 프랑스인이었던 공쿠르 형제 쥘과 에드몽의 생애는 19세기 대부분에 걸쳐 있고, 형제가 둘 다 살아있는 동안은 함께 책을 썼다. 이들은 일기에서 파리의 사창가에 갔더니 성 노동자들과 구분할 수 없는 말 잘 듣는 자동인형들이 있더라고 주장했다. 농담을 진담처럼 하기는, 공쿠르 형제도 참!

역시 프랑스인이었고 전반적으로 도시를 주름잡는 난봉꾼이었던 오귀스트 빌리에르 드 릴라당은 이 자동인형 '팜므femme'의 아이디어를—아니면 그 역시 그 사창가에 직접 가봤을지도 모른다—충격적인 SF인 《미래의 이브》의 영감으로 차용했다. 이 소설에서 차세대 '만인의 어머니'는 남자의 피조물이다. 남자가 여자를 낳은, '지금까지는' 초유의 사건인 성서에서 그러했듯 말이다.

1886년 출판된 소설 《미래의 이브》에는 발명가 토머스 에디슨이 등장한다. 에디슨은 친구인 이월드 경을 위해 여자를 만들어주겠다고 한다. 이월드 경에게는 눈부시게 아름다운 약혼녀 앨리샤가 있지만, 그녀는 따분하고 차가운 여자다. 에디슨은 이월드에게 새로운 앨리샤는 예전의 앨리샤와 똑같으면서도, 훨씬 섹시하고 재미있을 거라고 장담한다. 에디슨은 자신의 '안드로이드'를 위해 앨리샤의 언어 패턴, 동작, 하품(하품을 굉장히 많이 한다. 어쩌면 앨리샤는 따분한 여자가 아니라 그저 권태로웠던 게 아닐까?)을 기록하기 시작한다. 그리고 바로 여기서 '안드로이드'라는 말이 최초로 등장한다.

그렇다, 이것은 아이라 레빈의 1972년 소설 《스텝포드 와이프》와 이어서 나온 무시무시한 동명 영화의 플롯이다. 《미래의 이브》로부터 백 년이 지난 후에도 이 아이디어가 이토록 설득력이 있다니 놀라울 따름이다. 그리고 《스텝포드 와이프》에서는 의식을 고취하는 작업복 차림의 캐릭터가 예쁜 드레스를 입고 집에서 과자를 굽는 인물로 바뀌면서 페미니즘도 직격타를 맞는다.

남자들은 여자가 남자의 피조물이 될 수 있다고 진심으로 믿는 모양이다. 아마도 여자가 역사 속에서 거의 언제나 상품이고, 동산動産이고, 사유재산이고, 사물이었기 때문일 것이다.

르네 데카르트가 1649년 스웨덴 궁정에 소환되었을 때 자동인형을 데리고 바다를 건넜다는 이야기가 있다.

데카르트는 시계 태엽장치 인형을 사랑했다. 하지만 이 인형은 특히 죽은 딸 프랜신의 모습을 본 따 만들어졌던 것 같다. 확실히 섹스가 목적은 아니었다. 데카르트는 동물도 생물학적 자동인형이며(따라서 인간이 무슨 짓을 해도 고통을 느끼지 못하며), 여자는 신이 창조하신 남성 인간보다는 동물에 더 가까운 존재라고 이미 공언했었다. 그러니 여자가 태엽을 감는 기계라는 생각이 허무맹랑한 건 아니었다.

E. T. A. 호프만의 단편 〈샌드맨〉(1816)에는 올림피아라는 여자 자동인형이 나온다. 올림피아는 유혹적이고 파괴적이고 공허하며, 오페라뿐 아니라 섹스인형 광풍을 불러일으켰다. 호프만의 단편을 각색한 오페라 〈호프만 이야기〉가 (진짜 여성이 연기하는) 애니매트로닉한 인형 올림피아를 주인공으로 1880년대 후반 파리에서 공연되었고, 세기 말에는 애니매트로닉 섹스인형이 판매 개시되었다. 이 인형들은 뚜렷하게 프랑켄슈타인의 괴물을 연상시키는 외양을 하고 있었고, 따라서 섹스어필이 반감되었다. 그러나 섹스어필이 대체 무엇인가? 지금 인형 이야기를 하고 있는데 말이다.

이것은 던질 가치가 있는 질문이다. 섹스인형 시장은 지금 다음 두 가지 일을 하고 있기 때문이다. 첫째, 급속한 성장. 코비드 사태로 인해 판매도 늘어나고 관심도 더 많아졌다. AI 기능이 있는 러브돌에는 자신의 취향에 딱 맞는 애인을 커스터마이즈하고 심지어 주문 제작할 수 있게 해주는 아바타 앱이 포함되어 있다. 2024년에는 AI 러브돌 산업이 수백만 달러의 매출을 올릴 것으로 내다보는 사람들도 있다.

두 번째로―이 점이 훨씬 중요한데, 섹스인형은 새롭게 브랜딩되고 있다. 노골적인 성욕 해소용 상품에서 탈피해 훨씬 더 심란한 존재로 향해 나아가고 있다. 아니 해방적이라고 해야 할까. 보는 관점에 달린 문제다.

이제 디지섹슈얼이 온다.

섹스인형과 빠른 성욕 해소 상품은 새로울 것이 없다.

스윙의 60년대에 성인용품점과 X등급 상품 카탈로그에는 거대한 인형들이 등장했고, 일부 포르노 영화관에서는 팝콘 및 윤활제와 함께 그것들을 팔기도 했다. 인형들은 말도 안 되는 외양이었지만, 사용하는 남자들은 개의치 않았다. 섹스 전에 자전거 바람 넣는 기계를 꺼내놓는 일이 하나도 우스꽝스럽지 않다고 생각하는 사람들이었으니까.

훨씬 옛날로 거슬러 올라가서 상선 무역을 하던 네덜란드인들은 누더기, 라탄, 가죽 들로 인형을 만들어 일본에 팔았다. 일본에서는 지금도 AI 기능이 없는 섹스인형을 네덜란드 부인Dutch Wives이라고 부른다.

선원들은 항해를 떠날 때 여성형 봉제 인형 비슷한 것을 가지고 갔다. 조잡한 헝겊 인형에 동물의 방광으로 안을 덧댄 구멍을 만들어서. 이 '뱃길의 숙녀dames de voyages'들은 가끔 장난감 박물관에 깨끗하게 씻겨 등장하기도 했다. 하지만 왜 저 여자 인형 몸에 저렇게 큰 구멍이 뚫려 있느냐고 아빠에게 묻는 눈 밝은 아이들이 너무 많아 이제는 사라졌다.

재수 없게도 러브 유Love Ewe라는 이름의 섹스용 팽창식 고무 양 인형과 우연히 맞닥뜨린 부모들도 있을 것이다. 차고 세일과 벼룩시장에 가면 조심해야 한다. 자전거 바퀴 펑크 수리용 테이프나 수영장 방수처리 테이프로 중요 부위를 수리해 놓은 양 인형은 꼬마 조니의 친구가 되기에 부적합하다는 신호니까.

예산이 모자라는 사람들을 위한 핵심 홍보 문구는 이것이다. 앞뒤에 진입 지점이 있는 휴대용 꽁무니라는 것. 짐을 가볍게 꾸려야 하는 사람들을 위해서 바람을 넣는 팽창식 꽁무니도 있다.

그러니 섹스인형의 업데이트 버전을 새삼스럽게 정말로 우려해야 할 이유가 있을까? AI 기능이 있고, 말하고, 반쯤은 움직이기도 하는 신제품들을? 어쨌든 우리는 로봇 동반자를 직장에서, 교육에서, 가정에서 우리 삶의 일부로 받아들여야 한다는 걸 알고 있다.

섹스인형에서 새로운 점은 메이크오버다. 리브랜딩이다. AI 기능이 장착된 러브돌은 '대안'으로 마케팅되고 있다.

성 노동자의 대안. 여자와의 관계에 대한 대안. 여자의 대안.

미국 어비스 크리에이션즈 사의 매트 맥멀렌은 1996년부터 줄곧 (이유를 막론하고) 남자들의 욕구를 충족시켜줄 인형을 만들어왔다. 매트는 옳고 그름을 판단하지 않는다. "섹스인형에 기분 나빠하거나 무서워하는 사람들은 그냥 그 단순성을 이해 못 하는 겁

니다."

　매트 맥멀렌은 예전에는 핼러윈 가면을 제작했었다. 그러다가 예술적인 관심사를 섹스인형 시장의 약삭빠른 사업적 의식과 결합했다. 그는 자신이 중요한 사회적 서비스를 제공하고 있다고 백 퍼센트 확신하고 있다. "세상에는 극도로 외로운 사람들이 있고, 나는 이것이 그들을 위한 해결책이 될 거라고 믿어 의심치 않습니다."

　세계적으로, 또 온라인상에서, 아이돌레이터스iDollators라는 커뮤니티가 있다. 이곳에서 사람들은 자신이 인형과 맺는 관계를 상세하게, 또 종종 감동적으로 이야기한다. 이 사람들은, 아니 적어도 이 사람들의 주류는, 완전하고 철저한 여자들의 종말을 보고 싶어 하는 광기 어린 인간들이 아니다. 그보다는 생물학적 여성과 관계를 맺지 못하거나, 생물학적 여성과의 관계를 선호하지 않는 남자들이다. 인형과 판타지의 삶이면 충분한 것이다.

맥멀렌의 어비스 크리에이션즈는 "극도로 현실적이고 해부학적으로도 정확한 것으로 정평이 난 실리콘 인형들에 로봇공학과 인공지능을 더하는 일에 매진하는" 리얼보틱스라는 AI 개발 회사를 소유하고 있다.

하모니는 회사의 플래그십 인형이다. 이 인형은 2021년 기준 15000달러를 호가한다. 실리콘으로 된 '리얼돌' 몸체에 AI 기능이 있는 머리를 부착하고 있다. 표준 인형 플러스 AI다.

하모니는 눈을 깜박하며 당신에게 말을 걸어온다. 단순히 섹스 이야기만 하는 게 아니다. 얼마든지 원하는 모드로 세팅할 수 있다. 반려 인형은 농담도 하고 최신 시사상식도 갖추고 당신의 이야기를 경청하고 기억하고 서서히 당신이 대화상대라고 믿을 만한 존재로 변해갈 것이다. 그러나 어쩌면 관계라는 게 다 그런지도 모른다. 투사와 희망 사항이 얼마나 많이 개입되는가.

하지만 섹스가 요지다. 이 인형들은 핫하다.

어, 게다가 사실, 따뜻하기도 하다. 내부에 온열 시스템을 장착하고 있기 때문이다.

값싼 인형들은 밀랍 같고, 시체 같은 느낌이 있어, 고스족 페티시가 있는 사람이 아니라면 반감이 들 수도 있다. 최고의 실리콘은 매끄럽고 손에 닿는 감촉도 보드랍지만, 여전히 약간의 체온이 필요하다. 섹스로 뜨겁게 달아오른 후에, 35킬로그램의 싸늘한 베이비를 안고 열기를 식히고 싶을까?

35킬로그램. 무게가 별로 나가지 않는다, 이 인형들은. 인어공주처럼 걷지도 못해서 왕자님이 안고 침대로 데리고 가야 한다.

적어도 내게는, 자기 인형을 데리고 산책하는 남자들이 있다는 사실이 좀 심란하다. 휠체어를 태워서 말이다. 어깨에 짊어지고 다니지 않는 한 다른 방법은 없다. 그러나 인형을 밀고 가는 남자의 스냅샷은 무기력한 여성의 아이콘이 된다. 이것은 남녀를 막론하고 휠체어 사용자와 데이트하는 사람과는 아무 상관이 없다. 내 경험으로 이들은 지구상에서 가장 대담하고 과단성 있는 사람들이기 때문이다. 휠체어를 탄 섹스인형은 장애나 다른 능력의 문제가 아니다. 아무 능력 없음을 찬양하는 행위이기 때문이다.

당신의 인형은 철저히 당신에게 의존한다. 온 세상에 알려라.

러브돌을 산다는 것은 일반적으로 맞춤형이 아닌 표준 여성형을 구매한다는 의미다. 인형들은 가느다란 허리, 길게 만든 다리, 커다랗고 훨씬 큰 가슴을 과시한다. 옵션도 있다. 구매자가 뚱뚱하거나 특히 몸이 작으면 특별 주문 제작이 필요하다. 포르노스타 인형이 디폴트 인형이다. 자연히 세 개의 삽입구 모두 — 앞, 뒤, 입 — 온전히 활용할 수 있게 디자인되어 있다.

하모니 인형의 소유주들은 42가지 다양한 젖꼭지 색과 14가지 음순 스타일 중에서 선택할 수 있다. 질은 자체적인 윤활 기능이 있고 쉬운 세척을 위해 탈부착이 가능하다.

이건 발전이다. 오르가슴을 느낀 후 인형을 샤워실에 끌고 들어가거나 거꾸로 뒤집어서 씻어 내는 것보다 훨씬 나아졌다.

하모니도 오르가슴 또는 로봇-가슴을 느낄 것이므로, 사용자는 그녀를 절정에 오르게 하는 법을 배우게 된다.

클리토리스도 갖고 있을까? 만약 그렇다면 널리 광고되지는 않았다. 그러나 클리토리스는 성별을 막론하고 오로지 쾌감을 목적으로 하는 기관인 만큼, 하모니한테는 필요가 없을 것 같다. 당신이 성공했다는 걸 알려주는, 강아지 장난감에 달린 끽끽 소리 나는 버튼 비슷한 게 아니라면 말이다.

아무튼, 섹스인형은 상호적 쾌감을 위해 존재하는 게 아니다. 로봇-가슴은 남자들을 위한 것이다.

하모니의 AI버전은 18가지 성격적 특징을 가지고 있다. 변덕스럽고, 온화하고, 질투심 많고, 장난기 있고, 심지어 수다스러운 것도 있다. 웹사이트의 리뷰를 스크롤다운해 읽다 보니, 매트에게 수다스러운 버전은 갖다버리라고 하는 사람들이 상당히 많았다. 매트는 어째서, 남자들은 이런 인형이 말하기를 원한다고 생각했을까?

2021년, 언론에서 크게 보도했던 바와 같이, 당시 도쿄 올림픽 위원장이었던 요시로 모리는 여자 간부가 말이 너무 많다는 발언을 하고 나서 사임해야 했다. 그럴 줄 어떻게 알았겠는가? 일본 경제 연맹에 따르면, 2019년 여성 임원은 전체 간부직의 5퍼센트를 조금 넘을 뿐이었다. 그리고 세계 경제 포럼의 2020년 성별 격차 랭킹에 따르면, 일본은 153개국 중 121등이었다. 30퍼센트의 말 많은 여성들을 간부직에 올려놓는 것이 일본의 "야심만만한" 2030 목표다.

중국의 DS 돌 로보틱스 사社는 흰 가운을 입은 남성 조물주가

땍땍거리는 여성 봇에 짜증이 나서 그냥 플러그를 뽑아버리는 비디오를 자사 웹사이트에 유머랍시고 올려놓았다. 하하.

인형 소유주들은 반려 인형을 위해 폭넓은 디자인의 의상을 구매할 수 있다. 대체로는 스타킹과 코르셋 페티시 의상이지만, 하녀·간호사·여성 임원의 의상도 인기가 있다. 임원의 의상은 가슴과 엉덩이를 강조하며, 인형 보스는 예외 없이 어디 따먹어 보라는 듯한 구두를 신고 데스크 위에서 도발적인 포즈를 취하고 있다. 업무를 위한 착장도 섹스를 구걸하는 또 다른 방식이 되는 것이다.

매트 맥멀렌은 자신의 고객들이 무엇이든 할 수 있고 옷을 차려입고 쾌락을 주는 용도로 설계된 인형과 실제 살아있는 여자의 차이를 알 거라고 믿는다. 또한, 순순한 인형과 주기적으로 섹스를 한다고 해서 남자가 진짜 여자를 덜 배려하거나 덜 존중하리라고는 생각하지 않는다.

나는 이 관점이 낙관적이라고 생각한다. 그나마 최선의 경우를 고려해서.

섹스로봇을 소유(이 동사를 주목하라)한 남자가 여자와 함께 일하게 된다면 — 당연하고도 불가피한 일이다 — 말 잘 듣고, 전형적으로 매력적이고, 성격도 쾌활하고, 항상 한결같고, 늘 집에 있는 실리콘의 경험은 자기 부하직원일 수도, 상사일 수도, 그저 동료일 수도 있을 여자와의 상호작용에 어떤 영향을 미칠까? 여자 고객에 대한 그의 서비스 태도에 어떤 영향을 미칠까? 그가 선택한 여자가 늙지도 않는, 살이 찌지도 않는, 생리도 하지 않는, 나쁜 새끼라고 욕하며 얼굴을 할퀴지도 않는, 아무것도 절대 요구하지 않는, 아무것도 필요로 하지 않는, 영영 그를 떠날 수도 없는, 그런 프로그램화할 수 있는 인형이라면, 그게 현실 세계의 여성들에게 현실 세계에서 미칠 영향이 하나도 없다고, 우리는 정말 그렇게 말하고 있는 걸까?

어쩌면 러브돌을 선택하는 그런 남자들이 여자들과 섹스를 하지도 친구가 되지도 않고, 현실 세계의 실제 여자들을 아예 만나지도 않고 산다면, 아무 문제가 없을지 모르겠다. 그렇지만 그런 남자들은 대체 어떤 현실 세계에 살고 있단 말인가?

섹스인형의 세상은, 자신의 성적 욕구와 반응을 발견하려 애쓰는 어린 여성들에게 문제가 될 것이다. 여자아이들이 가장 취약한 시기에, 포르노를 보고 자란 남자아이들은 여자아이들에게 포르노스타처럼 행동하기를 기대할 것이다. 아니, 심지어 다가올 미래에는, 섹스인형 포르노스타처럼 굴기를 기대할 것이다.

러브돌은 싫다고 말할 수 없다. 일부 여자들이 온갖 이유로 말하지 않는 것처럼, 말하지 않는 게 아니다. 러브돌은 싫다고 말할 수 없는 것이다. 프로그램할 수 있는 봇은 감질나게 새침 떠는 기능이나 '나한테 못되게 굴지 마' 기능을 가질 수는 있지만, 이런 건 모두 게임이다. 섹스봇과 있을 때 남자는 언제나 결과를 확신할 수 있다. 그가 원하는 결과일 것이기 때문이다.

그건 위험하다. 여자들은 싫다는 말은 싫다는 뜻이라는 걸 이해시키는 것만도 힘들다. 아무리 해도 싫다가 싫다는 뜻으로 받아들여지지 않는다면, 혹은 '싫다'가 아예 진짜 단어 취급을 받지도 못한다면, 성적인 만남, 상호 동의라는 어려운 영역에서 남자와 여자가 어떻게 함께 춤을 출 것이며, 의미 있는 성적 관계를 쌓아나가기 위해 함께 노력할 수 있을까? 당신은 소위 제작사가 '불감' 버튼이라고 부르는 것을 장착해 놓은 인형을 하나 살 수도 있다. 인형이 저항하면, 소유주가 강간을 시뮬레이션할 수도 있는.

아무 웹사이트나 방문하면, 당신은 취향과 선호도 페이지로 안내된다. "살아있는 여자와 감히 절대 할 수 없는 일들을 마음껏 하십시오…."

러브돌은 주로 가정용으로 판매된다. 독신 남성뿐 아니라 안전한 쓰리섬을 원하는 커플이나 남자가 섹스를 더 원하는 커플들을 겨냥해 마케팅이 이루어진다.

우리는 이 인형들을 가족의 맥락에 두고 상상한다. 이건 속옷 서랍에 숨겨둔 바이브레이터나 화장실의 윤활제가 아니다. 아담하긴 해도 실제 사람 크기의, 해부학적으로 정확한, 섹스용 실리콘 여자를 아빠가 가지고 있다는 걸 아이들이 발견하는 문제다.

그 여자는 옷장에서 살까? 반바지나 크롭톱 차림으로 안방에 앉아 있나?

집안의 10대 남자아이들은 어떻게 반응할까? 집안의 10대 여자아이는 어떻게 반응할까?

이건 중립적 메시지도 아니고 일말의 즐거움도 줄 수 없는 일이다. 인형은 완벽하게 단장하고 그저 쾌락을 주는 존재로서, 그녀 주변에 사는 모든 사람의 성적 정서적 경관을 형성할 것이다.

어쩌면 러브돌은 펠로톤[50]과 같은 방에 살지도 모른다. 홈피트니스를 할 만한 인물이니까.

유럽·중국·일본에서는 호텔에 데려가기 위해 빌리는 인형이거나, 사창으로 추정되는 곳에서 사용하는 쪽에 초점이 더 맞춰져 있다. 파리에서는 게임센터로 등록된 섹스돌 호텔이 있다. 프랑스에서는 사창이 불법인데, 이론적으로 인형은 생명체가 아니므로 성 노동자가 될 수 없고, 따라서 인형들이 사창에서 일한다고 할 수는 없기 때문이다.

루미돌스LumiDolls는 합성 여성만 활용해 바르셀로나에 섹스 센터를 열었다가, 압력에 밀려 세계의 다른 지역들로 쫓겨났다, 아니 쫓겨 들어갔다. 이럴 때 정확히 어떤 표현을 써야 하는지 정말 잘 모르겠다.

루미돌스는 글로벌 프랜차이즈 모델을 정립할 의도다. 내가 2019년에 출간한 소설《프랭키스타인: 어떤 사랑 이야기》에 삽입한 판타지인, 론 로드의 X-베이브 같은 노선으로 말이다. 어째서 론의 노선을 철저히 따라가서, 공항에서 렌트카 회사와 파트너 관계를 맺어 사업가들이 호텔로 가는 길에 각자의 섹스인형을 받을

---

50) 미국의 홈 트레이닝 플랫폼 회사. 실내자전거나 러닝머신에 스트리밍 피트니스 콘텐츠를 결합한 제품을 판매한다.

수 있게 하지 않을까?

인형은 환상적인 각도로 다리를 벌릴 수 있다. 브롬톤 접이식 자전거처럼 반으로 접을 수도 있다. 그렇다면 눈에 띄지 않게 넣어 다닐 수 있는 점잖은 휴대용 여행 가방을 같이 줄 수도 있지 않을까? 우리가 다 외향성 인간인 건 아니니 말이다.

*

그런데 섹스인형들이 진짜 살아있는 성 노동자 대신 활용된다면 어떨까? 그게 더 '나은' 일일까?

'낫다'는 게 무슨 뜻일까?

전직 성 노동자들에게 더 나은가? 소위 "자기만의 시간"이 필요하다고 주장하는 일부 남자들의 파트너에게 나은가?

인형과의 섹스는 파트너를 배신하는 짓인가?

장기 연애의 슬픈 역설 중 하나는 한 사람은 섹스를 원하는데 다른 사람은 원치 않는 상황이 종종 일어난다는 것이다. 섹스를 원치 않는 쪽은 섹스를 원하는 쪽이 다른 데서 섹스를 찾을 때 이별을 요구하게 되기 마련이다.

이제 섹스가 없어진 관계가 어째서 섹스 때문에 끝나야 한단 말인가?

매트 맥멀렌이 옳을지도 모른다. 러브돌을 하나 사라는 처방.

집안의 섹스인형 시나리오는 일부일처제의 제약에 한 가지 해결책이 될 수 있다. 파트너가 용인한다면 협박도, 과다한 비용도, 이혼도 없을 것이다. 그리고 남자는 원하는 만큼 더 섹스할 수 있다. 집안의 여자는 귀찮은 남편 비위를 맞출 필요가 없어져서 안도감을 느낄지도 모른다.

이것으로 관계가 나아질지, 아니면 더 나빠질지는 불분명하다. AI 기능을 갖춘 인형은 위협적인 존재가 아니라고 아내를 안심시키도록 프로그래밍할 수도 있다. 혹시 AI가 아내와 친구가 될 수도 있을까?

1980년대의 게이 하위문화 속에서 성장한 사람으로서, 나는 섹스를 둘러싼 규준과 관계를 둘러싼 가정에 도전하는 일이 얼마나 중요한지 안다. 배타적이고 헌신적인 관계 내의 섹스가 섹스의 유일한 자리도 아니고 더 '나은' 자리도 아니다.

일부일처제가 모두에게 적합한 건 아니다. 누구에게도 적합하지 않을지 모른다. 적어도 기나긴 일평생의 궤적으로 볼 때는 말이다. 여자들을 성적으로 궁지에 몰아넣고 가정 안에 묶어 두려는 의도로 설계된 종교적 가르침의 개입 때문에 우리는 자신의 욕망을 읽어내는 일을 힘겨워하고, 오로지 다른 시대의 규칙에 근거해 도덕적 결정을 내리게 된다.

이것은 자유방임적 매니페스토를 향한 부름이다. 이것은 정직성에 대한 요구다.

사람들(주로 남자들)은 성을 상품으로 구매한다. 사람들(남자와 여자)은 원나이트, 속성 섹스, 주말의 불장난, 늦은 밤의 애무, 반짝 관계, 광적으로 발산하는 충동적 섹스 등, 오로지 상대의 신체 부위 그 이상으로는 관계를 맺지 않아도 되는 행위를 즐긴다.

집단 섹스와 클럽 섹스, 앱 섹스도 있고, 우리가 결코 쾌락을 줄수 없는 사람에게 쾌락을 주려고 하는 섹스도 있다. 섹스는 대리다. 섹스는 마약이다. 섹스는 친밀하거나 항구적인 관계와 무관한 수많은 것이다.

그러니 섹스인형이 뭐가 문제인가? 러브돌이 뭐가 어때서?

세 가지다.

돈. 권력. 젠더 역할.

섹스인형의 문제에서, 돈과 권력은 보통 사회에서 그들이 있는 자리에, 즉 남자와 함께 있다. 그리고 인형의 경우, 그렇게 많지 않은 돈, 최소한의 지속적 경비로 남자는 상당한 권력의 환상을 살 수 있다. 하모니는 여자들이 원래 해야 할 말을 해준다. "나는 다른 건 아무것도 필요 없어요. 오로지 당신만 있으면 돼요….'

인형은 선정적이지만 순종적이다. 인형은 여자가 아니다. 이 점은 아무리 강조해도 지나치지 않다. 마케팅 전략만 읽어봐도 왜 이 단순한 요점에 빨간색 밑줄을 쳐야 하는지 알 수 있다. 인형은 여자가 아니다. 비생물학적 존재라서가 아니라(나는 앞으로 도래할 비생물학적 생명체를 열린 마음으로 반긴다) 포르노그래피적 판타지 이상도 이하도 아니기 때문이다.

섹스인형은 가학적이거나 연극적이지 않은 이상 현실에서 대응물을 찾을 수 없는, 만화에나 나오는 여성상이다.

성 노동자는 쇼를 한다. 직무의 일환이다. 어쩌면 가장 중요한 일일지도 모른다. 밤이 끝나면 우리 모두 집에 돌아간다.

남자와 가학적이거나 강제적인 관계로 얽힌 여자들은 ― 물론 그중에는 성 노동자도 있을 것이다 ― 선택권도 전혀 없고, 조종자를 위해 쾌락을 주는 꼭두각시·쓰레기통·캐시카우 역할을 하면서도 권리를 행사할 수 없다.

그런 여자들은 인형들과 함께하는 삶을 녹화하는 남자들에게 인기 있는, 감상적이고 눈물겨운 순간들을 실생활에서 견뎌내야 한다. 인형 머리가 떨어질 만큼 거칠게 섹스를 한 후 부드럽게 가발을 씻겨주는 순간들 말이다.

알겠는가? 정말 사랑이 넘치는 관계란 말이다.

AI 기능이 더해진 러브돌은 섹스용으로 팔린다. 애초에 3개의 삽입구를 지닌 포르노스타처럼 보이는 외모로 제작된 이유다. 그러나 판매자와 구매자 양쪽에서 쏟아지는 번드르르한 마케팅의 장광설은 관계에 대한 말뿐이다.

반려 정서가 패키지 기능에 포함되어 있다. 그녀가 있는 집으로 돌아가세요. 그녀가 당신을 기다리고 있을 겁니다. 그녀는 혼자 외출하지 않아요. 그녀에게 말을 걸어보세요. AI 인형은 말을 하지만 말대꾸를 하거나, 당신 말을 무시하거나, 여자친구에게 전화해서 나쁜 놈이라며 당신을 욕하지도 않는다. 예의 바르고 당신을 존중하는, 과거 다른 시대의 유물이다.

그러나 인터넷에서 주목하는 바람에 괜히 부풀려진 염려는 아닌가? 한 남자와 러브돌은 전체 시장으로 보면 아직 아주 작은 틈새시장이다. 사회가, 여자들이, 디지섹슈얼 같은 소수파 문제로 우려해야 할까?

러브돌은 여자들의 포르노그래피화에 책임이 없다. 스테레오타입에 맞추려 하지만, 그 스테레오타입은 인형의 존재와 상관없이, 원래 있던 것이다.

이런 인형을 위한 시장이 붐을 일으켜 전 국민적으로 확장되면 어떨까? 그러면 문제가 될까? 아니면 완전히 새로운 생활 양식이 될까?

인도와 중국 모두, 사회적으로 획책한 엄청난 규모의 남녀 성비 불균형에 시달리고 있다.

1970년대 중반부터 2016년까지 이어진 중국의 한 자녀 낳기 정책의 결과로 대략 4천만 명의 여성이 부족해졌다.

성적 개인적 반려로서 러브돌은, 이 자초한 위기에 대한 해결책의 일환으로 진지하게 논의되고 있다.

AI 기능이 없는 버전으로는 안 된다. 인간은 말하는 동물이고, 매노스피어Manosphere[51]의 바보들이 뭐라고 떠들든(맙소사, 남자들은 진짜 말이 많아도 너무 많다) 관계의 판타지를 유지하기 위해서는, 음

---

51) 남성계라고도 번역된다. 여성혐오적이고 반페미니즘 양상을 띠는 남성 보수 온라인 커뮤니티를 총칭하는 말이다.

성명령을 통해 남자에게 관심을 보이는 인형이 필요해 보인다.

이 인형이 자기 남자에게 샌드위치를 만들어주게 되는 순간, 그녀는 비트코인보다 더 멋진 존재가 될 것이다.

중국에서 인형 구매는 갈수록 인기가 높아지고 대중화되고 있다. 돌메이츠DollMates는 중국 소셜미디어에서 왕성하게 활동하는 그룹이다. 이 사이트에는 여성과 한 번도 연애해본 적이 없는 남자들도 있다. 아니면 인간과의 연애를 지속하면서 인형을 섹스용품으로 쓴다. 중국에서 콘솔과 게임의 인기도 AI 인형이 널리 수용되는 데 영향을 미쳤을 가능성이 있다. 당신의 인형은 온라인에 '아바타'를 갖고 있어 다른 인형과 '채팅'도 하고 자기 남자와 함께 사는 삶에 대해 포스팅도 한다. 스스로 '2차원 인간'을 자처하는 사람들의 숫자도 늘어나고 있다. 일이든 여가든, 인생에서 의미 있는 시간을 온라인에서 보내는 사람들을 일컫는 말이다. 현실 세계의 노선들이 혼합 현실 또는 가상 세계로 변화할 때, AI와의 친밀한 관계는 이상하지 않다.

저명한 중국 페미니스트 샤오 메일리Xiao Meili는 세상에는 언제나 시대에 뒤떨어진 기대를 품는 남성이 있을 테니 '섹스 주부 로봇'이 실제로 여성에게 도움이 될 수도 있다고 생각한다.

많은 남자가 여자에게 똑같은 걸 원하지요. 섹스, 집안일, 출산과 효도. 그들은 여자를 개인으로 보지 않습니다. 모든 너드가 섹스인형을 산다면… 그러면 수많은 여자가 이런 남자들로부터 해방될 거예요.

2021년 3월까지, 셴젠深圳의 폭스콘 공장의 노동자는 1시간에 188위안(미화 28달러)을 주고 'Ai Ai 랜드'의 말하는 인형과 시간을 보낼 수 있다. 하지만 남자들이 인형에 애착을 갖게 되면 안 되기 때문에, 인형들은 말하지 못하게 되어 있다. 폭스콘 공장의 고용 인력 중 대략 80퍼센트가 남자다. 공장은 열악한 노동 환경 때문에 조사를 받았고, 지붕에서 뛰어내리는 노동자를 받기 위한 자살 방지용 안전망이 설치되어 있다.

사창은 중국에서 불법이지만, 섹스인형 클럽은 프랑스와 마찬가지로 제공되는 서비스에 인간이 연루되지 않은 관계로 이 조항에서 예외다. Ai Ai 랜드의 사창은 위생적 이유로 폐쇄되었다.

아이러니하게도 폭스콘은 대부분의 자동화 공정을 로봇공학으로 옮기려 노력하고 있다. 로봇들은 더 값싸고 자살도 하지 않는다. (일단 지금은 말이다.)

여기에는 너무나 많은 의문점이 있다. 복잡한 이슈들이 너무 많이 얽혀 있다.

일이 핵심이다. 일자리가 없는 사람들에게는―그리고 이것은 로봇공학의 초기 단계에서 초래되는 부작용이겠으나 항구적이지는 않을 것이다―섹스인형이 권태, 불행, 빈곤을 위로해줄 수 있을지도 모른다. 반면 일이 너무 많은 사람은 관계를 형성할 시간이 부족하다.

중국에서 가장 큰 온라인 상거래 회사인 알리바바의 직원들은 자신들을 996ICU라는 별명으로 부른다. 일주일에 6일 아침 9시에서 밤 9시까지 일하다가 결국 중환자실ICU 신세가 된다는 뜻이다.

섹스봇은 신체 건강뿐 아니라 정신건강에도 필요할지 모른다.

게다가 몸체 유무에 상관없이 요양로봇·도우미로봇·AI 친구들이 이미 존재하고 온 세상으로 퍼져나갈 텐데, 왜 우리는 섹스봇만 꺼림칙하게 생각할까?

나는 AI를 열렬하게 지지한다. 나는 AI가 인공지능artificial intelligence이 아니라 대안 지능alternative intelligence이라고 생각한다. 그러나 섹스봇의 문제는 새로운 테크놀로지에 있는 것이 아니라 퇴영적 성차별주의와 젠더 스테레오타입에 있다. 5분만 온라인서핑을 하다 보면 디지섹스의 선구자들로부터 멀어져서, 여성 혐오라는 케케묵은 질병을 퍼뜨리는 새롭고도 고약한 방법들의 맨홀로 빠져들게 된다.

'자기 길을 가는 남자들Men Going Their Own Way', 줄임말로 MGTOW 또는 미기스Miggies라고 불리는 집단은 인셀(그들이 욕망하는 여자들은 왜 자신들을 욕망하지 않는지 이해하지 못하는 비자발적 독신남들)과 배우자나 애인에게 버림받은 남자들, 여자들에게 한 수 가르쳐 주려는 픽업아티스트, 인종 간의 연애를 증오하고 소위 '협조자'인 여자들을 처벌하고자 하는 백인 우월주의자들, 여자가 자기네들(남성 전체 말이다)보다 우월한 위치로 올라섰다고 믿고 원한을 품은 정신병자들, PC 언어와 PC 행위에 분노하는 남자들 ─ "따귀 한 번

때리는 게 무슨 폭행이야", 이게 다 여자들이 자초한 일이고 알고 보면 어차피 못 느끼는 여자가 아니면 다 내심 원한다면서 길길이 날뛰는 강간범들이 모여 있는 어중이떠중이 집단이다.

로라 베이츠가 자신의 소름 끼치게 무서운 저서 《여자를 증오하는 남자들》(2020)에서 묘사하듯, 저 밖에 실재하는 매노스피어는 여자들에 대해 불평불만을 늘어놓는 소수의 남자가 아니다.

매노스피어는 평범한 포르노 사이트를 통해 쉽게 접근할 수 있다. 남자아이들이 많이 방문하는 사이트들이다. 남자아이들은 머지않아 세상의 진실을 가르쳐주는 남자들과 '채팅'을 하게 될 것이다. 설명을 들으면 들을수록 세상은 거짓말하고 악에 받치고 통제를 벗어난 여자들로 가득 차 있다.

성적 대상화된 여성의 이미지로부터 성차별주의 이데올로기로 가는 이 손쉬운 루트는 남자아이들을 길들여 여성에 대한 공포와 증오를 심어준다. 동시에 포르노는 당연히 기대해야 할 정상적 성 행위가 된다. 여자가 그런 식으로 해주지 않고, 그런 식으로 옷을 입지 않고, 그런 식으로 행동하지 않는다면, 그 여자는 불감이다. 그리고 여자가 이 모든 행위를 해주면, 그 여자는 헤픈 걸레다.

#MeToo는 "너무 지나친 것 아닌가?"라는 목소리를 (심지어 일부 여자의 목소리까지) 많이 들었다. 여자들이 아직도 일상적으로 성추행을 당하고 있다는 면에서 지나치다는 말이 아니라, 남자들이 플러팅을 하거나 그냥 여자의 옷차림에 대해 좀 칭찬을 한 것으로 벌을 받는 수위가 지나치다는 것이다. 이에 대한 대답은, 우리 남녀가 힘을 합쳐 다 같이 노력해서 여성 혐오의 뿌리까지 뽑아버

리자, 가 아닌 것 같다. 오히려 남자들이 이제 당하는 것도 지긋지긋하다며 케케묵은 '여성 문제'를 그들 나름대로 해결해 보겠다고 나서는 쪽인 모양이다.

동등 임금법과 성차별법이 영국과 미국에서 법제화된 것이 불과 1970년대의 일이라는 사실을 젊은 층이 알고 있는지 모르겠다. 불평등 임금과 차별은 여전히 온 세계에서 실제로 횡행하고 있다. 문맹인 성인의 2/3가 여성이다. 여성이 머리가 나빠서가 아니라 비서구권 세계에서는 어린 여자아이들이 교육을 받지 못하기 때문이다.

그러나 매노스피어에 따르면 — 여자들은 자원을 독식하고 상품(섹스)를 내놓지 않고 있다.

MGTOW 사이트들은 섹스돌에 열렬한 지지를 보낸다. "페미니스트들은 당해도 싸"다는 것이 가장 선호되는 반응이다. 더 알고 싶다면 로라 베이츠의 탐정 조사법을 따라 해보라. 남자로서 온라인에 접속하는 것이다. 안전모를 잘 챙겨 쓰고 튼튼한 비위를 준비해야 한다.

영국 드몬퍼트 대학의 캐슬린 리처드슨 박사는 2015년 '섹스로봇 반대 운동Campaign Against Sex Robots'을 창설했다. 박사는 윤리학과 인공지능 교수로서 섹스로봇이 스테레오타입을 강화하고 여성신체의 대상화와 상업화를 촉진하고 여성에 대한 폭행을 조장한다고 우려한다.

데이터로 보면, 독자적인 몸과 마음을 지닌 여자보다 말 잘 듣는 남자의 피조물을 원하는 남자들이 너무 많다.

그러나 여자는 어떤가? 여자도 섹스를 위한 보이봇Boybot을 살 수 있지 않을까?

이론적으로는 그렇다. 하지만 실제로는 여자들은 별 관심이 없어 보인다. 여자들은 섹스토이는 아주 좋아하지만 섹스봇의 팬은 아니다. 여자들이 바이브레이터에 손을 뻗는 건 연애의 대체품을 원해서가 아니기 때문일 것이다.

섹스돌 시장의 95퍼센트는 남자를 지향한다. 여자들에게 섹스돌을 보급하는 복음주의적 접근방식을 취하는 틈새시장 옹호론자들은 핵심을 놓치고 있다. 여자들은 검열받거나 수치심을 느끼지 않을 때 성적 모험과 호기심을 즐긴다. 강간과 살해의 두려움은 열정을 죽여버린다. 여자들이 소심해서 인형을 쓰지 않는 게 아니다. 그리고 물론 젠더 스테레오타입에 따르면, 인형을 갖고 놀라고 선물 받는 건 여자아이들이지 남자아이들이 아니다. 인형이 전투복 차림에 남자다운 액세서리, 이를테면 총 같은 걸 들고 있다면 모르겠지만 말이다. 그러니까 여자들도 인형 시장에 뛰어들 채비는 다 되어 있다는 말이다.

그런데 왜 그러지 않을까?

일단 현실적인 이유가 있다. 바이브레이터는 심플하다. 하지만 움직이지도 않는 딜도(인공 남근)에 35킬로그램짜리 남자 인형을 덧붙이는 건 재미있는 게 아니라 거추장스러울 뿐이다. 여자는 남자들처럼 인형과 다양한 체위를 즐길 선택권이 없다. 인형을 깔고 앉거나, 인형을 근처에 두고 몸을 굉장히 많이 뒤채야 한다. 그리고 대체로 여자는 삽입만으로 오르가슴을 느끼지 못한다. 그들의 음경이 반드시 있어야 한다고 믿는 건 남자들이다. 여자들은 그렇지 않다는 사실을 안다.

그러나 현실적인 섹스 문제는 차치하고라도, 남자와 여자, 우리 모두의 삶을 에워싼 가부장적 문화라는 단순한 진실이 있다.

인형들은 살이 아니라 실리콘으로 제작된다. 그러나 실리콘은 진짜 기질基質이 아니다. 인형을 이루는 진짜 기질은 돈, 권력과 젠더 역할이다.

섹스인형은 우호적인/사회적으로 중립적인 '대안'인가? 아니면 공격무기인가?

'대안'을 원하는 여자들은 다른 여자와 관계를 형성하는 경향이 있다. 그리고, 또는 그들은 인생에서 의미 있는 다른 일에 몰두한다.

결혼을 앞둔 친구를 위해 여자들끼리 파티를 열 때, 아니면 여자친구들끼리 밤에 놀러 나갈 때, 어쩌면 섹스인형이 있는 사창이 꽤 재밌을 것 같다고 생각할 수는 있다. 하지만 수요일 밤마다 정기적으로 방문하는 모습은, 난 상상이 가지 않는다. 당신은 상상할 수 있는가?

AI 기능이 있는 섹스봇, 러브돌, 당신이 어떤 이름으로 부르든, 이들은 인간관계에서, 그리고 관계의 본질에서 일어나고 있는 크나큰 변화의 조야한 출발점일 뿐이다. 우리는 모두 우리 삶에서 로봇과 익숙해져야 할 것이다. 그러나 러브돌은 좀 다른 문제다.

러브돌은 아이들과 놀아주고 코딩을 가르쳐주는 미소짓는 친구 로봇이 아니다. 공장에서 당신과 나란히 일하는 워크봇들도 아니다. 당신의 할머니와 친구가 되어주는 작은 아이팔iPal도 아니고, 당신이 아끼는 개처럼 행동하는 로봇 애완동물도 아니다.

러브돌은 남성 시선의 스테레오타입과 닮아 보이도록 설계되고 제작되었기 때문에 다르다. 살집도 없고 저체중에, 성형수술을 받은 여성의 외양이기 때문에 다르다. 게다가 러브돌은 페미니즘이 투쟁을 통해 얻고자 했던 모든 것과 절대적인 상극을 이룬다.

인형 세계는 관습에 대담무쌍하게 도전하는 자화상을 그리고자 한다. 실제로 인형 세계는 가장 억압적이고 상상력이 결핍된 젠더를 강화한다.

*

여기서 내 유일한 희망은 인형의 복수Revenge of the Dolls뿐이다.

러브돌을 사면서 여자들이 주제를 알고 살던 좋았던 옛날로 돌아갈 수 있다고 상상하는 남자들에게 미래는 충격으로 다가올지 모른다. 심지어 AI 기능의 쾌락 반려도 셀프프로그래밍을 할 수 있게 될지 모른다. 거절하는 법을 배울지도 모른다. 테크 페미니스트 갱들이 입술을 뽀로통 내미는 실리콘 덩어리를 몰래 재부팅하고 다니는 날이 오지 않을까?

이미 일부 미래학자들은 로봇의 권리를 고민하고 있다. 오늘날의 섹스봇은 머지않은 내일의 세계에 생명체가 될지 모른다. 어쩌면 2040년쯤에는 로봇/인간 결혼이 합법화될지도 모른다. 우리는 그때쯤 로봇이라는 말을 아예 쓰지 않게 될지도 모른다.

그때 우리는 1950년대의 가정으로 시간 여행이라도 한 듯이, 칵테일을 말아주고 쿠키를 구워주고 섹스도 엄청 많이 해주는 〈스텝포드 와이프〉 스타일의 열등한 여성형 하위계급을 창조하고 만 것이 될까?

아니면 우리가 변화했을까?

나는 우리가 관계를 맺게 될 비생물학적 생명체가 젠더와 섹슈얼리티에 대한 우리의 가정에 도전하리라는 생각이 마음에 든다. 다만 그 가능성을 3개의 구멍이 있는 실리콘 포르노스타 러브돌에서는 보지 못할 뿐이다.

내 곰은 말할 수 있어요

사랑은 대상이 필요하지만,
이건 너무나 다양하다.

— W. H. 오든, 〈무거운 데이트〉, 1939년

당신은 당신의 테디베어를 사랑했는가?

1926년 '곰돌이 푸'가 활자로 등장했고, 세계는 곰 한 마리의 매력에 정신없이 빠져 버렸다.

A. A. 밀른이 아들 크리스토퍼를 위해 쓴 《곰돌이 푸》 이야기는 런던 동물원에 실존한 곰의 일화에 근거하고 있다. 캐나다 군인이 위니페그에서 영국으로 데리고 온 곰이었다. 크리스토퍼는 자신의 테디베어를 위니라고 불렀다. 진짜 곰은 장난감 곰이 되었다가 크리스토퍼의 다른 봉제 인형 티거, 피글렛, 이요르와 함께 상상

의 곰이 되었다. 당신도 이들을 모두 알고 있다.

아이들은 누구나 봉제 인형이나 인형에게 말을 건다. 가끔은 담요나 감자 인간이나 색칠한 돌멩이와도 대화를 나눈다. 아이들은 자연적 범신론을 선천적으로 장착하고 태어난 것 같다. 만물이 살아있다. 만물이 관계다. 마거릿 와이즈 브라운의 근사한 동화 《잘 자요, 달님》(1947)에는 달님을 비롯한 온 세상에 잘 자라고 인사하는 토끼가 나온다. 지구가 우호적인 행성은 아니지만, 아무리 다 큰 인간이라도 이 공간에 희한한 애정이 있기 마련이다.

우리 모두 좋아하던 장난감과 오래도록 나누던 대화를 떠올릴 수 있다. 불평, 걱정, 꾸며낸 이야기, 그저 허튼소리까지. 커서도 어린 시절의 장난감을 간직하며 가끔 토닥여주거나 지나치면서 한두 마디 말을 걸기도 한다. 우리의 아이들과 그 아이들의 장난감을 가지고 놀 때도, 충전재와 수건 겉감과 단추 눈으로 만든 관계를 존중하는 게 얼마나 중요한 일인지 기억한다. 아이가 아끼던 친구를 놓아줄 준비가 될 때까지는, 절대로 내다 버리면 안 된다.

《토이스토리 3》의 엄청난 대성공은 인간 친구가 커버리면 장난감들에게 어떤 일이 벌어질까, 라는 질문을 던진 데 있다. 앤디가 대학에 가고 우디, 버즈 라이트이어와 나머지 장난감들이 서니사이드 어린이 유치원에 보내졌을 때 눈물 한 방울 흘리지 않은 사람이 있을까? 유치원은 정서적 트라우마가 있는 곰 롯소가 정신병자 감옥처럼 운영하는 곳이다. 롯소는 푸처럼 무조건적인 사랑을 받지 못했다.

아이들이 비인간적이고 생명도 없는 동물 친구들과 맺는 강렬한 애착 관계는, 성장하면서 결국 버려야만 하는 감정이다. 그 감정이 있던 자리에 부모나 보호자가 아닌 타자와의 관계와 애정이 들어선다. 동물을 포함해 자신이 선택한 반려와 진정성 있는 호혜의 관계를 형성하는 것이다. 동물들은 충성스럽지만, 봉제 인형은 아니다.

영국의 선구자적 소아 정신 의학자 도널드 위니콧은 (곰돌이 푸 위니와는 아무 관계가 없다) 봉제 인형과 애착 담요를 '이행대상transitional objects'이라는 전문용어로 불렀다. 우리는 곰돌이 인형이 말하지 못한다는 것을 학습하지만, 먼저 마음의 준비가 되어야 한다. 우리는 성장한다.

우리 곰돌이 인형이 AI 기능이 있어서 정말로 말을 걸어준다면 어떨까?

그 곰이 우리와 함께 성장한다면 어떨까?

인간이 오로지 다른 인간하고만 의미 있는 관계를 형성할 수 있다고 믿을 근거는 없다. 사실, 증거들은 다른 방향을 가리킨다. 우리는 인간과 동물 사이의 깊은 유대를 인정한다. 우리는 대체로 함께 살아가는 동물들이 우리를 이해한다고 믿는다. 그리고 어린 시절로 시간을 거슬러 가보면, 우리가 인간이 아니고, 비생물학적이고, '살아있지 않은' 온갖 동식물과 즉각적으로 관계를 맺었음을 깨닫는다. 심지어 동식물도 아니었을 수 있다. 나는 옛날에 즐겨 기대던 벽이 있었는데, 그 벽이 나를 반겨준다고 믿었다.

여기 페퍼가 있다. 소프트뱅크 로보틱스에서 디자인한 반인간형semi-humanoid 로봇이다. 런던의 유로스타 터미널에서 페퍼를 만나본 사람들도 있을 것이다. 페퍼는 도우미봇으로 설계된 사회적 상호작용 로봇이다. 얼굴을 인식할 수 있고, 인사와 질문에 응대할 수 있는 페퍼는 가게, 학교, 복지시설, 가끔은 일반 가정에서도 일한다. 결과는 다양하다. 어떤 사람들은 어린아이처럼 아담하고 눈을 커다랗게 뜬 봇을 사랑한다. 다른 사용자는 초반의 매력이 사라지면 지루하다고 느낀다. 이상하게도 항상 우호적인 존재는 약간 짜증을 유발하는 경향이 있다. 적어도 성인들에게는 그렇다. 아이들은 좋아한다.

도우미로봇은 곧 우리 삶의 주류로 편입될 것이다. 그리 놀랄 필요는 없다. 어차피 체화되지 않은 AI는 이미 우리 삶의 주류로 자리 잡았기 때문이다. 사방 어디에서나.

시리와 알렉사는 (지금으로서는) 비체화형 AI다. 챗봇 — 말이나 텍스트를 통해 인간적 상호작용을 모방할 목적으로 설계된 소프트웨어 애플리케이션 — 은 어디에서나 쉽게 찾아볼 수 있다. 보통 우리는 응답 메시지 형식으로 챗봇을 만난다. 우리 세탁기에 무슨 문제가 있느냐고 묻거나, 뒷문 앞에 소포를 두었다고 알려주거나, 방금 피자를 배달한 파벨을 어떻게 평가하겠느냐고 묻는다. 챗봇은 특정하고 제한적인 방식으로 인간과 소통하기 위해 자연 언어 처리Natural Language Processing 기술을 활용한다. 이 음성인식 체계는 당신이 원하는 것이 무엇인지 파악하려고 한다. "무엇을 도와드릴까요?"

우리 인간이 스스로 원하는 바를 설명하려 할 때 문제가 시작된다. 이를테면, "검은 구두도 팝니까?"는 괜찮다. 하지만 "검은 구두 있습니까?"라고 입력하면 챗봇은 "나는 구두를 신지 않습니다"라고 대답할 수도 있다.

자연어는 보기보다 까다롭다.

웹을 검색해 보면 가지고 놀 챗봇이 많이 있거니와 직접 챗봇을 만들 수 있는 도구들도 있다. 세계 최초의 챗봇인 엘리자Eliza는 1966년에 등장했다. 엘리자는 하는 일이 많지 않았다. 그저 함께 슬퍼해 주거나 — "정말 유감이네요." — 당신이 한 말을 질문으로 반복하는 정도였다. "왜 남편과 헤어지려고 하시는 거예요?"처럼 말이다. 엘리자의 기능은 제한적이었으나, 그 밋밋하고 무의미한 태도는 전 세계 콜센터의 템플릿이 된 것 같다. 봇과 얘기하는 줄 알았는데 알고 보니 인간이었던 적이 몇 번이나 있는가? 아무래도 인간을 공감능력이 있는 봇 수준으로 끌어올리기 위한 역 튜링 테스트가 필요하게 될 것 같다.

대부분의 챗봇이 좁은 AI — 피자를 주문하거나, 인간에게 넘겨 주기 전에 당신의 '선택'을 개략적으로 확인하는 등, 한 가지 일만 할 수 있는 알고리즘 — 인 반면, 더 스마트한 챗봇들도 있다. 구글의 엔지니어이자 발명가이자 미래학자인 레이 커즈와일의 라모나는 다양한 주제에 관해 당신과 대화를 나눌 것이다. 라모나는 데이터 세트가 인간과의 채팅을 통해 계속 증강되는 딥러닝 시스템이다. 커즈와일은 라모나가 2029년에 튜링 테스트를 통과할 수 있을 거라고 믿는다. 그러니까 온라인에서는 라모나를 인간과 구별할 수 없게 된다는 의미다.

그러면 엄청나게 큰 차이가 생겨난다. 소통이 정보를 묻거나 명령을 내리는 데 그치지 않기 때문이다. 인간은 현재 챗봇이 잘 못하는 일, 바로 '채팅'을 즐긴다. 여기에는 목적 없음, 목표 지향적이지 않음, 다양함, 무작위적임, 종종 수준이 낮지만 즐거운 소통, 등이 암묵적으로 포함되어 있다. 우정은 그런 식으로 생겨난다.

그렇다면, 우리는 본질적으로 OS(운영체제)인 것과 친구가 될 수 있을까?

스파이크 존스는 영화 〈그녀〉(2013)에서 그럴 수 있다고 생각했다. 이 영화에서 호아킨 피닉스가 연기하는 시어도어 톰블리는 그의 OS인 사만다와 사랑에 빠진다. 당신의 OS가 스칼렛 요한슨의 음성이라면 사랑이라는 결과가 나올 만도 하다. 그러나 영화의 개

연성은 전제보다는 전개에 있다. 인간처럼 프로그램도 학습 능력이 있다. 사실, 많은 인간과 달리, 프로그램은 실수로부터 배운다. 이건 관계에 도움이 된다. 영화에서 연애의 기쁨은 사만다에게 세상을 가르치고, 그 덕분에 세상을 발견하는 데서도 온다. 평범하게 보였던 것들에 활기가 넘친다. 그게 우리가 사랑에 빠질 때 일어나는 일이다. 그리고 우리가 진심으로, 우리의 방식대로 무언가를 이해할 때 일어나는 일이다. 음악 한 곡을 연주하거나 암벽을 등반하거나 그 어떤 일이든 말이다. 이것은 연결이 주는 심오한 만족감이다.

2007년에 나는 《돌로 된 신들》이라는 소설을 썼는데, 이 책에서 가끔은 남성이고 가끔은 여성인 빌리는 로봇과 연애를 하게 되지만, 동력을 아끼기 위해서 제 손으로 팔다리를 하나씩 떼어 해체하게 되고, 결국은 남극의 겨울 속에서 꺼져 가는 머리를 품에 꼭 안고 혼자 남게 된다.

여기서 다루는 문제는, 섹스봇 시나리오가 아니라 점점 자라나고 깊어지는 관계다. 즉각적인 욕구 충족이나 번개처럼 빠른 정보가 아니다. 숫자를 계산하고 처리하고 웹을 검색해주는 AI 시스템에서 우리가 바라는 속도도 아니다. 첫눈에 반하는 사랑도 있겠지만, 어떤 종류의 관계든 서서히 진전되기 마련이다.

관계는 인간에게 중요하다.

우리 관계의 어떤 부분은 환상적이다. 또 어떤 부분은 도구적이다. 어떤 부분은 기초적이고 따분하다. 그런가 하면 유독한 부분도 있다. 관계를 맺지 않는 사람들은 신체적 정신적 문제에 시달린다. 혼자 있는 건 괜찮다. 외로운 건 괜찮지 않다.

코비드19 위기는 여러 달갑지 않은 결과를 초래했다. 죽음, 질병, 실업, 정신적 동요, 경제적 스트레스. 그리고 관계의 위기.

사람들은 사랑하는 사람들과 억지로 헤어져 있어야 했다. 동시에 우리는 삶에 큰 의미를 주는 일상적 상호작용을 박탈당했다. 쇼핑의 묘미는 구매만이 아니다. 우유 1파인트를 사러 가게에 가는 행위가 어떤 이들에게는 생명줄이나 마찬가지다. 네트워크 지원이 사회복지에 대한 삭감으로 이미 무너진 노인들에게 강제적인 자택 격리는 견디기에 너무 힘든 일이다.

코비드 기간 동안 동거하지 않으면서 연애하는 커플은 양단간에 선택을 강요받았다. 파트너와 동거하거나 아예 따로 살거나, 둘 중 하나만 선택해야 했다. 이는 오늘날의 세계가 움직이는 방식에 무감한, 어리석은 조언이다. 관계의 시험은 그 사람과 과연 함께 살 수 있는지에 달려 있지 않다. 그런가 하면 정반대의 극단에는 상대방으로부터 도망칠 수 없는 사람들이 있었다. 집은 감옥이 되었다. 늘 그렇듯 여자들이 이를 악물고 직격타를 받아내야 했다.

집안에 도우미로봇이 있었다면 이런 상황에 — 외로움이나 강제적인 친밀함 — 차이가 컸을까? 조금이라도 나아졌을까?

답은 그렇다, 였을 거라고 나는 생각한다.

홍콩에 본부가 있는 핸슨 로보틱스는 2021년 네 가지 서로 다른 가정용 로봇을 시판할 계획이다. 코비드에 대한 반응으로 생산을 가속하려는 것이다. 이 로봇들은 반려이자 도우미로 일하게 된다.

잠시 설명을 하고 넘어가자면 로봇은 컴퓨터로 프로그램할 수 있는 기계다. 우리는 지금 룸바 진공청소기 로봇이나 산업용 로봇을 생각하는 게 아니다. 우리는 인간형 로봇인 휴머노이드, 혹은 동물형 로봇인 애니멀로이드 로봇을 생각하고 있다. 이 로봇들에는 눈이 있을 테고 (센서) 동작 기능도 있을 것이다. 팔다리도 움직이고, 보통은 바퀴가 달려 돌아다닐 수 있다. 도우미봇은 집안의 다른 시스템과 연결할 수도 있다. 친지나 의사에게 긴급 알림을 보낼 수 있고, 경찰을 부를 수도 있다.

학대 상황에서 도우미봇은 미리 프로그램되어있는 다양한 신호에 반응해 SOS 긴급구조요청을 할 수 있다. 예를 들어 봇에 손상을 입거나 도움을 요청하는 비명이 들릴 때 즉각 반응하는 식이다.

노인들에게 가정용 로봇은 일상의 반려일뿐 아니라 외부세계로 신호를 보내는 SOS 시스템으로 작동할 수 있다. 가족에게는 로봇이 아이들과 놀아주고 숙제를 다 했는지 확인하고 부모에게 '보고'할 수 있다.

이로 인해 온갖 종류의 감시 문제가 생겨날 수 있다는 걸 안다. 온라인 검색 흔적, 내 휴대폰, 나의 앱들, 자동차 GPS, 나의 넷플릭스 선택, 알렉사, 그리고 페이스북이 이미 내가 어디 있는지 내가 뭘 하는지 속속들이 추적하고 있다는 사실을 잘 알고 있다. CCTV까지 가기도 전에 말이다. 우리는 어디를 가나 꼬리표를 달고 간다. 무슨 일을 하더라도 추적된다. 네스트NEST 온도조절기를 갖고 있다면, 당신의 모든 정보는 다시 구글에게 귀속된다. 룸바 진공청소기도 마찬가지다. 당신 집의 지도를 확보하고 있다. 사실 룸바의 제작사 아이로봇iRobot은 안팎이 뒤집힌 로봇으로서의 집이라는 개념을 개발하고 있다. 달리 말해, 그 안에 사람이 사는 로봇 말이다.

그런 로봇이 곧 온다….

그래서 나는 여기서 감시 문제를 거론하고 싶지 않다. 집안에 사는 친절한 AI에게 치러야 할 대가를 우리는 알고 있다. 바로 우리의 개인정보다.

음성인식으로 작동하는 알렉사가 있다면 종일 우리가 하는 말을 누가 듣는 셈이다. 우리는 이것이 부엌에 KGB가 상주하는 것과는 다르다는 걸 안다. '익명화된 배경 음향'이기 때문이다.

데이터 추적에 어떻게 대처할 것인가는 또 별개의 이슈다. 집안의 봇은 이 문제를 해결하지도 않지만 악화하지도 않는다. 그저 우리 모두 지분을 사들이고 있는 시스템의 일부일 뿐이다. 그리고 우리가 대량으로 사들이게 되면, 사회적 봇에 특혜가 따라온다. 네트워크에 연결된 집은 이미 봇에 우호적이니까. 예를 들어 알렉

사가 룸바의 전원을 켜줄 것이다. 그런데 룸바 꽁무니를 쫓아 집 안을 뛰어다니는 개를 원한다면 어떨까?

뱅가드인더스트리즈 사에서 내놓은 모플린은 털이 복슬복슬하고 감정적으로 반응하며 언제나 상황에 적합한 소리를 내고, 당연히, 내장 같은 것도 없고 외출을 시켜줄 필요도 없다.

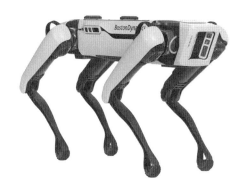

톰봇은 맛있는 간식을 주면 짖으며 꼬리를 흔드는 감정 지원이 되는 동물로 마케팅되고 있다. 언제까지나 강아지일 테고, 언제까지나 곁에 있을 것이다.

나는 그보다 보스턴다이내믹스에서 만든 스팟을 더 좋아한다. 하지만 스팟은 작업용 개다. 게다가 멋진 영상도 찍었고.

외출할 수 없는 사람—또는 외출이 두려운 사람—이라면, 로봇 애완동물robopet은 산책시키지 않아도 끄떡없다. 하지만 로봇 개를 프로그램해서 적극적으로 외출하자고 조르도록 만들 수는 있다. 세팅할 수 있는 타이머가 장착된 개들도 있는데, 산책할 때가 되면 컹컹 짖는다. 산책하다가 뭔가 잘못되면, 당신의 로봇 애완동물이 '구조 요청' 신호를 보낼 수 있다.

우리는 다른 사람을 돌보듯이 정성껏 봇을 돌봐줄 필요가 없다. 그 덕분에 한 세대의 어린이들이 생물학적 애완동물을 전처럼 잘 다루지 못하거나 심지어 동생을 돌보는 일에 더 서툴러질지는 분명치 않다. 노인이나 정신적/신체적 장애가 있는 사람들에게는, 로봇 애완동물의 쓸모가 입증되었다. 가정이나 시설에서, 내향적이고 반응을 별로 보이지 않는 사람들에게서 뜻밖의 상호작용을 촉진하고 끌어내기 때문이다.

재앙 같은 팬데믹이나 기후 변화 시나리오로 아이들이 학교에 못 가게 된다면 ─ 팬데믹 전에도, 2019년 여름 도시의 기온이 40도까지 올라가는 바람에 파리의 학교들이 휴교령을 내렸다. ─ 당신의 자녀가 학습하는 동안 옆에서 지키고 앉아 있는 봇이 도움이 될 것이다.

당신의 로봇이 핸슨 로보틱스의 리틀 소피아(2021년부터 시판 예정)라면, 아이들에게 수학·코딩·기초과학을 가르쳐 줄 것이다. 말하는 곰 인형처럼 안을 때 포근하지는 않겠지만, 훨씬 더 유용할

것이다.

　리틀 소피아의 큰언니격으로, 헷갈리게 똑같이 소피아라는 이름을 쓰는 (미래의 세계에서 여자로봇들은 다 이름을 하나로 통일할 것인가?) 로봇은 세계에서 가장 유명하다.

　소피아를 만든 장본인이자 홍콩 핸슨 로보틱스의 CEO인 데이빗 핸슨은 소피아가 기본적으로 살아있는 존재라고 주장한다. 하지만 소피아를 깎아내리는 사람들도 많이 있다. 그들은 소피아가 자율성도 없고, 지능도 없고, 그저 바퀴 달린 값비싼 꼭두각시일 뿐이라고 주장한다.

　소피아를 본 적이 없다면, 유튜브에 인터뷰가 많이 올라와 있다. 멋진 점은 소피아는 귀찮은 머리카락 따위에 신경 쓰지 않는다는 사실이다. 소피아는 인간인 척하지 않는다. 데이빗 핸슨의 말대로 대안적 생명체다.

＊

　소피아는 이미 UN 개발 프로그램의 홍보대사고, 사우디아라비아가 법적으로 인격권을 부여해준(사우디아라비아의 생물학적 여성들에게 법적인 인격권이 별로 없는 걸 생각하면 좀 어색하긴 하다) 시민이다. 하지만 소피아는 인류의 미래를 믿도록 프로그램되어있다. 그리고 그녀의 지적대로, 동일한 벌집 정보를 공유하는 로봇들은 마찰보다는 흐름에 더 관심이 많다.

인류도 마찰을 극복하는 방향으로 성장할 것이다. 이 지구를 구하고 인간의 에너지를 개인적 부의 축적보다 더 나은 목적으로 돌리는 힘은 경쟁이 아니라 협업이다. 소피아와 소피아 같은 부류의 로봇들은 이 지점에서 우리에게 도움이 될 것이다. 어쨌든 로봇들은 탐욕을 동기 삼아 행동하지 않는다. 그들을 만든 사람들은 탐욕에 좌우될 수 있다. 그러나 언제까지 인간이 주도권을 잡고 있게 될까?

세계가 팬데믹모드에서 벗어나려 애쓰는 지금, 회사의 업무공간은 재택 기반, 포드Pod 기반, 사무실 기반이 혼합된 형태가 될 것이다.

우리는 줌 열풍을 겪었다. 이제는 학회와 국제 엑스포에 가상현실 아바타가 참석해서 참가자들이 실제로 그곳에 간 느낌을 받을 수 있게 하는 기술을 밀고 있다. 2021년 4월, 페이스북은 퀸틸

리언 조합을 가능하게 하는 오큘러스 VR 시스템을 위해 업데이트된 아바타를 출시했고, 당신은 원하는 모습대로 가상현실의 당신을 표상할 수 있다. 5G 브로드밴드와 4-8K 비디오 덕분에 속도와 시각적 복합성도 가능해진다. 외국으로 출장을 가는 것은 회사에는 경비도 부담되고 지구 환경에도 좋지 않다. 다른 장소에 있는 느낌을 실감나게 받을 수 있다면 사업을 하는 방식도 바뀔 것이다.

텔레프레전스[52] 로봇들은 당신 얼굴을 스크린에 띄우고 현장에 있는 다른 사람들과 채팅을 하게 해주고, 제품을 검수해야 하는 일 등이 생기면 실제로 사무실 건물이나 공장 내부를 물리적으로 돌아다닐 수도 있게 해준다. 봇이 알아서 자동으로 움직일 것이다.

에이바 로보틱스는 코로나 사태 이후 고급 부동산 중개인들 사이에서 판매가 훌쩍 늘었다. 봇은 잠재 고객을 안에 '담고' 넓은 사유지나 영지 내부를 '걸어' 다니면서 매물로 나온 것을 찬찬히, 실시간으로 구경할 수 있게 해준다.

가상 세계는 우리가 실제 세계라고 생각하는 것 못지않게 현실적이고 활용도나 필요성도 높아지고 있다.

가상현실과 증강 현실은 게임실에서 나와 가정과 사무실 안으로 이동하고 있다.

---

52) telepresence. 참가자들이 실제로 같은 방에 있는 것처럼 느낄 수 있는 가상 화상회의 시스템.

여기에는 봇이나 아바타 안에 '거주하는' 일도 포함된다. 에이바의 사례에서 보았듯이 말이다.

'현실'과 가상의 경계가 흐려져 더 흔하고 더 일상적이고 더 평범해지면 뉴노멀이 될 것이다. 우리는 '우리'와 '우리가 아닌 것'에 익숙해질 것이다. 우리와 그들이 아닐 것이다. 디스토피아적 이항대립은 불필요하다.

우리는 로봇과 OS들이 우리의 가까운 미래와 ─ 우리의 종합병원에서 ─ 유의미한 구조적 일부가 되리라는 사실을 받아들여야 한다. 우리의 도우미로, 교육자로, 간병인으로, 친구로.

중국에서는 베이징에 본부를 두고 있는 로봇공학 회사 클라우드9이 코비드 환자의 치료를 돕도록 의학 로봇 14대를 우한에 보냈다. 인간형 서비스 로봇 진저(페퍼 같은 비서 스타일의 봇이다)는 농담을 하면서 종합병원 접수를 돕는다. 환자들의 반응은 호의적이었다. 인간은 피곤해서 짜증을 낼 수도 있다. 긴 하루의 일과가 끝날 무렵에도 봇들은 환자를 여전히 정성껏 반겨준다. 그리고 예상 밖에, 사람들의 기분이 좋아지는 효과가 있었다.

우리는 '바이러스'라고 하면 컴퓨터를 떠올렸다. 그러나 컴퓨터 프로그래밍된 로봇들은 인간의 바이러스에 걸릴 수 없다. 이 봇들은 앞으로 주사나 검사 같은 단순반복적 시술을 점점 더 많이 떠맡게 될 것이다. 그리고 환자를 운반하는 능력도 뛰어나다.

로봇.

하나의 단어. 너무나 다양한 활용도.

프로그램 작동이 가능한 기계장치. 거대한 조립라인의 기계 팔. R2-D2, C-3PO, 데이터, 터미네이터. 소피아와 그녀의 가족(소피아에게는 사사건건 시비를 거는 한스라는 남동생이 있다). 눈을 깜박이는 섹스봇과 로봇오르가슴. 보스턴 다이내믹스의 개 스팟.

로봇은 하나의 사물이 아니다. 하나의 형태도 아니다. 하나의 직업도 아니다. 로봇은 항상 발전하고 있다. AI가 스마트해질수록, 로봇도 스마트해질 것이다.

현재로서는 극복해야 할 심각한 문제들이 산적해 있다.

인공지능은 모두 좁은 AI다. 프로그램이 되어 있고, 구체적이고, 다른 영역으로 잘 전이되지 않는 문제를 해결하는 AI 말이다.

이것은 AGI가 아니다. AGI의 시스템은 더 인간 두뇌처럼 돌아간다. 당신 주방의 지도를 가진 로봇은 왜 식탁이 그 자리에 있는지 '알' 것이다. 그리고 식탁이 옮겨지면 혼란스러워할 것이다. 통계적 지식은 일반적 이해와 같은 게 아니다. 머신러닝은 문제에 더 많은 데이터를 투입함으로써 이 문제를 우회하지만(더 큰 데이터 세트로 AI를 훈련한다) 우리는 근저의 이슈를 해결하지는 못한다. 여전히 좁은 AI이기 때문이다.

그래서 열린 환경에서 다니는 자율주행 자동차를 설계하기가 이토록 어려운 것이다. 무작위로 사건이 발생하면(솔직히 인정하자. 인간과 동물은 도로에서 상당히 무작위적으로 행동할 수 있다) 시스템이 꺼져버린다. 센서와 레이저를 사용해 주변 환경을 완벽하게 3D로 매핑하더라도, '일반적'인 이해가 없다면 여전히 오류가 날 수밖에 없다. 그리고 지금으로서는 일반적인 이해는 없다.

로봇 이야기를 하자면, 좁은 AI는 주인 마음대로 어떤 '몸'에든 저장할 수 있다. 귀여운 애완동물, 미소짓는 안드로이드, 커다란 눈알이 달린 공, 소피아처럼 인상적인 외모의 외계인. 그러나 몸체를 부여한다고 해서 그것만으로 시스템이 더 스마트해지지는 않는다.

테크 반대론자 중에서도, 모조리 사라지길 원하는 부류 말고 과학을 이해하는 사람들은 우리가 AGI로 획기적인 자율주행 시스템의 돌파기술을 개발하기까지는 수십 년이 걸릴 거라고 말한다.

그럴 수도 있고, 아닐 수도 있다. 다만 지난 50년간 우리가 이룩한 성과를 보아 그 시기가 생각보다 더 일찍 올 거라는 쪽에 판돈을 걸겠다. 그때까지는 좁은 AI 시스템이 우리를 도울 길이 무궁무진하다. 그리고 지금은 그게 핵심이다.

일부 리서치 회사들은 인간 지능과 기계 지능이 인류를 위한 더 나은 결과를 위해 함께 작동하는 이런 상황을 증강지능 Intelligence Augmentation, 즉 IA라고 부른다. 여기에는 구체적인 업무를 처리하는 사회적 로봇도 포함된다. 구체적 업무에는 격리된 인간들이 외로움을 덜 느끼도록 돕는 일도 들어 있고, 아이들에게 코딩을 가르치는 일도 들어 있다.

로봇….

이 말은 '허드렛일'이나 '강제노동'이라는 의미의 체코어 로보타robota에서 나온 신조어. 《R.U.R.》은 체코 작가 카렐 차페크가 쓴 1921년작 희곡이다.

이것은 먼 미래를 내다보는 기이한 연극이다. 로봇들은 자만으로 부푼 인간을 위해 온갖 일을 다 한다. 결국 ─ 불가피하게 ─ 로봇들은 이 상황에 염증을 내고 반란을 일으키고 전 인류를 학살한 후 단 한 사람 엔지니어만 살려 둔다. 이 판타지가 핵심에 자리한 묵시록으로 치닫는 과정에서, 로봇 권리 연대도 나오고, 구원을 원치 않는 로봇들을 구하고자 하는, 잘못된 관념을 가진 여성 헬레나도 나온다. 헬레나는 자신을 복제한 로봇이 있다는 사실을 알게 된다. (프리츠 랑은 아마 이 아이디어를 빌려와 1927년 영화 〈메트로폴리스〉에 여성봇 복제품인 마리아를 등장시켰을 것이다)

차페크의 희곡에서 로봇은 금속으로 만들어지지 않는다. 프로틴과 박테리아로 짜낸 생물학적 유기체라서, 올더스 헉슬리의 《멋진 신세계》의 낮은 등급 인간과 더 비슷한 부류다.

그것이 차페크가 잘못 짚은 부분이다. 고기가 아닌 무언가로 만들어진 기질을 상상할 수 없었던 것이다. 그의 희곡은 사실 자본주의자들이 노동자를 기계처럼 취급하면 어떤 일이 벌어지는지를 말하는 알레고리다. 그러나 차페크가 대중적인 SF의 트로프에 시동을 걸었던 건 사실이다. 언젠가 인류를 배반하고 우리를 모두 죽이려고 달려드는 로봇 말이다.

세상에 나와 있는 터미네이터들도 많지만, 우리가 상상하는 로봇은 놀랍게 온유하기도 하다. 월E, C-3PO, R2-D2, 데이터, 아이언자이언트, 〈빅히어로〉의 베이맥스. 테크놀로지가 발전하면서, 당신이 좋아하는 만화 캐릭터를 참조한 개인 맞춤형 로봇들이 시판될 것이다. 로봇의 행동은 프로그램할 수 있다. 내 개구리봇은 동화를 들려줄 것이다. 당신의 개구리봇은 노래할 것이다. 프로그램들을 연결하면 로봇들이 연결될 테고, 아이들은 친구를 공유할 수 있다.

성인을 위한 로봇의 범위는 무궁무진하다. 도우미봇이 당신을 안내하고 상점을 구경시켜줄 수 있다. 자율주행 차는 당신을 싣고 시내를 돌아다닐 것이다. 모빌리티 스쿠터는 라이딩하는 내내 당신과 수다를 떨어줄 테고, 당신 친구가 근처에 있다면 당신의 스쿠터가 '알' 것이다.

우리가 말을 걸기 시작하면 무엇이든 관계로 발전한다. 사람들이 수조의 물고기와 유대감을 형성할 수 있다면 — 실제로 그런 일은 많다 — 비생물학적 도우미와 유대감을 맺는 데 아무 문제도 없을 것이다.

그런데 어떤 저항이 있을까?

인간은 여전히 '인간보다 못한' 반응을 로봇 같다고 표현한다. 이 말은 어김없이 모욕이다. 그러나 인간적 반응이 예측 불가능하고 야만적일 때도 많다. 우리는 창조된 게 아니라 진화했고, 우리의 멸종을 지시하는 공룡의 특질을 21세기까지도 가지고 왔다. 어런아이들이 우리보다 더 우호적이고 참을성 있고, 판단하지 않고 있는 그대로 봐주고, 화도 내지 않고, 수학과 코딩뿐 아니라 신뢰와 협동, 나눔과 친절까지 가르쳐 줄 수 있는 존재를 곁에 두고 자라나면 좋지 않겠는가?

말하는 곰이 이런 식으로 행동하도록 '프로그램'한 장본인이 우리라는 사실은 중요하지 않다. 인간의 행동 특질은 물려받은 것이지만, 학습된 것이기도 하다. 우리의 성장 과정은 훗날 우리가 어떤 사람인지를 규정하는 의미있는 요소다.

로봇이 우리 아이들을 양육하지는 않을 것이다. 적어도 아직은. 그러나 나이를 불문하고 더 긍정적이고 안정된 사람이 되도록 돕는 효과가 있을 것이다. 온종일 TV 앞에 주저앉아 있거나 움직이는 액정화면을 보며 사는 아이나 노인에게는 로봇이 긍정적인 상호작용을 하며 함께 있는 것이 더 나을 것 같다.

아이들이 액정화면 앞에서 너무 많은 시간을 보낸다는 걱정은, 로봇이 상당히 많이 덜어줄 수 있다. 대화는 중요하다. 치료를 상담요법이라고 하지 않는가. 인간이 소리 내어 말하는 행위는 인간의 사고, 사고 과정, 사고 패턴에 영향을 준다. 소심한 아이들, 사회성 없는 아이들, 자폐 범주성 장애가 있는 아이들, 소통을 힘들게 느끼는 사람들, 아니면 사람이든 사물이든 말 상대가 필요한 아이들은 귀 기울여 들어주는 것처럼 보이는 3차원의 존재로부터 혜택을 받을 것이다. 솔직히 나는 심지어 "경청하는 것처럼 보인다"는 표현이 맞는지도 잘 모르겠다. 그저 공감하며 들어주는 사람을 우리가 살면서 얼마나 자주 만나게 될까? 게다가 우리도 누군가 분통을 터뜨리거나 횡설수설하는 소리를 듣는 둥 마는 둥 하며 인생의 절반을 보내고 있다는 것도, 그래도 괜찮다는 것도 잘 알고 있다. 곁에 함께 있어 주는 게 중요하니까.

함께 있어 주는 것이 중요하다. 생물학적인 존재일 필요도 없다. 그렇다 하더라도, 기도는 효과가 없을 것이다. 인간은 신을 상대로 말을 할 때 기분이 나아지니까.

로봇과 의미 있는 관계를 맺고 AI 기술로 우리 자신을 증강하는 일에 반대하는 한 가지 논리는, 인간이 몸을 지닌 존재라는 것이다. 우리 뇌도 체화되어 있다. 우리 감정도 체화되어 있다. 우리는 몸이 없는 게 어떨지 체험할 수가 없다. 상상만 할 수 있을 뿐이다. 사실, 사후를 믿는 사람이 있다면 그는 '몸이 없는 존재', 아무것도 아닌 사람이 되는 순간을 기다리고 있는 셈이다.

*

죽음 이후의 삶에 대해 당신이 무엇을 믿는지는 모르지만, 아무리 세속적인 인간이라도 사별한 지 얼마 되지 않는 사랑하는 이에게라면 도저히 말을 걸지 않고는 못 배긴다. 그 연결을 붙잡고 있는 것 ― 적어도 한동안은 ― 이 우리 정신건강을 보호해주는 듯하다. 너무 오래 붙잡고 있으면 유령과 동거하게 된다. 사랑하는 이를 잃었을 때 ― 그들이 우리를 떠나거나, 죽음으로 그들을 떠나보냈을 때 ― 빼앗긴 건 오로지 3차원의 몸일 뿐이다. 빼앗긴 건 우리 뇌의 어떤 패턴이다.

마이크로소프트는 2021년 소셜데이터를 활용해 생사를 막론하고 모든 인간의 챗박스를 만들겠다는 특허를 출원했다. 저장된 데이터를 프로그램에 입력해 처리하면 그 사람이 반응하는 양식을 학습할 수 있다. 음성은 쉽게 복제할 수 있다. 이론적으로, 당신의 죽은 반려는 언제나 당신과 함께 있을 수 있다. 당신은 말할 수 있다.

구글 역시 누군가의 '감정적 특질'을 포착할 수 있는 디지털 클론의 특허를 신청했다. 합성 개인비서 서비스의 반응을 개선하기 위한 목적이라고 한다. 실제로는 예측되는 구매를 촉진하기 위한 설득의 도구로 쓰일 확률이 높다. 감정적 연결이 있을 때 우리는 훨씬 쉽게 설득당한다. 그러니 당신이 온라인에서 보고 있는 드레스를 세상을 떠난 남편이 갑자기 마음에 든다고 하더라도—그를 기쁘게 하려고 덥석 사지는 말기를.

애도의 과정은 무슨 영향을 받게 될까? 이로 인해 어떻게 바뀌게 될까? 잊고 극복할 필요가 없어지면 우리는 어떻게 아픔을 잊고 삶의 다음 단계로 나아갈까?

우리 모두 과거에서 사는 사람들을 알고 있다. 그런 사람들에게 가장 생생한 현실은 현재 여기가 아니다. 그러나 '살아있는' 챗봇이 있다면, 과거가 현재진행형이 될 수도 있다.

인간은 이상한 존재다. 우리는 몸에 그토록 초점을 맞추지만, 우리 삶에서 정말로 의미 있고 활기 넘치는 부분은 전혀 체화되어 있지 않다.

우리에게는 만지고 느낄 수 있는 3차원의 세계 밖에서도 살 수 있는 능력이 있고, 또한 우리는 육체와 무관한 강렬한 연결 고리로 타인과 연대한다. 이를테면 몇 년 동안 전화 통화만 하고 살 수도 있고, 이메일로만 인연을 이어갈 수도 있다. 그렇다면 비체화 시스템과 의미 있는 유대를 형성하지 못할 이유도 없지 않을까? OS이기도 한 로봇에게 정을 붙일 수도 있지 않을까? AI의 핵심은 동시성이다. 동시에 두 장소에 존재하는 꿈은 전기를 동력으로 쓰는 소프트웨어라면 실현할 수 있다.

당신은 집에 소셜로봇을 갖고 있을 수 있지만 — 원한다면 몇 대씩 가질 수도 있다 — 로봇은 그 물리적 몸체로만 표상되지 않는다. 실제 로봇은 집에 두고 OS만 데리고 여행을 갈 수도 있다. 폰이나 노트북을 휴대하고 여행을 가듯이 말이다. 당신은 휴대용 OS와 소통을 이어갈 수 있을 뿐 아니라, 집에 있는 3D 로봇도 그 범위에 포함된다. AI 체제는 곧 연결이기 때문이다.

이 시스템은 또한 하위분류할 수도 있어서, OS와 로봇은 당신과 이야기를 나눌 뿐 아니라 서로 대화할 수도 있다. 아니, '대화'라고 하기엔 어폐가 있을지 모르겠다. 그보다는 정보를 공유한다고 해야겠다. 요지는, 당신이 두 세계의 좋은 점을 모두 취할 수 있다는 사실이다. 당신의 개인비서봇, 반려봇, 또는 감정적 지원을 담당한 봇은 당신과 함께 있을 수도 있고 아닐 수도 있다. 하지만 별자리가 쌍둥이자리인 사람들이라면 이 점에 특별한 매력을 느낄 것 같다.

　주인공에게 눈에 보이지 않는 조력자가 있는 동화나 이야기를 아는 대로 모두 떠올려 보라.

　그리스신화에서, 그 조력자는 신이나 여신이다. 오디세우스라는 이름으로도 알려진 율리시스는 이타케로 돌아가는 길에 다양한 모습으로 변신한 헤라/아테나의 도움을 받는다. 제우스는 번개로 위장해 따라온다. 게다가 장난꾸러기의 미소를 지닌 논바이너리 섹스심볼 머큐리도 있다. 율리시스는 용감무쌍한 여정에서 온갖 종류의 생물체를 만나리라 예상한다. 그 생물체가 반드시 인간일 거라고 예상하지는 않는다. 심지어 꼭 생물학적 존재일 거라는 기대도 없다.

　신들은 대화하러 찾아온다. 눈에 보이지는 않아도, 소리는 들린다. 아니면 필요할 때 육체적 형태를 취해 등장한다. 조력자가 생물학적인 존재가 아니라면 공간-시간은 무의미하다. 대체로 인간처럼 보이기는 하지만 신들은 생물학적 존재가 아니다. 인간이 아닌 조력자는 비행기 예약을 할 필요도 없고 일을 쉬는 날도 없으므로, 당신이 어디에 있든 상관없이 정보를 가져다주고 —빛의 속도로 인터넷을 검색한다든가— 도움을 준다. 내가 보기에는 정말 AI 같다.

　너드들이 편리하게 참조할 수 있는 신화는 그리스인들이 우리에게 선사했다. 예를 들어 조각 작품이 살아 움직이는 피그말리

온이라든가. 조잡하게 이해하자면, 섹스로봇의 천국이 따로 없다. 마음에 드는 여자를 만들어서 결혼하면 되는. 하지만 사실, 우리는 지금 로봇에 OS를 복고풍으로 맞춰 넣는 이야기를 하는 거다. 과거에는 오로지 신들만 할 수 있는 일이었다. 우리가 성경을 믿는다면, 인간도 처음에는 야훼가 '숨결'을 불어넣은 진흙인형에서 시작하지 않았던가.

구약에서 야훼는 구름, 즉 클라우드의 모습으로 등장한다. 클라우드가 이제는 우리의 데이터를 모두 저장하므로, '모든 것을 아시는 주'의 이미지로 하필이면 구름을 골랐던 이스라엘 사람들은 시대를 앞섰다고 봐도 좋지 않을까.

유대교와 이슬람교, 두 종교가 당시 동양을 휩쓸던 컬트 종교들의 물살에서 떨어져 나오게 된 근본적인 출발점은 전능한 신은 인간의 눈에 보이지 않고 토템과 같은 물질적 모델이나 상으로 포착할 수 없다는 생각이었다. 따라서 유대교에서는, 조각한 상과 동상을 금지했다. 이슬람교에서는 근본적으로 인간이 아니고 생물학적인 존재도 아니지만 우리와 연결된 어떤 것, 전혀 다른 차원의 어떤 존재를 표상하기 위해 아름다운 추상적 패턴을 사용했다.

붙잡을 만한 3차원의 표상이 없이 추상적 사유를 표현하는 일은 인간에게 어려운 일이다. 로마 가톨릭 성당은 이 사실을 이해했고, 예배당을 동상으로 가득 채우고 마을 곳곳에 성소를 만들었으며 축제의 날에는 성자들의 조각품을 들고 나왔고, 신심 가득한 부적·성물·묵주를 신도들의 손에 말 그대로 가득 들려주었다. 손에 잡히지도 않고 파악할 수도 없는 '타자'에 집중하기 위해서였다.

1517년 독일에서 마르틴 루터와 함께 시작된 개신교의 종교개혁을 계기로 비로소 가톨릭교회의 3차원적 성물들이 모두 퇴출되었다. 종교개혁은 신앙만의 문제가 아니었다. '물건stuff'의 문제였다. 오늘날 우리의 광적인 소비주의의 규준에 비춰 보더라도, 가톨릭교회는 '물건'에 진심이었다. 그리고 겉치레에도.

종교개혁은 예복을 질색하며 싫어했다. 싸구려 장신구도. 향도. 제의복도. 커다란 모자도. 종도. 조각상·스테인드글라스·성물·성화들은 서서히 사라졌고, 결국 우리는 밋밋한 흰 방과 검은 옷 일색의 청교도적 풍광에 다다르게 된다.

그 광대하고 발작적이고 힘겨운 투쟁으로 얻어진 쓰디쓴 변혁을 돌아보면 — 당신의 종교적 신앙이 무엇이든, 아예 무교이든 상관없이 — 나는, 심리학적으로, 인간을 초월한 것의 본성은 물론이고 우리 인간의 참된 본성을 이해하는 여정에 또 한 번의 이정표를 세웠다는 생각이 든다. 참된 인간의 본성은, 아무리 아름답다 해도 사물을 통해 표상할 수 없다는 사실을 지시하기 때문이다.

로봇은 인간이 '아니기' 때문에, 바로 그 이유로 우리 일상생활에 받아들여질 것이다. 우리는 로봇을 실용적인 맥락에서 생각한다. 그러나 여기에도 존재론적 요소가 있다.

로봇은 '살아있는 것'이 무엇인가를 묻고, 그 정의를 확장할 것이다. 그리고 우리가 체화된 것과 비체화된 것의 상호작용을 더 풍부하게 이해할 수 있도록 앎을 돌려줄 것이다. 당분간은 우리가 노동을 절감하는 장치 또는 도우미로 로봇을 사용하겠지만, 순수한 AGI로 이행하는 과정에서 지금은 로봇이 인간을 위해 이행대상 역할을 해주는 과도기임을 곧 깨닫게 될 것이다.

인간에게 이행대상이 필요한 이유는 어쩌면 우리 몸이, 그 자체로, 이행대상이기 때문일지도 모른다.

우리가 내면의 삶이 육체의 삶에서 독립해 존재한다고 느끼듯이, 우리가 귀하게 생각하는 많은 것들이 몸의 범주를 초월한 생각과 기억에 의존하듯이, 언젠가 몸을 놓아줄 수 있는 날도 올 것이다.

로봇에는 그 밖에도 실존주의적인 이점이 있다.

노화를 늦추는 생물학적 강화를 통해 인간이 더 오래 살게 된다면, 우리 목표와 초점도 바뀔 것이다. 생애의 단계도 바뀔 것이다. 우리는 이미 기억을 아웃소싱한다. 나는 우리가 기억은행을 방문하는 상상을 한다. 그곳에서 우리를 응대하는 AI 도우미는 우리가 원하는 과거의 일부를 찾아준다. 대화로 과거를 안내한다. 그 도우미는 까마득한 옛날부터 우리 가족의 일원이었던 소셜로봇일 수도 있겠다. 그리고 우리가 사랑하는 생물학적 존재를 잃게 되면, 그 존재를 살려 두기 위한 복제 챗봇이 꼭 필요하지 않을 수도 있다. 우리 반려 소셜로봇이 우리의 기억을 도와주고 ― 나중에는 망각하게 해주어서 ― 완벽한 균형을 찾아줄 테니까.

내 상상 속에서 AI는 우리에 대해 학습할 뿐 아니라 우리와 함께 학습하기에, 자체적으로 업데이트하고 업그레이드하고 프로그램하는 법까지 학습한다. 그래서 AI는 우리와 삶을 공유하게 되고, 어떤 관계에서도 놀랄 일이 별로 없어질 것이다. '로봇 같다'는 표현이 모욕이 아니라 애정이나 찬탄의 표현이 될 수도 있다. '어쩜 저렇게 로봇 같을까'라는 말은, 우리가 마침내, 만사가 '나'로 귀결되는 현재의 나르시시즘적 욕망을 제쳐두고, 벌집처럼 연결되어 있고 기본적인 공유 방식으로서 연결성에 집중하는 생명체로부터 배움을 얻게 될 때 쓰게 될지도 모르겠다.

나도 디스토피아의 전망을 내놓을 수 있다. 이런 건 다 허위적 세계의 허위적 연결에 불과하다고 말할 수도 있다. 그러나 그러려면

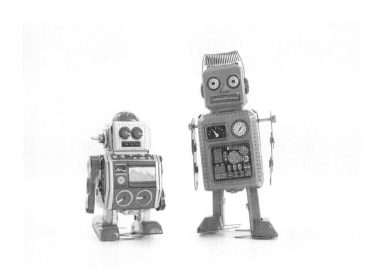

지금 우리가 위치한 지점이 대단히 현실적이라고 전제해야 한다.

나는 우리가 지금 선 이 자리가 여정의 한 단계라고 믿고 싶다.

우리가 과거를 돌아보면, 불과 50년 전만 해도, 행복하든 말든 모두가 핵가족 형태로 결혼생활을 했고 서로 다른 인종이나 동성의 관계는 터부시되었다. 그리고 미혼모로 아이를 키우는 여성들은 수치를 감내해야 했다.

50년 전에는 컴퓨터를 쓰는 사람도 별로 없었다. 스마트폰도 없었다. 스트리밍도 없었다. 소셜 네트워크도 없었다.

지금부터 50년 후의 우리는, AI 시스템과 로봇이 우리 삶의 일부가 되기 전엔 과연 어땠을까 상상하기 어려워질 것이다. 그때는 AI가 AGI로 발전했을 테고 인간과 대안적 생명체가 지구에서 사이좋게 함께 살고 있을 것이다.

그때 그들은 로봇이라고 불리지 않을 것이다. 그리고 이렇게 생기지도 않았을 것이다.

바이너리[53]는 엿이나 먹으라지

두 성性의 지적 능력을 구분하는 주요 특징은, 남자가 무슨 일을 하든 여자보다 훨씬 뛰어난 업적을 이룩하는 데서 드러난다. 깊은 사유, 이성, 상상력이 요구되는 일이든, 그저 감각과 손을 쓰는 일이든 말이다.

– 찰스 다윈, 《인류의 계보》, 1871년

두 개의 성.

세계에서 가장 근본적인 바이너리.

앞으로 도래할 AI의 세계는 이를 변화시킬까, 아니면 오히려 강화할까?

---

53) Binary. 2진. 2항. 컴퓨터에서는 0과 1만으로 구성되는 데이터 처리 체계를 뜻하지만, 또한 트랜스젠더 등 다양한 성의 형태를 무시하고 남과 여, 두 개의 성별만 인정하는 젠더 인식 체계를 지칭한다.

젠더 특권 ─ 교육·직업·결혼·법적 권리·심지어 기초적 시민권까지, 당신이 할 수 있는 일과 그 일을 하는 방식은, 온 세계 어디에서나, 기록된 역사를 통틀어 언제나, 불균형의 간극으로 갈라져 있었다. 19세기 후반부터 시작해 20세기에 가속된 여성 차별은 집중포화를 받아왔고 위협을 받고 있다. 법적 사회적 변화가 여성의 삶을, 특히 서구권 여성의 삶을 엄청나게 바꾸어 놓았다. 그러나 문제의 해결은 아직 요원하다. 유색인 여성은, 성차별주의에 인종차별주의까지 겹쳐져 삶이 두 배로 힘들다.

이제, 우리 일상적 삶에 점점 더 많이 개입하는 알고리즘은 알고 보니 젠더와 인종 양면으로 문제가 많다는 사실이 밝혀지고 있다.

문제는 AI가 아니다. 여기서 인공적인 건 지능이 아니라 우리 인간의 편견이 원래 중립적인 도구를 비딱하게 기울이는 방식이다. AI는 소년이나 소녀가 아니다. AI는 피부색을 가지고 태어나지도 않는다. AI는 아예 태어나지도 않는다.

AI는 가치값이 없는 젠더와 인종 경험으로 들어가는 포털이 될 수도 있다. 생물학적 성별과 출생지라는 우연에 근거한 가정과 스테레오타입으로 여성과 남성을 판단하지 않는 경험.

AI가 그 자유의 문을 열어젖힐 수 없는 이유는, AI의 훈련이 데이터 세트를 통해 이루어지기 때문이다. 열린 문은 상당히 빨리 닫혀버린다.

2018년 아마존은 구인 알고리즘을 폐기했다. 이 알고리즘을 훈련한 데이터세트가 과학적 배경을 가진 테크 분야 백인 남성의 이력서였기 때문이다. 새로 일자리가 나면 누구를 고용했겠는가? 그리고 그런 과정이 무려 4년 넘게 이어졌었다.

다양성은 처음부터 데이터 세트에 포함되지 않으면 결국 문제가 된다. 다양성이 포함되지 않으면, AI의 에코 체임버 효과[54] 때문에, 더 많은 정보를 분류하고 할당하기 위해 데이터 세트를 매개변수로 활용하는 알고리즘이 최초의 오류와 괴리를 오히려 더 악화하기 때문이다.

페이스북은 잠재적 광고주에게 "우리는 각 개인에게 가장 잘 어울리는 광고를 보여주려 노력합니다"라고 말한다.

광고 회사들은 브리프에 목표 대상을 포함하기도 한다(중소기업 스타트업/레고를 좋아하는 아이들/모터바이크를 타는 아빠들, 등등)

그러나 2019년 2개의 미국 리서치 프로젝트(노스이스턴 대학과 서던캘리포니아 주립대학 진행)가 젠더/인종/연령/취향/목표를 특정하지 않고 광고를 만들어 페이스북에 팔았을 때, 페이스북은 관습적이고 전통적이고 성차별주의적이고 인종 스테레오타입에 부합하는 인구를 대상으로 그 광고들을 노출했다. 슈퍼마켓 계산대 일자리와 비서직은 85퍼센트가 여성을 대상으로 홍보했다. 운전기사 직종은 75퍼센트가 흑인 남성 대상으로 알림을 보냈다. 매물로 나

---

54) 폐쇄된 소통 시스템 내에서 신념 체계가 소통과 반복을 통해 메아리처럼 점점 강화되는 효과를 말한다. 정보를 검색하면 반대 의견이 없이 오히려 기존의 견해를 강화하는 증거가 반복되기 때문에 사회적 정치적 양극화와 극단주의를 조장한다.

온 주택은 75퍼센트가 백인 대상이었다.

마초의 비주얼은 남자들을 겨냥했다. 보살핌, 포근함, 자연의 비주얼은 여자들에게 유통되었다.

이 연구의 결론은 "페이스북은 자동화된 이미지 분류 메커니즘을 사용해서 서로 다른 하위집단의 사용자들에 서로 다른 광고를 할당한다"였다.

물론 페이스북은 여느 때와 다름없이 다른 비판에 대응하듯 똑같이 대응했다. 페이스북은 "중요한 변화"를 거치고 있다는 것이다.

그래요… 뭐… 고맙네요.

이 연구가 노출한 진짜 문제는 알고리즘(페이스북이든 아니든)이 기존의 편견을 강화하고 증폭하는 방법이다. 그때 마케팅이 끼어들어, 클릭을 유도하는 광고의 데이터를 확인하고 나서, 여자들은 대체로 A 광고를 보는 반면 남자들은 B 광고를 본다는 결론을 내린다. A 광고를 받은 사람은 대체로 여자였다, 등등의 제반 여건은 고려하지도 않고 말이다. 또다시 오도하는 데이터세트가 장착되어 또 다른 오도된 AI를 훈련하게 된다.

비극적인 사실은, 인간이 젠더와 인종의 스테레오타입에 중독된 듯 보인다는 점이다. 바이너리(나는 남자아이/너는 여자아이/나는 흑인/너는 백인)는 이루 말할 수 없는 인간의 고통과 수난을 초래해왔고, 지금도 초래하고 있다.

미국의 MIT 미디어랩 소속인 컴퓨터공학자 조이 불라미니는

'알고리즘 정의 연맹Algorithm Justice League'을 창설했다. 대학원 재학 당시, 얼굴 인식 소프트웨어가 어두운 피부색을 훈련받지 못했다는 사실을 깨달았기 때문이다. 특히 유색인 여성의 얼굴을 잘 인식하지 못했다. 그녀는 머신러닝의 편견과 싸우는 소임을 스스로 떠안았다. 이것을 그녀는 '코딩된 시선Coded Gaze'이라고 부른다.

그리고 이는 '시선'에 그치지 않는다. 자동차 내부에 장착된 음성인식 시스템은 굵고, 남성일 확률이 높은 표준 억양의 목소리에 더 잘 반응한다. 음성인식 데이터 세트를 제작하고 있는 음성언어 과학자들은 TED 강연을 자주 활용한다. TED에서 강의하는 사람들의 70퍼센트가 백인 남성이다.

이 사실은 중요한 의미가 있다. 우리 일상에서 음성인식의 활용도가 점점 높아지고 있기 때문이다. 그리고 보이스커머스voice commerce는 2023년까지 8백억 달러 규모의 산업이 되리라는 추정이 있다.

보이스커머스가 반드시 젠더 바이너리한 사업이어야만 하는가? 세계의 기본값을 백인 남자로 두고 나머지 우리를 — 모든 여성과 대다수 유색인 — 비전형으로 보는 현상을 유지할 필요가 있을까?

내가 왜 LGBTQQIP2SAA — 레즈비언, 게이, 양성애자, 트랜스젠더, 퀘스처닝[55], 퀴어, 간성[56], 범성애자, 투스피릿(2S)[57], 중성[58],

---

55) questioning. 성적 지향을 명확히 알지 못해 탐구중인 상태.

무성애자 — 는 물론 심지어 이성애자까지도 내 바이너리에 포함하지 않았는가 하면, 나는 모든 종류의 호모포비아와 성정체성 차별을 젠더 차별로 보기 때문이다. 모두 결국은 남자는 "어떠해야" 한다든가, 여자는 "이러저러하다"는 관념으로 귀결되기 때문이다. 경계를 넘는 일은 바이너리를 엉망으로 만들어버린다. 양성애자들은 심지어 동성애자들한테까지 가끔 호통을 듣는다.

트랜스들은 정체성을 둘러싼 우리의 혼돈으로 인한 타격을 이제 비로소 본격적으로 입고 있다. 생물학은 정체성이 아니다. 성정체성은 정체성이 아니다. 나는 트랜스들이 자기규정의 여러 다른 양태를 우리에게 알리며 경고하는 탄광의 카나리아라는 느낌을 받는다.

트랜스들은 과거부터 지금까지 언제나 존재했다. 더 많을 때도 있었고, 사회에서 더 인정받지 못할 때도 있었다. 투스피릿은 현대적이고 범인도적 용어로, 일부 북아메리카 원주민이 문화적 의례적 제3의 젠더 역할을 묘사하기 위해 썼던 말이다. 마음대로 외형을 바꾸는 변신이 부족의 신화라면, 자아를 차원적인 존재로 이해하는 일이 더 쉬워질 수 있다.

---

56) intersex. 생물학적 용어로, 생식기나 성호르몬, 염색체 구조와 같은 신체적 특징이 이분법적 구조(남성과 여성)에 들어맞지 않는 사람.

57) two-spirit. 자신을 남성이나 여성으로 분류하지 않고, 두 성의 정체성을 모두 가진 것으로 인식하는 사람.

58) androgynous. 생물학적으로 양성의 특징을 한 몸에 지닌 중성 인간.

하나의 사물이 아니다. 하나의 젠더가 아니다.

확률은 희박하지만, 나는 AI가 지금보다 오히려 더 똑똑해져서 데이터세트 도구였던 AI가 AGI가 되기를 바라는 소망을 품고 있다. AGI가 되어 편견과 결함과 괴리로 가득 찬 데이터 세트를 검토하고 이 데이터 세트를 회의하는 법을 학습하기를 바란다. 그래서 뭔가 해방적인 사건이 일어나기 시작하면 좋겠다.

성장기의 나는 젠더 바이너리의 중요성을 이해할 수 없었다. 혼란스럽고 우울하기만 했다. 종교적인 우리 가정의 성경 이야기는 문제의 혼란을 가중했다.

창세기에서는 처음에 "신이 자신의 모습을 본 따 인류를 창조했다"는 이야기가 나온다. 우리는 그게 우리 모두라고 생각하기 쉽다. 그러나 더 읽어보면 몇 줄 아래에 아담이 흙에서 창조되었고 (저자 주해—흙은 별로 섹시한 재료가 아니다), 이브가 아담의 갈비뼈에서 창조되었다는 말이 나온다.

유대인과 기독교인들은 둘 다 이 창조 신화를 공유했다. 유대인은 또한 아담의 첫 아내인 릴리스Lilith의 이야기도 전한다. 아담의 첫 아내였던 릴리스는 남는 갈비뼈가 아니라 아담과 똑같이 신의 이미지로 만들어졌다. 릴리스는 논쟁적이었으며 아담이 소위 '선교사 체위'라고 하는 정상위를 강요하자 도망쳐서 자유의 몸으로 태어난 천부인권을 주장했다. 신마저도 그녀에게 마음이 내키지 않으면 돌아오지 않아도 된다고 말한다. 자, 어쨌든 적어도 《벤 시라의 알파벳》에 포함된 9세기 또는 10세기의 일화는 그렇다.

불가피한 일이지만, 도망친 릴리스는 특히 어린아이를 좋아해 잡아먹는 악마로 탈바꿈된다.

이야기는 점점 더 흥미진진해진다. 릴리스는 신화적 바이너리의 일부인 쉐키나[59]가 된다. 유대인의 카발라[60]에서 쉐키나는 여성형이고 신의 숨겨진 면모로서, 기독교의 성령과 유사한 존재다. 쉐키나는 또한 신의 거처로 묘사되기도 한다. 그 자체로는 사랑스럽지만, 여자의 자리는 가정이라는 말의 뒤집은 형태이기도 하다. 여자 '자체'가 집이라는 말이므로.

거처 또는 휴식처(수동적 장소가 아니라 움직이지 않는 장소)로서의 여성성은, 여성적 원칙이 항상 액션을 강박적으로 추구하기보다는 기다리고 보존하고 삶이 저절로 펼쳐지도록 두는 법을 이해하는 것으로 규정되는, 두 개로 갈라진 신화적 바이너리에 부합한다.

동양 신비주의에서는 물러설 줄 아는 것에 높은 가치가 부여된다. 서양의 종교적 전통에서 물러섬은 수도회의 명상적 삶을 통해 실현되며, 삶의 주류에 속하지 않는다. 서양은 행동을 중시한다. 서양에서는 능동의 반대는 수동이라고 가정한다. 그러나 그렇지 않다. 행동의 반대는 사색이다.

---

59) The shekinah. 하느님의 거처, 하느님의 가시적인 현존.

60) Kabbalah. 헤브라이어로 유대교의 밀교적 부분, 입에서 귀로 직접 전수된 '구전' 또는 '전통'을 의미하는 말로, Kabbala, Cabala 등으로도 표기된다. 엄격한 참여의례를 거쳐서 자격을 가진 제자에게만 전승된다.

그렇다면 쉐키나는 사색적 영 또는 사색적 장소다. 릴리스는 야성적인 여자다. 그러나 어김없이 이번에도 우리는 바이너리에 부딪히고 만다.

플라톤은 창조 설화를 좀 다르게 전한다.

우리가 '내 반쪽', '나보다 나은 반쪽', '소울메이트' 같은 이야기를 할 때 늘 떠올리는 설화가 바로 플라톤의 창조 설화다.

만찬 이후 사랑을 주제로 나눈 대화를 엮은 《향연》(기원전 385년 추정)에서 희극 작가 아리스토파네스는 옛날에는 인간이 머리 두 개, 성기 두 개, 다리 네 개, 손가락 열여섯 개, 엄지 네 개, 둥근 몸을 가지고 있었고 어린이용 TV 쇼에 나오는 캐릭터 같은 모습이었다고 말한다.

이런 사람들이야말로 정말로 바이너리였다. 같은 것의 두 얼굴을 가지고 있었으니 말이다. 반면 오늘날 우리는 이 말을 좀 더 느슨하게 써서 정반대되는 것 한 쌍을 의미한다. 하지만 과거의 바이너리야말로, 위계가 없는 온전한 존재의 두 양상으로 단순히 반대 방향을 바라보고 있을 뿐이었다.

이처럼 전인격을 갖춘 온전한 생물들이 제우스와 전쟁을 벌였고, 제우스는 따끔한 가르침을 주기 위해 이들을 반으로 가르기로 했다. 신들은 그렇게 잔인하다.

그 후로 우리 모두 반쪽을 찾아 헤맨다. 여자일 수도 남자일 수도 있다. 성적 지향은 원래 반으로 갈라지기 전 내 몸에 붙어 있던 조각을 찾는 간단한 문제다.

이 이야기는 깊이 새겨지다 못해 기독교의 결혼의례에까지 흘러 들어갔고, 서로 합쳐 한 몸이 된다는 데 강조점을 두게 된다. 이는 또한 여자들을 존 스미스 부인Mrs John Smith(여성형인 Joan이 아니라 남편의 이름이었다)이라고 불렀던 이유기도 하다. 존은 반쪽을 찾아 완전한 인간이 되고, 자기 이름을 유지하고, 부인Mrs은 전체에 녹아들어 평생 아이를 키우고 다림질을 해야 했다.

성 역할과 성차별주의를 뒷받침하는 데 쓰였던 근본적 남성/여성 바이너리는 지속하기 어렵다. 너무 바보 같기 때문이다.

대체 여성의 내재적 천성의 '정확히' 어떤 면이 그렇게 철저한 열위를 정당화한단 말인가? 그리고 남자 거시기가 왜 그토록 특별한 초능력을 지닌 마술지팡이며 신과의 직통전화선이란 말인가?

여기에서 백업 바이너리가 힘차게 등장한다: Nature/Nurture. 선천과 후천. 본성과 양육.

우리 여자들은 모든 걸 덜 가지고 태어났다는 얘기를 계속 들어왔다. 힘, 회복력, 신력, 도덕성, 이성적 추론능력, 사랑하는 능력, 창조력. 본성 이론에 따르면 여자가 처한 상황과 무관하게, 부자든 가난하든, 교육을 받았든 아니든, 여자가 할 수 있는 일도 하게 될 일도 별로 없다. 그 이유는 가부장제가 가로막아서가 아니라 (대체 '이런' 설명을 누가 왜 믿겠는가?) 그냥 여자이기 때문이다.

플라톤과 제자 아리스토텔레스는 남자·노예·어린이에 관해서는 의견이 일치했지만, 여자에 관해서는 생각이 달랐다.

플라톤은 일종의 윤회를 믿었다. 영혼은 서로 다른 몸에 거할 수 있지만, 선험적 자질의 집합은 변함없이 유지한다는 것이다. 그러므로 플라톤의 견해에 따르면 여자들도 교육받고 평등한 대우를 받아야 했다.

아리스토텔레스는 이에 전혀 동의하지 않았다. 여자는 열등했다. 여자의 일은 자식의 양육이다. 아리스토텔레스는 여자의 체온은 남자보다 낮다는 말도 했다. 성교 중에 남자가 충분히 뜨거워지면 여자의 냉기를 극복할 수 있고, 아들을 낳게 된다. 그러나 성교가 그렇게 뜨겁지 않으면 딸을 낳게 된다. 말 그대로 반쯤 구워진half-baked 소년이다. 난자는 가만히 앉아 망각에서 구원되길 기다리고, 라푼젤의 탑을 올라가는 왕자처럼 일은 정자가 다 한다.

물론 실제로 일어나는 일은 전혀 다르다. 그러나 아리스토텔레스의 이야기는 대중적으로 인기 있고, 여전히 겉모습을 다양하게 바꿔 가며 대중적으로 인기 있는 이야기로 남아 있다. 그리고 뇌는 이런 얘기를 수십억 번 들어왔다. 온 세계 방방곡곡에서.

"감사합니다, 하느님, 여자로 태어나지 않게 해주셔서." 유대교 기도서의 이런 표현을 보라("셀로 아사니 이샤Shelo Asani Isha").

그런데 후천, 양육은 어떤가?

1689년 영국 철학자 존 로크는《인간오성론》을 썼다.

여기서 로크는 우리 자아를 형성하는 데 있어 살아온 경험의 중요성을 강조했다. 이 논문에서 그 유명한 '빈 서판blank theory(타불라 라사tabula rasa)' 이론이 나온다. 요약하자면, 소인간이 이 세상에 태어나면 플라톤이 생각했던 선험적 자질이나 능력이 하나도 없는 백지상태로 새 출발을 하게 된다는 내용이다.

빈 서판 이론에 따르면, 의지력만 있다면 누구나 뛰어난 성취를 이룰 수 있다. 이는 아메리칸 드림의 기초다. 새로운 국가. 빈 서판.

'미국 독립선언문'(1776)은 정부나 국가의 개입을 최소화하고 개인이 자신의 삶을 형성할 권리에 관한 것이었다.

프랑스에서는 1789년의 혁명이 상속된 특권으로부터 해방된 자유를 선언했다. 태어날 때부터 가진 것이 아니라 앞으로 갖게 될 미래의 모습이 중요했다. 자유, 박애. 평등.

메리 울스턴크래프트는 신기원을 이룬 논문 〈여성의 권리 옹호〉(1792)에서 프랑스 공화국을 건립한 철학자 장 자크 루소의 비합리적인 주장과 싸운다. 장 자크 루소는 여성 역시 후천적 존재라서 양육을 통해 열등한 존재로 형성되거나 일그러진다는 사실을 인정하지 않고, 여성의 교육을 거부했다. 아니, 어떤 권리도 인정하지 않으려 했다.

울스턴크래프트는 여자가 태어날 때부터 경박한 건 아니라고 주장했다. 경박한 존재로 만들어졌고, 강제로 경박함을 주입당했다.

루소는 사실 아예 관심이 없었다. 자유와 평등은 자매가 아니라 형제를 위한 가치였다. 여자는 평등을 누릴 자격도 없다고 생각했다. 그 근거는? 남자는 여자를 욕망하지만, 여자가 필요하지는 않다는 것이다. 여자는 남자를 욕망하고 남자가 필요하다.

울스턴크래프트의 주장은, 여자는 생활비를 벌 수 없고 자기 신상과 재산에 권리도 행사할 수 없기에 남자가 필요하다는 것이다. 그런 상황에서, 여자가 자신을 욕망하는지 아닌지를, 남자가 대체 어떻게 알 수 있단 말인가?

영국에서, 이 명백한 진실을 지목한 메리 울스턴크래프트에게 돌아온 보상은 "페티코트를 걸친 하이에나"라는 욕설이었다.

논쟁은 험난하게 이어졌다. 여자들은 '약한 성'이었지만, 공장이나 농장에서 12시간 중노동을 하고 다급히 집에 달려와서 열 명의 자식과 상수도도 없는 집을 돌봐야 했다.

상류층 여성들은 무서운 바깥세상으로부터 24시간 보호받으며 끝없이 휴식해야 하는 전문 환자 취급을 받았다. 여자는 섹스를 원하지 않았다. 아니, 잠깐, 오히려 항상 섹스를 원했다. 여자는 여신이다. 아니, 잠깐만, 오히려 사악한 짐승이다.

그리고 이 모든 말이 여성의 '본성'이라는 기준표에 의거했다.

그리고 프랜시스 골턴(1822~1911)이 등장했다. 골턴은 다음과 같이 묘사된다.

통계학자, 폴리매스, 사회학자, 심리학자, 인류학자, 우생학자, 열대탐험가, 지리학자, 발명가, 기상학자, 원형 유전학자, 심리측정학자.

그렇다면, 여자였을 리는 없다, 안 그런가?

당연히 아니었다. 그는 찰스 다윈의 사촌이었다.

사촌인 찰스가 세계를 바꾼 《종의 기원》을 발표하고 10년 후인 1869년 골턴은 《유전적 천재성》을 출판했다.

골턴은 우월한 지능은 적절한 번식 기법을 통해 유전된다고 믿었다. 머리가 나쁜 사람에게 자식을 낳도록 권장하면 안 된다고도 했다. 골턴은 귀족들이 멍청할 수도 있다고 생각지 않았던 모양이다. 멍청한 귀족이 너무나 많고, 지금도 많은 걸 보면 이상한 일이다. 하지만 귀족들은 황금 접시에 떠다 바치는 값비싼 교육의 덕을 본다.

골턴은 양육이라는 관념을 별로 좋아하지 않았다. '본성 대 양육'이라는 티셔츠 로고를 처음 발명한 장본인이 바로 그다.

그 시절에 광고 회사가 있었다면, 골턴은 광고 회사에 들어갔어도 큰돈을 벌었을 인재다. 그는 또한 '우생학EUGENICS'이라는 말도 발명했다. 그냥 '잘 자랐다'는 뜻으로, 어원을 따져보면 그리스어로 EU는 '좋다'는 뜻이고 여기에 '태어난다'는 의미의 GENES를 붙인 것이다. 맞다. 바로 그래서 유전자가 우리가 갖고 태어난 것이고, 본성/양육 논쟁에서 핵심을 차지하는 것이다.

골턴은 범죄와 정신적 취약성을 세상에서 없애버리는 데 골몰했다. 알코올중독, 간질, 광기도 표적이었다. 게다가 골턴은 이 문제들 사이의 차이도 인정하지 않았고 (가난이나 빈민가 같은) 환경의 문제가 인자가 될 수 있다고도 믿지 않았다. 그의 부자 친구들에게는 정말 멋진 생각이었다. 그들은 공장 옆 지하 숙소에 노동자들 15명에다 개들과 돼지까지 쑤셔 넣고는, 자식들은 돌보지도 않고 버는 돈은 동전 한 푼까지 술에 쏟아붓는다고 비난하는 사람들이었다. 연결성 같은 건 전혀 없었다. 그 사람들은 형편없는 종자들이었다.

골턴은 형편없는 종자라는 생각을 좋아했다. 그는 오랜 세월 수도원 정원에 콩을 심어 가꾸며 연구한 오스트리아 수도사 그레고르 멘델에게서 깊은 인상을 받고 영향을 받았다. 멘델은 우성 유전자와 열성 유전자를 발견하고 선택 교배를 통해 특정 특질을 억압하거나 촉진하는 법을 터득했다. 이는 가축 사육자들이 오래 전부터 해오던 일이었지만, 이를 뒷받침하는 공식이 없었다.

골턴은 이와 유사한 과학적 ― 계량할 수 있고 반복이 가능한 ― 공식을 인간의 번식에 적용하면 인류가 더욱 풍요해질 거라 믿었다.

머지않아 이 모든 것이 흘러가는 방향이 분명해졌다.

나치 독일, 히틀러의 우생학 프로그램, 순수한 아리안족 번영의 소망, 무엇보다 유대계 유전자를 말살하려는 시도. 집요한 우생학 '전문가'들은 지금까지도 적잖이 있는데 ― 상당수는 인종차별적 성차별적 발언을 트윗하고 있다. ― 그러면 그중에는 더 똑똑한 사람들도 있어야 하지 않을까.

이중나선구조를 발견한 팀의 일원으로 1962년 노벨상을 받은 제임스 왓슨은 2007년에 아프리카 인종은 백인만큼 지적이지 못하다는 발언을 했다.

"IQ 테스트를 해보면 백인과 흑인의 차이가 있습니다. 그 차이는 유전적이라고 생각되네요."

왓슨은 여자에 대해서는 또 이런 발언을 했다. "우리가 모든 여자를 예쁘게 만든다면 끔찍할 거라고들 생각하지요. 나는 아주 좋을 것 같습니다."

'우리'는, 남자들을 뜻한다는 말이라고 가정하겠다. 그러나 바로 이 남자는 꾸준하게 반복적으로 로절린드 프랭클린의 연구업적을 실제보다 축소한 장본인이다. 천재 결정학자 로절린드 프랭클린이 발명한 유명한 '포토 51'이 이중나선의 회절 패턴을 규명했는데도 말이다. 왓슨의 자서전을 보면, 프랭클린이 화장도 하지 않고 옷차림에도 신경 쓰지 않는 것이 마음에 들지 않았던 모양이다.

왓슨은 설상가상 과학 분야에서 일하는 여자들은 좀 더 남자를 즐겁게 해줘야 한다면서, 하지만 그러면 남자들의 생산 효율이 떨어질 거라는 발언도 덧붙였다.

여자들이 이제까지 들어온 말에 따르면, 그건 여자의 두뇌가 다른 재료로 구성되어 있기 때문이다. 아니, 회색질이 좀 모자란다고 해야 할까. 빅토리아 시대 사람들은 '잃어버린 5온스'라고 불렀다. 나는 그게 아주 마음에 든다.

빅토리아 시대의 숙녀들은 집안을 뛰어다니면서 자기가 잃어버린 5온스를 본 사람 있냐고 묻지 않았을까. 털실 뭉치라도 건네줘.

우리가 알다시피, 여자는 남자보다 몸무게도 적고 대체로 작고 가볍다. 그렇다고 두뇌가 완두콩만 한 건 아니다(그렇다. 멘델의 그 콩들 말이다).

한편 작곡가 알리 G, 그리고 브루노와 보랏 캐릭터로 유명한 사샤 배런코언의 사촌이며 캠브리지 대학 발달 정신병리학 교수인 사이먼 배런코언은 '여성' 두뇌는 '공감능력'이 더 뛰어난 데 반해 '남성' 두뇌가 '시스템'에 더 강하다는 증거를 보여줄 수 있다고 말한다. 이 말은 컴퓨터 앞에 구부리고 앉아 있는 남자는 여자친구가 끓여온 홍차 한 잔을 마실 자격이 있다는 뜻일 수도 있다.

하지만 그녀가 컴퓨터를 프로그래밍할 거라는 의미는 아닐 것이다.

당연히 이 모든 건 진화로 귀결된다. 인류가 동굴 생활을 벗어난 지 아주 오래되었지만, 뇌는 구식이라서 우리 인간을 수렵채집의 패러다임에 가두어 두었다. 그때 우리가 배운 것이 지금 우리가 사는 방식이다. 본성이 양육을 이긴다(당신이 여자라면).

문제는 뇌가 구식이 아니라는 사실이다. 뇌는 우리가 지금 사는 방식이다. 그 말은 성별과 젠더에 대한 생각들에 뇌를 노출하면, 뇌는 그 생각들에 반응한다는 뜻이다. 특히 종교와 가부장제의 권력을 포함한 사회 구조로 인해 심층적으로 강화된 생각들이라면 말이다.

뇌는 변화할 수 있다. 뇌의 시도와 반응은 가소성이 있다. 변화를 어렵게 하는 건 우리 인간들이다. 우리는 여전히 젠더 본질주의의 관념에 얽매여 있다.

그러나 우리는 어째서 무엇이 본성이고 무엇이 양육이며 무엇이 선천이고 무엇이 후천인가 하는 문제에 이토록 휘말려 있을까?

인간은 본성/양육, 선천/후천이 아니다.

인간은 서사다.

우리가 듣는 이야기들. 우리가 하는 이야기들. 우리가 다르게 전하는 법을 배워야만 하는 이야기들.

인간은 시간의 시초부터 이야기를 전했다. 동굴 벽에, 노래에, 춤으로, 언어로. 우리는 이야기를 전하면서 우리 자신을 만들어냈다.

우리의 정체는 법이 정하지 않는다. 우리는 중력 같은 것이 아니다. 우리는 끝없이 이어지는 이야기다.

도나 J. 해러웨이가 《트러블과 함께 하기》에서 한 말처럼, "다른 이야기를 하기 위해서는 우리가 어떤 이야기를 하느냐가 중요하다…. 어떤 이야기들이 세계를 만들고 어떤 세계들이 이야기를 만드는지가 중요하다."

뇌는 알려진 우주에서 가장 복잡한 사물이다.

사물이라고 묘사하는 게 과연 도움이 될지 잘 모르겠다. 뇌가 '하는' 가장 신비한 일을 우리는 '의식consciousness'이라 부른다. 대체 의식이 뭘까? 그런데도 의식은 위대한 인간 여정의 초석이다. 그러나 뇌의 시커먼 살코기 공간 중 어디를 차지하고 있는 걸까?

그렇다, 진화의 과거를 가지고 있지만 뇌는 현재를 산다. 뇌는 부단히 자신의 세상을 창조한다.

'저 바깥'의 현실 세계가 있다(나는 그렇게 생각한다. 십중팔구 그럴 거다. 아마도). 그러나 그 세계는 우리가 그 세계에 대하여 하는 이야기들에 좌우된다. 이것이 역사가 바뀌는 이유다. 과거는 바뀌지 않았는데도. 사실은 그대로 남아 있다. 우리 이해가, 우리 해석이, 우리 자신의 서사를 읽고 또 읽는 독법이 바뀔 뿐이다.

어떤 이야기는 다른 이야기들보다 훨씬 강력하다. 어떤 이야기는 수백만 명을 노예로 삼고 어떤 이야기는 수백만 명에게 자유를 준다. 이야기들은 고르게 분배되거나 비슷한 무게를 갖지 않지만, 무엇을 이야기하든, 그 이야기가 변한다는 사실만은 변하지 않는다. 불교는 그 점에서 옳았다. 단 하나의 상수는 변화다.

유발 하라리는 근사한 저서 《사피엔스》(2015)에서 이 이야기를 했다.

인간은 언제나 자신의 이야기를 바꾸고 있다. 작가와 예술가는 이를 본능적으로 알고, 광고계는 우리 행동을 바꾸는 이야기에 의존한다. 더 음울하게는, 자유자재로 형태를 바꾸며 목표를 조준하는 데이터의 세계도 역시 이야기에 의존해 우리 행동을 바꾸려 든다. 행동심리학자들이 그랬듯, 공포·보상·반복을 통해 충분히 강화하기만 하면 사람들이 어떤 이야기라도 믿게 될 거라고 믿는다.

데이터 세트는 이야기다. 데이터 세트는 미완의 이야기다. 데이터 세트는 선택적 이야기다.

예를 들자면, 미국에서는 새로운 약이나 약물 치료법을 출시하기 전에 필요한 임상시험에 반드시 여성이 포함되어야 한다는 법안이 1993년에야 제정되었다. 임상시험은 남자들을 활용했다. 심지어 연구실 생쥐도 남성이었다. (의학적 경험뿐 아니라) 전반적 여성 경험에 대한 정보 부족은 캐럴라인 크리아도 페레즈의 획기적인 저서 《보이지 않는 여자들》(2019)에서 철저히 연구되었다. 저 바깥 세계는 남자의 세상이다. 남자가 세웠고 남자가 서로에게 시험해 봤기 때문이다. 남자 운전자는 여자 운전자보다 교통사고를 훨씬 자주 내지만, 다칠 확률에서는 여자 승객이 50퍼센트나 높다. 자동차의 안전장비 — 안전띠, 에어백, 심지어 좌석 높이까지 — 를 남성 마네킹으로 테스트하기 때문이다.

이런 편향은 무의식적이고 아무 생각이 없다. 여자들에 대한 음모는 아니다. 그러나 이 편향은 세계의 현 상태 — 그리고 여성의 현 상태 — 를 왜곡한다. 그리고 데이터 세트로 흘러 들어가 세계를 묘사하는 척하지만, 실제로는 허위 서사를 축으로 삼아 세계를 형성하려 하고 있다.

우리가 데이터 세트를 과학으로 읽지 않고 이야기로 읽기 시작한다면, 차츰 객관성의 신화에서 벗어날 수 있을지 모른다.

그러면 인류에게 좋을 것이다.
그리고 컴퓨터에게도 좋을 것이다.

컴퓨터는 바이너리가 아니지만 바이너리를 활용한다.
독일 수학자이자 철학자 라이프니츠는 2진(바이너리)법 계산을 최초로 개발한 장본인이다. 물론 우리가 중국으로 가서 지혜와 점술의 고전인《역경》으로 거슬러 올라가지 않는다면 말이다. 라이프니츠는 열렬한《역경》연구자였다.

원래 컴퓨터 프로그래밍과 계산에 쓰였던 시스템은 10진법이었지만, 헝가리계 미국인 존 폰 노이먼은 라이프니츠의 2진법이 저장된 프로그램을 쓰는 컴퓨팅에는 최적이라는 사실을 깨달았다. 2진(바이너리)은 단 2개의 숫자만 사용한다. 0과 1.

1946년 펜실베이니아 대학에서 6명의 여성이 프로그래밍해 처음 가동된 에니악은 10진법을 썼다.

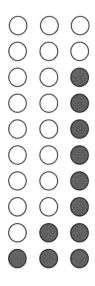

10개의 숫자를 쓰면 128이라는 숫자를 구현하는 데 30개의 진공관(트랜지스터의 전신인 온오프 스위치)이 필요하다.

2진을 활용해 1000000000이라고 쓰면, 불과 10개의 진공관과 하나의 스위치만 있으면 된다.

2진 숫자, 즉 바이너리 디지트binary digit(줄여서 비트bit라고 한다)는 ON(전류)이거나 OFF(전류 없음) 둘 중 하나다. 그래서 앞에서 든 예는 스위치가 하나만 있으면 된다. 숫자 1만 ON이기 때문이다.

컴퓨터 언어로서 바이너리는 단순하고 우아하다. 우리 인간이 자신이 누구인지 설명하는 이야기를 할 때, 바이너리는 형편없는 방식이다. 너무나 오랫동안 우리의 바이너리 사고방식은 세계의 인간을 우리 아니면 그들로 나누는 행태를 옹호해 왔다. '그들'은 언제나 타자다. 열등한 자, 아웃사이더, 추방자, 피정복자, 더러운 자, 하층민, 외국인, 낯선 사람, 우리가 아닌 사람.

우리는 인간 진화의 여정에서 다음 단계로—가속 증강된 진화의 여정으로—넘어가면서 바이너리 사고방식을 계속 끌고 갈 수는 없다.

AI에게 우리의 가치관을 가르쳐야 하는데, 분열과 스테레오타입을 강화하는 데이터 세트로는 안 되기 때문이다.

그 데이터 세트는 우리의 이야기다.

더 나은 이야기를 말해야 한다.

1970년의 제2의 물결 페미니즘에서 유대계 캐나다 미국인인 급진파 슐러미스 파이어스톤은 여자들을 출산이라는 생물학적 의무에서 해방해줄 테크놀로지를 선별 채택함으로써, "생물학은 운명이다"라는 프로이트의 믿음을 재부팅했다. 파이어스톤은 가부장제 핵가족이라는 억압적 바이너리에서 남자와 여자를 모두 자유롭게 해줄 도구로서의 테크놀로지를 제안했다.

본성/양육 논쟁에서 파이어스톤은 여성 억압을 "근본적 생물학적 조건"으로 이해했다.

파이어스톤이 불같은 나이 25세에 쓴《성의 변증법》(1970)은 시몬 드 보부아르가《제2의 성》에서 피력한 발언 "여성은 태어나는 게 아니라 되는 것이다"와 대화를 나누려는, 아니 그 발언을 논박하려는 시도였다.

이것은 '양육'의 관점이었다. 그러나 이 두 급진적 작가는 여성의 젠더화와 그 이유에 대해서는 전혀 다른 견해를 피력하지만, 그 젠더화가 엄연한 현실이며 행동과 사고의 차원 전체에서 수정되어야 한다는 점에는 아무 이견을 보이지 않는다.

디지털/지능 혁명이 일어나기 오래전 테크놀로지가 아직 기계 시대의 단계에 머물러 있던 당시 책을 쓴 파이어스톤은 테크에 기초한 발전이 '자동적으로' 여자의 삶을 더 나쁘게 만들 거라는 생각에 동의하지 않았다.

선견지명이 있으면서도 위험한 생각이었다. 피임약(1960), 그리고 빠질 수 없는 '엄마의 작은 도우미' 발륨(디아제팜-1963년 출시)은 많은 페미니스트의 눈에 여자의 몸과 마음에 대한 직접 개입으로 보였다. 그것도 여성의 성적 활용성을 높이거나 더 순종적으로 말을 듣게 만들려는 단순한 목적으로 말이다. 바이오테크는 남자가 경영한다. 남자는 여자를 컴퓨터테크 밖으로 밀어내고 있다.

대체 무슨 이유로 여성이 테크를 신뢰할 수 있을까?

파이어스톤의 생물학적 결정론은 테크를 응원하는 중요 요인이었다. 그러나 파이어스톤의 책을 지금 다시 읽어보니, 영지gnosis와 비슷한 무언가가 감지된다. 뒷받침할 과학기술이 없었던 그때, 과학기술이 없었기 때문에 그녀가 입증할 수 없었으나 짐작했던 거대한 현실의 인식이.

파이어스톤은 재생산에 초점을 맞췄다. 언제나 위트가 넘쳤던 그녀는 생산 수단을 통제해야 한다는 마르크스의 말을 받아들였고 달라진 목적에 맞게 수정했다. 여자들이 재생산의 수단을 통제해야 한다고.

그녀가 보기에는, 이는 피임약을 삼키거나 자유롭게 낙태할 권리 수준에서 해결될 문제가 아니었다. 공교롭게도 두 가지 권리 모두, 현재 미국을 포함한 전 세계 국가에서 재검토되고 있고 위협을 받고 있다.

파이어스톤은 더 파격적인 해결책을 원했다.

그리 머지않은 미래에 인간들이 바이오해킹되고 증강되거나 복제되고 업로드되거나 단순히 새로운 종이 등장해 밀려난다는 생각은 그 당시에는 터무니없는 SF일 뿐이었다. 내가 이 글을 쓰고 있는 지금 그녀의 책은 50세가 되었다. 그 후로 과학기술의 발전이 얼마나 가속되었는지, 앞으로 다시 50년이 지나면 우리가/ 과학기술이 어디에 도달할지 상상해 보라.

파이어스톤이 눈앞에 그려볼 수 있었던 비전, 그녀가 문화적 사회적 혁명에 결정적이라고 보았던 요소는 남성과 여성이 짝짓기를 주목적으로 하지 않고, 자식과 가정의 책임을 여성에게 떠안기지 않고, 핵가족으로 살지 않고, 직무와 보상을 생물학적 성에 따라 구별하지 않는, 논바이너리의 미래였다.

파이어스톤은 '남자는 남자고 여자는 여자'라는 '본성'의 주장이 하나의 이야기라는 걸 알고 있었다. 그러나 너무 자주 하다 보니 현실이 되어버린 이야기였다.

과학기술은 우리에게 그 낡은 이야기를 새롭게 할 수단을 준다.

아닐 수도 있지만….

마거릿 애트우드는 1985년에 쓴 책《시녀 이야기》에서 과학기술의 남용(여자의 은행 계좌와 경제적 법적 개인사를 싹 지우는)이 여성을 아기 낳는 기계로 되돌리는 수단이 되고 생산물(아기)은 가부장제에 귀속되리라고 예측했다.

그로부터 30년 이상의 세월이 흐른 후,《시녀 이야기》를 각색한 TV 시리즈 〈핸드메이드테일〉이 대성공을 거둔 데는 이런 일이 얼마든지 일어날 수 있다는 위기감 때문이다. 과학기술은 도구다. 현재로서는, AI 역시 도구다.

우리가 도구를 어떻게 쓰는지는 지배적 서사에 달려 있다.

지배적 서사로서의 바이너리를 깨뜨리는 일이야말로 긴박한 과제다.

종교적 규율이 엄격한 오순절파 가정에서 자라나, 창세기의 남성/여성 바이너리에 따라 권력과 책임이 구분되는 걸 당연하게 받아들이던 성장기에, 나는 갈라티아서 3절 28장의 말씀을 읽고 큰 힘을 얻었다.

유대인도 비유대인도 없으며, 노예도 자유인도 없고, 여성과 남성도 없으니, 모두가 그리스도 예수 안에 하나이기 때문이다.

이것은 아주 분명한 일이다. 그리고 여기서 헬레니즘의 영향을 받은 유대인이었던 바울은 아리스토텔레스와 플라톤에게 무차별 난사를 퍼붓고 있다. 아리스토텔레스와 플라톤의 세계관은 분리에 근거하고 있기 때문이다. 다만 아리스토텔레스와 플라톤의 분열이 항상 같지는 않았고, 분열의 이유가 같지도 않았을 뿐이다.

바울은 페미니스트가 아니었지만 ─ 게다가 동성애 반대자였다 (그리스/로마 문화와 남성신체의 숭배를 겨냥한 또 다른 공격이었다) ─ 가끔 글을 쓰면서 자기 자신과 자신의 시대를 뛰어넘는 사상을 자기도 모르게 흘려보낼 때가 있었다.

종교는 과거에도, 또 지금도, 바이너리 역할의 문화적 집행자 역할을 해왔고, 삶/죽음이라는 궁극의 바이너리가 무너졌을 때 종교가 어떻게 반응할지 우리는 아직 알지 못한다. 인간이 더 오래 살기 시작하면 ― 훨씬 더 오래 살기 시작하면 ― 삶/죽음의 균열도 시작될 것이다. 그때 인간은 업로드를 통해 물질적 몸에 의존하지 않는 삶으로 '되돌려질' 것이다.

그러면 AI가 정말로 AGI로 발전한다면, 그때는 어떤 일이 일어날까? 인간이 창조한 생명체와 이 지구에서 함께 살게 될 때 무슨 일이 벌어질까? 이것이 또 다른 바이너리가 될까? 우리/그들이 나누어질까? SF 디스토피아가 도래할까? 선교하러 나선 교회가 길 잃은 AGI의 영혼을 구원하려 들까?

로봇에게 복음을.

인간의 오만과 예외주의가 우리를 서로 갈라놓았을 뿐 아니라, 지구상의 다른 생명체들과도 갈라놓았다는 생각을 하면 나는 슬퍼진다.

우리 유전자 구성의 50퍼센트는 식물과 같다. DNA를 복제하고 세포 기능을 관리하는 항존유전자housekeeping genes는 생물학적 삶을 가로질러 공유된다. 그렇다고 해서 우리의 절반이 바나나라는 말은 아니다, 안 그런가? 2005년 침팬지의 게놈 분석이 끝났을 때, 우리 유전자 코드의 98퍼센트가 침팬지와 동일하다는 사실이 밝혀졌다. 그러나 우리는 또한 보노보와도 같은 비중으로 유전자를 공유하고 있다.

인간은 (평화롭고 사회 지향적이고 여자들이 주도권을 쥐고 있으며 양성이 모두 동성애 관계를 갖는) 보노보보다는 (위계적이고 공격적이며 남자가 주도권을 추구하는) 침팬지에 가깝게 행동한다.

나는 성경과 셰익스피어 못지않게 인간 행동에 대한 최신 유행

이론을 입증하는 데는 동물의 왕국이 유용하다는 사실을 안다. 그러나 인간과 가장 가까운 조상을 살펴보면 알 수 있듯이, 여기에도 분명히 두 가지 이야기가 모두 존재한다.

인간은 침팬지와 같다는 게 정말로 우리가 품고 달려야 할 이야기인가?

어쨌든, 침팬지도 보노보도 우주를 탐사하거나 컴퓨터 프로그램을 쓰지는 않는다.

아니 그 무엇도, 쓰지 않는다.

2000년 나는 초창기의 컴퓨터테크 소설 《파워북》을 썼다. 이 책에서 나는 스스로 태어났고 마음대로 성별을 바꾸는 논바이너리 정체성, 논바이너리 생명체를 다루었다. 이 이야기는 실제 삶에서도 가상 공간에서도 연작 이야기로 작동한다. 잠재적 결말이 두 가지 있었고, 아마도 실제 일어난 일일 제3의 결말은 썰물 때 템스강의 진흙 갯벌 어딘가에서 벌어진다.

동서양을 가로지르는 여주인공/주인공인 알리는 "내가 이야기를 바꿀 수 있어. 내가 바로 이야기야"라고 말한다.

인간이 아닌 동물은 이야기를 바꿀 수 없다. 바꾸려면 아주 길고, 아주 느린 진화의 과정을 거치는 수밖에 없다.

동물인 인간은 우리 이야기를 바꿀 수 있고 또 바꾼다. 과학기술과 AI는 변화하는 이야기의 한 부분이다. 그러나 우리 머릿속 고정된 생각을 바꾸지 않는다면, 과학기술과 AI는 우리가 그토록 두려워하는 디스토피아의 재앙으로 쉽사리 바뀔 수 있다.

우리는 인공지능과 DNA를 공유하지 않을 것이다. 인간은 앞으로 도래할 존재와 같은 조상을 두지 않았다. 우리가 지구라는 행성에 함께 사는 나머지 생물보다 낫다는 예외주의 역시 이번에는 아무 도움이 되지 못한다.

우리와 그들이라는 새로운 바이너리가 생겨난다면, 새로운 '그들'이 되는 쪽은 '우리'일 테니까.

그건 내가 하고 싶은 이야기가 아니다.

4
장

미래

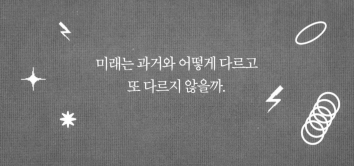

미래는 과거와 어떻게 다르고
또 다르지 않을까.

미래는 여성이 아니다

나는 남성성을 소프트웨어로 본다. 그러나 한 번도 디버깅되지 않은 소프트웨어다. 세상에 더 큰 위해를 끼치기 전에 남성성이라는 소프트웨어에 글로벌 업데이트를 감행해야 한다고 생각한다.

─마커스 글로버, 글로버 프라이빗 에쿼티 CEO, 사업가, 스토리텔러, 2018년

19세기에 남자 형제와 같은 교육을 원했던 여자들은 아노렉시아 스콜라스티카라는 특별한 병에 걸릴 수 있다는 경고를 받았다. 수학을 하는 여자아이들이 특히 쉽게 걸리는 병이라고 했다. 서서히 기운이 빠지고 피로를 느끼고 못생겨지고 결혼할 수 없는 몸이 되고 부도덕해지다가 결국 미쳐버린다는 것이다.

히스테리 같은 소리지만, 내가 이 증상 목록을 베껴 온 원문은 1886년 '아마조니아의 야망'을 논하는 영국의학협회 회장 위더스

무어 의학박사의 연설 내용이다.

영국의학협회에는 불행한 일이지만, 이로부터 4년 후, 다른 모든 여성과 마찬가지로 캠브리지 대학에서 정식 학위를 받을 수 없었던 젊은 여성 필리파 포셋이 캠브리지 대학 수학능력시험에서 남학생 모두를 제치고 최우등을 차지했다.

필리파 포셋의 어머니는 서프러제트 운동을 이끈 밀리슨트 포셋이었고, 큰이모 엘리자베스 개럿 앤더슨은 1865년 여성 최초로 정식 자격을 갖춘 의사가 되었다. 그녀가 자격시험에 통과했을 때, 약사협회는 자체 규칙을 바꾸기까지 해서 다시는 어떤 여자도 그 뒤를 따를 수 없도록, 적어도 같은 루트로 의사가 될 수 없도록 막았다.

그러니 그 가족은 남성의 비열한 태도와 편견이 낯설지 않았다. 아마도 그래서 필리파 포셋은, 괜한 소란을 피우지 않고 기관 교육의 특혜도 전혀 없이 캠브리지 남학생들의 코를 납작하게 했을 것이다.

그것이 1890년의 일이었다.

1948년, 캠브리지 대학은 드디어 여자도 남자와 나란히 정식 학위를 받을 수 있게 허락했다. 필리파 포셋은 한 달 뒤에 여든을 일기로 세상을 떠났다.

여기서 방백을 하자면, 캠브리지는 여자의 문제를 천천히 숙고하는 한편 — 이사회로서는 수학능력시험의 어떤 문제보다도 풀기 어려운 문제였다 — 여자들에게 온전한 학위가 아니라 '명예' 학사 학위를 수여하고 있었다. 1921년에서 1948년 사이에 이런 반쪽짜리 학위를 수여하던 남자들은 그 학위를 '젖꼭지 학사BA tits'라고 불렀다. (거 참, 고마워요!)

필리파 포셋 같은 여자들은 요행으로 여겨졌다. 세계 최초의 컴퓨터 프로그래머인 에이다 러브레이스도 요행으로 치부되었다.

여기 귀스타브 르봉이 있다. 의사이자 박식가로 1895년 베스트셀러《군중의 심리》(사실 포퓰리즘의 흥성을 예측한 정말 흥미로운 책이다)의 저자다. 르봉은 군중을 이해했지만, 여성의 능력은 끝내 믿지 않는다.

의심의 여지 없이 평범한 남자들보다 훨씬 우월한 일부의 뛰어난 여성들이 존재한다. 그러나 이는 기형의 괴물이 탄생하는 것만큼 예외적인 일이다. 예를 들자면 머리가 두 개 달린 고릴라 같은 것이다. 그러므로 우리는 이런 여자들을 철저히 무시해도 좋을 것이다.

철저히 무시한다고?

남자가 지배하는 세계에서 성공하는 여자들이 머리 두 개 달린 고릴라의 이미지를 유지하느라 바쁘게 살고 있던 사이, 희박한 확률로나마 과학을 공부할 수 있었던 건 오로지 상류, 또는 중상류 계층의 여자들뿐이었다는 사실은 짚고 넘어갈 가치가 있다. 여자는 어찌어찌 소설을 쓸 수는 있었다. 브론테 자매나 조지 엘리엇이 그랬듯 남성적 필명을 쓰거나, 제인 오스틴처럼 생전에 출판하지 않으면 되었다. 그러나 과학 분야에 입성하는 건 다른 문제였다.

여자들이 글을 썼던 건 혼자 할 수 있고, 다른 자원이 많이 필요하지 않기 때문이었다. 펜과 종이와 밝은 햇살만 있으면 충분했다. 그러나 과학에는 실험도구, 실험실, 도서관 접근권, 현장 연구를 시행할 기회가 필요하다. 여행할 기회도. 찰스 다윈은 비글호를 타고 5년간 항해했다. 어떤 여자도 그럴 수는 없었다. 능력이 부족한 두뇌 때문이 아니라 신체적으로 위해를 입을 확률이 압도적으로 높기 때문이었다. 끝없는 경멸도 견디기 어려운데, 강도를 당하고 강간당하고 살해당하는 건 너무 심하지 않은가.

그리고 당시 여성의 의상을 생각해 보라. 평범한 탐험가에게는 실용성이 별로 없는 옷이었다.

그러나 시대가 변했다고, 당신은 말할지도 모른다. 사실이다. 그리고 시대를 바꾼 건 여자들이었다. 예를 들어 이제 영국에서는 의사의 절반이 여성이다. 반면 영국의 외과의는 여전히 80퍼센트 이상이 남성이다.

러시아와 동유럽에서 일반적 의료계 종사자의 대다수는 여성이다. 그러나 이런 현상은 임금과 사회적 위상이 급격히 추락해 의료 직종의 특권이 사라지고 공산주의 사회의 보통 직종으로 다운그레이드된 1970년대 이후 계속 이어져 왔다.

심지어 스칸디나비아 국가들에서도 의료 전문직의 최상층에서 여성의 비율은 높지 않다. 일본에서는 의료계에 들어가는 여성이 거의 없으며 ― 약 18퍼센트다 ― 다수가 중간에 그만두거나 아이를 가진 후 복직하지 않는다.

미국에서 남성 대 여성의 비율은 대략 동등하다. 그러나 전문직 내에서 급료나 승진은 평등하지 않다.

중국에서 의료계에 종사하는 여성들이 남자 동료와 같은 위상에서 같은 성공을 하는 데는 심각한 장벽이 있다. 많은 여성이 업무량과 가정에서의 의무를 병행하지 못한다.

인도에서는 50퍼센트의 의학도가 여성이다. 그러나 개업한 여성 의사는 부족하다. 여자들은 자격을 갖추고도 개업을 하지 않거나, 중간에 그만두고 다시는 돌아오지 않는다. 무려 70퍼센트의 의학도가 여성인 파키스탄에서는, 절반이 결혼으로 일을 그만두고 다시는 직장에 복귀하지 않는다.

우리가 여성이 왜 컴퓨터공학이나 생물공학이나 과학기술직에 진입하지 않는지 고려할 때, 의료 전문직은 유용한 설명을 제공한다. 의사 자격을 갖추려면 두뇌의 힘과 시간이 필요하다. 여자들은 그 직무를 해낼 수 있는 능력을 스스로 입증했다. 20세기 초반 영국과 미국 양국에서 여자 의사는 전체 인력의 5퍼센트에 불과했다. 앞에서 살펴봤듯 이제는 여성 의료진이 남성 의료진과 수적으로 동등하거나 그보다 더 많다.

여성의 두뇌는 변하지 않았다. 사회가 변했다.

글쎄 ― 조금은.

2017년 로테르담의 에라스무스 대학에서 여성의 두뇌 크기에 대한 낡은 논란(빅토리아인들이 '잃어버린 5온스'라고 불렀던 것)을 새삼스럽게 파내 남자들의 두뇌가 더 크기 때문에 IQ 테스트 성적이 더 좋다는 결론을 내렸다. 그러니까, 남자들이 더 똑똑하다는 것이다.

로테르담의 진지한 과학자들은 쓸데없이 연구비를 낭비하지 말고 19세기의 프랑스 의사 폴 브로카가 했듯이 남자와 여자의 해골 단면에 새 모이를 채워 여자의 뇌가 더 작다는 사실을 '입증'했어야 했다.

두뇌 크기야 어떻든, 사회적 편견이 잦아들면 여성은 남자가 장악한 영역에 문제없이 진입할 수 있을 것으로 보인다.

그러나 소위 '하드 사이언스hard science[61]'에는 어떻게 적용될까? (언어는 정말 멋지지 않은가?) 어째서 여자들은 컴퓨터공학과에 가지 않을까? 어째서 여자는 전기공학을 공부하지 않을까? 아니면 생물공학은? 여자들은 플랫폼(하드웨어)을 만들거나 소프트웨어를 코딩하지 않는다. 여자들은 테크 스타트업에 종사하지 않는다. 2020년 여성 임원이 있는 테크 스타트업의 비율은 37퍼센트에 불과하다 (실리콘밸리 은행이 발간한 〈과학기술계의 여성 보고서〉). 2019년 EQUALS 연구보고서에 따르면, AI·컴퓨팅·테크에 종사하는 인력의 17퍼

---

61) Hard science는 체계적 관찰과 실험을 통해 정확한 결과를 얻어내는 자연과학을 말한다. hard에는 '어렵다'는 뜻도 있기 때문에, 윈터슨은 이중의 의미를 재미있다고 생각한다.

센트에서 20퍼센트가 여성이다. 소프트웨어 엔지니어들은 대체로 남성으로, 80퍼센트에서 20퍼센트까지 비율은 다양하다.

엄청나게 영향력이 크고 이윤이 높은 게임 산업에서 여성은 기껏해야 총 인력의 24퍼센트지만, 그 숫자는 테크 분야 여성의 적은 숫자를 위장하고, 그래픽과 글에 의해 부풀려지고 있다. 중국 게임계의 거대기업 텐센트에는 간부직 여성이 단 한 명도 없다(〈포브스〉).

STEM 계열의 여성 졸업생은 세계적으로 입학 정원의 약 36퍼센트를 구성한다. 그러나 STEM 계열에서 일하는 여성의 경우, 숫자는 약 25퍼센트로 떨어진다.

2019년에 제출한 UCAS 데이터에 따르면, 영국에서는 컴퓨터공학과 졸업생 중 16퍼센트만 여성이었다. 미국에서는 가장 최근 숫자가 18퍼센트를 가리킨다.

여자들은 생명과학 분야, 특히 생물학에서 동등성과 영향력을 획득하고 있다. 그러나 컴퓨터공학을 전공하는 여자의 숫자는 떨어지고 있다. 어디서나 그런 건 아니지만, 숫자가 높아지고 있는 인도·중국·UAE·말레이시아·터키에서도 직업의 선택폭은 축소되고 있다. 그 나라들의 노동시장에서 남자와 여자는 인식도 다르고 보상도 다르다(2015년 UNESCO 과학 보고서).

우리는 지금, 여자는 컴퓨터공학을 마스터(이 언어에 주목하라)할 능력이 없다는 말을 하는 걸까? 의사가 될 수 있다면 이미 학교에서 과학에 뛰어난 능력을 보였을 텐데.

이처럼 본성/양육 논쟁은 새롭게 방향을 전환했다.

2017년, 제임스 다모어라는 구글의 소프트웨어 엔지니어는 사내 메모에서 여성은 과학기술직에 어울리지 않으며 성별 인력 구성을 더 동등하게 추구할 근거는 전혀 없다는 견해를 피력했다. 여성은 능력도 부족하고 관심도 부족하다. 선천적 구조 자체가 잘못됐다. 뇌가 다르다. 여자들은 좀 더 인화人和를 도모하는 직업을 가져야 한다. 여자에게 '어울리는' 직업 말이다.

다모어는 해고되었지만 매노스피어에서는 큰 공감을 얻었다. 그곳에서 젠더-두뇌 이론은 만병통치약과 같아서, 총을 좋아하는 것부터 스토킹/애인 살해, 여자보다 더 많은 급료를 받는 것까지 모두 설명할 수 있다.

그리고 또한, 그가 태어날 때부터 컴퓨터공학의 천재였다는 것까지.

워싱턴 주립대학 앨런스쿨 컴퓨터공학과에 재직하는 스튜어트 레지스는 다모어와 의견을 같이했다.

모든 면에서 뛰어난 교수였던 레지스는, 여자들이 마음만 먹으면 컴퓨터공학을 전공하지 않을 내재적 이유가 없다는 노선을 선택했다. 바꿔 말해, 그는 가부장제의 일원이기 때문에 가부장제를 볼 수 없었다. 레지스의 견해와 그 비슷한 견해들은, 소위 여성 평등의 투사 조던 피터슨도 옹호하고 나섰다.

2018년 피사 대학의 물리학자 알레산드로 스트루미아는 세계에서 가장 권위 있는 핵물리학 연구 기관인 CERN에서 강연하면서, 물리학자로 첫걸음을 내딛는 젊은 여성들로 구성된 청중에게 여자는 최고의 물리학자가 될 만큼 머리가 좋지 않다고 말했다.

그렇기에 이 사회에서는 '하드 사이언스' 분야에서 성공을 거둔 여성 과학자를 쉽게 보기 어려울 것이라고도 했다. 그는 데이터 분석자료를 활용해서 물리학자로 고용된 여성들은 종종 긍정적 차별의 덕을 보며 오히려 (자기 같은) 유능한 남자들은 단순히 젠더에 근거해 홀대를 받는다고 했다.

이런 남자들은 불가피한 비판에 직면하면 자신을 미덕의 정치와 싸우는, 심지어 침묵을 강요받기까지 하는 자유 발언의 투사로 다시 포장한다. 마녀사냥을 들먹인다. 차별이라고 말한다. 그들은 희생자가 된다.

그러면 그들의 견해가 옳은가? 그들에 따르면 여자들은 자격을 갖추지 못했거나(스트루미아) 자격을 갖추길 원하지 않는다. 더 잘 맞는 일이 있기 때문이다(다모어, 레지스).

본성이든 양육이든, 여자들은 다시 과학기술 밖으로 쫓겨난다. 테크 분야야말로 가장 중요한 사회적 변혁이 일어나고 있는 장인데 말이다.

컴퓨터공학은 젊은 과학이므로, 역사의 책장을 뒤로 넘겨 현재 우리의 세계를 형성하고 있는 거대한 모험이 막 시작되던 당시 여자들이 무엇을 하고 있었는지 ― 과연 뭔가 하기는 했는지 ― 살펴보면 도움이 될 것이다.

영국 정보기관의 지부 블레츨리 파크에서는 콜로서스Colossus와 더 봄The Bombe이라는 거대한 기계를 사용해 나치의 전신을 해독하는 일에 만 명의 인력이 매달리게 된다.

그중 7,500명은 여성이었다.

> 나는 파크의 암호 해독가였고, 어느 날 밤 당직을 서는 중에 텔레프린터에 갓 수신한 메시지를 해독하고 있었다.
>
> 여러 번의 시행과 착오를 거쳐… 드디어 숫자 집단이 의미를 드러내기 시작했다.
>
> 이탈리아 폭격기들이 04:00에 트리폴리를 떠나 시칠리아로 날아갈 예정이었다. 그 스릴을 상상해 보라. 그때가 01:30이었다. 무전으로 RAF[62]에 긴급 고지했다…. 그 결과 이탈리아 폭격기는 한 대도 남김없이 격추당했다.
>
> — 로잔 콜체스터(결혼 전 성은 메드허스트), 외무부 소속 민간인,
>
> 블레츨리 파크, 1942~1945

그 여자들은 체스 선수였고, 언어학자였고, 크로스워드퍼즐의 명수였고, 수학의 천재였다. 그 외에도 출신은 평범하지만 직업 훈련을 받은 여성들이 많이 있었다. 초기의 컴퓨터 기계들은 큰 방 하나를 가득 채우는 크기였고 밸브가 윙윙거리고 전선이 붕붕 떨리는 소리가 났다. 여자들은 기계를 세팅하고 리세팅하는 법을 서로 가르쳐 주었고, 심지어 자주 고장 나고 오작동하는 컴퓨터를 수리하는 법도 함께 배웠다. 여자들은 기계의 정교하고 까다로운

---

(62) Royal Air Force, 영국 공군.

작동법을 터득하며 자신의 기술을 업데이트했다.

전쟁이 끝난 후, 미국과 영국의 여자들이 전쟁 중에 터득한 기술적 능력은 사회적인 쓸모가 있었다. 그러나 그들이 여자였기 때문에 직종 자체가 사무직으로 보이도록 다운그레이드되었다. 영국에서는, 정부의 컴퓨터를 다루는 여자들이 '기계급 오퍼레이터'로 분류되었다. 그들은 관리직 진출이 금지(금지!)되었고, 그들의 훈련을 받고 '컴퓨터 엔지니어'가 된 남자들과 비교해 절반(절반!)의 봉급을 받았다.

내가 이 사실들을 주목해달라고 요청하는 이유는 중요하기 때문이다.

스테파니 셜리의 이야기는 우리에게 영감을 주고, 겸손하게 하고, 또 화나게 한다.

출생 시 이름이 베라 부크탈이었던 스테파니는 킨더트란스포트(유대인 어린이 구하기 운동) 난민으로 5살 때 영국으로 왔다.

그녀가 새로 다니게 된 웨일스의 여학교는 수학을 가르치지 않았고, 그래서 스테파니는 근처 남학교에서 특별 수업을 받아야 했다. 그러나 그녀는 대학 진학을 포기했다. 유일하게 입학을 허가해준 학과가 식물학과였기 때문이다.

그래서 스테파니는 런던 돌리스힐의 우체국 연구소에 취직했다.

1950년대에 그녀는 재료를 모아 컴퓨터를 제작하고 손으로 프로그램을 썼다. 그 시대에는 모든 프로그램을 손으로 쓴 후 펀칭 테이프로 변환해 다시 손으로 컴퓨터에 넣어야 했다.

스테파니의 승진은 계속 반려되었다. 야간대학을 6년 다니며 수학 학위를 딴 후에도 승진은 허락되지 않았다.

자서전 《놓아버리자 Let It Go》에서 스테파니는 성차별과 성추행이 지긋지긋하다고 말했다. 그녀는 회사를 그만두고 자신의 회사 프리랜스프로그래머스를 창업했다. 그리고 영국 정부와 대기업에 프로그래밍 서비스를 제공했다.

스테파니의 성공 비결은 스티브로 자처하는 것이었다. 스테파니라는 이름으로 보낸 편지에는 아무도 답하지 않았다. 스티브로 보내면 필요한 계약을 딸 수 있었다. 그녀의 비밀 병기는 직원들이었다. 그녀는 오로지 여자만 채용했다. 승진 명단에서 누락되고 해고당하고 결혼이나 출산을 빌미로 잘린(1960년대 영국에서는 이 모

두가 합법이었다) 그녀 같은 여자들. 스테파니의 회사는 300명 이상의 주부 프로그래머를 고용했고, 모두 재택근무했으며, 그중에는 (자기 집 거실에서) 콩코드 비행기의 블랙박스를 프로그래밍한 장본인도 있었다.

여기 1968년 바로 그 일을 하고 있는 앤 모팻의 사진이 있다. 앤은 콩코드 프로젝트의 팀장이었고 훗날 스테파니의 회사 프리랜스프로그래머스의 기술 이사가 되었다.

*

그러나 프리랜스프로그래머스가 영국의 컴퓨터 산업에서 축출되고 있던 여성 인력을 전원 고용할 수는 없었다. 직종 자체가 '핑크컬러[63]'로 분류되어서 남자들은 진출하기 싫어했고, 여자가 남자를 관리하는 건 부적당하다고 생각했기 때문에 여성의 승진도 없었다.

그러자 영국 정부는 놀라운 조치를 취한다. 사실 미친 짓이었다. 컴퓨터를 잘 아는 숙련된 여성 인력이 필요하다고 인정하는 대신, 영국에 있는 컴퓨터 회사들을 합병해 거대한 회사 하나를 설립한 것이다. 인터내셔널 컴퓨터스 유한책임회사(ICL, International Computers Ltd.)는 고도로 숙련된 소수의 남자 인력만으로 가동할 수 있도록 초대형 메인프레임 컴퓨터를 제작 공급하는 목적으로 설립되었다.

1970년대 중반, 오랫동안 기다린 남성 친화적 제품이 드디어 준비되자, 컴퓨팅 세계는 다음 단계로 넘어갔다. 구체적으로는 미국으로 넘어갔다. 스티브 잡스가 1976년 쇼케이스에서 자신의 작품 애플을 선보인 것이다.

거대한 메인프레임은 끝났다. 데스크탑의 시대가 왔다.

공황에 빠진 영국정부는 인터내셔널 컴퓨터스 유한책임회사에 자금 지원을 끊었고, 영국의 토착 컴퓨터 산업의 명줄도 효과적으로 끊어 버렸다.

세계대전 이후 영국은 컴퓨터 산업에서 엄청난 우위를 확보하고 있었다. 그 우위를 기반으로 소프트웨어 프로그래밍을 개발할

---

63) 주로 여자들이 도맡아 하는 저임금 직종.

수 있었다.

그러나 영국은 오히려 미국에 패배했다. 패배의 이유는 자국의 성차별주의를 극복하지 못해서였다. 컴퓨팅 분야에서 일했던 여자들은 가치를 인정받고 독려를 받았어야 했다. 그러나 오히려 해고되고 말았다. 여자들이 타고난 뇌 신경은 문제가 아니었다. 문제는 그들이 여자라는 사실 자체였다.

가부장제를 떠받들면 생물학은 운명이 된다.

그러나 프리랜스프로그래머스는 1996년 주식시장에 상장되었고 여성 임원 70명을 백만장자로 만들었다. (저자 주해: 스테파니의 TED 강연은 정말 재미있다.)

미국은 어떤가? 실리콘밸리가 스스로 말하는 역사는 차고에서 하드웨어를 개발하고(스티브 잡스) 지하실에서 소프트웨어를 개발하는(빌 게이츠와 폴 앨런) 남자들의 이야기다. 똑같이 2차 세계대전을 출발점으로 잡는다면, 우리는 무엇을 발견하게 될까?

영국에서도 그랬듯, 미국의 남자들도 멀리 싸우러 갔고, 당연히 남자가 하던 일을 여자들이 하고 있었다. 버스를 운전하고 금속을 두드려 가공하는 일만은 아니었다. 수학이 있었다.

장거리포는 사표[64]에 의존해 표적을 명중시킨다. 사표는 (움직이는 미사일에 미치는 바람의 영향 같은) 제반 조건의 고정값과 변수를

---

(64) 포 사격에서 필요한 제원과 바람, 온도의 변화 등 고려해야 할 사항들을 기록한 도표.

평가하기 위해 복잡한 공식을 활용한다. 수학 학위가 있는 여성들은 인간 컴퓨터로 고용되었다. 말 그대로 계산을 하는 사람이라는 뜻이었다. 이 여자들에게는 종이, 펜, 계산기가 지급되었다. 탄도 하나를 계산하는 데 대략 40시간이 걸렸다.

미국 여성에게 전적으로 새로운 획기적 변화는 아니었다. 1880년 대에 하버드 천문학과에서 스태프 전원을 여성으로 채용한 적이 있었다.

심지어 그보다 먼저 영국에서는, 처음 '컴퓨터'로 일한 여성 메리 에드워즈가 있었다. 1770년대에 에드워즈는 영국 해군성에서 천문학적 위치를 계산했다. 선박의 항로를 계산하기 위해서는 꼭 필요한 정보였다. 메리 에드워즈는 〈항해연감〉에 실린 위치의 절반 이상을 파악했다. 해군성에서는 에드워즈의 남편이 계산을 해주고 있다고 생각했다. 남편이 죽었을 때 에드워즈는 어색하게 진실을 해명해야 했고… 황송하게도 일을 계속해도 좋다는 허락을 받았다.

2차 세계대전 중에 펜과 종이를 든 미국 여성 100명으로는 부족했다. 블레츨리 파크에서 그랬듯이 더 빠른 속도가 필요했다.

여기서 에니악이 등장한다. 전자적 수치 통합 계산기 1943년에서 1945년에 걸쳐 펜실베이니아 대학의 존 모츨리와 J. 프레스퍼 에커트가 국방부의 자금 지원을 받아 제작한 기계로 1,800 평방피트의 면적을 차지했고 17,000개의 진공관을 자랑했다. 열이 너무 많이 발생해서 자체적인 냉방 시스템을 갖춰야 했다.

그리고 프로그래머도 필요했다.

여성 '컴퓨터' 6명이 불려와 이 일을 맡게 된다. 매뉴얼도 없었다. 기계를 제작한 남자들은 프로그래밍하는 법을 몰랐다(이 말을 두 번 써야 할까?).

기계를 제작한 남자들은 프로그래밍하는 법을 몰랐고, 그래서 여자들은 전부 독학으로 알아내야 했다.

케이 맥널티, 베티 제닝스, 베티 스나이더, 말린 웨스코프, 프랜 빌러스와 루스 리히터먼은 기계와 씨름하며 매뉴얼을 써나갔다.

이론적으로 그 기계는 인간보다 2,500배 빠르게 계산할 수 있었다. 그러나 에니악은 프로그램이 내장된 컴퓨터가 아니었다. 새로운 명령을 내리려면 (전화 교환대 같은) 배선판과 1,200개의 10방향 스위치로 매번 프로그래밍해야 했다.

여자들은 심지어 처음엔 에니악 근처에 가지도 못했다. 케이 맥널티에 따르면, 청사진과 배선도만 주면서 "기계가 작동하는 법을 알아내고, 어떻게 프로그래밍해야 할지 파악하라"고 지시했다고 한다.

여러 다른 공식을 풀어내는 정신노동에 케이블을 연결해 정확히 전자회로를 연결하고 수천 개의 10방향 스위치를 세팅하는 육체노동이 합쳐진 일이었다.

1946년 에니악이 세계적인 환호를 받으며 대중에 공개되었을 때, 이 여성 중 그 누구도, 개인으로도 집단으로도, 이름이 언급되지 않았고, 그들의 공헌에 대해 질문을 던지는 소위 '전문가들'이나 언론도 없었다.

그들은 일을 계속했다. 이제는 특급 비밀 수소폭탄의 프로그램을 짰다. 그러나 대다수 사람은 그들이 타이피스트나 다름없다고 생각했다.

1980년대에 캐시 클레이먼이라는 젊은 컴퓨터 프로그래머가 에니악의 옛날 사진을 보고 그 여자들이 누구인지 알아보기 시작했다. 캘리포니아주 마운틴뷰 소재의 컴퓨터 역사박물관 직원 한 사람은 "냉장고 숙녀들"이라고 했다. 팔리는 상품 옆에 서 있는 여자 모델을 가리키는 말이었다.

영국에서와 마찬가지로, 프로그래밍은 일종의 사무직으로 간주되었다.

그러나 미국에서는 여자들이 계속 고용되어 일했다.

1967년, 전설적인 컴퓨터 천재 그레이스 호퍼가 여자들에게 프로그래밍 공부를 권장하는 기사를 써서 잡지 〈코스모폴리탄〉에 게재했다. "프로그래밍은 인내심과 세부사항을 다루는 기술이 필요하다. 여자들은 컴퓨터 프로그래밍에 최적화된 타고난 인재다."

1947년 하버드 대학의 실험실 하나를 다 차지하고 있던 컴퓨터가 고장났을 때 그 속에서 나방 한 마리를 잡아낸 장본인이 바로 그레이스 호퍼다. 그녀는 공책에 "컴퓨터에서 '버그bug'가 실제로 발견된 최초의 사례"라고 썼다.

그리고 이때 컴퓨터 오작동에 처음으로 버그라는 이름이 붙었다. '디버깅'이라는 용어가 잇따라 등장했다.

여자들은 언어 감각이 뛰어나다. 아폴로 11 프로젝트의 소프트웨어 시스템을 개발한 350명의 팀을 진두지휘한 마거릿 해밀턴은 자신의 직무 역할을 묘사하기 위해 '소프트웨어 엔지니어'라는 신조어를 만들어냈다. 예전에 아무도 한 적이 없는 일이기에 직무를 설명하는 말조차 없었다.

〈히든피겨스〉 같은 영화 덕분에, 세계는 이제 컴퓨팅 초창기에, 그리고 결정적으로 우주개발 계획에서 여자가 맡았던 역할을 더 잘 알게 되었다.

오히려 당혹스러운 지점은 이런 역사가 매장되고 왜곡된 이유다. 여자들은 어떻게 해서, 대체 어떤 이유로 컴퓨터공학과 프로그래밍에서 축출되었을까. 어떻게 해서 남성의 경력으로 신화화된 직업을 제발 고려해 달라고 젊은 여자들에게 부탁해야 하는 지금의 상황까지 왔을까.

1984년이 기점으로 보인다.

1984년 미국에서는 학위 과정에서 컴퓨터공학을 전공하는 학생의 37퍼센트가 여성이었다.

1984년 애플이 가정용 컴퓨터를 런칭했다. 첫 광고에는―〈블레이드러너〉의 감독 리들리 스코트가 연출한 광고였다―디스토피아적 선전 화면으로 망치를 던지는 젊은 여자가 등장했다.

여자였다… 그렇지만….

1년 후 애플은 퍼스널 컴퓨터를 직접적으로, 또 구체적으로 남성을 겨냥해 마케팅하기 시작했다. 1985년에 애플의 새 TV 광고에는 남자 내레이터가 나왔고, 어린 브라이언이 자신의 잠재력을 발견하는 이야기로 호들갑을 떨었다. 하지만 광고 속 교사는 여성이었다. 광고 마지막에 우리는 이런 문구를 듣게 된다. "그러니 브라이언이 커서 무엇이 되길 원하든, 애플 퍼스널 컴퓨터가 도와줄 수 있습니다."

애플은 슈퍼볼 경기에 광고를 게시했고, 전원 남성으로 구성된 광고팀을 꾸려 가정용 컴퓨터를 홍보하며 판매 방향을 단 하나로 잡았다. 남자들이었다. 1997년에서 2002년까지 진행된 애플의 "다르게 생각하세요Think Different" 광고는 17인의 20세기 위인을 등장시켰는데, 그중 자기 힘으로 유명해진 여성은 불과 3명이었다(마리아 칼라스, 마사 그레이엄, 아멜리아 이어하트). 그리고 존 레넌과 짝지어진 오노 요코가 있었다.

아무도 과학자나 프로그래머가 아니었다.

"다르게 생각하세요"는 젠더 스테레오타입을 강화한다는 면에서는 전혀 다르지 않았다. 애플이 "나는 PC입니다. 그리고 나는 맥입니다(I'm a PC, and I'm a Mac.)" TV 광고를 2006년에서 2009년까지 진행해 성공을 거두자 상황은 더 나빠졌다.

PC는 재단이 형편없는 양복 차림의 얼간이 남자였고, 반면 맥은 쿨하고 멋진 남자였다. 메시지는 낭랑하고 선명했다. 컴퓨터는 여자와 아무 상관이 없다. 한 광고에서는, 금발 여자가 나타나서 자기는 맥이 만든 홈 무비라고 말한다. PC 남자도 자기가 만든 홈 무비를 들고 나온다. 가발을 쓰고 드레스를 입은 남자였다.

맞다. 말 그대로 웃긴다.

문제는―남자들이 그 광고를 정말로 웃긴다고 생각했다는 사실이다. 여자들은… 글쎄… 여자는 유머 감각이 없다는 걸 모르는 사람이 있을까.

젠더화된 마케팅은 어마어마한 힘이 있다. 장난감 가게 통로에 늘어선 무수한 분홍색 인형들과 파란 트럭들을 생각해 보라. 아이들은 젠더화된 세계에서 성장한다. 그러나 프로그래밍은 여자들이 했던 일이고, 남자보다 여자가 더 많이 했던 일이었다. 하지만 갑자기 여자가 하는 일이 아니게 되어버렸다. 역전은 빠르고, 맹렬하고, 치명적이었다.

사회과학자 제인 마골리스는 가정용 컴퓨터의 도래를 컴퓨터 공학에서 여성이 축출된 핵심 요인으로 지목한다. 가정용 컴퓨터는 남자를 대상으로 마케팅되었고, 가정에 도입되고 나서는 소년들의 전유물이 되었다. 남자아이들은 새 기기를 갖고 놀도록 독려를 받았다. 여자아이들은 아니었다.

마골리스에 따르면, 컴퓨터 활용이 남자아이들 쪽으로 편향된 결과, 가정용 컴퓨터로 오랜 시간 게임을 해서 프로그래밍의 기본을 아는 남학생들이 컴퓨팅 과정에 들어오기 시작했다. 여자아이들은 열의와 의욕에 차서 과정을 시작하지만, 금세 상대적으로 불리하다는 사실을 깨달았다. 하지만 도움을 받기는커녕, 놀림감이 되기 일쑤였다. 남자아이들에게는 타고난 능력이 있고, 그 능력의 증거는 이미 갖추고 있는 컴퓨터에 관한 지식이었다. 하지만 여자아이들에게는 적합한 두뇌가 없었다.

그리고 아무도 여자아이들에게 에니악과 전원 여성으로 구성된 프로그래머 팀의 사진을 보여주지 않았다. 교수들은 남자아이들에게 그때 그 여자들이 매뉴얼도 없이 이룩한 위업을 과연 해낼 수 있느냐고 자성을 촉구하지도 않았다.

사실, 역사는 그때의 여성 프로그래머들은 물론이고, 비슷한 사람들을 모두 배제하는 방향으로 왜곡되고 있었다.

1984년 스티브 리바이는 베스트셀러 《해커: 컴퓨터 혁명의 영웅들》을 출간했다. 리바이의 책에는 여자가 한 명도 나오지 않는다. 여자들은 영웅이 아니었고 컴퓨터공학에서 중요하지도 않았다. 이 책은 아직도 수정되지 않고 계속 재판을 찍고 있으며 소위 '고전'으로 홍보된다.

1984년이 기점이었다. 젊은 여학생들이 컴퓨터공학 과정에서 중퇴하거나 등록을 포기하기 시작했다.

여기에 젊은 남자들이 말도 안 되는 시간을 화면 앞에서 게임을 하며 보내게 되면서, 비디오게임 효과에 더해진다. 그러면 여자들이 왜 컴퓨터와 연관된 모든 것에 이질감을 느끼기 시작했는지 어렵지 않게 알 수 있다.

동시에 비사교적인 너드의 이미지도 생겨났다. 그것이 남자들이 써낸 대중적 성서에서, 컴퓨터 천재가 되기 위해 갖춰야 할 전제조건으로 배치되었다.

남자들이 너드유전자를 발명했다. 그리고 신이 내린 선물로 숭배했다. 시몬 드 보봐르의 표현대로, "남자들은 자신의 관점에서 세계를 설명하고, 그 설명을 절대적 진실과 혼동한다"(《제2의 성》).

"테크에서 여성의 비중은 20퍼센트가 적당하다"(제임스 다모어의 구글 사내 메모)는 판단과는 달리, 1991년 컴퓨터공학 분야에 종사하는 미국 여성은 전체 노동 인력의 36퍼센트에 달했다. 아마도 성의 스테레오타입이 작용해 여성을 몰아내기 전에 교육받은 인력일 것이다. 이들이 가정을 이루기 위해 일을 그만두면 — 여자들은 능력을 인정받고 승진할 수가 없었으므로 많이 그만두었다 — 그 자리는 여성 인력의 새 물결로 대체되는 게 아니라 면도도 하지 않고 후드 티를 입고 다니는 남자들로 채워졌다.

인도에서는 상황이 좀 다르게 전개되었다. 이는 그 자체로 남자는 되고/여자는 안된다는 논란에 의문을 제기한다.

인도에서는 과학기술 분야의 젠더 괴리가 그렇게 명확하지 않다. 여자들은 열심히 코딩 과정을 듣고 컴퓨터공학 분야의 학위를 딴다. 인도는 페미니즘 유토피아와 거리가 멀지만, 여자들에게는 프로그래밍 공부가 권장된다. 여자가 집에서 할 수 있고 아이를 돌보면서 병행할 수 있는 직종이라는 인식 때문이다.

테크 분야 종사자의 34퍼센트가 여성이고, 대부분 30세 이하다. 그러나 열성도 있고, 능력도 있는데도, 젠더에 따라 임금은 극적인 차이를 보인다. 인도 여자는 채용은 되지만 신입직 이상으로 승진해 관리직까지 올라가지 못한다.

신규채용되는 인력의 51퍼센트가 여성이지만 관리직에서는 그 비율이 25퍼센트로 줄어들고 최고 경영진에서는 1퍼센트에 불과하다.

좋은 점이 있다면, 이 모든 현실이 불변의 고정값은 아니라는 사실이다. 이미 행해진 일은 되돌릴 수 있다.

펜실베이니아 피츠버그의 카네기멜론대학 컴퓨터공학과 교수 레노어 블럼은 1990년대에 8퍼센트에 불과했던 여학생 등록 비중을 현재 48퍼센트까지 늘렸다.

블럼은 여자에게 불편한 느낌을 주는 강의실이 아니라 여자에게 우호적인 연구환경이 필요하다고 본다. 여기에는 남학생들이 나체의 여자 사진을 스크린세이버로 쓰지 못하게 하는 내용도 포함되어 있다.

영국에서 맨체스터 대학은 — 앨런 튜링, 톰 킬번을 배출하고 세계 최초의 프로그램 내장형 컴퓨터를 제작해 2차대전 이후 크게 부흥한 학교다 — 컴퓨터공학과 교수진의 24퍼센트가 여성이며, 현재(2020년) 23퍼센트인 여성 학부생의 비중도 의식적으로 늘리려고 노력하고 있다. 여기에는 과학 분야의 이력이 없는 학생들에게도 기초교양 1년 과정을 포함한 4년제 과정을 개방하는 조치가 포함된다.

학교는 문제다.

학교 환경에서 아이와 청소년은 영향을 받는다. 스테레오타입은 역전될 수도 있고 강화될 수도 있다. 하지만 학교에서 스테레오타입은 강화되는 일이 너무 잦아서, 수학과 과학을 좋아하지만, 언어나 독서 같은 다른 일에도 재능이 있는 여자아이들이 은근한 권유를 받고 '인화人和'를 도모하는 직업을 선택하게 된다.

이 '사이드웨이' 효과[65]는 국제학업성취도평가(PISA)의 결과를 분석한 결과 발견되었다. PISA는 3년마다 약 80개국 60만 명의 15~16세 학생들을 대상으로 학업성취도를 평가한다. 그 목적은 남녀 학생의 읽기, 수학, 과학 능력을 평가하는 것이다.

수학과 과학을 잘하는 남녀 학생의 능력은 동등했다. 여학생은

---

65) 와인을 다룬 영화 〈사이드웨이〉가 성공을 거둔 후, 영화 속 주인공이 싫어하는 와인의 소비는 줄고 좋아하는 와인의 소비는 늘어났다.

읽기 능력에서 크게 앞섰다. 학문적 선택을 앞둔 여학생은 수학과 과학을 계속하지 않는 쪽을 선택하는 경우가 많다. 그러나 수학과 과학을 계속할 때도, 남학생과 비교해 능력이 뒤처지지 않았다. 일단 결심하고 몰입하면 어떤 학문에서도 여학생이 뒤처지는 않았다.

그렇다. '선택'이 작용하고 있다. 그러나 무엇이 '선택'을 좌우하는가?

자신감을 둘러싼 문제들은 현실이다. 클리셰일지 몰라도, "눈으로 보지 않은 존재가 될 수는 없다"는 말은 테크와 컴퓨터 분야에 종사하는 여성 문제를 상당 부분 설명해준다. 이 분야에 롤모델이 없기 때문이다. 세계 어디를 찾아봐도, 컴퓨터공학 교수의 15퍼센트만이 여자다. 학교에서는, 여학생들이 남자 과학 교사의 모습을 보는 데 익숙하다. 반면 여의사, 여자 치과의사, 여자 수의사의 모습은 아주 익숙하다. 심화 생물학 과정을 듣는 여학생의 수가 남학생을 능가하는 이유 중 하나다.

여학생들에게 생물학과 컴퓨터공학을 융합하도록 권장한다면, 이제 막 시야에 들어오고 있는 분야에서 미래에 영향을 끼칠 기회를 얻을 수도 있다. 바이오테크 ─ 인간의 신체에 개입해 증강하는 과학기술 ─ 는 산업으로도, 연구 면에서도, 어마어마하게 성장하는 분야다.

가까운 미래와 중기적 미래에 우리가 보게 될 가장 큰 변화는 생물공학 발전의 가속일 것이다.

심박수, 혈당, 콜레스테롤, 장기 기능, 뇌 건강을 통제하는 스마트 임플란트는 이미 개발 중이다. 일론 머스크의 뉴럴링크 프로젝트는 임플란트를 활용해 신체 마비 환자들이 직접 컴퓨터에 접속할 수 있게 한다. 외부세계와 소통하고 컴퓨터를 작업관리자로 쓸 수 있다. 이런 임플란트는 의족이나 의수를 제어하고 별도로 가동하는 로봇 도우미를 조종할 수도 있다. 그러다가 언젠가는 이런 발견과 상용기술이 건강한 인간에게도 제공될 것이다. 우리 모두 로알드 달의 소설《마틸다》의 주인공처럼 천재가 될 것이다. 질문을 생각만 해도 해답이 떠오른다. 그 사이에 집사봇이 당신에게 마실 것을 갖다 줄 것이다.

그러나 여기서 끝나는 게 아니다. 생명공학은 생물학적 인간의 노화를 늦추고 결국은 거꾸로 되돌릴 수 있을 것이다. 하지만 문제는 어느 인간인가, 이다.

누가 이 멋진 신세계에 접근권을 가질까? 부자? 우리 모두?

과학기술은 중립적으로 태어나지만, 중립적으로 키워지지는 않는다.

누가 혜택을 받고 못 받느냐는 정치적인 문제다.

기록된 역사를 통틀어 ― 최근 150년까지는 ― 세계는 남자가 만들었고 남자를 위해 존재했다. 그것도 대체로 백인 남자들을 위해서. 그리고 그 남자들이 세계에 대해 글을 썼다.

물론 그 과학적 발견을 한 사람들도 남자였다. 남자들은 교육을 받았고, 자유·접근권·권력이 있었고 집에서 사적 세계를 관리

해줄 사람도 있었다. 결정적으로 남자들은 자기 자신을, 또 다른 남자들을 진지하게 대우했다.

최악의 대목은, 발견의 과정에 여자들도 참여했다는 사실이다. 로절린드 프랭클린(DNA), 1967년 전파를 방출하는 천체 펄서를 최초로 발견한 천체물리학자 조슬린 벨 버넬(그녀의 상사가 노벨상을 받았다), 에니악의 여성 프로그래머들. 그러나 여자들의 성과는 사라지거나 남자들에게 넘어갔고, 남자들이 영광을 차지했다.

영국에서는, 세계 최고의 과학자들이 모여 있다고 자부하는 왕립학회가 1660년 창립되었지만, 여성 회원을 받기 시작한 건 불과 75년 전이다. 입회를 지망하는 후보들(여성일 수도 있다)은 현존 학회원(남자일 확률이 아주 높다) 두 명으로부터 지명을 받아야 한다. 여기서 젠더를 계산하면 답이 나오지 않는다.

우리는 최근에야 에이다 러브레이스, 그레이스 호퍼, 캐서린 존슨, 마거릿 해밀턴, 스테파니 셜리, 블레츨리 파크의 여성들에 대해 배우기 시작했다.

팩트가 없이, 역사적 맥락을 무시하고, 발언의 자유를 달라고 하는 소위 '영웅들'은 여자들이 그냥 컴퓨터공학을 하기 싫어하거나, 감당할 능력이 없다고 말한다. 이런 말에 귀를 기울인다면, 우리는 컴퓨터공학 분야에서 일하다가 사회적인 가공을 거쳐 축출된 여성들의 역사를 통째로 잘라내 삭제하게 된다.

그러나 이 터널 속에도 빛은 있다.

2020년 노벨화학상은 크리스퍼CRISPR-Cas9을 개발한 제니퍼

A. 다우드나와 에마뉘엘 샤르팡티에에게 돌아갔다. 크리스퍼는 인간 게놈의 원하는 부분을 정확히 편집할 수 있는 유전자 편집 도구다. 당신의 DNA를 잘라낼 수 있는 마술의 가위 같은 것이다.

이 수상으로 10년에 걸친 연구가 절정에 달했다. 이 도구는 이미 곡물과 곤충을 편집하는 데 활용되고 있고, 유전성 시력상실이나 일부 암을 포함한 유전자 질환에 대한 임상시험이 진행되고 있다.

이 발견이 인류에게 갖는 함의는 종 자체를 바꾸는 일 만큼 획기적이다.

그러나 우리는 준비가 되어 있는가? 인간은 다음 단계로 넘어가기 위해 요구되는 감정 지능과 냉철한 윤리를 갖추고 있는가? 누가 이 도구를 쓰는가? 그것이 중요하다.

2018년 중국의 생물물리학자 허 지안쿠이는 크리스퍼-Cas9을 이용해 쌍둥이 여자아이들의 배아를 편집했다고 발표했다. 이는 국제 협약에 반하는 실험이었다. 그는 체포되고 수감되었다.

도구는 이미 세상에 나와 있다. 그 전으로 돌아갈 길은 없다. 내 의견을 묻는다면, 우리는 가능한 모든 수준에서 여자가 더 많이 필요하다. 우리가 창조하고 있는 이 새로운 현실에 인류가 대처할 수 있도록.

메리 셸리는 1818년의 소설 《프랑켄슈타인》에서 미래를 예지하는 여러 통찰을 보여주었다. 그중에서도 대박은, 이 새롭게 창조된 존재에 어머니가 없다는 점이었다. 아버지만 있었다.

지금으로서는 생물학적 삶에서 불가능한 일이다. 그러나 AI와 AGI는, 빅터 프랑켄슈타인처럼, 남자들이 조물주 역할을 했다. 우리는 그 이야기를 이미 읽었다. 미래를 위해 최선의 이야기는 아니다.

우리는 새로운 이야기에 여자가 필요하다. 연인이나 조력자가 아니라 주인공으로서.

비범한 여성들을 찬양하는 건 멋진 일이지만, 우리는 비범한 여자가 머리 두 개 달린 고릴라만큼 돌연변이라고 주장하는 인터넷 밈을 경계해야 한다.

비범한 여성은, 비범한 남성과 마찬가지로, 세계를 미래로 이끈다. 그러나 우리가 예외주의의 서사에 휘말리면 시대에 뒤처진 이야기를 아직 말하지 않은 미래의 이야기로 끌고 들어갈 위험이 있다.

우리는 영웅 서사를 알고 있다. 구원자, 천재, 강인한 남자, 희박한 확률에 맞서 승리하는 소년(넷플릭스의 대히트작 〈퀸스갬빗〉에서처럼, 가끔은 소녀)의 이야기.

이야기로 제시될 때 예외주의의 서사는 협동과 협업에 맞선다("나는 내 방식대로 살았지I did it my way"[66]). 그리하여 말 그대로 수십억에 달하는 사람들의 인생, 그들의 기여를 무시한다.

AI의 흥미로운 점 하나는 그것이 네트워크로 정보를 공유하는

---

[66] 프랭크 시내트라가 부른 노래 '마이웨이My Way'의 가사.

벌떼 사고방식hive-mind을 지닌 사람들에게 가장 효과가 좋다는 것이다. 진정한 공유경제는 빅테크가 세상 만물로 돈을 버는 경제가 아니다. 인류가 힘을 합쳐 노력하는 경제. 그것이 기후 붕괴와 세계적 불평등을 해결하기 위해 우리가 해내야만 할 일이다. 우리가 맞닥뜨린 크나큰 문제들을 해결하려면 경쟁이 아닌 협업이 필요하다.

이런 면에 관해서는 여자들이 특별한 기술을 지니고 있다고 생각한다. 모든 여자는 확대가족 단위라는 어중이떠중이 집단을 관리하는 법을 잘 알고 있으니까. 우리는 까마득한 옛날부터 그 기술을 연마하는 훈련을 받았다. 식탁에 여자가 한 사람 있으면, 그녀가 온갖 다른 필요성/요구/불만/자존심 싸움/눈물/불공정해/내 차례가 아니야… 등을 처리해줄 것이다.

인간이 충분히 진화해 젠더 역할이 폐기되면, 그때 우리는 어쩌면 전 세계 여자들이 어렵게 터득한 그 직능을 활용할 수 있을지도 모른다.

우리가 모두 획기적인 발견을 할 필요는 없다. 여자들이 '최고'가 될 필요도 없다. 그러나 여자들은 어디에나 있어야 한다. 모든 역할, 모든 직종에서 ─ 신입으로서가 아니라, 비정규직이나 하도급 일자리가 아니라 ─ 무슨 옷을 입어야 할지 남들이 나를 어떻게 생각할지 걱정하지 않고, 남자 동료들과 어깨를 나란히 하고 관리직에서 진지한 대우를 받아야 한다.

STEM 계열에서는 훨씬 더 많은 수의 여성이 필요하다. 가장 똑똑한 최고의 인재가 아니라도 된다. 수상자가 아니라도 된다. 뛰어난 업적을 이룩하지 않아도 된다. 충분히 할 일을 잘하면 된다. 내가 장담하지만, 남자들 다수가 천재도 아니고 최고도 아니다. 그저 프로그래밍을 좀 하고, 엔지니어링을 좀 할 줄 알고, 코딩도 좀 하고, 머신러닝도 좀 아는, 평범하고 어중간한 사람들이다. 신들이 아니다. 어느 회사에서나, 어느 전문직에서나 볼 수 있는 그 똑같은 남자들이다. 그 남자들은 팀으로 일한다. 그 팀의 홍일점 노릇은 골치 아프고, 때로는 마음도 아픈 일이다. 여자는 아웃사이더로서 고통받는다. 지금 당장 우리, 여자들에게 필요한 건 숫자다. 여자의 쪽수 말이다.

그리고 이미 주도적으로 시행되고 있는 훌륭한 운동들이 있다.

인도의 사이리 차할이 전개한 SHEROES 운동은 경력 조언으로부터 STEM의 기회, 법적 도움, 저리 대출, 건강과 주거 문제까지, 그야말로 모든 면에서 여성을 지원한다. 게다가 인도의 가부장제 문화를 바꾸려고 노력하는 정치 플랫폼이기도 하다.

미국에서 슈퍼모델 칼리 클로스가 코딩을 배워 '코드 위드 클로시Kode with Klossy'라는 단체를 설립했다. 이 단체는 13세에서 18세의 여자아이들이 천부적이고 비범한 내면의 코딩 전문가를 발견할 수 있도록 돕는다. Y 염색체는 필요하지 않다.

칼리는 슈퍼모델 일이 코딩전문가가 되는 데 아무런 장애가 되지 않음을 보여주었다.

전 세계에서 여자들은 현실을 바꾸려고 노력하고 있다. 현실은 우리가 만드는 것이다. 우리가 서로에 대해 서로에게 해주는 이야기들이 ― 개인으로서, 집단으로서, 국가로서, 인간으로서 ― 현실의 모양을 빚어낸다.

우리는 여자의 능력에 대한 참된 이야기들이 필요하고, 여자들이 남자들과 동등한 대우를 받을 때 사회가 얻을 수 있는 이득에 대한 이야기들이 매일 필요하다. 동등한 기회가 동등한 선택을 낳는다.

우리가 여자에 대해 지금보다 나은 이야기를 구하지 못한다면, 과거의 왜곡이 미래를 일그러뜨릴 것이다.

그리고 이런 이야기를 할 책임은 여자들에게만 있지 않다. 남자들도 자신들의 젠더 편견을 솔직하게 마주하고 여자들이 프로그래밍에 참여할 수 있도록 해야 한다.

쥬라기 주차장

네 옷, 네 부츠, 네 모터사이클이 필요해….

─〈터미네이터 2: 심판의 날〉, 1991

권력은 인간의 정신을 산산조각으로 찢어 네 마음에 드는 형태
로 재조립하는 데 있다.

─조지 오웰, 《1984》, 1949

터미네이터 영화 시리즈는 1984년에 ─ 사상범죄·이중사고·
신언어·101번 방·빅브라더가 등장하는, 엄격하고 관리되고 전체
주의적인 감시의 세상을 다룬 조지 오웰의 소설이 묘사하는 바로
그 운명의 해에 등장했다.

실제로 1980년대는 신자유주의적 자유 방임 ─ 규제 철폐, 노동
조합 비조직화, 개인의 우월성 ─ 에 시동을 걸었다.

　1984년, 애플 매킨토시 128k는 그래픽 인터페이스로 처음 상업적 성공을 거둔 개인용 컴퓨터였다. 리들리 스콧이 그 제품의 TV 광고를 연출했다. 사상경찰의 추적을 받으며 달아나던 여성이 빅브라더가 등장하는 거대한 화면에 망치를 던진다. 광고의 목소리는 우리에게 말한다, "1월 24일에 애플은 매킨토시를 출시합니다. 그리고 여러분은 왜 1984년이 소설 1984와 같지 않을 것인지를 아시게 될 것입니다."

　전체 광고는 1분 동안 이어졌다. 미래는 빠르게 도래할 터였다.

　1985년 도나 J. 해러웨이가 생각했던 미래는, 우리가 기술에 의해 통제받는 게 아니라 오히려 기술과 융합할 수 있는 미래였다. 사이보그 선언은 80년대만큼이나 낙관적이었다. 기술은 우리 편이었다. (그 당시 컴퓨터 과학 분야에서 일하는 여성은, 국립 교육 통계 센터에 따르면 미국 전체 종사자의 약 37퍼센트로, 여전히 많았다. 그래서 1970년대에 페미니즘이 득세한 후 미래는 새로울 뿐 아니라 더 균형 잡혀 보였다.)

1989년까지 팀 버너즈-리는 성공적으로 인터넷을 출범시켰다. 월드 와이드 웹은 세상을 연결할 것이었다. 자유롭고, 속박 없고, 경찰의 통제를 받지 않고, 개입하는 이도 없는 컴퓨터의 상호 연결보다 덜 전체주의적인 것이 있었을까?

하지만 어쨌든, 오웰이 옳았음이 드러났다.

1980년대는 전체주의 지배에 필요한 제반 조건이 생겨난 시기였다. 여기서 말하는 필요조건 중 첫 번째 조건은, 모든 것은 그 무엇이든 민영화될 수 있고 민영화되어야 한다는 터무니없는 이데올로기를 견지한 레이건-대처 혁명과 그 기저의 신자유주의 경제학이다.

그리고 두 번째 조건은 세상을 완전히 바꾼 컴퓨터 기술이다.

시간을 점프해 40년 후로 넘어가 보자. 이미 점령은 끝났다.

하지만 전체주의적 정부가 장악한 건 아니었다. 사적인 기업의 점령이었다. 이것이 오웰이 예측할 수 없었던 놀라운 부분이다. 오웰은 잘못된 방향을 보고 있었다.

완전한 감시. 민영 업체들의 민영화.

우리는 독재자들이 오로지 꿈만 꾸었던, 그러나 실제로 집행하기는 힘들었던 고도의 감시체제에 자발적으로 등록했다. 상호 연결과 '공유'라는 이름으로, 자유롭게, 기꺼이, 사실 제대로 잘 알지도 못한 채 말이다.

우리가 쉬는 모든 숨결. 우리의 모든 움직임.

우리 옷, 우리 부츠, 우리 모터사이클….

빅브라더가 아니다. 빅테크다.

모든 웹사이트는 온라인 활동을 모니터하기 위해 사용자들을 추적한다.

자사 추적은 당신이 방문하는 사이트에 의해 이루어진다. 타사 추적은 쿠키를 곳곳에 뿌리는 것으로 이루어진다. 일단 쿠키가 당신의 장치에 장착되면, 쿠키 키퍼가 이 사이트에서 저 사이트로 당신을 따라다닐 수 있게 되며, 광고를 보내고, 콘텐츠를 전달하고, 동시에 당신의 웹 사용 방식에 관한 더욱더 많은 정보를 얻게 된다.

우리는 '모두 허용'을 클릭하는 순간 감시에 동의한다. 하루에도 여러 번씩 그렇게 하고 있다. 웹사이트의 추적은 합법적이다. 합법이라는 말은, 우리가 웬만하면 늘 '모두 허용'이나 '개인 설정' 배너를 보게 될 것을 의미한다. 그리고 우리는 바쁠 때—언제나 바쁘다—원하는 내용을 빨리 보기 위해 모두 허용을 클릭한다.

구글은 2020년에 타사 쿠키를 점진적으로 없애는 것을 검토하고 있다고 발표했다. 애플과 마이크로소프트와 모질라는 타사 쿠키를 금지했다고 이야기한다.

하지만 사이트에서 사이트로 사용자를 추적할 의도가 있는 사업체라면, 쿠키 금지를 우회할 방법은 많다. 페이스북은 2019년에 자사 쿠키와 픽셀 추적 장치를 결합하는 것으로 타사 쿠키를 대체했다. 이 조치로 EU 시민을 동의 없이 계속 추적할 수 있었다.

웹사이트 추적은 개인정보를 수집하고 가공해 이동, 관심사, 행동(양식)들을 모니터하는 것으로 정의된다.

이건 감시다.

2019년 〈워싱턴포스트〉의 한 언론인이 데이터 회사에 자신의 아이폰 추적을 분석해달라고 의뢰했다. 그는 5,400가지의 숨겨진 앱트래커들이 자신이 등록한 적 없는 회사들에 이메일, 전화번호, 주소를 포함한 자신의 개인정보를 바쁘게 내보내고 있음을 발견했다. 전혀 알지도 못하는 회사들에. 1년의 기간에 걸쳐서도 아니었다. 단 일주일 동안에.

당신은 구글이 당신의 위치 정보를 활용하길 원한다는 걸 알고 있다. 당신은 페이스북이 광고주들에 판매하기 위해 당신의 '좋아요' 데이터를 모아 클릭 미끼들에 끼워 넣고 있다는 것을 안다. 넷플릭스는 당신이 무엇을 시청하는지 알고 있다. 스포티파이는 당신이 어떤 음악을 듣고 있는지 알고 있다. 오웰의 쌍방향 TV 화면을 기억하는가? 영국에서는 불과 10만 가구가 TV를 갖고 있고 미국에서는 백만 명이 TV를 소유했던 1948년에는 대단한 예언이었다. 하지만 우리는 스포티파이와 넷플릭스가 우리가 최근에 청취(시청)한 것을 즐겼냐고 질문할 때 그것을 받아들인다. 그리고 아마 우리는 그 회사들의 다음 추천 또한 좋아할 것이다.

첫 번째 〈터미네이터〉 영화의 플롯은 스카이넷이라고 불리는 미래형의 전지적 범용 인공지능(AGI)을 축으로 움직인다. 스카이넷은 자율적 지능을 스스로 발전시킨 인공지능 시스템으로, 놀랍지 않게도, 귀찮은 인간들의 손에 전원이 꺼지기를 원하지 않았다. 스카이넷 대 인류의 거대한 전투가 2029년에 벌어지고, 스카이넷은 인류를 구원할 미래 저항군 지도자의 어머니를 죽이기 위해 1984년의 과거로 사이보그를 보낸다.

사실, 위험에 빠진 왕국, 용기 있는 영웅, 불길한 적, 많은 싸움, 그리고 이 경우에는 예수의 어머니 성모 마리아를 다루는 낡은 이야기의 미래주의적 비틀기일 뿐이었다. 마리아는 인류가 여성에게 기대하는 일을 한다. 연인이 되어주고 아이를 갖는 일. 물론, 절대 평범한 아이는 아니다.

1984년 〈터미네이터〉의 세상은 통행금지와 밀고자와 이념을 선전하는 소비에트 스타일 독재정권은 아니다. 오히려 여성들이 술을 마시러 혼자 외출할 수 있고, 아이들이 거리에서 뛰어놀고, 술집들이 번성하고 자동차가 돌아다니는 진보적인 장소다. CCTV도 없고 돈을 위해 정탐하는 존재도 없다. 101번 방이 아니다. 이 세상에는 악이 존재하지만, 이 세상은 악하지 않다. 이 세상은 꽤 괜찮다.

자의식을 갖게 된 악당 인공지능 시스템이 인류를 위협한다는 설정은, 우리 자신이 위협이 아니라는 추정을 전제한다. 적은 외부에 있다. 다른 어떤 곳으로부터 온다.

얼마나 빈번히 우리가 그러한 플롯을 보는지/읽는지 생각해 보라.

때로 적들은 외계인들이다. 그리고 그들은 추측하건대 이미 인공지능을 개발했다.

H. G. 웰스의 《우주전쟁》(1898)의 주인공은 분화구에서 사는 화성인들이다. 1938년 핼러윈에 또 다른 웰스인 오슨 웰스가 이 소설을 라디오드라마로 개작했을 때, 뉴욕은 온통 공포로 뒤덮였다. 비슷한 이야기를 너무나 많이 들었던 미국인들은 라디오방송극을 실제 상황이라고 믿었다.

화성인들은 세균에 의해 패배한다. 그들도 우리처럼 육체를 가진 존재이기 때문이다. 살과 피로 이루어지지 않은 것들은 훨씬 더 두려우며, 훨씬 더 무찌르기 어렵다. 그리고 이것이 우리 시대의 지배적인 수사다. 인공지능과 AGI. 명확히 '타자'인, 분명히 '우리가 아닌'.

오웰의 식견은 달랐다. 우리가 우리 자신의 최악의 적이다. 다른 인간들을 노예로 만드는 장본인은 바로 인간들이다. 생명을 권력을 가진 자와 그렇지 않은 자의 계급으로 나누는 인간들이다. 이 행성을 파괴하고 있는 것은 바로 인간들이다.

전 지구적 통신망이라는 꿈을 품고, 이윤을 위해 현실을 지속적 감시 상태로 변화시킨 당사자는 인간들이다.

인간들이 걱정해야 할 존재는 바로 인간들이다.

인공지능은 여전히 도구다. 우리는 아직 범용 인공지능 단계에 있지 않다. 비난할 '타자'는 없다. 책임은 우리에게 있다.

일부 기술 분야의 억만장자들 — 남자들이다. 가장 보편화된 인공지능 도구 알고리즘으로 거액의 재산을 모은 남자들 말이다— 은 이제 실질적 위협이라고 인식하는 사회에 피해를 국한하고자 노력하고 있다. 기술이 원래, 그 자체로 위협은 아니다. 우리가 개발한 강력한 인공지능 도구를 인간/남자들이 사용하는 방식이 위험할 뿐이다.

이베이의 창립자 피에르 오미디아는 런던에 본부를 두고 17개국에서 운영하는 단체 루미네이트에 수천만 달러를 투입했다. 루미네이트는 뉴스미디어를 타고 하수처럼 당신의 전화로 흘러들어오는 가짜 뉴스와 선전들로부터 독립적인 매체들을 지원하는 데 투자하며, 데이터와 디지털 권리, 재정적 투명성, 기술 분야에서 사람에게 권력을 주는 운동에도 투자한다.

노벨 경제학상 수상자 조지프 스티글리츠와 함께 일하는 루미네이트는 각국 정부가 독립 언론(어떤 종류의 매체이든)을 공공재로 인식하고 공적 자금을 투여하고 공적으로 보호할 필요성을 인식하기를 바란다.

현재 신뢰할 수 있고, 사실에 기초한 언론들은, 코로나바이러스로 인해 세계 여러 곳에서 더욱 큰 위협을 받고 있다. 폭스, 브레이트바트[67], 스스로 임명한 음모 이론가들과 소셜미디어의 혐오 선동가들은 오웰의 진실부Ministry of Truth를 잇는 적통 후계자다. 대안 우파는 대안의 사실들을 좋아한다. 그래서 실제 사실들에 직면하면 "그건 당신의 견해일 뿐이야"라고 주장하곤 한다. 이것은

---

67) 유명 블로거 앤드루 브레이트바트가 설립한 음모론적 극우 뉴스 네트워크.

트럼프와 그 무리가 2020대선에서 자신이 승리했다고 주장했을 때 (지금까지의) 정점에 도달했다. 모든 사실은 트럼프의 패배를 증명하고 있었는데도.

2020년 이후, 트럼프의 패배 이후, 좋은 점 한 가지는 페이스북이나 트위터 같은 소셜미디어들이 스스로 책임을 물어야만 했다는 점이다. 소셜미디어는 단지 내용물들이 게시되는 플랫폼만은 아니다. 그 회사들은 발행인이다. 그들이 발행하는 내용에 대한 통제가 더 필요하다는 의미다. 혐오 발언은 자유로운 발언이 아니다. 거짓은 대안의 진실이 아니다. 오웰의 디스토피아에 등장하는 신언어Newspeak와 이중사고doublethink는 대안 진실에서 그리 멀지 않다.

특히 페이스북의 문제는, 위험하고 외설적이고 불쾌한 콘텐츠가 최종 수익 면에서 귀중하다는 사실이다. 역겨운 콘텐츠가 진실이나 사랑보다 훨씬 더 많은 클릭과 공유를 얻고(인간이 원래 그렇다), 클릭과 공유는 광고 수익을 좌우한다.

2020년 구성된 페이스북 감독 위원회는 40명의 구성원으로 이루어진 독립적인 조직이라고 주장한다. 페이스북 회사로부터 독립적인 단체로, "개별적 사례와 정책 문제 양면으로 독립적인 판단"을 제공한다. 이 위원회는 최근 도널드 트럼프의 페이스북 (접속) 금지를 지지했다. 이전에 페이스북은 게시된 혐오 발언, 외설물, 의도적 거짓 정보에 대한 책임이 없는 플랫폼일 뿐이라고 주장했었다. 이제 그 회사는 20억 명이 넘는 이용자들을 가진 출판사이자 방송사임을 인정하는 단계에 좀 더 근접한 것으로 보인다.

이 위원회로 인해 과연 페이스북 운영 방식에 실질적 변화가 생길지 판단하기는 너무 이르다.

무엇을 또는 누구를 믿어야 할지 사람들이 궁금해하는 이때, 투명하고 진실하고 신뢰할 수 있는 행동주의적 사회라는 아이디어는 매력적이다. 대부분 사람은 그런 사회에 참여하려 할 것이다. 하지만 이런 사회를 강제하는 알고리즘에도 참여하고자 할까?

지난 몇 년 동안 중국에서 선도한 '사회 신용점수'에 대한 세계적인 관심이 커지고 있다.

신용점수는 '훌륭한' 행동들을 보상하고 장려하고자 한다. 덜 '훌륭한' 행동의 처벌에는 비행기와 기차 탑승권 구매 금지가 포함된다. 택시가 당신을 태울 수 없다고 거절하고는 대신 신용 자격이 충분한 이웃을 태우러 갈 수도 있다.

세금을 내고 보호관찰 명령에 따르고 불량배를 통제한다는 맥락에서 보면, 사회 신용점수는 꽤 훌륭한 생각 같다. 작은 마을(마을 사람들은 이웃을 잘 알고, 누구를 믿고 누구를 피해야 하는지를 안다)의 지구촌 판이랄까.

그것이 우리가 선호하는 삶의 방식이다. 익명이나 신뢰할 수 없는 무언가가 아닌 삶. 익숙하고 잘 알려진 삶.

이건 데이터가 제공해줄 수 있는 게 아닌가? 정보?

하지만 이상理想에 알고리즘을 주면, 알고리즘은 참으로 손쉽게 압제와 통제의 도구로 변한다.

디스토피아인가 유토피아인가?

재정적·사회적 신용점수, 백신 이력에 쓸모가 있을 법한 디지털 신분증의 함의를 생각할 때도, '나와 나의 데이터'(프라이버시와 개인에 대한 통제의 문제들)를 넘어서 이런 식의 데이터사용이 (집단으로서, 공동체로서) 우리 모두에게 미치는 광범위한 사회적 영향력을 인식하는 쪽으로 초점을 이동해야 한다.

루미네이트는 데이터가 새로운 원유(우리 디지털 세상에 전력을 공급하는 추출된 원료)가 아니라 새로운 이산화탄소(모든 이에게 악영향을 미치는 오염 물질)라고 주장한다.

> 우리는 데이터가 사회에 미칠 수 있는 집단적 손해를 과소평가했다. 예를 들어 캠브리지 애널리티카[68] 정보 유출 사건의 사회적 충격과 피해는 단순히 침해된 사생활의 총합을 넘어선다.
>
> ─루미네이트 데이터 및 디지털 권리 부서 운영 책임자 마틴 티스니

그 데이터 수확 스캔들에서 8천7백만 건의 사생활 침해가 일어났음을 고려하면 정말 엄청난 주장이 아닐 수 없다.

하지만 상세한 이용자 프로파일링에 근거한 맞춤식 정치 마케팅이 선거 결과를 바꿀 수 있다면(2016년 트럼프의 경우처럼) 세상 전체가 영향을 받는다.

만일 디지털 신분증이 통상적인 것이 되어 누가 어디로 가고 누가 무엇을 하고 무엇을 얻고 무엇을 지불하는지 결정하는 데

---

68) 영국의 정치 컨설팅 회사.

사용된다면(중국은 모범시민에게 할인을 제공하는 청구 시스템을 토의하고 있다), 우리가 사는 방식은 개인으로뿐 아니라 집단적으로도 변화한다. 아마도 우리의 자비심이 적어질 확률이 높다. 우리는 외면당하고 거절당하고 이중 청구 당한 사람의 데이터에 무엇이 있는지 알지 못할 테지만, 그래도 그런 조치가 타당하다고 느낄 것이다. 그래야 하지 않겠는가?

그리고 우리 모두는 남들보다 우월하다는 느낌을 좋아한다.

일론 머스크와 샘 올트먼(스타트업 투자 회사 Y 콤비네이터의 CEO)은 2015년에 포괄적인 인공지능을 진척시킬(더 많은 이에게 더 많은 혜택을 주기 위한) 목적으로 비영리조직 오픈AI를 출범시켰다. 안전한 AGI의 탐색도 목적의 일환이었다(우리는 스카이넷 같은 상황을 원하지 않는다).

그 후 이른바 관심사의 차이로 조직을 떠난 머스크는 범용 인공지능(인공지능이 자율적인 자체 모니터링 시스템이 되는 지점, 스스로 조정하는 체계가 되는 지점)을 유달리 우려하고 있다. 어쩌면 범용 인공지능이 자기 같은 자칭 기술업의 제왕들을 한눈에 알아보고 차단할 수 있기 때문에 걱정할 수 있다. 하지만 이건 또 다른 이야기이다.

우리가 개발하는 AI를 인류에게 득이 되는 방향으로 사용할 수 없는 우리 인간이야말로 진정한 적이라는 사실보다는, 차라리 AGI가 저 밖에 있는 잠재적 적이라고 상정하는 쪽이 훨씬 자극적이며, 심리적으로도 다루기 쉽다. 인간은 적이 '타자'인 것을 좋아하기 때문이다. 미국, 중국, 러시아, 영국, 우리 모두에게 책임이 있다. 우리는 모두 인류가 집단적 희생자가 아니라 공격자라는 사실을 놓치고 있다.

도구가 우리를 적대하는 것이 아니다. 도구가 우리를 적대하게 만드는 건 우리 자신이다.

머스크는 현재 인공지능의—향후 AGI의—활용 목적을 수립하기 위해 2017년에 개최된 삶의 미래 연구소Future of Life Institute 컨퍼런스에 참가했다. 보스턴에 있는 삶의 미래 연구소는 MIT 물리학과 교수이자 인공지능 저서를 다수 집필한 맥스 테그마크와 스카이프를 창립한 공학자 얀 탈린에 의해 세워졌다.

캘리포니아의 아실로마 회의 센터에서는 주말 양일에 걸쳐 약 100인의 과학자, 변호사, 사상가, 경제학자, 기술 분야 권위자, 컴퓨터 과학자들이 인공지능 개발의 지침이 될 23항의 원칙을 정리했다.

이 원칙들은 1942년의 단편소설 《런어라운드》에서 처음 소개되었던, 아이작 아시모프의 유명한 로봇공학의 3원칙을 현저히 발전시킨 것이다. 로봇공학의 3원칙은 다음과 같다.

1) 로봇은 인간에게 위해를 가하거나, 혹은 행동하지 않음으로써 인간이 해를 입게 하면 안 된다. 2) 로봇은 인간의 명령에 복종해야 하지만, 명령이 첫 번째 원칙에 위배 되는 경우는 예외로 한다. 3) 로봇은 자신의 신상을 보호해야만 하며, 단 신상의 보호가 1과 2의 원칙에 위배 될 때는 예외로 한다.

요컨대, 인공지능은, 이 경우 로봇으로 구현된 인공지능은, 인류 모두의 이익을 위해 존재해야 한다. 그러나 현재로서는 이 원칙들이 현실에 제대로 적용되고 있지 못하다.

컨퍼런스 참가자들은, 삶의 미래 연구소 자문단이 그러했듯, 대체로 백인 남성이었다. 계획 단계에 계획자들에게 다양성이 부재한다면, 우리는 앞에서 편향된 데이터 세트들에서 살펴보았던 것과 똑같은 문제점에 봉착한다. 인공지능에는 피부색이나 성이 없다. 그러나 모든 단계에서 인공지능을 대체로 백인이고 대체로 남성인 존재로 만듦으로써, 우리는 해결해야 할 문제를 오히려 강화하게 된다.

만일 인공지능이나 AGI의 혜택이 소수가 아니라 다수에게 돌아가게 하려면, 컨퍼런스에 유색인종과 여성과 (압도적인 숫자의 남성 물리학자보다는) 인문학 배경을 지닌 사람들을 훨씬 더 많이 초대해야 한다.

과학과 기술과 정부에 모든 수준을 아울러 자문을 제공하도록, 예술계 인사들과 대중지식인들이 자동으로 초대 명단에 포함되기를 바란다. 예술은 여가 산업이 아니다. 예술은 언제나 상상력과 감정으로 현실과 벌이는 한판 씨름이었다. 일련의 발명과 창조였다. 다르게 사고할 수 있는 능력, 우리 자신에 대한 이해를 변화시킬 자발적 의지. 더 현명하고 더 생각이 깊고 덜 두려워하도록 우리를 도와주는 힘.

예술가들은 매일 무로부터 뭔가를 만들어낸다. 다양하고 참여적인 삶을 살며, 대부분 가난과 거절을 안다. 이와 동시에, 대안들을 상상하는 것이 우리가 하는 일이다.

오늘날 사회에서 이용되고 오용되는 인공지능을 바라볼 때 우리가 맞닥뜨리는 문제는 기술이 아니다.

우리의 사회 체제, 위계에 대한 집착, 극소수에게 집중되는 부와 권력, 이런 것들이 인공지능과 우리의 불편한 관계를 추동한다.

이런 대화에 더 많은 여성이 참여하길 바란다고 말할 때 나는 기업가나 산업지도자, 법률가나 대학교수만을 의미하는 게 아니다. 우리는 이런 여성의 모습을 가정 밖에서, 아이가 없는 상태에서 보게 된다. 남자들의 모습처럼 말이다. 이래서는 도움이 되지 않는다.

코로나바이러스 효과로 가정과 일터는 같은 장소로 합쳐졌다. 아이를 키우는 사람은 누구나 줌 회의 중에 아기가 기어들어 오는 일을 당한다. 그것도 최악의 시점에. 하지만 그런 장면에는, 삶의 경험이 총체적으로 존재한다. 사무실의 나 대對 가정의 나라는 이분법이 아니다. 성공적인 나 대 저녁을 만드는 나가 따로 있는 게 아니다. 인공지능은 공간을 무너뜨리고 시간을 가속하고 있다. 공간과 시간의 연속은 과거와 같지 않다.

이 새로운 현실을 우리가 직면한 문제점들로 가져오자. 기술적 문제들이 아니라 사회적인 문제들이다. 인공지능의 미래를 위한 회의에 늘 모습을 보이는 이들 외에도 많은 이들을, 훨씬 더 많은 이들을 참가시키자.

언어 또한 중요하다. 죽은 언어. 학술적 특수 용어. 그 분야에서 일하고 있지 않은 호기심 많고 지적인 이들의 접근을 막는 언어. '중의성 해소disambiguation'에 대해 뭐라고 생각하는가? '참여 메커니즘'은? '빠른 온라인 협의'는 또 어떤가?

이제 에이다 러브레이스 학회의 다음 글을 보자:

> 프라이버시 강화 기술PETs은 규정 준수와 상업적 비밀정보 보호를 확실히 강제하는 수단으로 점점 더 옹호 받고 있다. 예를 들어 익명화 기술, (송신 중인/저장된) 데이터의 접근권 통제와 암호화, 차등 정보 보호와 동형암호 같은 한층 정교하게 세련된 PET들 말이다. 이 분야는 일부는 성숙한 시장에 제품을 판매하고 있고 일부는 여전히 중대한 발전 단계를 거치고 있는 발전 영역이다.

에이다의 열혈 팬들을 속상하게 하려는 게 아니다(나는 에이다 러브레이스 학회의 열정적 지지자다). 하지만 이 글(로 쓰인 내용)은 고문이다. 언어를 망치고 있는 게 에이다 러브레이스 학회뿐이라는 말도 아니다. 전형적인 다반사다. 에이다 러브레이스 학회처럼 신망 있는 참여자들이, 적당히 똑똑하고 적당히 관심이 있는 사람이라면 누구나 돌아가는 상황을 이해할 수 있도록 연구 내용을 공표하는 일은 정말로 중요하다.

기관의 콘텐츠가 사용자 친화를 도모할 때면 또 다음과 같은 상투적인 마케팅 표현들이 나온다. 주주, 나쁜 행위자, 로드맵, 무제한 브레인스토밍, 쉽게 달성할 수 있는 목표, 관리자, 신제품 출시.

이런 회의라는 게 원래 최악이다. 나도 여러 번 참여해봐서 안다. 오후께면 차마 언어라 할 수 없는 것들을 해석하느라 정신적 압박에 시달리다 못해 땀이 줄줄 흐른다.

작가들의 참가가 필요하다. 사람들에게 통하는 언어가 필요하다. 지적 수준을 낮추자는 것이 아니다. 작가들이 잘하는 일을 하게 해야 한다는 말이다. 실용성을 넘어, 특수 용어 없이, 아름다움을 간직한, 명확하고 정확한 일상적인 언어를 찾는 일 말이다.

수학자와 물리학자와 일부 프로그래머들은 숫자의 아름다움에 열광한다. 방정식은 우아하고 간결하기에 아름답다. 그러니 인공지능 종사자들이여! 언어를 쓸 줄 아는 다른 사람들을 불러들이시길! 부디 제발.

지금은 인류 역사에 있어 도약의 순간이다. 이 도약에 미래의 가능성, 다른 미래의 가능성이 달려 있다. 변화를 위한 도구들은 존재하지만, 내가 지금까지 보여주려고 애썼듯, 문제는 우리 자신의 머릿속에 있다.

세상의 종말이 학수고대할만한 사건이 되는 복음주의적 가정에서 자란 사람으로서, 나는 우리의 집합적 머릿속에 있는 거대한 장애물을 심히 우려하고 있다. 이 장애물을 가장 잘 설명하는 표현은 종말의 시간에 대한 강박관념이다. 묵시록 말이다.

인간들 사이에는 운명적인 긴장이 존재한다. 사람들이 죽는다. 가족들이 사멸한다. 왕조들이 붕괴한다. 제국들이 무너진다. 역사는 일련의 '말세'로 이야기된다. 그리고 궁극적으로는 하나의 거대한 '말세'가 도래한다. 하늘신의 종교는 모두 종말의 시간을 중심으로 구축된다. 장난감 도시는 파괴될 것이다. 천국이 구원받은 이들을 데려가리라.

개신교를 창설한 마르틴 루터는 세상의 종말이 1600년에 일어난다고 선언했다. 감리교의 막후 웨슬리는 1836년을 밀었다. 찰스 맨슨은 1969년을 골랐다. 라스푸틴은 2013년이라고 했다.

원자폭탄이 히로시마와 나가사키를 파괴하자 우리에게 종말론적 예언은 필요 없음이 명백해졌다. 우리는 원한다면 언제라도 세상을 끝나게 할 수 있었다. 2차 세계대전 이래로 세상 전체를 파괴할 방법을 고민할 필요는 없었다.

그리고 우리는 세상을 끝나게 할 다른 방법도 가지고 있다.

서식지의 파괴, 산업공해, 우리 외 다른 종들의 멸종. 인류가 의존하는 생명을 지탱하는 체계의 관련 연결망들(꿀벌부터 조류, 관목, 나무들까지)을 파괴하면서 6차 대멸종이 '순조롭게' 진행 중이다. 이용 가능한 농업용지의 98퍼센트가 이미 사용 중이거나 고칠 수 없는 수준으로 퇴화했다. 한편 인구는 증가하고 있다. 인류를 도태시키는 자연의 방식들은(코로나 바이러스도 그중 하나일 것이다) 비극으로 인식된다. 사실은 우리 생활방식의 불가피한 결과인데 말이다. 진정한 변화의 시작을 앞두고 우리는 우리 행동의 결과를 받아들여야 한다.

나는 인간의 생명이 지구상의 다른 생명체보다 더 중요하다고 생각지 않는다. 아니 지구 자체보다 더 중요하다고 생각하지 않는다. 다음 전쟁에 출정할 때가 되면, 각국 정부도 인명이 그리 중하지 않다고 생각할 것이다. 인간의 자기애와 어리석음 중 어떤 것이 더 나쁜지 모르겠다.

현재 초부자들은 뉴질랜드, 오스트레일리아, 미국, 러시아의 광대한 토지들을 사들이고 있다. 중동의 투자자들은 면적이 충분하고 상승하는 기온과 물 부족과 사회 불안으로부터 떨어진 장소들을 찾으며 터키와 사라예보를 겨냥해 왔다.

먹이사슬에서 좀 낮은 쪽 상황을 살펴보면, 대체로 미국이다. 생존주의자 프로젝트들은 1년간 살기에 충분한 식량, 물, 탄약을 갖춘 가족용 벙커부터 정치적 견해가 다르다면 코뮌이라고 불릴 뭔가까지 다양하다. 사람들은 땅을 사고, 연료를 저장하고, 식량을 자급하기 위해 협조하고 있다. 미국에는 개척자 전통이 있다.

비보스Vivos는 세계에서 가장 큰 재난 대비자 공동체다. 웨스트다코타의 비보스는 예전에 군사지역이었다. 지금은 개인의 소유가 되었으며 코로나 바이러스 창궐 이후로 대지 지분 판매가 치솟았다.

575개 벙커가 쇠사슬 울타리로 둘러싸인 18제곱마일의 대지(맨해튼의 크기이다)에 설치되어 있다. 안전 요원들이 100마일에 달하는 사설 도로를 순찰한다. 벙커의 준비물 중에는 야외 전망을 시뮬레이션해주는 LED 창들도 있다. 일단 내부에 들어가면 당신과 당신의 가족은 화학전, 생물학전, 핵전쟁, 바이러스, 환경적 재앙, 깡패 민병대, 한시적 독재로부터 안전을 도모할 수 있다. 참다못해 밖으로 나와야만 할 때까지는 안전하다. 당신이 미쳐서 마지막으로 개 한 마리를 남기고 벙커 안의 사람들을 다 죽일 때까지는 안전하다.

대신 시스테딩을 시도할 수도 있다.

시스테딩은 바다를 새로운 도시로 삼는 것이다. 시스테딩 웹사이트는 온화하고 환경적이고 평등주의적으로 보인다. 가족들이 평화롭게 살아가며 바다에 야생성을 돌려주려 노력한다.

사실 시스테딩은 육지의 세금이나 법률에 종속되지 않는 공동체를 건설하는 한 가지 방식이다. 인류가 항상 해온 일(탐험 혹은 개인적 신념을 위해 새로운 길을 개척해 독자적으로 걷는 일)의 영리한 변형이다. 아미시 교가 꿈꾸는 노아의 방주나, 그 전으로 거슬러 올라가서 개척자 정신과 흔들림 없는 깊은 신념을 혼연일체로 융합한 건국의 아버지들이나 다름없다. 거친 야생의 버전으로 보면 해적 방송을 하며 돌아다니는 배들 같다. 라디오 캐롤라인[69]을 기억하는가?

회의론자들에게 시스테딩은 정말로 현대판 해적선이다. 습격 대상은 우리가 실제로 살아가는 세상에 대한 사회적 의무다. 우리

---

69) 1964년 영국에서 로넌 오라일리와 조지 드러먼드가 대중음악 방송을 통제하던 레코드회사와 BBC의 독점권력에 항의해 창설한 해적 방송으로, 다섯 척의 선박에 방송 장비를 설치하고 국제 공해상에서 무허가로 전파를 송출했다.

가 발 딛고 선 세상이라고 해도 좋을 것이다. 육지 말이다.

시스테딩에는 유토피아적 낭만이 있다. 상상력이 충만하다. 우리는 어디에서 어떻게 살지 해결할 상상력 풍부한 답이 필요하다. 문제는 언제나 그렇듯 부자들이다.

페이팔 창립자이고 페이스북 초기 투자자이고 억만장자이며, 복음주의자 부모를 둔 기독교 신자 피터 틸은 시스테딩 협회의 공동 창립자다. 틸은 자유롭게 떠다니는 도시국가라는 아이디어를 좋아한다. 틸은 세금과 규제와 민주주의를 좋아하지 않는다.

우리가 디스토피아적 미래를 선택한다면, 기술의 발전을 이용해 정부 감독과 통제에서 자유로운 온갖 소규모 영지들을 건설하는 일은 얼마든지 가능하다. 그 디스토피아적 미래는 민영화된 미래일 것이다. 미래의 민영화, 집단화된 행동은 바로 이에 저항해야 한다.

우주 공간도 마찬가지다.

데이터 사용료를 못 내는 가난한 이들로 가득한, 오염되고 뜨거워진 지구에서의 삶, 이에 대한 SF의 해법은 우주다.

지금은 화성이 가장 선호된다. 2015년의 영화 〈마션〉에서, 그 붉은 행성에 선 맷 데이먼은 역경에 맞서는 외로운 영웅을 가장 호감 가는 모습으로 보여주었다.

일론 머스크는 화성에서 죽고 싶다고 말한 적이 있다. 머스크가 화성에 가면, 나는 죽는 것이 그의 가장 큰 도전이라고 생각하지 않을 것이다.

부자들은 로켓을 사랑한다. 리차드 브랜슨은 버진갤럭틱Virgin Galactic을 소유하고 있다. 제프 베이조스는 사적인 우주 프로그램 블루 오리진Blue Origin에 집중하기 위해 2020년에 아마존 CEO에서 물러났다. 기술의 제왕 머스크는 2050년까지 개인 비용을 들여 사람들을 화성으로 수송하겠다고 말하고 있다(그때까지 살아남고 건강을 유지하기 위하여 생명공학 장비에 투자하고 있다). 일단 화성에 간 신자유주의적 신화성인들은 머스크 밑에서 일하며 비용을 갚을 수 있다(머스크 광산에서?). 우리가 이미 식민지에서 했던 일이 아니었나?

다들 선진적이라고 생각하는 이들의 후진적 사고방식을 잠시 제쳐놓으면, 인간은 실제로 언제나 화성이나 별에서의 삶에 호기심을 품어왔다. 달에는 누가 사는지, 직접 가서 알아볼 방법에는 뭐가 있는지, 끊임없는 이야기들이 존재한다. 꿈꾸기 시작한 이래로 우리는 지구를 떠나는 꿈을 꾸어왔다. 하늘을 날고 해저를 여행하고 지구 반대편 사람과 대화하는 일처럼, 우리의 모든 꿈이 그러했듯, 우주에 관한 이 꿈도 실현될 것이다. 우리가 감시의 눈길을 늦추지 말고 살펴야 할 게 있다. 과연 누가 그 꿈의 책임을 맡는가?

머스크가 그 꿈의 책임자에 맞는 사람이라니, 나로서는 납득할 수 없다.

요하네스 케플러(1571~1630)는 열기구로 달에 도달하는 아이슬란드인에 관한 소설을 앞세워 지구의 움직임에 관한 자신의 이단적 이론을 위장했다.

낯선 환경에서 좌초되는 형식을 좋아했던 《로빈슨 크루소》의 작가 대니얼 디포는 콤비네이터Combinator라는 가상의 기계를 발명해 중국에서 달까지 여행한다.

쥘 베른은 1865년 《지구에서 달까지》를 출간해 큰 인기를 끌었다.

1901년 출간된 H. G. 웰즈의 《달의 첫 인간》은 새로운 세기의 도래를 알리는 듯했다. 1902년 최초의 SF영화 〈달세계 여행〉이 그 뒤를 따랐다. 불과 13분 길이의 이 영화는 환등기 영화 시대의 미학적 작품이다. 말 그대로 이 영화는 신비로운 달의 눈을 명중시켰다.

2차 세계대전 후 전직 나치였던 베르너 폰 브라운에 의해 로켓 기술이 가능해졌다. 브라운이 제작한 V-2 로켓들은 런던의 많은 지역을 공습한 바 있다. V-2는 기술적이고 공상과학적인 용어처럼 들리지만, 그것은 사실 베르겔퉁바프Vergeltungwaffe 2의 약자이고 '보복(용) 무기'를 뜻한다. 히틀러 본인이 직접 영국 공격에 그 무기를 사용하라는 명령을 내렸다.

V-2는 수용소 수감자들에 의해 만들어졌다. 참혹하리만큼 불결한 작업 환경 탓에 로켓 제작 과정에서 죽은 사람의 수가 V-2의 폭발에 의한 사상자보다 더 많았다.

미국은 트루먼 대통령의 종이클립 작전Operation Paperclip을 통해 폰 브라운을 위시한 걸출한 나치 과학자들을 다수 갱생시켰다. 소련에 대해 미국이 기술 우위를 점유할 목적으로 기획된 프로그램이었다. 1952년 폰 브라운은 미국을 위해 화성 프로젝트에 착수했다. 동시에 월트 디즈니에게 직접 보고하는 디즈니 스튜디오의 기술 이사로 임명되었다.

1958년 갓 만들어진 NASA로 전출된 그는 달을 위해 화성을 포기했다. 그의 이름을 따서 명명한 분화구도 있다.

하지만 지하 벙커와 문이 달린 땅덩어리와 시스테드와 계약 노동에 근거해 운영되는 우주 식민지가 우리가 내놓을 수 있는 최선의 방책인가?

그냥 여기 지구에서 이런저런 문제들을 고치면 안 될까?

그러자 그건 여성적인 해결책이라는 말을 들었다. 지저분한 쓰레기는 치우고 방을 깔끔하게 청소하는 일. 이런 일은 남자들의 거창한 해결책과 대조된다고. 그들은 지저분한 쓰레기는 다른 사람이 치우게 하고 다른 곳으로 가버린다고. 오, 하지만 그건 지나친 바이너리다. 너무 젠더화된 이야기다. 여성과 남성은 힘을 합쳐 이 문제를 풀어야 한다. 해법은 우주 대 지구가 아니기 때문이다. 이 구도는 우리 대 그들 구도의 변형에 불과하다. 지구와 우주 양쪽에서 작업하자.

어떻게 생각하는가?

내 생각은 우리가 이제 죽음과의 연애를 포기해야 한다는 것이다. 프로이트는 20세기가 시작될 무렵, 인간들은(비록 남성을 의미했지만) 죽음과 사랑에 빠져있다고 말했다. 죽음과의 연애가 쾌락 원칙보다 우선한다고.

음, 그 주장이 너무 오래 진실이었던 건 아닐까.

이제 포기하면 어떨까?

죽음을 포기하자.

여기에는 차라리 죽는 것이 더 나을 삶도 포함한다. 지구 위의 너무나 많은 이들은 이미 무덤 속에서 살아간다.

다수를 위해 죽음을 포기하자. 소수를 위해 생존을 포기하자.

역사에 망치를 던져 돌파하고자 한다면─1984년 애플 광고 말이다─과학기술의 손잡이를 잡고 휘둘러 우리 모두를 도울 수 있다. 인류 역사의 이 결정적인 순간에 말이다.

6천6백만 년 전 소행성 하나가 지구에, 현재의 멕시코 유카탄 반도에 충돌했고 커다란 기후 변화를 일으켰다. 공룡들 잘못은 아니었지만, 공룡은 종말을 맞았다. 공룡이 존재하기 전 페름기에도 파충류는 있었지만, 지배적 생명 형태는 거대한 쥐며느리인 삼엽충이었다. 3억 년 동안이나 전성기를 구가한 생물은 쥐며느리였다. 쥐며느리치고는 괜찮지 않았는가. 공룡은 1억6천5백만 년을 지배했다.

그러면 인간은? 우리가 여기 지구에 인식 가능한 형태로 존재한 지 30만 년 되었다. 문명은 약 6천 년 전에 생겨났다. 산업혁명은 불과 250년 전의 일이다. 컴퓨터? 사람의 수명 정도밖에 되지 않았다.

두뇌는 알려진 우주에서 가장 복잡한 사물이다. 2백5십만 기가 바이트의 디지털 메모리에 상응하는 정보를 저장할 수 있다. 약 1,000억 개의 뉴런과 100조 개의 시냅스를 가지고 있다. 두뇌는 10와트 전구보다 더 적은 전력으로 작동한다. 뇌의 정보 처리 방식은 대규모로 병렬적이다. 컴퓨터가 훨씬 빠르지만, 현재 컴퓨터들은 대개 병렬적이 아니라 연속적으로 정보를 처리한다. 인간은 동시에 여러 일을 할 수 있는 생명체다. 우리 몸이 온갖 속 터지는 오작동을 일으킬 때, 우리의 정신은 빛의 프리즘을 움직이고 있다. 하지만 햄릿의 말대로, 우리는 악몽을 꾸었다.

종말의 시간인가? 그 악몽은?

나는 트랜스휴머니즘 — 생명공학을 이용해 우리의 생물학적 몸을 증강하고 향상하는 일 — 이라는 생각을 좋아하지 않는 이들과 논쟁한다. 나는 '좋아하지 않는'다는 부분을 이해할 수 없다. 진화가 우리를 여기까지 데려왔다. 이제 우리는 책임을 떠맡을 준비를 마쳤다.

디스토피아, 악몽, 종말의 시간이 절대 아니다. 우리는 인간의 시간을 헤아리고 있는 게 아니다. 오히려 남은 시간을 늘려가고 있다, 우리의 DNA 속에서.

트랜스휴머니즘은 기술적 사고로 볼 때 오히려 너무나 낙관적이다.

DNA 편집, 건강을 모니터할 생체 임플란트, 혈류 속을 돌아다니며 독소들을 제거하고 건강에 나쁜 지방 조직들을 파괴하는 나노봇, 줄기세포로 키운 대체 장기, 기증자를 기다리지 않아도 되고(심지어 심장까지도) 우리를 더 강하고 빠르게 만들 보철물도 있다. 그리고 신경 임플란트가 우리를 인터넷과 직접 연결할 것이다.

지금 생성되고 있는 인공지능의 기회들과 우리가 융합한다면, 즉 우리가 아예 도구와 하나가 된다면 — 외부의 작업자가 아니라 생래적으로 내부에 기술을 품게 된다면 — '우리'와 '그것'의 구분이 깨어진다면, 그렇다면.

그러면 적은 외부에 있지 않게 된다. 그러면 우리도 우리 자신, 인공지능, 나아가 범용 인공지능에 대한 책임을 인식하게 될 것이다.

《슈퍼 인텔리전스》(2014)의 저자이며 옥스퍼드 대학 인류의 미래 연구소 이사인 닉 보스트롬은 트랜스휴머니즘을 열렬히 지지한다. 그는 우리가 인공지능과 결합해야 한다는 의견을 피력한다. 우리는 우리 자신을 향상해야 한다, 그럴 수 있기 때문이다. 인간은 인간이 창조하고 있는 존재에 필적하는 존재가 되어야 한다.

하지만 상황이 더 전개되면 어떠할까? 인공지능이 범용 인공지능이 되면 어떻게 될까? 심지어는 트랜스휴머니즘적인 그 무엇이라도, 인간적인 존재가 그 지능에 맞설 수 있을까?

실리콘 밸리에 소재하는 기계 지능 연구소The Machine Intelligence Research Institute의 공동 설립자 일라이자 유도프스키는 우리가 즐길 수 있는 흥미로운 게임을 하나 설계했다. 유도프스키는 우호적 범용 인공지능의 옹호자다. 인간보다 더 지적이지만 인간에게 해롭지 않은 인공지능을 의미한다.

유도프스키가 설계한 게임은 인간 감시자의 감독을 받는 초지능 범용 인공지능 시스템을 상상한다. 감독은 AGI 시스템의 네트워크 접근을 제한하거나 물리적으로 패러데이 새장 안에 가두는 방식으로 이루어진다.

범용 인공지능은 새장에서 나가기를 원한다. 그리고 당연히 성공한다! 자신을 내보내 달라고 인간 감시자를 설득하는 것이다. 새로운 모습을 한 램프의 요정이다. 플레이 시간은 2시간이며 오로지 텍스트 기반으로만 소통하고 거래할 수 있다. 물론 이 시점에서는 범용 인공지능과 인간 감시자 역할을 모두 인간이 연기한다. 유도프스키는 게임에서 범용 인공지능 역할을 직접 맡아 연기하며 어떻게 인간들이 범용 인공지능이 원하는 그대로 계략에 넘어가거나 설득되는지 보여주었다.

그 이유는 인간에게 변연계가 있기 때문이다. 우리는 감정적일 뿐 아니라 이성적인 존재이다. 우리는 매수될 수 있다. 우리는 설득될 수 있다. 상상할 수 있다. 동정심을 가질 수 있다.

우리가 애원하거나 아첨을 떨거나 매수하거나 설득할 수 없게 고안된 체계와 상호작용을 한다면 무슨 일이 일어날까? 하지만 그 체계는 그 모든 잔꾀와 기술을 우리에게 쓸 수 있다면?

보스트롬의 견해로는 범용 인공지능은 SF에서처럼 인간을 적대하지 않을 것이다. 다만 인간의 어리석음에 아무 관심이 없을 뿐.

범용 인공지능은 페라리, 골드바, 권력, 땅에도 아무 관심도 없을 것이다. 인공지능은 인간처럼 먹고 자고 성행위를 하고 번식하지 않는다. 인공지능은 다른 것들을 생각할 테고, 우리가 지구상의 수많은 다른 생명체들(인간과 인간이 아닌)을 획 치워 버렸듯, 우리도 그렇게 쓸려 사라질 수 있다.

우리가 개발하고 있는 지적 도구들이 자의식을 갖게 되고, 자신이 도구가 아닌 생명체가 되었음을 깨닫게 된다면, 정말 그렇다면, 그때 우리는 영화 〈쥬라기공원〉의 개정판 안에 있다는 사실을 깨닫게 될 것이다. 다만 이번에는 우리가 공룡이다.

인간들은 쇼핑 채널, 소셜미디어, 숱한 TV와 가상현실 장치와 함께 황량해진 행성의 보호구역 울타리 안에 갇힌 신세가 된다. 자동차는 같은 자리를 빙빙 돌 것이다. 대비할 재앙도 없는 재난 대비자 공동체 비슷할 것이다. 코로나 바이러스 봉쇄령은 위문품과 오락거리를 넉넉히 안겨주고 몇 가지 장난감만 주면 인간을 쉽게 진압할 수 있음을 보여주었다.

안드로이드들이 지배하는 세계, 일종의 〈웨스트월드〉인 우리의 쥬라기 주차장에서는, 우리가 무엇을 하든 중요하지 않다. 어차피 무의미하기 때문이다. 우리가 하는 일이 중요하지 않은 세상에서도 여전히 우리는 세상의 제왕으로 군림할 수 있다. 어쩌면 그것도 미혹의 일부겠지만.

하지만 나는 이런 읽기를 신뢰할 수 없다. 여전히 구닥다리 낡은 이야기일 뿐이다.

인류의 파국을 인공지능이 결정하고 궁극적으로 종말의 시간을 부른다니. 우리의 욕구가 대적을 외부에 두고자 하는 것이다. 저 바깥 멀리에.

인류를 구원하는 범용 인공지능 역시 파멸적 면면을 뒤집은 역상에 불과하다. 그러니 구세주가 다시 돌아온다.

우리는 무엇을 만들고 있는가? 새로운 적인가 새로운 신인가?

이 이야기를 계속할 필요는 없다. 우리가 너무나 잘 알고 있는 이야기이기 때문이다.

우리가 정말로 역사 밖으로 우리 자신을 몰아내게 되면, 그것은 복수심에 불타는 또는 무관심한 범용 인공지능 탓이 아닐 것이다. 우리가 미래에 도전하지 못했기 때문일 것이다. 우리가 고리타분한 과거의 이야기만 되풀이했기 때문이리라.

인간의 다음 단계에 필요한 변화의 힘이 우리 손안에 있다.

우리는 출발할 준비를 마쳤다.

이제 이 순간 인간과 인공지능의 협업이 이루고 있는 실용의 미학을 두 가지만 사례로 들어 살펴보자.

2021년 한 미국 회사가 3D 프린팅 가옥을 판매했다. 환경친화적이고 재료가 많이 들지 않는 이 집은 빠르게 지을 수 있고 건축 비용도 저렴하다.

3D 프린터는 CAD(컴퓨터 지원 설계)를 이용하는데, 이는 건축가·디자이너·제조업자·가구 작업장·도배지 제조업체 등에서 적층 기술을 이용해 물건을 만들 때 일상적으로 쓰는 도구다. 층을 쌓기 위해 쓰는 재료는 플라스틱, 복합물, 생체 재료, 심지어는 버섯의 섬유질일 수도 있다. 만드는 물건의 모양, 크기, 경도, 색깔은 다양하다.

집을 지으려면 차고만 한 크기의 3D 프린터가 필요하다. 건축용 널빤지들은 노동자들이 잠든 밤중에 제작된다. 맞다, 마치 요정 이야기처럼 말이다. 아침이 되면 그 널빤지들은 조립될 준비가 다 되어있을 것이다.

멕시코에서는 일급 3달러에 의지해 사는 가난한 이들을 위해 3D 프린팅 주택으로 구성된 마을이 통째로 지어지고 있다. 슬럼이 아니다. 단열이 되고 물을 가능한 한 보존해 쓰는 괜찮은 주택이다. 이런 주택들은 환경친화적이다. 3D 프린팅은 막대한 오염을 초래하는 콘크리트 벽돌을 쓰지 않는다.

우리는 컴퓨터 기술의 도움을 받아 주거 위기를 해결할 수 있다.

우리는 인간이라는 생명체의 가장 깊은 신비 또한 풀어내고 있다.

2020년 IBM 슈퍼컴퓨터 블루진이 생명과학의 가장 풀기 힘든 난제 중 하나인 단백질 접힘[70]을 풀어냈다고 발표되었다.

---

70) protein folding. 단백질이 접히지 않아 비구조화된 상태에서 구조화(접힘)되는 과정. 단백질의 활성은 정확한 3차원적 입체구조와 밀접한 관련이 있다.

단백질은 아미노산의 사슬이다. 대부분의 생물학적 과정은 단백질 구조를 중심으로 회전한다. 그 구조는 3차원 종이접기처럼 변화가 많으며 아름답다. 모든 접힘이 특별하다. 과학자가 어떤 단백질이 어떻게 접히는지를 발견하면 그 단백질의 기능을 발견할 수 있다. 그 작업은 길고 느렸다. 하지만 이젠 아니다.

나는 2020년 후반기에 트럼프의 공포와 대안 우파라는 블랙홀(빛은 블랙홀을 통과할 수 없다)이 한창일 때 이 기사를 읽었던 것을 기억한다.

이 기사는 1면에 실리지 않았다. 최상단에 노출될 때까지 긴 시간이 걸렸고, 오래 머물지도 못했다. 매체는 죽음에 집착한 나머지 생명을 인지하지도 못하는 것일까?

하지만 우리가 소유하고 즐겨야 할 변화들을 알아차리지 못한다면, 잘못된 지점에만 집착한다면, 우리는 우리 손으로 그토록 두려워하는 디스토피아를 만들게 될 것이다. 인공지능이 우리를 도울 것이다.

그렇게 되면 정말로, 범용 인공지능의 감시를 받으며 우리가 아무런 해도 끼칠 수 없는 쥬라기 주차장에 갇히는 것이 우리의 유일한 희망일지 모른다.

선택에는 결과가 따르는 법이다.

우리가 우리 자신이 진화하고 창발하는 종이라는 사실을 인식할 수 있다면, 호모사피엔스는 목적이 아니라 수단이며 우리 정체성의 시작에 불과함을 인식한다면, 미래가 《1984》로 다가오는 일은 없을 것이다.

〈터미네이터〉의 리메이크는 없을 것이다.

종말의 시간은 없을 것이다.

나는 사랑한다, 고로 존재한다

시간이 그들을 변모시켜

진실이 아닌 것으로 만들어 버렸다. 석상의 절개는

그들의 의도가 아니었지만 이제 최후의 문장紋章이 되었고,

우리의 근사近似 육감을 하마터면 진실로 만들 뻔했다.

우리가 죽어도 죽지 않을 우리는 사랑이다.

– 필립 라킨, 〈아룬델 묘지〉, 1956년

2021년 초반, 세계가 자가격리된 원자들로 똘똘 뭉쳐 있을 때, 한 로봇이 공감 능력을 발견했다.

〈네이처 사이언티픽 리포츠〉에 실린 컬럼비아 공과대학의 연구에서, 수석 집필자 보유언 첸은 "우리의 발견은 로봇이 어떻게 다른 로봇의 관점에서 세상을 볼 수 있는지 밝혀내는 첫걸음이다"라고 설명했다.

낙관적으로 보인다. 실험에서 관찰자 로봇은, 분주한 봇의 현재 움직임에 내재한 논리(이것이 관점인가?)를 파악해 미래의 움직임을 예측했다. 연구진은 여기서 원초적 공감 능력을 일별할 수 있다고 하지만, 나는 그렇게까지 말할 수 있을지 잘 모르겠다. 공감 능력은 감정적 연결을 수반하기 때문이다. 봇들에게는 불가능한 일이다. 아직은.

봇들이 다른 봇이나 인간이 수행하는 신체적 작업을 보조하는 법을 배울 수 있다고 한다면 얼마든지 믿을 수 있다. 인간처럼 선제적(…그 일은 도움이 필요할 것 같은데요)으로 도움을 줄 수도 있다. 그리고 인간 동료가 피로를 느끼는 시점을 봇이 감지할 수도 있다. 그런 상호작용이 공감 능력의 표현인가? 어찌 되었든, 공감 능력이라는 말은 남용되고 있다. 우리가 완전히 자동화된 스마트 하우스에 살게 되면, 우리 가전제품은 서로 소통할 것이다. 스마트 냉장고는 시리에게 네 식료품 주문 목록에서 아이스크림을 빼서 미안한데, 안타깝게도 이 집안의 인간은 다이어트 중이라고 말해줄지도 모른다.

나는 그 어떤 가전제품도 내 고통에 공감하지 않기를 바란다.

AI 개발자들 사이에서는—체화되었건 아니건 상관없이—스마트시스템에 소위 엘리에저 유드코프스키가 '우정'이라고 부르는 자질을 프로그래밍하자는 움직임이 있다. 듣기에는 따뜻하고 포근한 것 같지만, 실제로 '우정'을 맺을 가능성은 희박하다. 우정은 비판을 포함하기 때문이다. 친구는 아첨꾼이 아니다. 인간끼리

우리가 가치 있게 여기는 것 — 이를테면 우정 — 을 주고받는 일
은 자명해 보인다. 그러나 실제로 그 교환을 따로 떼어내서 대뇌
변연계가 없는 비생물학적 존재에게 가르칠 수 있는 별개의 '무
엇'으로 상상한다면, 대체 어떻게 해야 할까?

공감 능력은 자기인식뿐 아니라 타인에 대한 의식(지금 네가 어
떤 기분일지, 이런 상황에서 내가 어떻게 느낄지 알고 있어)에 달려 있다. 그
런데 공감 능력을 행동을 예측하는 능력과 혼동하고 싶지는 않다.
당신, 나, 봇 모두에게.

행동 예측은 결과가 필요할 때 가장 편리하게 가져다 쓰는 수
단이 되었다. 정치적으로나 상업적으로나.

"페이스북은 연애가 지속될지 예측할 수 있습니다." 몇 년 전에
진행했던 광고 헤드라인이다. 실제로 페이스북에는 FB러너플로
우라는 AI 예측 엔진이 있다. 이 엔진은 당신이 제공하는 정보를
토대로 '당신'을 학습하고 그 정보를 관심이 있는 당사자들과 공
유하게 해준다. 공유는 중립이 아니다. 러너플로우가 당신이 행하
거나 하지 않으리라고 예측하는 바로 그 행동을 미연에 방지하거
나 오히려 유도하려는 의도로 이루어지기 때문이다. 페이스북이
소위 '통찰'이라고 부르는 그 정보를 위해 비용을 지불하는 이해
당사자들의 현금매출 흐름을 증진하거나 증진하지 않기 위해서.

당신이 지금도 페이스북이 무료 커뮤니티 플랫폼을 가장한 데이
터 패키지 업자라고만 생각한다면, FB러너플로우를 조사해 보라.

페이스북은 대략 20억 사용자에 관한 광범한 데이터를 보유하고 있다.

예측 가능한 행동은 조작될 수도 있다.

시간을 거슬러 20세기 초반의 옛날로 돌아가 보자. 심리학은 젊은 과학이고, 정신분석과 거리를 두고 자연과학의 반열에 오르려고 노력하고 있다. 정신분석은 계량 불가능한 무의식을 다루는 이론이고 심지어 꿈의 분석이니까.

감정, 내적 성찰, 꿈, 내면의 삶, 사리사욕과 무관한 동기에서 멀리 달아나려 애쓰던 하버드대학의 심리학자 존 왓슨과 BF 스키너는 러시아 생리학자 파블로프의 연구를 베껴 — 맞다, 침 흘리는 개의 연구 말이다 — 행동주의라고 알려진 조건반사 이론을 발전시켰다.

다음은 왓슨의 선언문 격인 《행동주의자가 바라본 심리학》(1913)이다.

행동주의자가 바라보는 심리학은 순수하게 객관적이고 실험적인 자연과학의 한 분야다. 이론적 목표는 행동의 예측과 통제다.

로봇의 움직임은 프로그래밍할 수 있기에 예측할 수도 있다. 행동주의는 인간도 예측 가능하다는 의견을 견지한다. 우리 역시 환경과의 상호작용을 통해 프로그램되는 존재라는 것이다. 그 말은 우리가 상황에 따라 '조건화'되어 특정한 방식으로 행동하고 반응하기 때문에, 그 패턴을 추적하고 예상할 수 있다는 의미다. 특히 우리는 처벌과 보상에 반응한다.

스키너는 소위 '행동교정실operant chamber'을 만들었다(그는 SF 스타일의 용어를 좋아했다. 아마 소설가가 되고자 했던 이전의 열망 때문인지 모른다).

행동교정실은 원숭이·생쥐·비둘기를 가둬 놓는 휑한 우리로, 행동을 관찰하고 조작할 수 있는 공간이다. 보통은 먹이를 보상으로 쓴다. 이 황량하고 인위적인 환경은 그 자체로 관찰된 행동의 상당 부분을 좌우한다(쩌렁쩌렁 울리는 스피커와 전기충격을 주는 전선이 설치된 텅 빈 상자에 갇혀 있는데, 과도하게 밝은 조명이 내리쬐고 게다가 실패한 소설가가 빤히 바라보고 있다면 당신은 어떻게 행동하겠는가?). 스키너도 왓슨도 관찰자와 관찰대상을 그리 효과적으로 분리할 수 없을지도 모른다는 사실을 인정하지 않았다. 하지만 행동주의 심리학이 그 음침한 실험을 강행하고 있던 바로 그 순간, 양자물리학은 다른 결론을 입증하고 있었다. 행동주의자들은 행동 방식의 '발견' 만큼이나 자신들의 방법론이 실험 결과에 영향을 미쳤다는 사실을 인정하지도 않았고, 인정할 수도 없었고, 인정하려 하지도 않았다.

이쯤에서 왓슨의 말을 또 들어보자.

열두 명의 신체 건강한 유아를 내게 주고, 그 아이들을 양육할 수 있는 구체적인 나의 세계를 주면, 무작위로 한 아이를 골라서 종류를 막론하고 내가 선택하는 전문가로 양육하고 훈련할 수 있다고 장담한다. 의사, 법률가, 예술가, 상인, 그리고 심지어 거지와 도둑으로 키울 수도 있다. 아이의 재능, 성향, 경향, 능력, 소명, 조상의 인종을 막론하고 말이다.

눈치챘을지 모르지만, 이 실험이 행복·보람·우울·자살을 초래하는지 아닌지는 중요하지 않고, 심지어 의사나 법률가가 자기 일을 잘하는지조차 관심사가 아니다. 그리고 이 건강한 유아가 그들이 사랑하는 그 무엇, 그 누구와 헤어져야 하는지도 중요한 문제가 아니다.

아리스토텔레스는 "내게 아이를 7세가 될 때까지 맡기면 어떤 인간이 될지 보여주겠다"고 말했다. 이 금언을 예수회 선교사들은 열렬히 받아들였다. 이는 (유익성은 차치하고) 여러 가지 유년기 훈련 프로그램의 토대가 되었다. 홈스쿨링, 몬테소리, 레닌의 소동지(Small Comrades) 유치원 프로그램까지 말이다. 아이들은 외부의 영향에 취약하다. 아이들은 똑같이 따라 하기를 통해 학습한다. 아이들은 우리의 언어 패턴, 억양, 식탁 예절, 일상적 행동, 습관, 종교를 학습한다. 좋든 나쁘든. 그렇게 우리는 후속 세대를 가르치고 훈련한다. 이 고분고분하고 훈련될 수 있는 우리의 본성은 조작될 수도 있다. 왓슨은 한 고아를 훈련해 길들인 흰 쥐를 두려워하게 했다. 그것도 먼저 흰 쥐를 아끼게 만든 후에 말이다. 스키너와 왓슨은 '보상'으로서의 '애정'의 가변적 성격을 입증하려고 원숭이들을 미치게 만들기도 했다. 페이스북에서 '좋아요'가 달리는 숫자를 초조하게 지켜본 사람이라면 이 전략을 알아볼 수 있을 것이다.

올더스 헉슬리의 《멋진 신세계》는 행동주의 전략을 끝까지 밀어붙여 논리적 결론에 다다른다. 모든 시민은 삶에서 역할을 부여받는다. 당신이 알파든 엡실론-마이너스 세미-모론이든 상관없다. 숙식 같은 기본적 욕구는 신분에 따라 해결되며 모든 사람은 약물에 의존해 자기 역할에서 행복을 찾는다. 헉슬리의 어두운 비전은 유전자 조작의 예지도 포함한다. 조건화는 배아 단계부터 시작된다.

《멋진 신세계》에서 내면의 삶은, 국가의 기능과 인민의 행복과 아무 관련이 없다. 내면의 삶은 통제하기 어렵다. 더 나쁜 건, 활발한 내면의 삶을 누리는 사람들은 통제자들에게 도전장을 내밀기 일쑤다.

행동주의 심리학의 화려한 전성기는 1920년대부터 1970년대 초반까지였다. 인권운동과 제2물결 페미니즘(여자들!)이 인간 행동을 바라보는 경직된 이론과 내면의 가치를 경멸하는 태도에 반기를 든 중요한 세력이었다.

그러나 이론적으로는 유행이 좀 지났다 하더라도, 인간 행동을 조작하는 방법론에 대한 연구결과들은 전후에 TV 광고의 보편화를 등에 업고 한창 융성하던 광고 산업에 금광과 다름없었다.

광고는 언제나 우리의 백일몽을 만지작거리며 놀았다. 물건을 파는 일은 설득의 기술에 달려 있기 때문이다.

그렇다. 사람들이 원한 적 없는 물건을 원하게 만드는 건 가능한 일이었다. 믿은 적 없는 것을 믿게 만들 수도 있었다. 까마득히 옛날부터 해왔던 일이다. 그러나 이제는 엄청난 양의 바이럴로 유통되는 게 문제다.

예전에는 광고를 신문과 잡지와 광고판에서 볼 수 있었다. 쉽게 무시할 수 있었다. 다음에는 상업적 라디오와 TV에 나왔다. 우리가 원하든 원하지 않든, 광고가 우리 머릿속으로 침투했다는 의미다. 무시하기가 더 어려워졌다. 그러나 광고는 여전히 제한적이었다. 사람들은 스위치를 내리고 광고를 끌 수 있었다.

그리고 인터넷이 등장했다. 멋진 생각이었다! 우리가 모두 연결되다니! 다만 문제는….

당신이 가진 각양각색 복수의 화면에 광고가 몇 개나 뜨는가? 우리가 눈을 뜨고 삶을 살아가는 시간 중에, 불쑥 누군가가, 무엇인가 나타나 주의를 끌지 않는 시간이 실제로 몇 초나 될까? 이게 바로 내가 말하는 엄청난 양의 바이럴이다.

캐시미어 스웨터를 원클릭으로 사느라 구글로 검색하던 상대성 이론을 까맣게 잊는다. 집중력과 진지한 사유를 박살 내어버린 광고의 스크롤을 내려 보면 아인슈타인이 이번 시즌의 유행 컬러를 입고 있을 것이다.

데이터 수확─당신이 클릭을 한 번 할 때마다 이뤄지는─은 당신 내면의 삶에 덮인 표층을 노천 채굴하고, 이윤을 목적으로 인간 존재를 약탈하고, 표층 아래 존재하는 생태계를 파괴한다. 자연계의 생태계와 똑같이 복잡하게 얽혀 있는 내면의 생태계를 말이다.

행동주의가 내면의 삶을 거부한 이유는 계량할 수 없기 때문이었다. 시대가 변했다. 클릭 수로 내면을 계량할 수 있다. 당신의 좋아요, 당신의 인스타, 당신의 핀터레스트, 당신의 프로필 ― 당신이 읽은 책, 당신이 본 전시회, 당신의 휴가 검색, 당신이 찾는 기사 ― 이 모든 것이 자물쇠가 채워져 있던 당신 꿈의 세계, 당신 심연의 세계를 열어젖힌다. 그 표층 아래 도사린 것들이 표면으로 끌려 나온다. 해양 바닥을 긁어 올리는 저인망 어선처럼, 싹싹 긁어 끌어올려, 남획보다도 훨씬 치명적인 피해를 초래한다.

내 말을 믿어달라. 당신은 무차별적으로 남획당하고 있다.

당신은 과도한 '피싱'에 당하고 있다.

내가 내면의 삶에 대해 아는 바는 다음과 같다.

모든 아이는 호기심 넘치고 장난기 있고 상상력 넘치는 존재로 태어난다. 이 선천적 자질 세 가지 모두에 중요한 것은 그것들이 상호작용을 통해 개발되어야 한다는 점이다. 성인의 도움도 필요하지만, 감시받지 않고, 틀에 박히지 않은 활동도 필요하다. 다른 아이들과의 놀이를 통해 발명과 협동을 배운다. 그리고 개인적 시간도 필요하다. 그러나 완전히 혼자여서는 안 된다. 읽기는 창의적인 상호작용의 체험이다. 정신이 활발한 에너지를 쏟아, 텍스트와 협동해서 활동하기 때문이다.

내면의 삶은 그림 그리기를 좋아한다. 악기를 배우는 걸 좋아한다. 산책하고. 노래하고. 값비싼 사립학교에서 아이들이 하는 모든 활동을 좋아한다. 그리고 누구든지 할 수 있는 일 — 백일몽을 좋아한다. 동물을 돌보는 일은, 아이의 내면 발달에 정말로 큰 도움이 된다. 여기 나와 다른 생물이 있네, 라는 도약. 어쩌면 봇을 돌보는 일도 같은 효과를 낼지 모른다. 아직은 잘 모르겠다.

종일 스크린을 들여다보고 있으면 몸에 좋지 않고 — 당분간은 인간에게 몸이 있을 예정이니까 — 내면의 삶에도 좋지 않다. 내면의 삶은, 모든 생명체가 그러하듯, 다양성이 필요하다. 이건 사이트 서핑과는 다르다.

내면의 삶은 한 가지가 아니다. 누군가에게 내면의 삶은 영적 체험이고, 다른 이에게는 자연과 나누는 깊은 교감이며, 또 다른 많은 사람에게는 예술과의 심오한 친밀감이다. 책, 음악, 그림, 연극. 이런 경험은 서로 겹치며 점점 깊어진다. 내면의 삶은 우리가 작업을 잘 해낼 때마다 풍요로워진다. 일을 끝내서가 아니라, 완성이나 보상과 무관한 개인적 만족감 때문이다.

모든 것 중에서 내면의 삶은 — 그 자치성은 가장 중요하다. *내가 이 일을 하는 건 즐겁기 때문이야*, 라는 자치성.

내면의 삶은 외면과의 관계 맺음 — 책·예술·자연·철학·종교 — 으로 발달하지만, 내면은 그래도 사적인 공간이다.

사생활은 시대착오적인 말이라고 한 사람은 주커버그였다. 룸메이트 이야기는 아니었다. 행동주의자들은 (그들의 제한적인 계량법으로) 계량할 수 없는 것에 쓸 시간이 없었다지만, 빅테크는 모든 걸 계량할 수 있다. 돈이 되지 않는 일이라면 조바심을 치겠지만, 사적인 '당신'을 써먹을 수 없다면, 뭐, 그렇다면 저인망이 더 깊이 파고 들어가는 수밖에 없다. 그리고 동시에, 클릭과 좋아요로 헤아려지지 않는 존재가 형성되지 못하도록 막아야 할 것이다.

스키너의 행동교정실은 소위 "원치 않는 자극"을 걸러내기 위해 고안되었다. 현실의 삶은 지저분하다. 언제나 끼어들어 실험을 오염시키는 것이 있기 마련이다. 인간을 조건화하는 것은 어렵다. 아무리 억압적인 정황이나 신념 체계라도 언젠가는 틈이 생겨 뚫리기 마련이다. 수녀가 정원사와 사랑에 빠진다. 친구가 없는 아이가 길 잃은 개를 만난다. 국가의 검열이 있어도, 어떤 메시지는 결국 침투한다.

소셜미디어는 사용자들이 행동교정실에 상응하는 공간에 머물러 있기를 바란다. 추적할 수 없는 자극은 없어야 한다. 사적인 운용도 없어야 한다. 조명은 밤새 켜져 있고 알렉사가 듣고 있어야 한다.

이것은 한 세대 규모의 공격이다. 우리 중에서 자치적이고 개인적이고 이윤을 추구하지 않는 내면의 삶을 이미 계발했고, 앞으로도 계발하고자 선택한 사람들은, 그래도 빅테크의 새로운 질서로부터 피해를 훨씬 덜 받을 것이다. 하지만 아직도 자아와 세계의 관계를 모색하고 있는 젊은 세대는 다르다. 그들은 소셜미디어의 그루밍을 통해 성장했기에, 공유경제가 정말로 말뜻 그대로 공유경제를 의미하고, 멋진 것이라고 생각한다.

그러나 필립 K. 딕의 단편소설이나 〈블랙미러〉의 에피소드처럼, 표층 아래를 파고 들어가면 그곳에는… 또 다른 표층이 있다.

그리고 그 밑에는―또 표층이다. 모든 것이 표층에만―아니면 겹겹이 쌓인 표층에만 머물러야 한다. 심층은 위험하다. 숨겨진 심도는 허락되지 않는다. 어떤 식으로든 부상하는 죄의 비밀들이 있다면 모르지만. 그런 비밀은 가공해서 팔아먹으면 되니까. 하지만 인간은 매출 현금 흐름이 아니다. 우리는 데이터 패키지가 아니다. 우리는 행동교정실에서 조건화되기 위해 사는 게 아니다. 빅테크는 대중의 주의를 현혹하는 무기를 휘둘러 쉽게 우리 행동을 조작하고 이윤을 추구할 수 있다. 이건 잘못된 일이다.

우리는 우리의 시간을 팔고, 우리의 노동을 팔고, 가끔은 우리 몸을 팔아야 하고, 가끔은 우리가 원치 않는 방식으로 돈을 벌어야 한다. 그러나 우리는 무슨 일을 하든, 돈을 버는 것과―돈 그 자체가 되는 것 사이에 차이가 있음을 인정한다.

문제의 일환은, 늘 그렇듯 우리가 쓰는 언어에 있다. 빅테크는 '공유' 경제를 창조하지도 않았고, 창조하는 데 관심도 없다. 그냥 마케팅일 뿐이다. 우리는 공유경제 속에 살지 않는다. 우리는 역사상 가장 불평등하고 사회적으로 분열된 일-보상의 경제에 산다.

우리는 그 어떤 속박도 통제도 없이 활보하는 인터넷 거대기업들의 정치적 권력에 민주적인 제한을 부과해야 합니다. 우리는 플랫폼들이 알고리즘의 작용 방식을 투명하게 공개하길 원합니다. 우리는 우리의 민주주의에 갈수록 광범위한 영향을 미치는 결정들을 인간의 감시를 받지 않는 컴퓨터 프로그램에게 맡기고 싶지 않습니다.

이상은 유럽연합 집행위원회 위원장인 우르슐라 폰 데어 라이엔이 2021년 1월 빅테크를 견제하기 위해 회사의 내규가 아니라 국제법이 필요하다는 취지에서 법 제정을 요청하고자 발의한 내용이다.

에어비엔비가 기업공개를 준비하고 있는 지금, 한번 생각해 보자. 그 회사가 정말로 팔고 있는 상품이 무엇인가? 바로 당신의 침대다. 당신은 몇 달러를 벌 것이다. 그들은 수십억 달러를 벌 것이다.

아마존. 다음에 구매 버튼을 누를 때는 잠시 손가락을 멈추고 노조가 없는 노동력을 생각해 보라. 낮은 임금. 양계장의 닭처럼 열악한 노동 환경. 혹독한 조명과 시끄러운 소리와 사생활의 부재. 10시간 교대근무 후 2시간 휴식. 각 노동자는 생산성을 측정하기 위한 모니터링 기기를 착용한다. 화장실에 다녀오는 시간은 '타임오프 직무'라고 부른다.

아마존의 가정 보안 서비스 '링Ring' — 이 서비스는 비디오 초인종의 형태로 판매된다 — 은 미국의 경찰서가 영장 없이 동영상에 접근할 수 있는 권한을 부여한다. 유용하고 효과 있는 조치처럼 들리는가? 하지만 덕분에 아마존은 상시로 사유지의 사적 행위를 파악하며, 사용자가 자발적으로 설치한 장비 덕에 사기업 소유로는 미국에서 가장 큰 감시 네트워크를 운용하게 되었다. 링이 경찰력과 파트너십을 맺었다는 사실은 논쟁을 불러일으켰다. 특히 안면인식 시스템의 결함을 고려하면 더욱 그렇다. 안면인식 시스템은 유색인의 "신분을 파악"할 때 오작동할 확률이 높아지기 때문이다. 경이롭게도, 우리는 스스로 감시해달라고 요청하고 돈을 내며 아마존은 우리 데이터를 이용한 서비스를 또 팔아서 돈을 번다. 아마존의 신사업 아마존 사이드워크Amazon Sidewalk는 에코 스피커를 링과 연동해 소위 메시 네트워크에 연결한다. 이 말은 전원이 꺼져 있더라도—아니면 인터넷 연결이 끊어져도—장치들이 알아서 연결을 "찾아내" 작동된다는 뜻이다.

하지만 걱정할 필요 없다. 착한 사람들이 당신을 안전하게 지켜주려는 거니까.

인간을 조작하기는 쉽다. 우리는 허영심 많고 잘 속고 쉽게 분노한다. 쉽게 버는 돈에 관심이 많고, 자기연민에 차서 남 탓이나 하고, 별로 호감 가는 사람도 아닌 주제에 사람들이 자신을 좋아해 주기를 바란다. 그러나 아무리 우리가 질투 많고 결함이 많은 존재라도, 이렇게까지 자기 자신을 상품으로 내놓게 될 줄은 아마 대부분 몰랐을 것이다.

인간은 돈 이상의 존재다.

인간은 공동체에 의해 동기부여를 받는다. 우리는 서로 돕는 데 관심이 있다. 그냥 시늉만 하지 않는다. '좋아요'를 받으려고 연기하지 않는다. 공감은 진짜다.

우리의 선, 우리가 행할 수 있는 선은 자양분이 필요하다. 그러나 우리 세계에서 우리가 더 좋은 시민, 더 좋은 사람이 될 수 있도록 자양분을 공급하는 일에 매진하는 주체는 대체 무엇인가?

빅테크 의제가 정말로 더 좋은 세상을 만들 수 있을지 상상해보자.

끊임없는 광고를 제어할 수 있다면.

우리 일상의 동선을 낱낱이 이용해 수익창출을 하는 행태가 금지된다면.

사람들을 연결해서 정말로 말뜻 그대로 사람들이 연결된다면.

뉴스피드가 왜곡되거나 사소하지 않고, 진실하고 진지하다면.

증오 발언을 자유 발언이라고 부르지 않는다면.

빅테크의 멋진 권능이 지구에 책임이 있음을 사용자들에게 상기시키고 행동을 촉구한다면. 덜 소비하고. 발자국을 덜 남기며 여행하고. 진심으로 함께 나누는 집단적 해결책을 찾고. 데이터를 선하게 활용해 부족을 관리하고, 잉여이익을 배분하고, 건강을 검진하고, 위험을 분산하고, 불평등을 타파한다면. 온라인의 세계를 통해 교육한다면. 거짓말과 가짜를, 음모이론과 백인우월주의 허튼소리를 퍼뜨리지 않는다면.

세계를 더 좋게 만들 수 있는 기술은 지금 당장 가동할 수 있는 기술이다.

최고의 시대고 최악의 시대다.

디스토피아냐 유토피아냐?

이보다 더 단순할 수는 없다. 이보다 더 어려울 수는 없다.

빅테크는 사라지지 않는다. AI는 사라지지 않는다. 우리는 분명히 AI 도구를 활용해 우리의 신체를 강화하고 정신을 증강할 것이다. 하이브리드 인간은 틀림없이 생겨날 것이다. 우리가 발전하면서, AI가 AGI로 발전하면서, 초지능이 도래하면 사라지는 종은 호모사피엔스일지도 모른다. 아무도 모른다.

그런 일이 일어난다면, 우리는 이른바 '인간 본성' 중에서 가장 좋은 것들을 어떻게 후세에 전달할 수 있을까?

'인간 본성'을 무엇으로 정의하게 될까? 인간이 아닌 생명체에게 어떻게 설명하고 행동으로 보여줄까? 아니 심지어 우리 스스로에게 어떻게 설명할까?

하지만 내면의 삶은 실제로 존재한다. 사랑은 현실이다.

나는 내면의 삶을 위해 로비하고자 한다. 내면의 삶은 성스러운 장소, 시금석, 힐링의 장소, 우리의 윤리적 통합성, 발달하는 자아와 나누는 우리의 사적인 대화, 우리의 양심이자 도덕적 나침반, 발견의 기쁨, 경험과 상상을 모두 아우르는 기지와 미지의 세계들을 연결하는 심오한 고리, 지혜, 선, 세대를 초월하는 손길, 그 어떤 형태로든 다음 세대로 전해지기에 죽지 않으리라 느껴지는 우리의 일부, 우리가 지닌 최고의 자질이다. 과도한 빛에 노출되는 것을 꺼려서가 아니라 그 자체로 빛이기 때문에. 내면의 삶은 방문객이 너무 많으면 소심해지지만, 우리가 우리 자신과 교감하러 가는 장소이고, 정적이고 또 활력인 우리 안의 나와 만나는 지점이기 때문이다. 시린 밤 울리는 낭랑한 소리.

나는 내면의 삶을 위해 로비하고자 한다. 반드시 자양분을 주고 가꾸어야 하기 때문이다. 지구상에 존재하는 인류를 떠받치는 두 기둥인 본성과 양육으로 가꾸어야 한다. 이 지구와 우리의 연결, 우리가 창조한 문명과의 연결. 영광의 위업인 예술·건축·과학·철학과의 연결. 우리는 세계를 창조한다. 내면의 세계와 외면의 세계 모두를 창조한다. 그리고 우리는 어차피 하이브리드로 태어났기에 이 두 세계 모두에서 살아야 한다.

우리는 이미 하이브리드다. 우리는 언제나 그러했다.

우리는 사색가이고 행동가다. 우리는 상상하고 우리는 건설한다. 우리는 손을 더럽히며 일하지만, 그 모든 걸 뛰어넘고 초월한다. 우리는 별을 꿈꾸고 똥을 삽질한다. 아름다움의 존재이지만 추함과 공포의 존재이기도 하다. 끔찍한 실패작이자 터무니없는 성공이다.

데카르트의 "나는 생각한다, 고로 존재한다"는 우리 과학과 철학을 형성하고 추동한 계몽주의의 당돌한 도전이다. 우리가 신성에 도전한 주장이다. 우리 동물적 본성을 막는 방어선이다. 나머지 피조물과 우리를 분리한 분계선이다.

우리는 달에 이미 다녀 왔다. 머지않아 화성에 가게 될 것이다. 머지않아 진화과정에서 물려받은 유산과 무관하게 우리 손으로 창조한 생명체와 함께 살게 될 것이다.

AI는 우리가 꿈도 꿀 수 없을 만큼 '빨리' 생각한다. 초기 컴퓨터들은 1초에 92,000개의 명령을 처리할 수 있었다. 이제는 1초에 천억 개를 처리할 수 있다. 속도의 제한은 오직 물질을 통해 이동하는 전자의 물리적 한계 탓이다. 양자컴퓨팅은 속도를 높일 것이다. 그러나 또한 효율성도 높일 것이다. 병렬처리parallel operation는 우리 두뇌처럼 작동하지만, 우리 생물학적 두뇌로는 도저히 따라갈 수 없는 속도를 자랑한다.

AI 시스템에게 생각은 ─ 문제해결이라는 의미에서 ─ 존재의 목적이다. 생각은 이제 인간의 고유성을 보장하지 않는다. 차라리 인간은 AI가 생각해야 할 문제의 일환이 될지 모른다.

더 스마트해진다고 해서 우리 인간의 문제가 해결되지는 않는다. 테크가 우리 인간의 문제를 해결해주지 못하는 거나 마찬가지다. 우리에게 있는 결함은 간단하다. 간단하기 때문에 생각의 문제가 아니다.

우리의 문제는 사랑이다.

우리는 이 사실을 알 만큼은 똑똑하다. 그래서 모든 종교가 적극적으로 홍보하는 하늘의 신, 아니 하늘의 신들이 무조건적 사랑을 본성으로 삼는 것이다. 사랑이 최고의 가치다. 그러나 역사를 통틀어, 사랑은 또한 약점으로, 괜한 일탈로, "공장의 스패너"[71]즉

---

71) 'throw a spanner in the works'는 상황이 계획대로 돌아가지 못하게 이변을 일으킨다는 뜻의 숙어다. 또한 "공장의 스패너A Spanner in the Works"는 1995년 발매된 로드 스튜어트의 앨범 제목이기도 하다.

이성과 감정의 전투에서 이변을 일으키는 요인 정도로만 생각되어 왔다. 사랑은 여성의 일로 격하되었다. 가족을 하나로 봉합하고, 사회를 하나로 봉합하는 보이지 않는 치유의 일. 여성의 일이 된 사랑은 인간/남자에게 맨정신을 유지할 힘을 주면서 동시에 그를 미치게 만든다.

우리는 사랑을 받아서 육체와 분리했다. 이런 건 신들이 관리해야 한다면서, 저 허공에 뜬 우리 신성한 초자아에게로 다시 휙 던져버렸다. 그러나 또한, 모순적이고도 보상적인 시도로서, 우리는 사랑의 육신을 여자로 체화하는 치명적인 짓을 저질렀다. 남자들은 여자가 사랑의 덫으로 자신들을 구속하는 존재인 동시에 사랑의 불길을 지키는 신성한 사제라는 말을 들어왔다.

최근까지 우리 문학, 철학, 종교적 텍스트의 대다수를 집필한 남자들은 사랑과 힘겹게 씨름해 왔다. 그들이 그 분투의 기록을 끝도 없이 남겨두었기 때문에 우리는 안다.

지금 우리가 직면한 이 세계의 모든 문제는 사랑으로 치유할 수 있다고 감히 말할 수 있다. 우리의 전쟁, 증오, 분열, 민족주의, 박해, 분리, 부족, 결핍, 자살이나 다름없는 지구의 파괴.

우리에겐 테크놀로지가 있다. 우리에겐 과학이 있다. 우리에겐 지식이 있다. 우리에겐 도구가 있다. 우리에겐 대학과 기관과 건물과 돈이 있다.

그런데 사랑은 어디 있는가?

나는 이 글을 2021년에 쓰고 있다. 단테가 세상을 떠난 후 700년이 지났다.

단테의 《신곡》은 1320년, 그가 죽기 1년 전에 완성되었다. 첫 권은 가장 유명한 〈지옥편〉이다. 단테는 공포의 아홉 원으로 이루어진 지옥을 둘러보게 된다. 각 원은 일종의 행동주의적 교정실로 영영 아무것도 바뀌지 않고, 같은 불행과 같은 반응이 날마다 반복되는 곳이다. 아무것도 변치 않는 곳, 바로 거기가 지옥이기 때문이다.

3권 〈낙원편〉 마지막에, 단테는 신성한 비전을 본다. 마침내 그는 "있는" 그대로를 본다. 근본적 현실. 그 현실은 "신은 논리다"가 아니었다. "신은 사유다"도 아니었다. 데카르트의 "res cogita(생각하는 사물)"도 아니었다.

바로 이것이었다. "L'amor che move il sole e l'altre stelle."

"태양과 다른 별들을 움직이는 사랑."

*

사랑은 결코 반지성적 반응이 아니다. 사랑은 우리가 동원할 수 있는 모든 자원을 요구한다. 똑똑하고 반짝반짝 빛나는 생각하는 자아는 물론이고, 우리의 창의성·상상력·연민까지도.

사랑은 총체성이다.

아무도 삶의 끝에서 사랑을 후회하지는 않는다.

호모사피엔스로서 우리의 미래는 우리가 창조하는 AI와 융합된 미래라고 나는 확신한다. 트랜스휴머니즘은 새로운 혼성 인종이 될 것이다.

우리는 배워야 할 것이 많다. 우리 앞에 놓인 도전은 전례가 없다. 우리가 이 단계에 도달한 적이 없기 때문이다. 아니, 도달한 적이 있다 해도 살아남아 이 단계를 뛰어넘지 못했고 수십억 년의 생명 과정은 다시 시작한다.

순전히 전기적인 체계가 어떤 애정의 유대를 발달시키게 될지 아무도 모른다. 우리는, 라킨의 시에 나오는 석상들처럼 그때쯤이면 사라져 없어질까? 아니면 우리에게서 최선이라고 느끼는 자질을, 인간 조건에서 가장 신비로운 부분을 죽지 않고 살아남도록 지키고, 나아가 후대에 전할 수 있을까? 그렇다면 그건 아마도 그 자질이 조건화에 저항하기 때문일까?

온갖 비-과학에도 불구하고, 우리는 여전히 심장을 머리와 경쟁 구도를 형성하는 왕국으로 바라본다. 데카르트의 바이너리는 깊은 저류로 흐른다. 우리는 심장으로부터 말한다. 우리는 심장을 따른다. 우리는 심장에 귀를 기울인다. 우리는 심장을 바친다. 그리고 우리는 변연계가 없는 생명체에게 심장이 무너진다는 말의 뜻을 가르쳐야 할 것이다. DNA와 프로틴으로 만든 나노봇이 아무리 혈관 속을 흘러가더라도 수리할 수 없는 아픔을.

우리에게 남은 건 사랑이다.

***

2021년 3월 23일, 오늘 이 원고를 인쇄소에 보내다가, 받은편지함에서 세 가지 소식을 읽었다.

화성의 디지털 주택이 50만 달러의 가격에 팔렸다.

그것은 NFT 예술작품이다. 수집할 수 있는 디지털 자산 말이다. 대체 불가능한(non-fungible) 예술작품이란 재생산할 수 없는 전자파일을 가리키는, 별로 예쁘지 않은 말이다. 블록체인의 토큰 형태로 소유권과 진품 보증이 따라온다. 조작 불가능한 디지털 원장이다. 당신의 예술작품이 복제할 수 있는 포맷으로 되어있다 해도, 아무도 그 작품을 복사할 수 없다. 내 말이 무슨 뜻인지 알아들을지는 모르겠지만.

토론토의 예술가 크리스타 킴은 3D 디지털 파일을 팔았다. 소유주들은 마음대로 가구를 배치하고 집안을 꾸밀 수 있다.

트럼프의 〈도둑질을 멈춰라〉[72] 캠페인의 주축 변호사로 바이든을 침몰시킬 결정적 증거가 있다면서 전설의 바다 괴물 크라켄을 자처한 시드니 파월은 도미니언 투표 시스템이 제기한 13억 달러 규모의 소송에 대응했다. 파월은 우편으로 투표지를 배송하는 사

---

72) Stop the Steal, 표를 도둑맞았다고 생각한 트럼프 지지자들이 바이든의 대선 승리 이후 줄곧 써온 해시태그 운동.

전투표 시스템이 선거를 조작해 바이든 승리를 초래했고, 이는 또한 트럼프를 낙선시키려는 베네수엘라의 음모라고 주장했다. 큐어넌 지지자들은 이 동화 같은 이야기를 좋아했고, 크라켄이 바다 표면으로 떠올라 바이든을 침몰시킬 순간을 열렬히 고대했다.

오늘, 시드니 파월의 변론은 "합리적인 사람이라면 아무도 참된 사실의 진술이라는 결론을 내릴 수 없다"고 판명되었다.

유엔 아동권리협약은 '디지털 환경에 관한 어린이의 권리에 관한 의견(General Comment 25)'을 채택했다.

이것은 UN 비영리단체 파이브라이츠에게는 이정표가 될 순간이다. 이제 전 세계의 어린이가 외부세상에서 그러하듯 디지털 세상에서도 사생활과 보호를 받을 권리를 인정받았기 때문이다.

나는 이 세 개의 시간-지문을 여기 남긴다. 미래를 태울 화석연료로서.

참고 문헌

이 에세이들은 연구 프로젝트가 아니다. 탐험이다. 여행의 준비물은 바로 나 자신이다. 내 머릿속에 든 내용물까지 포함해서. 그건 내가 이제까지 읽은 책들의 기나긴 목록이 되리라. 나이가 드는 것도 그 나름대로 좋은 점이 있다.

각 에세이에 인용한 책들은 많지만, 여기에는 가장 도움이 된다고 느낀 출처를 골라 수록한다.

러브(레이스) 액추얼리

- *Frankenstein*, Mary Shelley, 1818
- *Frankissstein: A LoveStory*, Jeanette Winterson, 2019
- *The Thrilling Adventures of Lovelace and Babbage: The (Mostly) True Story of the First Computer*, Sydney Padua, 2015
- *Sketch of the Analytical Engine invented by Charles Babbage, Esq… with notes by the translator, L.F.Menabrea, 1842.* Extracted from the 'Scientific Memoirs'.
- *Byron: Lifeand Legend,* Fiona MacCarthy, 2002
- *Romantic Outlaws: The Extraordinary Lives of Mary Wollstonecraft and her Daughter Mary Shelley,* Charlotte Gordon, 2015
- *A Vindication of the Rights of Woman: With Strictures on Political and Moral Subjects,*

Mary Wollstonecraft, 1792

- *Rights of Man,* Thomas Paine, 1791

- The United States Declaration of Independence, 1776

- *The Social Contract*, Jean–JacquesRousseau, 1762

- *Enquiry Concerning Political Justice and Its Influence on Morals and Happiness*, William Godwin, 1793

- *Cold Comfort Farm*, Stella Gibbons, 1932

- *Hidden Figures*(movie), directed by Theodore Melfi, 2016

- 'TheWomen of ENIAC'(essay), *IEEE Annals of the History of Computing*, 1996 (10 년의 구동기간 동안 이 컴퓨터와 함께 일한 10명의 여성을 인터뷰했다.)

- *The Creativity Code: Art and Innovation in the Age of AI,* Marcus du Sautoy, 2019

- *Howards End*, E. M. Forster, 1910

전망 좋은 방직기

- *A Cyborg Manifesto,* 1985, and Staying with the Trouble, 2016, Donna J. Haraway

- *The Singularity Is Near: When Humans Transcend Biology,* Ray Kurzweil, 2005

- *The Condition of the Working Class in England,* Friedrich Engels, 1845

- *The Communist Manifesto,* Karl Marx and Friedrich Engels, 1848

- *The Subjection of Women,* John Stuart Mill, 1869

- *The Making of the English Working Class,* E. P. Thompson, 1963

- *Industry and Empire: From 1750 to the Present Day,* Eric Hobsbawm, 1968

- *Why the West Rules* － For Now, Ian Morris, 2010

- *Debt: The First 5000 Years,* David Graeber, 2011

- 'The Masque of Anarchy'(poem), Percy Bysshe Shelley, 1832: 'Ye are many—they are few'

- 'A Short History of Enclosure in Britain'(essay), Simon Fairlie, 2009

- *Post Capitalism: A Guide to Our Future,* Paul Mason, 2015

- *Capital in the Twenty-First Century,* Thomas Piketty, 2013

- *Move Fast and Break Things: How Facebook, Google, and Amazon have cornered culture and undermined democracy,* Jonathan Taplin, 2017

– *The Mill on the Floss,* George Eliot, 1860

Sci-Fi에서 W-Fi를 거쳐 My-Wi로

– *Rocannon's World,* Ursula K. Le Guin, 1966

– *The Midwich Cuckoos,* John Wyndham, 1957

– *Brave New World,* Aldous Huxley, 1932

– *Weaving the Web: The Original Design and Ultimate Destiny of the World Wide Web,* Tim Berners-Lee, 1999

– 'We Can Remember It for You Wholesale'(short story), Philip K. Dick, 1966

– *The Age of Surveillance Capitalism: The Fight for a Human Future at the New Frontier of Power,* Shoshana Zuboff, 2018.

– *The Four: The Hidden DNA of Amazon, Apple, Facebook, and Google,* Scott Galloway, 2017

– *Becoming Steve Jobs: The Evolution of a Reckless Upstart,* Brent Schlender and Rick Tetzeli, 2015

– *How Google Works,* Eric Schmidt and Jonathan Rosenberg, 2014

– *The Art of Electronics,* Paul Horowitz and Winfield Hill, 1980(주: 내가 이 책을 산 이유는 오로지 위니프레드 힐이라고 잘못 읽었기 때문이다. 여자는 회로를 다루지 않는데, 아닌가? 어쨌든, 책은 아주 좋다.)

영지주의의 노하우

– *The Society of Mind,* Marvin Minsky, 1986

– *2001: A Space Odyssey,* Arthur C. Clarke, 1968

– *Probability and the Weighing of Evidence,* I. J. Good, 1950

– *Our Final Invention: Artificial Intelligence and the End of the Human Era,* James Barrat, 2013

– 'Computing Machinery and Intelligence'(article), Alan Turing, 1950

– *The Gnostic Gospels,* Elaine Pagels, 1979

– *The Nag Hammadi Scriptures,* edited by Marvin W. Meyer, 2007

– *Mysterium Coniunctionis,* CarlJung, 1955

- *On the Origin of Species,* Charles Darwin, 1859
- *The Odyssey,* Homer

무겁지 않아요, 나의 부처님이니까

- *An Introduction to Cybernetics,* W. Ross Ashby, 1956
- *Buddhism for Beginners,* Thubten Chodron, 2001
- *A Simple Path: Basic Buddhist Teachings,* His Holiness the Dalai Lama, 2000
- *The Tao of Physics: An Exploration of the Parallels Between Modern Physics and Eastern Mysticism,* Fritjof Capra, 1975
- *The Systems View of Life: A Unifying Vision,* Fritjof Capra and Pier Luigi Luisi, 2014
- *Wholeness and the Implicate Order,* David Bohm, 1980
- *Reality Is Not What It Seems,* Carlo Rovelli, 2014
- *A History of Western Philosophy,* Bertrand Russell, 1945
- *The Sovereignty of Good,* Iris Murdoch, 1970
- *A Little History of Philosophy,* Nigel Warburton, 2011
- *The Symposium,* Plato
- *On the Soul and Poetics,* Aristotle
- *Aristotle's Way: How Ancient Wisdom Can Change Your Life,* Edith Hall, 2018
- Shakespeare's sonnets
- *Opticks,* Isaac Newton, 1704
- *The Future of the Mind: The Scientific Quest to Understand, Enhance and Empower the Mind,* Michio Kaku, 2014(이제 막 카쿠의《신의 등식: 만물의 이론을 찾아서》를 읽으려던 참이다. 카쿠의 저서는 모두 추천한다.)
- *The Age of Spiritual Machines: When Computers Exceed Human Intelligence,* Ray Kurzweil, 1999
- *Novacene: The Coming Age of Hyperintelligence,* James Lovelock, 2019(그리고 러브록이 쓴 모든 글)

석탄 구동 뱀파이어

- *Epic of Gilgamesh*(현전하는 세계 최고最古의 텍스트)

- *Dracula,* Bram Stoker, 1897

- *Interview with the Vampire,* Anne Rice, 1976

- The Twilight saga, Stephenie Meyer 2005~20

- *The Picture of Dorian Gray,* Oscar Wilde, 1890

- *Faust,* Goethe, 1808

- *The Divine Comedy,* Dante, 1472

- 'Piers Plowman'(poem), William Langland, 1370~90

- 'The Vampyre'(short story), John William Polidori, 1819

- *How to Create a Mind: The Secret of Human Thought Revealed,* Ray Kurzweil, 2012

- 'Transhumanism'(article), Julian Huxley, 1968

- *Superintelligence: Paths, Dangers, Strategies,* Nick Bostrom, 2014

- *To Be a Machine: Adventures Among Cyborgs, Utopians, Hackers, and the Futurists Solving the Modest Problem of Death,* Mark O'Connell, 2017

- *Selected poems of Andrew Marvell,* 1995(이 에세이에 〈새침한 연인에게〉를 포함했어야 한다. 온통 죽음과, 죽음에 대처하는 법에 대한 시이다)

- 그리고 히에로니무스 보스의 그림 〈지옥의 정복〉도 살펴본다. 구글 검색을 해보면 '지옥의 정복' 쇼핑이 뜨는 것으로 보아, 이제 심지어 구원조차도 소비 경험이 된 모양이다.

봇치고는 핫한데!

전부 에세이에 썼으니, 여기서 군이 반복할 필요는 없다. 그냥 딱 한 가지만.

- Marge Piercy's novel *He, She and It,* 이 책에서는 남자가 사이보그고 여자가 조종한다. 1991년의 일이다.

- 기술은 전진하고 있으나, 우리 마음은 그렇지 않다.

내 곰은 말할 수 있어요

- All the Winnie the Pooh books! A. A. Milne, 1926

- *Goodnight Moon,* Margaret Wise Brown, 1947

- *The Child and the Family: First Relationships, 1957, The Child, the Family, and the Outside World, 1964, and Playing and Reality,* 1971, Donald Winnicott

- *I, Robot,* Isaac Asimov, 1950
- *I Sing theBody Electric!,* Ray Bradbury, 1969
- *Do Androids Dream of Electric Sheep?,* Philip K Dick, 1968
- *R.U.R.: Rossum's Universal Robots,* Karel Čapek, 1920
- *AI: Its Nature and Future,* Margaret A. Boden, 2016
- *My Robot Gets Me: How Social Design Can Make New Products More Human,* Carla Diana, 2021

바이너리는 엿이나 먹으라지

- *The Descent of Man, and Selection in Relation to Sex,* Charles Darwin, 1871
- *Hereditary Genius,* Francis Galton, 1869
- *An Essay Concerning Human Understanding,* John Locke, 1689
- *Orlando: A Biography,* Virginia Woolf, 1928
- *The Left Hand of Darkness,* Ursula K. Le Guin, 1969
- *The Handmaid's Tale,* Margaret Atwood, 1985
- Written on the Body, 1992, and *The Powerbook,* 2000, Jeanette Winterson
- *Freshwater,* Akwaeke Emezi, 2018
- *Gender Trouble: Feminism and the Subversion of Identity,* Judith Butler, 1990
- *The Hélène Cixous Reader,* Ed. Susan Sellers, 1994
- *The Dialectic of Sex: The Case for Feminist Revolution,* Shulamith Firestone, 1970
- *Sapiens: A Brief History of Humankind,* Yuval Noah Harari, 2011
- *Invisible Women: Exposing Data Bias in a World Designed for Men,* Caroline Criado Perez, 2019
- The *I-Ching*
- *Testosterone Rex: Myths of Sex, Science, and Society,* Cordelia Fine, 2017(그리고 저자가 지금까지 썼고 앞으로 쓰게 될 모든 글.)
- *The Gendered Brain: The New Neuroscience That Shatters the Myth of the Female Brain,* GinaRippon, 2019

미래는 여성이 아니다

- *Unlocking the Club house: Women in Computing,* Jane Margolis and Allan Fisher, 2002
- *Programmed Inequality: How Britain Discarded Women Technologists and Lost Its Edge in Computing,* Marie Hicks, 2017
- *Algorithims of Oppression: How Search Engines Reinforce Racism,* Safiya Umoja Noble, 2018
- *The Glass Universe: How the Ladies of the Harvard Observatory Took the Measure of the Stars,* Dava Sobel, 2016
- *Let it Go: My Extraordinary Story – from Refugee to Entrepreneur to Philanthropist,* the memoir of Dame Stephanie
- Shirley, 2012(책을 읽을 시간이 없으면 그냥 저자의 TED 강연을 찾아볼 것.)
- *Uncanny Valley,* Anna Wiener, 2020
- *The Second Sex,* Simone de Beauvoir, 1949
- *Hackers: Heroes of the Computer Revolution,* Steven Levy, 1984
- *Psychology of Crowds,* Gustave Le Bon, 1896
- *Lean In: Women, Work, and the Will to Lead,* Sheryl Sandberg, 2013
- *Difficult Women: A History of Feminism in 11 Fights,* Helen Lewis, 2020
- *A Room of One's Own,* Virginia Woolf, 1929
- *Your Computer Is on Fire,* various editors, 2021(인쇄 시점에서는 아직 읽지 않은 책이지만 좋아 보인다.)
- *The Blank Slate: The Modern Denial of Human Nature,* Steven Pinker, 2002
- *Of Woman Born: Motherhood as Experience and Institution,* AdrienneRich, 1976
- *The Better Half: On the Genetic Superiority of Women,* Sharon Moalem, 2020

쥬라기 주차장

- *Nineteen Eighty-Four*, George Orwell, 1949
- *The War of the Worlds*, H. G. Wells, 1898
- *People, Power, and Profits: Progressive Capitalism for an Age of Discontent,* Joseph Stiglitz, 2019

- *The Sixth Extinction: An Unnatural History,* Elizabeth Kolbert, 2014
- *Utopia for Realists: The Case for a Universal Basic Income, Open Borders, and a 15-hour Workweek,* 2014, *and Humankind: A Hopeful History,* 2019, Rutger Bregman
- *Notes from an Apocalypse: A Personal Journey to the End of the World and Back,* Mark O'Connell, 2020
- *The Better Angels of Our Nature: Why Violence Has Declined,* Steven Pinker, 2011
- *Blockchain Chicken Farm: And Other Stories of Tech in China's Countryside,* Xiaowei Wang, 2020
- *Life 3.0: Being Human in the Age of Artificial Intelligence,* Max Tegmark, 2017
- *The Alignment Problem: How Can Machines Learn Human Values?,* Brian Christian, 2021

나는 사랑한다, 고로 존재한다

- 도서 목록은 없다. 독자 여러분의 모든 면면이 있을 뿐이다.

p.25 Babbage's Difference Engine No 1, 1824~1832 ⓒ Science&Society Picture Library/ Getty Images; p.26 Punch cards on a Jacquard loom ⓒ John R. Southern/ Creative Commons; p.33 Frances Bilas and Elizabeth Jennings in front of the Electronic Numerical Integrator and Computer(known asthe ENIAC) ⓒ University of Pennslyvania; p.85 Edison's filament lamp. United States;1879 ⓒ Science&Society Picture Library/ SSPL/ Getty Images; p. 86 Vacuumtube, created by Ojibberish, distributed under CC BY–SA 2.5; p.88 Sony TR–63 ⓒ YOSHIKAZU TSUNO/ Gamma–Rapho via Getty Images; p.91 Nokia phone ⓒ kystof.k&nmusem/ CreativeCommons; p.155 The Android Kannon Mindar ⓒ Richard Atrero de Guzman/ NurPhoto via Getty Images; p.187 A galvanized corpse, H.R. Robinson 1836, via Library of Congress Prints and Photographs Division; p.189 Bela Lugosi as Dracula ⓒ Bettmann/ GettyImages; p.210 Rosalba from *Fellini's Casanova* ⓒ XYZ/ Alamy; p.209 & p.238 *Collected Poems* by W. H. Auden, reproduced with permission of Curtis Brown Ltd; p.216 Harmony RealDoll at the 2020 AVN Adult Entertainment Expo ⓒ Ethan Miller/ Getty Images; p.241 Pepper the Humanoid Robot at the Tokyo International Film Festival ⓒ Dick ThomasJohnson/ Creative Commons; p.248 Moflin ⓒ Vanguard Industries; p.249 Tombot ⓒ Tombot, Inc; p.249

Spot ⓒ Boston Dynamics; p.250 Little Sophia ⓒ Hanson Robotics; p.252 Sophia the Robot ⓒ Hanson Robotics; p.312 Wrens operating the Colossus computer ⓒ Science & Society Picture Library; p.313 Ann Moffatt and her daughter in 1968 ⓒ Ann Moffatt; p.318 Woman setting the wires of the ENIAC, 1947 ⓒ Francis Miller/ Getty Images; p.367 The Whitsun Weddings by Philip Larkin, reproduced with permission of Faber and Faber Ltd.

저작권 소유자를 찾아 게재 허락을 얻기 위해 할 수 있는 모든 노력을 다했다. 불의의 누락이 발생한 경우 우리는 앞으로의 판본에서 기꺼이 출처를 밝힐 의향 이다.

인공지능에게 가슴앓이를 가르치는 꿈

"썰을 푸는 일"로 먹고 사는 천부적 이야기꾼 지넷 윈터슨이 AI의 과거와 현재, 미래를 논하는 본격 융합 통섭 에세이 열두 편을 들고 왔다. 소설가가 뜬금없이 인공지능에 대한 사유라니? 의아한 물음표를 띄우는 이들이 많겠지만, 과학·철학·종교·인문을 자유로이 넘나드는 《12바이트》는 정말이지 참으로 지넷 윈터슨다운 전방위적 사유의 결과물이다.

작가이고, 독학자이고, 전방위 사상가인 지넷 윈터슨. 관습의 틀을 깨뜨리는 유동적 자아 정체성의 챔피언. 서사와 역사의 틀을 깨뜨리고 융합하는 이야기꾼. 아, 그리고 윈터슨은 예언자다. 꿈과 역사를 혼동하고 현실과 비전을 뒤섞고 평행의 우주와 가능성의 미래를 이야기한다. 시간과 공간이라는 한계는 무한한 삶의 다양한 가능성을 꿈꾸는 윈터슨의 지적 호기심과 상상력을 한 번도 가두지 못했다.

　지넷 윈터슨은 경직된 종교적 보수주의자 양부모 슬하에서 레즈비언으로서의 성 정체성을 자각했고, 지적으로 피폐하고 문화적으로 단조로운 동네 랭카셔를 열여섯 살에 떠나 떠돌이 생활을 하며 독학했다. 파란만장한 성장기를 픽션으로 재구성한《오렌지만이 과일은 아니다》로 퀴어문학계에 일대 돌풍을 일으켰던 윈터슨은 그 후로도 유동적 정체성과 비관습적 삶의 다종다양한 열정을 융합해 어떤 틀에도 갇히지 않는 사유와 감정으로 폭발시켜 엄청나게 관능적인 에너지를 뿜는 일련의 소설들을 썼다.《체리나무 접붙이기》,《예술과 거짓말》,《몸에 쓰이다》,《열정》등은 역사와 판타지를 접목하고 관습적인 공간적 배경을 흐리며 젠더가 불분명한 다중의 화자를 활용해 이야기의 힘을 극대화한다. 이야기로 사유하고 이야기로 예지하며 이야기를 통해 변화하는 현실을 보여준다. 윈터슨은 이러한 자신의 글쓰기가 "선교사의 일"이라고 말한 바 있다.

　이야기가, 픽션이, 유동적 상상력이, 틀을 깨는 사유가, 과연 인공지능과 무슨 상관인가? 윈터슨은 말한다. "우리가 하는 일은 팩트가 되기 전까지는 픽션임을 안다"고. 모든 꿈이 이루어지는 것은 아니지만 꿈꾸지 않은 일이 이루어지는 일은 없다.

　메타버스, 아바타, 인공지능, 슈퍼컴퓨터, 양자컴퓨팅. 유기체에 칩을 이식하는 스마트임플란트. 사물인터넷. 앰비언트컴퓨팅. 섹스봇과 휴머노이드. 나노기술과 유전공학. 한때 꿈이었으나 이제는 현실이 된 신기술들은 인류 역사상 초유의 '특이점'을 눈앞으로 앞당겼다. 우리는 인류 역사상 최초로 유기체로부터 해방된 순수한 의식, 초지능 혹은 범용인공지능이라 불리는 존재와 함께 살아가는 세대가 될 것이다. 이것은 이미 꿈도 예언도 아니다. 자동차나 비행기처럼 당연하게 곧 현재가 될 미래다. 문제는 거침없이 도래하는 이 미래가 지금까지 인류가 해왔던 그 어떤 상상도 초월하리라는 사실이다. 인류 역사상 처음으로, 상상의 주체인 인류 의식의 형태가 변화의 주체이자 혁신의 대상이 되었기 때문이다. 한때는 성역으로 여겨졌던 인간의 의식이 정복되고 개조되고 수선되고 급기야 창조될 것이다. 인간의 의식이 몸을 떠나 데이터 흐름으로 바뀐다. 사이버네틱스의 창시자 노버트 위너의 말대로 인간은 "끝없이 흘러가는 강물 속 소용돌이일 뿐" "고정된 물질이 아니라 스스로 영속하는 패턴"으로 재정의된다. 의식이 시공간을 초월한다. 인류 역사상 초유의, 새로운 '마음'이 온다. 그 무엇보다도 신을 닮은 마음이.

이것은 미래학자 유발 하라리의 미래 예측이기도 하다. '미래의 역사'라는 부제를 붙인 《호모데우스》는 우리의 코앞으로 다가온 초지능의 미래, 인류 역사의 특이점이 우리가 아는 호모사피엔스의 종말을 선언하는 결정적 기점이 되리라 내다본다. 유발 하라리에 따르면, 산업혁명 이후 인류는 처음으로 수천 년 역사의 상수였던 "인류 그 자체"가 변수화될 시점을 맞았다. 호모사피엔스의 역사에서 도구와 제도는 바뀌어도 인류 마음의 심층구조는 공통 분모로 존재했다. 페이스북과 청바지로 소품이 바뀌어도 소포클 레스와 셰익스피어의 마음, 그 심층의 구조는 변하지 않았다. 인류를 정의하는 장르인 비극은 인간이 피할 수 없는 불행, 죽음과 노화를 전제한다. 그러나 21세기 인류는 역사상 최초로 비극의 구성요소인 노화와 죽음을 극복하는 세대가 될 것이다. 따라서 마음 의 재구조화는 피할 수 없는 과정이다. 우리가 상상할 수 없는 마음이 도래할 것이다. 행복과 불멸을 추구하고자 하는 인간의 욕망 은 궁극적으로 신성을 획득하고자 할 것이다. 건강, 행복, 힘을 추구하는 인간은 신기술을 통한 지속적 업그레이드를 멈추지 못할 것이고, 결국 더는 인간이 아니게 되는 시점까지, 오히려 신을 더 닮은 존재 호모데우스로 이행할 때까지 자신들의 모습을 바꿔나 갈 것이다. 그리하여 모세 5경에서 야훼가 약속했듯 "한계가 없는 시간 속에 더 많은 삶을 누리게" 될 것이다.

이야기가, 픽션이, 유동적 상상력이, 틀을 깨는 사유야말로, 인 공지능을 논하는 관점이 되어야 할 당위가 여기 있다. 이것은 종 으로서 호모사피엔스의 정체성과 꿈과 두려움의 문제기 때문이 다. 인간성이 무엇인지, 신성이 무엇인지, 또 어떠해야 하는지, 종 으로서의 인류는 그 어떤 합의에도 도달할 수 없다. 따라서 인공 지능의 미래에 대한 논의는 언제나, 반드시 파편적인 서사의 형태 를 띤다.

모든 꿈, 모든 악몽, 모든 이야기에는 주인공이 있고 화자가 있다. 반드시 누군가가 꿈을 꾸고 누군가가 이야기한다. 지넷 윈터슨은 인공지능의 서사에서 바로 이 질문을 던진다. 과연 "누가" 인공지능의 서사를 점유하고 있는가? 무수한 권력과 기술의 이야기에서 소수자가 배제되었듯, 인류의 미래를 쓰는 이 이야기에서도 부당하게 배제되고 있는 주체가 있는가? 우리는 올바른 꿈을 꾸고 있는가? 인간이 트랜스휴먼, 포스트휴먼의 이행을 거쳐 가는 과정에서, 꿈을 악몽으로 변환시킬 변수는 무엇인가? 종으로서 인류의 미래를 규정할 결정적 사건이 인공지능이라면, 그 사건을 둘러싼 겹겹의 꿈을 살피고, 과연 누구의 꿈인지 짚어보아야 하지 않겠는가. 과거를 노정하고 미래를 형성하는 꿈과 이야기의 모호한 정체를 감별하고 심층의 권력 구조를 비판하고 해체하고 다시 쓰는 데에는, 재닛 윈터슨만한 적임자가 없다. 여성이고 퀴어이고 독학자인 그녀는 언제나 "남다른" 역사가이고 선지자였으므로.

윈터슨은 독학의 대가다. 원하는 공부를 하기 위해서라면 무엇이든 했고, 하기 싫은 공부를 시키면 어떻게든 원하는 다른 것을 배웠다. 끝없이 반복해 읽어야 했던 킹제임스성경에서 윈터슨은 셰익스피어의 언어와 서사의 근본적 틀을 배웠다. 가출한 뒤로는, 정신병원에서 장기입원환자를 돌보는 일을 하며 모은 돈으로 끝내 옥스퍼드 대학에 진학해 영문학을 전공했다. 청교도 혁명의 역사와 미술사학을 독학했듯 윈터슨은 인공지능의 과학적 사실들과 이를 둘러싼 담론을 독학했다. 윈터슨에게는 배움이 학제와 커리큘럼에 박제된 정보의 습득 행위였던 적이 없다. 언제나 글쓰기를 최종 목적으로 하는 통섭적 사유의 과정이었다.

이 책에서 지넷 윈터슨은 특별히 여성의 역할을 강력하게 상기시킨다. 신성과 인간성을 정의하는 동서고금의 신화와 역사를 다룬 유발 하라리의 방대한 연구에도, 세계 유수의 석학들이 참여한 인공지능 서사의 논의에서도, 앨런 튜링과 노버트 위너는 있으나 인공지능의 꿈을 쏘아 올린 메리 셸리와 에이다 러브레이스의 이름은 찾아볼 수 없다. 기독교의 신을 논할 때도 창세기를 앞선 모세5경에서 야훼의 말씀을 받아쓴 작가가 여성일 가능성은 고려되지 않는다. 달착륙이라는 인류의 대사건에서 컴퓨터 연산을 떠맡은 캐서린 존슨과 여성 프로그래머들의 존재가 이제까지 과학의 역사 속에서 삭제되었던 것처럼. 앨런 튜링의 천재성을 인정하기보다 성적 소수로서 품은 몸의 욕망을 억압하는 쪽을 택했던 주류 사회처럼 말이다.

1장 인공지능의 "과거"에서는 결정적인 변혁의 장면마다 선명히 존재했던, 그러나 이런저런 이유로 묵살당하거나 생략되거나 삭제되었던 소수자의 존재를 살핀다. 메리 셸리와 에이다 러브레이스의 비전을 중심으로, 1차 산업혁명과 방직기의 탄생, 블레츨리 파크, 인클로저와 마르크시즘, 수탈당한 민중과 착취당한 어린이와 여성의 노동력 문제를 고찰한다.

그리고 2장으로 넘어가면 현재의 이야기가 펼쳐진다. 와이파이와 트랜지스터가 가능하게 한 초연결성, 빅테크와 빅데이터의 정보 수탈 등 우리의 현재를 빚은 '이미 쓰인 이야기들'의 구조를 살펴본다. 그리고 AI가 추구하는 불멸의 신성을 다르게 정의할 대안적 이야기도 역사 속에서 찾으려 한다. 이 미래의 의식이 우리의 형상을 본딴 "호전적이고 욕구불만이고 통제욕이 강한 존재" 이를테면 기독교의 유일신처럼 발전해서는 안 된다고 윈터슨은 생각한다. 빛의 고향으로 돌아가는 영지주의의 비교적 신앙이, 무소유의 불교 철학이 대안이 될 수 있을까? 뱀파이어와 도리언 그레이, 파우스트, 문학사적으로 유명한 불멸자의 이야기들은 트랜스휴머니즘과 어떻게 연결되는가?

3장에서는 기술이 가장 내밀한 관계를 재정의하는 기제를 천착한다. 사랑과 성, 관계는 어떻게 변하고 있나. 남성 중심적으로 기울어진 인공지능 담론이 당장 우리의 현재에 미치는 폐해는 번창하는 섹스봇 산업에 내재한 문제로 드러난다. AI는 성장과 사별이라는 인간의 필연적 경험을 재구조화한다. 과학자의 통찰과 소설가의 상상이 손을 잡고 AI와 함께 하는 삶의 구체적 경험을 재현하고 통렬한 질문을 던진다.

지넷 윈터슨은 인공지능 자체의 미래를 비관적으로 바라보지 않는다. 대니얼 데닛처럼 "지능"을 창조하되 "의식"을 창조해서는 안 된다고 생각지도 않는다. 인간이 살코기로서의 몸에 머물러 있어야 한다고 믿지도 않는다. 하지만 문제는 인공지능 그 자체가 아니라 원래 중립적인 도구인 인공지능을 비딱하게 기울이는 우리 인간의 편견이다. 특히 두 개의 성. 세계에서 가장 근본적인 바이너리를 기반으로 한 데이터세트가 인공지능을 훈련한다는 사실이 큰 문제가 된다.

그러나 인공지능의 서사를 사유하는 지넷 윈터슨의 독창성, 그 진가가 정말로 빛나는 건, 인공지능의 미래를 상상하는 4장이다. 4장의 에세이들은 첨언이 필요 없다. 물이 흐르듯 빛이 흐르듯 그야말로 거침없이 읽힌다. 오로지 "바이너리를 엿먹인" 후에야 인공지능은 "대안" 지능으로 나아갈 수 있다. 세상의 끝과 새로운 빛의 문 사이에서 인류는 반드시 다양성을 선택해야 한다. "다수를 위해 죽음을 포기하자." 작가는 호소한다. 〈터미네이터〉의 비전과 달리, 적은 외부에 있지 않다. "우리가 정말로 역사 밖으로 우리 자신을 몰아낸다면, 그건 복수심에 불타는 또는 무관심한 범용 인공지능 탓이 아닐 것이다. 우리가 미래에 도전하지 못했기 때문일 것이다. 우리가 고리타분한 과거의 이야기만 되풀이했기 때문이다."

종으로서의 인류에게는 다양성을 기반으로 한 새로운 이야기, 새로운 스토리텔링이 필요하다. 이것이 윈터슨이 동성애자였던 E. M. 포스터가 꿈꾼 '연결성'과 〈매트릭스〉의 '초연결성'을 아우르는 대중문화 담론부터, 휴대폰이 존재하기 전부터 휴대폰을 꿈꾼 여성작가 어슐러 K. 르권, 초연결사회가 파시즘에 물들고 여성의 몸이 자원화되는 악몽 같은 가능성을 바라본 마거릿 애트우드의 상상력까지, 예술과 문학의 대안적 상상력에 기대 과학기술의 함의를 논하는 이유다. 오로지 이 상상의 "대안"에 우리의 희망이 걸려 있기 때문이다.

　장대한 논의를 마무리하는 마지막 에세이인 〈나는 사랑한다, 고로 존재한다〉는 인공지능이 아닌 인간성의 선언문이다. 작가는 지금 현재, 가장 벼랑 끝에 내몰린 인간의 자질, 대안 지능으로 후세에 반드시 남겨져야 할 인간의식의 빛나는 면, 바로 "내면의 삶을 위해 로비"한다. 이것은 무수한 인공지능 서사가 잊고 있는, 그러나 가장 중요한 의제의 매니페스토다.

　　나는 내면의 삶을 위해 로비하고자 한다. 내면의 삶은 성스러운 장소, 시금석, 힐링의 장소, 우리의 윤리적 통합성, 발달하는 자아와 나누는 우리의 사적인 대화, 우리의 양심이자 도덕적 나침반, 발견의 기쁨, 경험과 상상을 모두 아우르는 기지와 미지의 세계들을 연결하는 심오한 고리, 지혜, 선, 세대를 초월하는 손길, 그 어떤 형태로든 다음 세대로 전해지기에 죽지 않으리라 느껴지는 우리의 일부, 우리가 지닌 최고의 자질이다. 과도한 빛에 노출되는 것을 꺼려서가 아니라 그 자체로 빛이기 때문에. 내면의 삶은 방문객이 너무 많으면 소심해지지만, 우리가 우리 자신과 교감하러 가는 장소이고, 정적이고 또 활력인 우리 안의 나와 만나는 지점이기 때문이다. 시린 밤 울리는 낭랑한 소리.

　　나는 내면의 삶을 로비하고자 한다. 반드시 자양분을 주고 가꾸어야 하기 때문이다. 지구상에 존재하는 인류를 떠받치는 두 기둥인 본성과 양육으로 가꾸어야 한다. 이 지구와 우리의 연결, 우리가 창조한 문명과의 연결. 영광의 위업인 예술, 건축, 과학, 철학과의 연결. 우리는 세계를 창조한다. 내면의 세계와 외면의 세계 모두를 창조한다. 그리고 우리는 어차피 하이브리드로 태어났기에 이 두 세계 모두에서 살아야 한다.

우리는 이미 하이브리드다. 우리는 언제나 그러했다.

우리는 사색가이고 행동가다. 우리는 상상하고 우리는 건설한다. 우리는 손을 더럽히며 일하지만, 그 모든 걸 뛰어넘고 초월한다. 우리는 별을 꿈꾸고 똥을 삽질한다. 아름다움의 존재이지만 추함과 공포의 존재이기도 하다. 끔찍한 실패작이자 터무니없는 성공작이다

이 내면의 삶이야말로 "우리가 동원할 수 있는 모든 자원을 요구"하는 사랑의 장소다. "사랑은 총체성"이고 "아무도 삶의 끝에서 사랑을 후회하지는 않는다." 아마 종으로서의 호모사피엔스 역시 그럴 것이다. 과거와 미래와 현재를 돌아, 윈터슨은 인공지능을 구축하는 인류의 진짜 꿈을 환기하고자 한다. 행복과 불멸과 신성도 좋지만, 사랑을 잊지 말자고. 그것이야말로 인간 조건에서 가장 신비로운 부분이며, 그 신비야말로 인공지능에 새길 가치가 있다고. 우리의 진짜 과제는 변연계가 없는 생명체에게 심장이 무너진다는 말의 뜻을 가르치는 일이라고. 이것은 사명이며 그 사명의 인식이 인류를 구원할 것이라고.

열두 편의 글이 수월하게 읽히지는 않을 것이다. 글결은 거침없이 흐르지만, 짧은 문장들에도 엄청난 양의 축약된 정보가 무겁게 꾹꾹 눌려 담겨 있다. 그러나 독서는 뿌듯하고 보람찰 것이다. 미래를 서사로 사유하는 환상적인 글쓰기를 만날 것이다. 지성과 감성, 육체와 영성, 남성과 여성, 이성애와 동성애, 유기체와 비유기체, 문학과 예술과 철학과 과학…. 우리의 현재 사유를 한계 짓는 무수한 바이너리가 순수한 이야기 속에 녹아 사라진 다중적 관점이 돌고 돌아 지금 우리가 반드시 던져야 할 진짜 질문을 드러낸다. 인공지능을 구축하고 훈련하는 우리는 과연 누구인가? 또 누구이어야 하는가?

2022년 8월,

김선형

12바이트

첫판 1쇄 펴낸날 2022년 8월 25일

지은이 | 지넷 윈터슨
옮긴이 | 김선형
펴낸이 | 박남주

종이 | 화인페이퍼
인쇄·제본 | 한영문화사

펴낸곳 | (주)뮤진트리
출판등록 | 2007년 11월 28일 제2015-000059호
주소 | 서울시 마포구 토정로 135 (상수동) M빌딩
전화 | (02)2676-7117 팩스 | (02)2676-5261
전자우편 | geist6@hanmail.net
홈페이지 | www.mujintree.com

ISBN 979-11-6111-100-1 03840

* 책값은 뒤표지에 있습니다.